Los ETERNOS

La Hermandad de Fuego

Eternos: La Hermandad de Fuego – Libro 2

CreateSpace Independent Publishing Platform
ISBN CreateSpace No. 9781519163882
Primera Edición Papel tapa blanda: 08/11/2015
Segunda Edición Papel tapa blanda: 06/01/2023

Portada completa:

- Mujer con manos entorno a los ojos: Imagen No. 31488657
  Autor: @Svetlanamiku - Deposiphoto.com
- Hombre mirando por la ventana: Imagen obtenida de Canva.com (Premium)
- Corazón dorado con corona: Imagen No. 120143057
  Autor: Gmorv - Adobe Stock.com (Fotolia)
- Conjunto de líneas divisorias doradas: Vectores No. 3607814
  Autor: Anuwat - PNGTREE.com
- Conjunto de rectángulo floral árabe: Vectores No. 8080532
  Autor: Kalamstudio - PNGTREE.com
- Números dorados: Vectores No. 3633076
  Autor: sagarvaghni- PNGTREE.com

Fuente Portada: Photo PIXLR E
Diseño general: Martha Molina.

Martha Molina

A mis lectores beta:
Gracias por su paciencia.

Prólogo

18 de enero.

Cada mañana despertaba sin los brazos de David, cobijándome con cariño. Pasaron dos semanas desde que estuve con él, amándonos sin reservas. Tenía la sensación de haber vivido un hermoso sueño; uno del cual no quería despertar jamás, pues su innegable necesidad de mí quedó en evidencia en cuanto me hizo suya. Era una lástima que en esa ocasión tuviese que irse por obvias razones.

Había amanecido.

De no terminarse aquel conjuro solar, estaríamos despertándonos juntos, con sus esplendorosos zafiros siendo iluminados por los rayos de luz que se filtraban indiscretos en la habitación. Procesaba a cada segundo las eróticas imágenes de David y yo desnudos en la cama y gimiendo sin parar.

Pero el día era para los humanos y la noche para los vampiros, por lo que evité usar la telepatía. Nuestros ciclos del tiempo ya no coincidían y debíamos hallar un lapso intermedio en dónde los dos pudiésemos estar juntos sin problemas. Las horas de descanso eran imprescindibles si deseábamos cumplir a cabalidad con nuestras propias obligaciones.

Suspiré y miré mi entorno. El movimiento en el anticuario fue leve, por lo que mis pensamientos vagaban constantemente hacia él. ¿Por qué no me llamaba?, ¿por qué no volvió a visitarme? Ni una nota enviada a través de terceras personas…

Apoyé los brazos sobre el mostrador, mirando hacia el edificio Delta, que se divisaba a través de la vidriera frontal de la tienda, y una profunda pena me embargó.

Ilva Mancini, a pesar de su relación con David, murió en su intento por protegernos. Fue una representante que supo capear cualquier pregunta insidiosa que los paparazzi solían lanzarle con respecto a su famoso pintor, para averiguar sobre su vida tan misteriosa.

Sacudí la cabeza, queriendo alejar los malos recuerdos, y me concentré en organizar algunas estanterías desordenadas.

¡Caramba! Cada vez que las horas o los días pasaban, la preocupación aumentaba. En ningún momento le informé a David sobre los planes que Oron Powell tenía previsto para Donovan y para mí, debido a que el deseo y la pasión ocuparon mis cinco sentidos cuando él retornó de Siberia. Olvidé que partiría para mediados de febrero; nada más y nada menos que para el día de San Valentín. El día en que todos los enamorados afirmaban el amor por su pareja.

La vida era cruel. David y yo no tendríamos ese momento especial: no saldríamos a «una cena» en algún restaurante, ni pasearíamos tomados de la mano por la playa mientras que yo sujetaba un hermoso ramo de rosas obsequiado por mi «pretendiente».

Aun así, Oron me aseguró que estaríamos lejos de casa el tiempo suficiente para ser preparados como nuevos Portadores. Asumía que sería un par de meses y luego retornaríamos. Solo esperaba que David comprendiera que debía marcharme, sin pretender una disputa con él, puesto que podría confundir después mis ansias de emprender el viaje con la de querer dejarlo por sus prolongadas ausencias; sin embargo, sentía ese llamado que me hacía querer ser parte de esa misteriosa Hermandad de Fuego.

Finalizando la tarde, cerré el anticuario y conduje de vuelta a Isla Esmeralda. Todo estaba en penumbras cuando llegué. Tía –que en la noche anterior salió con el señor Burns– seguía recostada con la bolsa de hielo en la cabeza y un vaso con agua en la mesita de noche, habiendo proclamado su relación sentimental con este ante los demás, ambos dejándose ver en público, a pesar de las habladurías de los lugareños.

Pedí pizza luego de provocar un incendio por haberme aventurado en preparar la cena que casi me quema hasta las pestañas por ejercer mi labor de «chef de turno». Debí imaginar que el agua se mermaba rápido a fuego alto y que los espaguetis se quemaban en el fondo de la olla, si no le prestaba la debida atención.

Después de limpiar el desastre, tocaron a la puerta.

Miré por el ojo mágico y allí divisé a Ryan, quien me sonreía de oreja a oreja.

—¡Te tengo una gran noticia! —expresó el rubio larguirucho en el instante en que abrí la puerta y se introdujo casi llevándome por delante, reflejando una desbordante alegría como si se hubiese ganado la lotería.

—Dime —sonreí contagiada de su euforia, siendo él un buen aliciente para mis penas.

—¡Voy a casarme! —Tomó mis manos y las apretujó contra su pecho, sus ojos grises brillaban por la emoción que lo embargaba, casi saltando en su sitio.

Jadeé impresionada.

—¡¿Que tú qué…?!

—Nos casaremos en mayo —agregó sin percatarse de mi estupefacción o tal vez la confundía con la primera impresión que solía expresar la gente con ese tipo de noticia.

Me preocupé.

—¿No crees que se están precipitando? Son muy jóvenes...

Ryan respiró aliviado, aún los dos en medio del vestíbulo.

—Pensé que dirías que somos hombres.

—Tarado. Los homosexuales tienen el mismo derecho que los heterosexuales.

Ensanchó los labios aún más.

—Sí, eso es cierto.

—Deberían tomarse un poco más de tiempo para conocerse —sugerí sobreprotectora.

—Conozco a Elliot lo suficiente para saber que puedo casarme con él —replicó un tanto molesto por ser entrometida—. Además, somos mayores de edad: el 13 de marzo cumpliré veinte y él ya tiene veintiuno. Estamos grandecitos como para que nos sermoneen. —Me dio la espalda, y, en diez largas zancadas, se sentó en el sofá de la sala, con los brazos cruzados como niño increpado—. ¡Ah! Y si estás preguntándote qué pensamos hacer con nuestras vidas, déjame decirte que no abandonaremos la universidad. ¡Trabajaremos medio tiempo! —concluyó airado, siendo una aclaratoria ante una pregunta que quizás le hicieron más de una vez.

Sentí vergüenza de mí misma, pues subestimé su madurez y la capacidad de razonar ante los retos que la vida le impondría.

Cerré la puerta y caminé hasta donde él se hallaba.

—Estoy feliz por ti y por Elliot —expresé con sinceridad tras sentarme a su lado—. Te felicito —lo abracé—. ¿Dónde piensan casarse?

—En los Ángeles —contestó—. Allá está aprobado el matrimonio homosexual. Ya todo está planificado: mis padres hablaron con tía Janeth. Ella tiene una casa en la costa, será maravilloso.

Al mencionar a su familia, creí prudente preguntar:

—¿Cómo lo tomaron tus padres?

Suspiró.

—Bueno, al principio por poco y se infartan; sobre todo, mi papá que aún no pierde la esperanza de que *se me quite* lo *desviado*. Pero ya lo aceptaron y están entusiasmados.

Al menos contaba con ellos para una ocasión que cambiaría el resto de sus vidas. El señor Kehler permanecía en San Francisco, con su nueva mujer, mientras que su exesposa, en aquel entonces tras el divorcio, hizo las maletas para vivir con su hijo adolescente en el condado de Carteret.

—¿Y los de Elliot?

Su mirada se entristeció.

Por lo visto, nada bien.

—El único familiar que asistirá es su hermana —dejó escapar una lágrima—. Me hubiese gustado tenerlos a todos en la boda.

De nuevo lo abracé y él inclinó su cabeza sobre mi hombro, brindándole de ese modo mi apoyo.

—Descuida, Ryan, tienes hasta mayo para que ellos cambien de parecer. Dales tiempo para que se hagan a la idea. —De inmediato recordé que no tenía la certeza suficiente para saber si Donovan y yo estaríamos de vuelta para esa fecha.

Ryan levantó el rostro, esperanzado.

—¿Tú crees?

Procuré no darle falsas esperanzas.

—A veces el tiempo se encarga de hacer que la gente reconsidere sus propias opiniones. Si tus padres hablan con los de Elliot y les hacen ver que ustedes se aman, tal vez… acepten.

Él asintió y luego se mordió los labios. Algo fraguaba.

—Te quiero pedir un favor.

—A ver, ¿qué será? —lo miré con precaución.

—¿Quieres ser mi madrina?

Ni sonreí.

—Yo... *e-encantada* —enmudecí por no tener permiso para revelar que pronto seguiría mi propio camino al igual que Donovan.

A pesar de esto, tenía la ilusión de que solo sea una breve temporada en la que dicha hermandad nos orientara en cuanto al modo de desenvolvernos con los dones que apenas descubríamos: percibíamos fantasmas y visiones de eventos pasados. Aunque mi amigo gruñón solía tener sueños de un futuro muy cercano de eventos para nada trascendentales y del que les restaba importancia por tenerlas muy de vez en cuando, consideraba que Oron se había equivocado con él, ya que aún no manifestaba esa destreza de desdoblar el alma.

En cuanto a la telepatía que yo sostenía con David...

Después del sexo que tuve con él, charlamos un rato en la que salió a flote ese hecho, me pidió que no se lo comentara a nadie, sería muy peligroso que, tanto su gente como la de Oron –que aún este creía que ya no lo sosteníamos– se enterasen del lazo extrasensorial que nos unía, puesto que era –según David– «anormal».

Al cabo de unos minutos, Ryan se marchó en cuanto recibió una llamada telefónica de Elliot, del cual ambos quedaron en encontrarse en el nuevo bar en Costa Cristal.

Me sentí miserable. No solo omití mi partida y la de Donovan, sino que también le guardaba muchos secretos, convirtiéndome de ese modo en una mentirosa. Si bien, lo hacía para protegerlo, lo mantenía al margen de mi vida.

Subí las escaleras y entré al baño para cepillarme los dientes y darme una ducha caliente. Se hizo una eternidad no estar con David, urgiéndome abrazarlo y besarlo, y que me hiciera suya una vez más. Pero controlaba esa parte de mí que lo deseaba con fervor y telefonearle para contarle sobre mi partida. Le daba su espacio, aprendiendo a conocer su proceder, era un vampiro que desaparecía cuando se presentaban asuntos importantes por atender. Por supuesto, no era inmune a esa sensación de agobio que me atosigaba, debido a que ignoraba si era por haber sido atacado o me ponía los cuernos con alguna otra chica, ya sea humana o vampira.

Teníamos que hablar y dejar las bases cimentadas de lo que nos pasaría en los próximos años, si queríamos que la relación tuviera éxito. David ocultaba aspectos de él y yo, de los míos. Sería un reto compartir nuestros secretos y afrontar los inconvenientes que más adelante se nos presentara.

Me envolví en la toalla y salí del baño, sintiendo de inmediato el frío invernal que se percibía a través de las paredes del pasillo de la segunda planta, y enseguida me sumergí en la penumbra de mi habitación.

Dios, ampárame…

Quedé paralizada al cruzar el umbral de la puerta, clavando mis ojos hacia lo que se hallaba frente a mí.

Una silueta negra sentada en el sillón.

Capítulo 1

—¡David!

Exclamé al encender la luz. Por poco y se me cae la toalla, lo que para él hubiese sido estupendo, dada la forma en cómo se me quedó viendo de forma abrasadora.

—¡¿Qué haces aquí?! —admitía que era tonto preguntar, cuando él se convirtió en algo más que un simple novio.

—Tenemos que hablar.

Cielos… Cada vez que escuchaba esas palabras, me provocaban retortijones.

—¿Puedo vestirme primero? —consulté mientras sujetaba el nudo de la toalla entre los senos como si con eso dependiera mi vida.

David asintió y se cruzó de piernas con tranquilidad, sin tomarse la molestia de levantarse del sillón floral. Las puertas del balcón estaban entrecerradas, apenas pasando un hilillo de luz eléctrico del que fue insuficiente para iluminarlo cuando se coló a mi habitación.

Quedé plantada en el piso, pensando que me dejaría sola, pero no lo hizo.

Despacio, le di la espalda y abrí el primer cajón de la cómoda y saqué la ropa interior. Miré por encima del hombro, David mantenía su mirada, atento a cada uno de mis movimientos. No era capaz de vestirme delante de él, no acostumbraba a que me viera desnuda; el hecho de tener que exponer toda mi vulnerabilidad, hacía que reaccionara con pudor.

—Eh… *¿po-podrías* darme privacidad?

Me dedicó una mirada socarrona.

—¿Por qué?

Y todavía lo pregunta.

—Bueno… —el rubor me llegó hasta las orejas. Ni siquiera sabía cómo decirle que me avergonzaba que me viera en *cueros*.

Se percató de lo que no era capaz de decir y expresó:

—Ya te he visto desnuda y es hermoso tu cuerpo —expresó enronquecido y yo resoplé sin mirarlo a los ojos—. Eres tan tímida… Eso me excita.

Enrojecí más. El sexo se vislumbraba por tercera vez.

Pero no quería.

No con tía acostada en la habitación del otro lado del pasillo y con resaca.

—¿No te piensas levantar? —Él seguía sentado en el sillón, esperando a que me vistiera.

David sacudió la cabeza con su arrebatadora sonrisa ladina.

Estupendo…

Sin quitarme la toalla procedí a ponerme la braga. No lo hice con la gracia de una mujer seductora, sino que parecía que un terremoto me estuviera sacudiendo el piso para hacérmelo difícil, debido a mi torpeza. David se lo veía que la pasaba bien, disfrutando mi perturbación. Miré mi sujetador sobre la cómoda, pensando cómo demonios iba hacer para ponérmelo sin tener que desnudarme de la cintura para arriba. Finalmente opté por enrollar la toalla a las caderas; por desgracia, el nerviosismo me impedía abrochar el sujetador a mi espalda.

Entonces, sentí sus frías manos ocuparse de mi enredo.

—Déjame ayudarte —ejecutó dicha faena con enloquecedora lentitud. Eso provocó que se me erizara la piel y que mi corazón se disparara como loco.

—Gracias —expresé apabullada. Su respiración acariciaba la piel de mi nuca, haciendo que un estremecimiento recorriera mi columna vertebral. Rápido abrí el segundo cajón y saqué el pijama, pero David me lo quitó de las manos y lo devolvió a su lugar.

—Ponte algo sencillo, hablaremos en la playa. —El buen humor se fue al hablarme con cierta rudeza.

Quedé sin aliento. Si David necesitaba hablar conmigo en otra parte que no fuese la habitación, era porque los gritos tendrían cabida en la conversación.

No obstante, contábamos con la telepatía.

«¿Qué me tienes que decir?».

«Aquí no» —dijo tajante.

«¿Por qué no?» —Me volví hacia él sin importar que estuviese en ropa interior.

Sin darme una buena razón, caminó hasta las puertas del balcón y, sin mirarme, me habló con su mente:

«Te espero al final de la pasarela». —Luego me dejó sola y temerosa de lo que me fuera a decir.

¡Huy! Era un pernicioso *déjà vu* que me hacía rememorar la primavera pasada. David trató de mantenerse apartado mientras investigaba quiénes eran los vampiros que rondaban por el condado. Pero... ¿y si mi proyección en el castillo de Raveh, provocó otro conflicto y David debía apartarse de mí para siempre? ¿Sería que los Grigoris reclamarían un nuevo enfrentamiento por mi insensata intromisión? Sabía que mi temor por perderlo me hacía impulsiva; no obstante, si yo no hubiese intervenido, David estaría muerto, Hasan se hubiese apoderado de sus tierras y el desagraciado de Vincent Foster me habría dado cacería.

Me vestí aprisa, sacando del armario un pantalón de algodón, un buzo de cuello alto y un suéter, debido al frío de la noche. Me calcé las zapatillas deportivas y recogí el cabello húmedo en una cola de caballo, evitando que el viento hiciera de las suyas.

Caminé ansiosa a lo largo de la pasarela que construyeron después de la tormenta que nos azotó meses atrás. David esperaba por mí, sentado al principio de las escalinatas que dan hacia la playa. Miraba hacia el horizonte oceánico con la brisa ondeándole con suavidad sus cabellos castaños. Se levantó en cuanto me aproximé y yo le sonreí, aunque mi sonrisa no fue devuelta, sino que me dio una mirada que denotaba inseguridad.

Me invitó a sentarme a unos pasos de donde morían las olas espumosas del nocturno Atlántico y él hizo lo mismo para estar más cómodos. Pese a estar en pleno invierno, la nieve no se presentó en esta parte de Carolina del Norte. Más de un lugareño del condado de Carteret se quedó con las ganas de disfrutar de una *blanca temporada*; sin embargo, el clima se prestaba para degustar de un chocolate caliente en el porche de sus respectivas casas, mientras disfrutaban de la vista del paisaje natural.

Acomodé mis piernas de lado, apoyando una mano en la arena para repartir el peso de mi cuerpo. David dobló sus piernas y las rodeó con sus brazos, haciendo que sus manos descansaran al frente de manera relajada. No se había quitado sus zapatos de diseñador, ni le importó que su traje elegante allí se ensuciara, se mantenía pensativo, su ceño fruncido indicaba que sus pensamientos eran conflictivos y del que pronto me enteraría de los motivos por lo que se mantuvo alejado por tantos días.

Abrí la boca para preguntarle, pero él se adelantó para formular la suya.

—¿Por qué no me dijiste que te piensas marchar con la Hermandad? —reprochó, tomándome desprevenida.

Tragué en seco. ¡Ay, mi madre!, ya se había enterado y por lo visto a través de terceras personas.

Desvié la mirada, él me taladraba con su par de zafiros, dándome tiempo para que le respondiera, pero me increpó de un modo en la que no fui capaz de enfrentar su enojo. Estaba herido por yo haber callado los planes que tenía previsto para dentro de un mes.

—¿Cómo te enteraste?

—Oron.

—¡¿Oron?! —lo miré estupefacta—. ¿Cuándo? ¿Dónde? —Viejo desgraciado que no esperó a que tuviese el momento adecuado para contarle a David, sino que lo buscó y le vomitó la cotilla.

—Hace unas horas, en Rosafuego. Estuvimos hablando.

Su revelación me dejó de piedra.

¡¿Oron y David conversando sin derramar sangre?!

Insólito.

El hecho de haber estado resguardado en un sótano, junto con tía, Donovan y el señor Burns, quienes temían ser atacados por una horda de *chupasangres*, no lo hacía amigo de estos ni de aquellos pandilleros malencarados que juraron clavar una estaca en el pecho si se los topaban en el camino.

Por lo visto, Oron Powell necesitaba asegurarse por todos los medios de que yo no me arrepintiera de unirme a su congregación por no querer dejar a mi «novio vampiro».

Cambié de posición y me acomodé de modo que lo viera directo a la cara.

—Tengo que ir.

—¡No! —fue tajante, sus ojos acerados brillaron en la oscuridad, a pesar de no haber luna ni estrellas que titilaran románticas sobre nosotros. El firmamento reflejaba el estado de ánimo que nos azotaba, tornándose lúgubre, amenazador... Los comentarios socarrones, las risas, la coquetería, nada de esto tenía cabida, sino la prohibición de un futuro que se abría ante mí de manera sorprendente.

Preferí mirar hacia las lejanas luces del muelle, que soportar su hosca mirada.

—Debo hacerlo —musité a pesar de su enojo, manifestando mi deseo de conocer a aquellas personas que eran como yo y de empaparme de sus conocimientos para un mayor dominio de mis dones. Sería grato escuchar de estos las vicisitudes por las que atravesaron cuando descubrieron que eran diferentes a los demás y que después lograron salir adelante, pese a sus visiones. Sería como «humanizar» las apariciones fantasmales y las constantes pesadillas que nos atacaban durante la noche cuando bajamos nuestras defensas y nos abandonamos al sueño.

David me sujetó el mentón y lo giró hacia él.

—¿Te obligó? ¿Te amenazó? ¡Dime! —demandaba una explicación del porqué querría separarme del hombre que una vez amé en un pasado muy lejano.

—No —dije con voz rota—. No hubo nada de eso...

—Entonces, ¿por qué te quieres marchar? ¿Qué te prometió?

Fruncí el ceño, la insinuación fue ofensiva. ¿Acaso pensaba que yo era de las que se dejaban calentar la oreja por dinero, fama o poder?

Él reparó en su error, bajando el tono de su voz.

—Disculpa, no fue mi intensión...

—Olvídalo —interrumpí avinagrada, ya el daño estaba hecho. Se comportaba como un idiota cuando le llevaba la contraria.

David enterró su rostro en las rodillas, agarrándose el cabello con fuerza, como si estuviese conteniendo la rabia que sentía.

—No te apartarás de mí —siseó inclemente. Sus palabras fueron una clara amenaza de no dejarme conocer a la hermandad como si yo fuese de su propiedad.

Vaya el vampirito...

—¿Qué te has creído tú para prohibírmelo? —lo grité indignada y me levanté enseguida, sacudiéndome con rudeza la arena de la ropa. Odiaba que se comportara posesivo, pretendiendo tenerme resguardada bajo llave, lejos de la vista de los curiosos porque él era paranoico. Así no es como debía desenvolverse nuestra relación.

David se puso en pie para aplastarme con su dominante mirada.

—Soy tu dueño.

¡¿Mi qué…?! El ritmo cardíaco se incrementó conforme la sangre bullía como lava ardiente dentro de mis venas, a punto de perder los estribos y gritarle a todo pulmón para que se fuera a la porra por lo acabado de manifestar con tanta soberbia.

Aun así, conté mentalmente hasta diez para controlarme. Una vez que conseguí tranquilizarme, le expresé:

—Es importante para mí que... —David abrió la boca para interrumpirme, pero levanté la mano para que me dejara hablar—. Aguarda a que te explique cuáles son mis razones y luego protestas lo que quieras, ¿entendido? —Asintió con sus gélidos ojos puestos sobre mí—. Como Portadora debo prepararme para dominar los dones que apenas estoy conociendo —continué, evitando explicarle que Donovan era otro Portador y que sentíamos un llamado especial. Esas serían razones suficientes para encerrarme de por vida en su bóveda—. Es muy importante que me desarrolle en un ambiente seguro, donde los vampiros no estén al acecho de mi sangre. Además, no será por mucho tiempo.

—Allison, yo puedo brindarte protección.

—Lo sé —repliqué en el acto—, pero no quiero. Deseo conocerlos, solo ellos responderán a muchas de mis inquietudes. —Tenía una interminable lista de preguntas como las siguientes: ¿También tienen pesadillas? ¿Siempre ven fantasmas? ¿Cómo hacen para que no les frieguen la paciencia a todas horas? ¿Todos son telépatas? De ser así, ¿cómo hacen para que entre ellos no se lean la mente?

Entre otras más…

—Lo único que harán es ponerte en mi contra.

Sacudí la cabeza ante su rencor. La cantidad de siglos de guerras y enfrentamientos que atravesó a lo largo de su existencia conllevó a que él desconfiara de aquellos Portadores.

—Iré —ratifiqué—. No vas a detenerme.

La severa expresión de su rostro se transfiguró a una maquiavélica en la que fraguaba algo siniestro.

—El Código nos está separando —manifestó con desdén en referencia a ese don aural que se afianzó en mi ADN desde mi nacimiento—. De no tenerlo, para nada pensarías en dejarme.

—David, por favor, compréndeme por una vez en tu vida. Debo... —corregí—. *Necesito* ir con ellos. Volveré a ti antes de que me extrañes.

—Ya te extraño… —musitó entristecido. Un mechón de su cabello caía sobre su frente a causa de la brisa marina que lo acariciaba como una madre que le brinda consuelo por mi frialdad. Su imponente estatura se encorvó un poco por el hecho de que la menuda chica de greñas húmedas solo pensaba en sí misma, sin tenerle cuidado de romperle a este el corazón por su imprevisto viaje a lo desconocido.

Suspiré. Era muy duro tener que separarme de él, comprendía lo que sentía, pues en más de una ocasión intenté retenerlo a mi lado y no pude cuando otros censuraban el amor que compartíamos.

—¿Cuándo partirás? —consultó aprensivo de la fecha que le revelaría, ya que esto indicaba que la cuenta regresiva comenzó mucho ante de lo que suponía.

—Para el 14 de febrero —respondí inquieta, aguardando a que tironeara de mis orejas. Pero, en vez de esto…

Jadeó perplejo.

—¡¿Tan pronto?! ¿Si el Portador no me visita, tú no pensabas decírmelo? —reprochó al hecho de enterarse a última hora y a través de un desgarbado sujeto de sonrisa manchada por la nicotina.

—¡No sabía cómo hacerlo! Tenía...

—¿Miedo? —indagó con precisión, sus ojos clavados con severidad sobre los míos, adivinando con certeza el predicamento que sufrí desde que volví a Isla Esmeralda.

Desvié la mirada, sin poder enfrentar la ferocidad con la que me taladraban sus magnéticos ojos azules. Ni siquiera Oron fue capaz de revelarle a él, el día de mi partida, y eso que ese viejo era muy jactancioso. Yo temía que David después se olvidara de mí por haberlo abandonado, ya que tenía dos caminos por recorrer y ambos eran importantes para mí

O, tal vez el anciano dejó esa tarea para mí, siendo una buena forma de hacerle comprender a David de que esto era más «deseo mío» que de la hermandad.

Pero no estaba segura de lograrlo.

—Pues, tienes razón —agregó él con rudeza ante su indagatoria. Su mirada se tornó más siniestra y el cielo retumbó como si alguien desde las alturas me alertara de un inminente peligro.

Y, con esa declaración…, retrocedí unos pasos por puro instinto, alarmada de lo que estuviese pasando por su cabeza.

—¿Qué piensas hacer?

Sonrió mordaz.

—Ya verás...

De forma amenazante, sus dos cielos se transformaron en los ojos de un gato furioso; sus labios se replegaron hacia atrás, mostrando sus colmillos, y las uñas de sus manos se alargaron cual garras de águila.

Estaba claro que se cansó de rogarle a una insulsa mortal. Ahora se impondría, dejándome ver lo que era: un ser superior y dominante, líder de innumerables ejércitos de vampiros por todo el mundo. Me mataría y pondría punto final a su tormento; total, tenía mujeres a granel y de mejores estampas. Estuvo sin mí por mucho tiempo como para acostumbrarse de nuevo a la soledad, él la contrarrestaría con amores banales que solo esperan fama y dinero, ofreciendo al que se los proporcionara, placeres carnales; no derramaría una lágrima más por mí, era un rey, un ángel que formó parte de la Corte Celestial del Creador. En cambio, yo…

Una humana que se le enreda la lengua al hablar.

Levanté las manos para que se calmara, contemplando la muerte frente a mis ojos. David gruñó por lo bajo como animal salvaje y avanzó con lentitud conforme yo retrocedía.

—David... —lo llamé ahogada por el terror de ver cuáles eran sus intenciones—. Tranquilo…

—Te prometo que no te morderé fuerte. Después de eso, tu vida cambiará para siempre —manifestó con una voz que no era la habitual. Esta era profunda y amedrentadora: la voz de un abominable demonio.

Un terrible estremecimiento recorrió mi espalda. Sus intenciones no eran la de asesinarme, porque estuviese harto de mí, sino que deseaba convertirme en un vampiro como él y así eliminar el mayor obstáculo entre los dos.

El Código Aural.

—Espera… —los latidos de mi corazón golpeaban con violencia mi pecho de forma dolorosa—. ¡¿Me vas a dar de probar tu sangre?! —La mordida en sí no era el medio para el vampirismo, para ello, debía ocurrir un intercambio: él bebería de mi sangre y luego me obligaría a beber de la suya.

—Lo siento, es el único modo. No quiero perderte.

—¡No lo harás! —exclamé petrificada—. Solo espérame un par de meses. —La verdad es que ignoraba hasta cuándo estaría separada de él, pero tampoco permanecería alejada por mucho tiempo.

David negó con la cabeza y sus colmillos se perfilaron como dagas mortales

Jadeé. La discusión la había perdido y nada podría hacer para salvarme de la maldición que me quería imponer. Esto me enojó, David resultó ser el más despreciable egoísta que hubiese pisado la Tierra. La decepción me golpeó en lo más profundo de mi alma, mi ángel caído, mi héroe, mi amado vampiro…, le importaba un bledo lo que yo pensara al respecto. Solo su opinión era escuchada y acatada a cabalidad como siempre ha sido en su Casa Real.

—¡Egoísta! —grité sin un atisbo de miedo, algo dentro de mí emergía dándome valor para enfrentarlo—. ¡No te lo perdonaré!

—¡No me importa, no te irás! —Una lágrima impertinente surcó su mejilla. Sus ojos de gato se inundaron, adquiriendo un brillo aturdidor que hacía que se viera mucho más salvaje.

David rugió con ferocidad y yo hui playa abajo, consciente de que correr de nada me valdría; en un borrón él desapareció de donde se hallaba y reapareció justo delante de mí, lo que hizo que me estrellara contra su pecho y cayera de espalda en la arena.

—¡Todo cambiará entre los dos si me muerdes! —lo amenacé para que se percatara de sus violentos actos. Si lo hacía, lo odiaría con todo mi ser.

Rio amedrentador.

—Por supuesto que cambiarán: serás *mía* para siempre.

¿Cómo defenderme de una fuerza avasallante que deseaba acabar con lo bueno y maravilloso que la vida me otorgó?

David se abalanzó sobre mí, como una mole, limitándome solo a mirar sus encarnecidos colmillos cerrarse sobre mi cuello.

Capítulo 2

Por un segundo sentí que la vida se me escapaba.

Pero antes de que yo pudiera reaccionar, el Código Aural se manifestó para ayudarme. Al igual que en el calabozo del castillo de Raveh, una invisible onda expansiva emergió de mi ser y se expandió con violencia contra David, lanzándolo hacia las olas. El impacto del cuerpo hizo que estas se levantaran como si hubiesen lanzado una gran roca desde las alturas.

Incapaz de levantarme de la arena, pues mi cuerpo no respondía debido al miedo que sentía, traté de enfocar todas las fuerzas en mis piernas para apoyarme y emprender la huida. Sin embargo, seguían estáticas; el abatimiento de ser maltratada por lo que más se amaba, era desgarrador.

David tan pronto cayó al agua, retornó como un torpedo y enseguida se lanzó sobre mí para atacarme. Aun así, otra onda lo golpeó y esta vez fue lanzado contra la arena.

¡Wow!

Tenía más dominio sobre esa facultad mental. Se requería una buena dosis de miedo y unas inapelables ganas de vivir para dominarla y enfocarla sobre mi enemigo. Era una lástima que utilizara ese término en alguien que hasta hacía poco estuve dispuesta a dar la vida por él. Ahora luchaba para que no me la arrebatara.

Muchos me advirtieron que esa situación iba a suceder: Donovan, el señor Burns, tía Matilde y hasta Oron me recordaban lo peligroso que era; que no me convenía, que era solo la presa o la sangre de reserva. ¡Cuánta razón tenían y cuánto me costaba reconocer que me había equivocado al entregar mi corazón a un ser deshumanizado!

La segunda onda me dio la energía suficiente para levantarme, sintiéndome poderosa, imbatible.

La adrenalina me llenó de energía.

Antes de que David dominara la situación, lancé otra onda que mantuvo su espalda pegada contra la arena. Trataba de moverse sin darse por vencido ante el hecho de que yo era una presa difícil de morder. ¡Insistía e insistía en liberarse! ¡Pero no podía! Trataba de levantar la cabeza, sin éxito.

No obstante, su perseverancia hizo que cambiara a una estrategia más sutil en la que me envolviera con facilidad. Su expresión animal se volvió atribulada, sus garras y colmillos se encogieron, y sus felinos ojos cambiaron por los zafiros que más adoraba.

—Allison, te amo demasiado y no puedo dejarte ir —su voz calculadora era aterciopelada.

—¿Y por eso pretendías morderme? —repliqué airada—. ¡¿Para acabar con el Código?!

—Nos separa —se excusó como si me estuviese haciendo un favor al pretender vampirizarme.

—¡PORQUE TÚ QUIERES!

David soltó una gélida risa, aún sin poder mover su cuerpo debido a las ondas aplastantes que ejercía sobre él. Lo mantenía abierto de piernas y brazos como una estrella de mar que exponían para que muriese poco a poco ante las inclemencias de la superficie.

—No soy yo el que se marcha por tiempo indefinido.

Negué con la cabeza.

—¡¿Por qué no confías en mí?!

—Confío en ti, pero no en ellos —dijo con vehemencia, señalando una realidad en la que aquellos sujetos estarían siempre en la mira.

—¿Por qué? —cuestioné a sabiendas de la larga historia de guerras entre esas dos entidades sobrenaturales.

Me miró con impaciencia y explicó:

—Te lavarán el cerebro.

—Eso no sucederá.

—No los conoces, te convencerán y terminarás odiándome.

—¡Jamás! —Ni estando loca permitiría que eso sucediera. De todas las personas que me han lastimado, él era el que menos odiaba.

David se convirtió en una pieza fundamental en mi vida, y, al habernos enfrentado de esa manera, creaba una gran brecha entre los dos. Era imposible dejar de amarlo de un momento a otro, me dolía tener que separarme de él, por estar más que demostrado que no permitiría que me desarrollara como Portadora. Comprendía en parte su temor, aun así, me costaba dejar de lado todo lo importante para mí y seguirlo a ciegas como si fuese su marioneta, no era el mismo que amé con pasión ni el que tantas veces me salvó la vida. Era otro hombre.

—No podrás mantenerme así por mucho tiempo —advirtió sin dejar de luchar para liberarse. Era como si él estuviese bajo un vehículo invisible que pesara toneladas y unas cadenas «mágicas» que inmovilizaron sus muñecas y tobillos para contenerlo en su sitio. Estaba atrapado.

Medité en no haberme percatado de ello y me preocupé. ¿Por cuánto tiempo sería capaz de contenerlo con las ondas aplastantes?

No estaba cansada y sentía que soportaría estar así toda la noche. Me inquieté con la posibilidad de que llegara el alba y no estuviese segura de que él me saltaría encima en cuanto lo liberara. Pero si no lo hacía, moriría bajo los rayos solares, y eso no era lo que quería tener como último recuerdo de lo que una vez tuvimos.

A pesar de poseer dos móviles y dones que solo un puñado de personas ostentan en el mundo, estaba de manos atadas, puesto que mis móviles reposaban en la cómoda de mi habitación y yo tenía prohibido proyectarme fuera de mi cuerpo por cuestiones de seguridad. Eso haría que dejara de crear el dominio sobre él, liberándose al instante y exponiendo mi cuerpo a que me diera de probar sangre. Por desgracia, mi telepatía no funcionaba con Oron ni con Donovan, el hecho de que sean Portadores, no los hacía asequibles a mi mente. Disponía hasta el amanecer para dejar las cosas en claro con David y prolongar mi humanidad.

—Lo siento, no es seguro para mí. —El nudo en la garganta se acrecentó; hablarle con firmeza era muy difícil.

—Qué piensas hacer: ¿tenerme así hasta que salga el sol? —cuestionó con un deje de preocupación en su voz. Su bello rostro masculino que estuvo enfurecido por mi decisión de marcharme palidecía por hallarse inerme ante esa probabilidad.

—Así es —mentí para que sufriera por lo que me hizo pasar, mientras acomodaba el cuello de mi buzo para que me cubriera mi cuello hasta los lóbulos de las orejas. De no ser por las ondas…, a estas alturas ya estaría vampirizada.

David me miró perplejo.

—Allison..., moriré.

—Lo sé —fingí decisión; si notaba que flaqueaba, emplearía su habilidad para seducir. Y yo aún era un soldadito muy débil.

Su rostro se tensó por el esfuerzo que ejercía para romper «las cadenas» de sus brazos y piernas, que lo mantenían pegado a la arena sin esfuerzo en una representación de un sacrificio medieval que los servidores ofrecían a sus dioses. Aunque, en esta ocasión, distaba de serlo. Solo me protegía de ser mordida.

—Creí que me amabas —dijo entristecido como si lo que sucedía esa noche fuese mi culpa. ¡Y no era así! Lo único que deseaba, al menos por unos meses, era conocer a esas personas especiales que tendrían unos cuantos consejos para facilitarme la vida y también para sentir que formaba parte de una nueva familia.

No le respondí, teniéndolo doblegado hasta que cediera.

—Me decepcionaste —reproché—. Eres un monstruo.

Él apenas negaba con la cabeza.

—Soy más que eso y tú bien que lo sabes.

Resoplé.

—Me acabas de demostrar tu verdadera naturaleza, David. —Su instinto animal resurgía cuando se hallaba acorralado y asesinaba sin piedad al que intentara matarlo.

Apretó los párpados en una actitud de contener las lágrimas.

—Debería aborrecerte… —siseó con rabia—. Solo así me libero de tu embrujo. No eres más que un espejismo que me atormenta; una ilusión de un amor que no se materializa y que me hace dependiente de tus caricias para sentirme vivo. —Suspiró—. Y, a pesar de tener todo esto en tu contra, no te causaría daño, sería infligírmelo a mí mismo. Te amo demasiado, perdóname… —fue todo lo que dijo antes de caer en un mutismo absoluto.

Dejó de luchar contra la fuerza invisible que lo aprisionaba. Abrió los ojos y los entornó al cielo, buscando el perdón en aquellos a quienes él abandonó un día para sucumbir ante la lujuria.

Cielos… ¿qué debía hacer?, ¿liberarlo o mantenerlo así hasta que el sol estuviera a instante de tocarlo?

Pensándolo bien, la segunda alternativa era la más acertada y la que mejor nos convenía a los dos, David no saldría lastimado, más bien, su *supervelocidad* le permitiría huir despavorido de la playa, a segundos de ser alcanzado por los primeros rayos solares. De ese modo, evitaba otro enfrentamiento, él no tendría tiempo de perfilar sus colmillos para morderme, sus veloces piernas lo alejarían de allí para que «tomara prestado» un vehículo de ventanillas polarizadas o se refugiara en alguna habitación de los hoteles que se hallaban a lo largo de la costa.

Así pasamos varias horas.

David seguía paralizado por la locura que estuvo a punto de cometer, se entregó a que yo hiciera con él lo que me viniera en gana. Me dio la razón: era un monstruo, no hacía más que demostrarme que era peligroso. Me rompió el corazón al instante en que sus colmillos desearon arrancarme la humanidad de un mordisco.

Me senté a su lado sin dejar de observarlo con tristeza. Mis dones seguían inmovilizándolo. No se atrevía a mirarme, se avergonzaba de sí mismo por lo que hizo. Elevó sus ojos al firmamento y los dejó allí, implorando por un perdón que nunca vendría. Mató en el pasado a muchos humanos por la sangre, por sospechar de su inmortalidad y para establecer un precedente. No amaba, no confraternizaba, vivía al compás de la conquista, exterminando a sus enemigos con el fin de obtener sus territorios; convirtiéndose así en el Grigori más poderoso, cuyos dominios se extendían desde Europa Occidental hasta América del Norte.

Entonces, ¿qué razón tendría el Cielo de perdonarlo por todo el mal causado?

Ninguna. Estaba condenado, padecería el fuego eterno por rechazar la divinidad y avocarse a las tentaciones de la carne.

Sollocé en silencio. Me debatía en un dilema interno, tratando de tocarle el rostro, pero me detenía a escasos centímetros, empuñando la mano. David me miraba por el rabillo del ojo. Era el fin de una relación que había comenzado a consolidarse, echando a perder lo que tanto le costó encontrar.

Yo.

Fue presumido al pretender que dejase todo por él. La insensatez lo dominó, sin tomarse el tiempo suficiente para analizar sus actos. Se dejó llevar por la rabia y se ahogó en esta. De él solo quedaba el deseo incontrolable de hacerme ver quién era el que mandaba en la relación. Si me quería, me quería ahora. Si no..., ¿qué caso tenía vivir sin amor? Era mejor morir que seguir perpetuando la maldición sin mí. Los Grigoris estaban condenados a vivir sin amor, les negaron uno de los más grandes privilegios que el ser humano poseía: amar y ser amado. Él no podía hacer eso; tanta inmortalidad, superioridad y fortuna, y, ¿para qué? Para vagar solo en la eternidad...

Me sentí desolada.

—¡ALLISON! —Un grito lejano se cruzó por el aire. La voz le pertenecía a la persona que David menos deseaba ver. Me despabiló y sacó de mis pensamientos. Corría desesperado por mi bienestar; atravesando la pasarela, descalzo y con el pantalón de pijama como única vestimenta.

Me levanté y acudí a su encuentro al instante.

—¡Donovan! —lo abracé, llorando.

—¡Allison! —Me apretujó. Sus ojos se alzaron por encima de los míos con el deseo expreso de asesinar a David. A continuación, me percaté de haber descuidado la onda aplastante y me volví tan pronto comprendí que mi distracción lo había liberado. Lancé mi poder mental contra él, pero David se preparó para esquivarla: saltó bien alto, pasando esa fuerza como una ráfaga de viento por debajo de sus pies. No perdí tiempo y enseguida lancé una segunda arremetida; por desgracia, él se arrojó a un lado para evitar que le impactara.

Donovan se posicionó delante de mí, de manera protectora, era un escudo humano que recibiría su furia en cuanto se acercara a nosotros.

«¡Detente!» —le pedí a David, usando la telepatía. Hasta en mi mente mi voz sonaba temblorosa.

«No, vendrás conmigo —olvidó su arrepentimiento de haber perdido la cordura tan pronto intuyó que Donovan estaría en medio de los dos—. *No hagas las cosas más difíciles».*

Desapareció y reapareció, tirándome a un lado. Y, con un golpe severo en el pecho, estrelló a Donovan contra el cerco del patio de mi casa.

—¡DONOVAN! —grité al verlo caer sin conocimiento. Me levanté y corrí hacía él, angustiada.

Y ese fue mi error.

David me tomó de la cintura con un brazo y, con la mano libre, me puso algo metálico sobre la frente.

Me dejó paralizada.

Caí languidecida en sus brazos. ¡No podía reaccionar! Estaba consciente de cuánto sucedía, pero no era capaz de moverme. ¡¿Qué me había hecho?! ¡¿Qué era esa cosa?! Mis brazos y piernas no respondían, ni tenía energías para gritar, las ondas expansivas no emergían, no me defendían...

—¡¿Qué me hiciste, animal?! —lo increpé molesta. Al menos, hacía uso de mis cuerdas vocales.

—Anulé tus dones —respondió mientras me acostaba en la arena. Su mirada amedrentadora buscó a Donovan y sus garras se alargaron en una temible certeza de querer despedazarlo.

Lo quería matar.

—¡NO! —grité—. ¡¡Es mi amigo!!

—Estoy harto de él —siseó con odio.

—¡¿Por defenderme de ti?!

—¡Por muchas cosas!

—Recuerda que tiene familia que lo llorará.

David respiró profundo. Sus garras se encogieron y sus manos se empuñaron para controlar la rabia que sentía. No lo mató por dos buenas razones: Marianna y yo. No le perdonaríamos su impulso asesino. A pesar de esto, Donovan no sufrió daño por su embestida, despertaría adolorido y con un severo dolor de cabeza.

Me levantó en vilo y apretó contra su pecho, corriendo rápido hasta el Hummer estacionado frente a la casa. Abrió la puerta del copiloto y me acomodó sobre el asiento, asegurándome con el cinturón de seguridad. ¡Me había secuestrado! Actuaba igual que Vincent Foster cuando me atrapó; no era mejor que aquel, me atacó por temor a perderme y separarme de mi mundo humano.

David puso en marcha el motor, pero el vehículo no se movió, algo le obstaculizaba el camino y lo detenía. Pisó el acelerador y los neumáticos rechinaron ante algo que le impedía avanzar.

Se bajó furioso y ahí fue cuando Oron se materializó.

El Portador aparentaba no estar armado y enfocó sus ojos hacia él, lanzándole una onda expansiva. David no tuvo oportunidad de evitarla, Oron fue más rápido que yo, incluso, mucho más contundente en la embestida mental. Lo golpeó contra un árbol, derribándolo desde la base del tronco.

Escuché a Donovan gritar, mientras se aproximaba sin pensar en su propia seguridad. Si bien, Oron intentó detenerlo, este ya tenía pegada la mano en el asa de la puerta para sacarme con rapidez. Pero David se lo impidió al agarrarlo por el cuello.

Lo encaró hacia Oron.

—Desaparece, Portador, o le partiré el cuello al muchacho —amenazó a la vez en que Donovan le lanzaba codazos hacia sus costillas para liberarse.

Oron alineó los ojos bajo sus lentes redondos y empuñó las huesudas manos, dispuesto a luchar.

—Igual lo matarás si me voy —cuestionó.

—Te doy mi palabra de que así no será.

Oron rio displicente.

—La palabra de un vampiro carece de valor.

—No la mía —refutó—. Te lo aseguro.

Apretó la mano en el cuello de Donovan. Este emitió un sonido ahogado por costarle respirar. Se desvanecía. Los codazos que propinaba ya no eran tan demoledores, sus pulmones imploraban por un poco de aire.

Oron se debatió un instante sin saber a cuál de nosotros rescatar. Pero subestimé sus poderes.

La puerta del copiloto se abrió por sí sola y golpeó a David en la espalda con mucha fuerza. El cristal de la ventanilla se quebró y las bisagras se removieron de sus cimientos hasta desprenderse. David cayó al suelo, sin aliento, soltó a Donovan por el impacto, quien rodó por el pavimento, jadeando y tosiendo sin control. Le pateó el rostro a David cuando este intentó agarrarlo por los tobillos. Oron lanzó otra onda expansiva, haciéndole dar volteretas a David hasta el fondo de la calle. Escuché el frenazo de un vehículo y el posterior golpe de algo que contra este se estrelló.

Con su telequinesis, el anciano me sacó flotando del interior del Hummer. Donovan se levantó del suelo y me recibió para llevarme en brazos hasta su jeep.

—¿Qué tienes en la frente? —preguntó sin dejar de correr, sacudiéndome entre sus brazos mientras sus piernas se batían por la calle del vecindario.

—Quítamelo —le pedí sollozante, herida por la ira de David.

Lo hizo en cuanto me depositó en el asiento del copiloto.

Para nada se requirió de claves o de oprimir botones para desactivarlo, así como me lo quitó de la frente con facilidad, era capaz de contrarrestar la fuerza motriz del infortunado que lo usara.

—¿Qué mierda es esa? —Lo estudiaba con detenimiento, sin comprender la clase de artefacto que el otro utilizó para inmovilizarme. Parecía una diadema: plateada, elegante y misteriosa. Una tecnología que, por lo visto, desconocida para los que se hallaban del bando contrario.

Alcancé a ver que David estaba malherido, y Oron aprovechó para rematarlo con su propio vehículo. Lanzó el todoterreno sobre él para aplastarlo.

—¡No! —grité. La carrocería lo cubrió por completo.

Intenté ayudarlo a pesar de estar inmovilizada, el extraño artefacto me había debilitado.

Donovan se subió al jeep y giró la suichera para ponerlo en marcha, pero los nervios impedían que lo hiciera con rapidez.

—¡Maldición, arranca! —gritó y yo rodé los ojos hacia David, este con dificultad levantó el Hummer por encima de su cabeza y lo arrojó a un lado. Oron se acercaba, con parsimonia, sus pisadas no se escuchaban; ahí fue cuando me di cuenta de que el anciano era incorpóreo, habiéndose desprendido de su cuerpo y apareciéndose como un fantasma para impedir que me llevaran lejos.

Levantó a David mediante telequinesis, haciéndolo flotar varios metros en el aire, para luego estamparlo en el suelo con violencia.

El golpe resquebrajó el pavimento y se escuchó como una explosión. David perdió el dominio en sus músculos, quedando desmadejado. Hubo un pequeño movimiento telúrico que reverberó por un par de manzanas; las luces de las casas se encendieron y comenzaron a salir los vecinos, asustados de que fuera un atentado terrorista.

El jeep arrancó y Donovan pisó el acelerador hasta el final para huir de Isla Esmeralda. Oron desapareció tan pronto se fijó que tendría testigos. Y, en cuanto a David…, no pudo levantarse para desaparecer de las miradas de los humanos.

Sin ser capaz de evitarlo, perdió el conocimiento.

Temí por él.

Él sol pronto emergería.

*****

Donovan no volvió a su casa, debido a que desconfiaba de la magia *antivampiros* que implantó el señor Burns después de David haber transformado a Marianna. No quiso arriesgarse a esperar a que este se apareciera y lograra traspasar las medidas de seguridad. La adrenalina lo impulsó a tomar una dirección contraria a Beaufort, viajando sin rumbo fijo durante todo el día, manteniéndome alejada de él. No nos detuvimos a comer ni tampoco para ir al baño, a menos que fuese para reabastecernos de combustible, donde los empleados lo miraban de reojo por andar descalzo y en pantalón pijamas.

Ya había anochecido. Tenía hambre y unas enormes ganas de descargar la vejiga. Estaba malhumorada, triste y muy preocupada por David. Él quedó allá, tendido en el pavimento, a merced de los humanos que aún ignoraba si lo ayudaron a protegerse de los rayos solares o lo dejaron a su suerte.

Procuré no llorar para que Donovan no me increpara por derramar lágrimas en un ser que estuvo a punto de clavarme los colmillos y matarlo a él. Oraba en mi fuero interno de que se haya salvado de morir calcinado, esperando que hubiese sido ágil en buscar refugio mientras las horas diurnas pasaran.

Cruzamos varios estados en sentido oeste hasta llegar a Abilene, un bonito pueblo de Kansas. El frío invernal no se sentía tanto por esa parte del país. Ambos seguíamos inmersos en la angustia de la huida; según Donovan, un Grigori poseía la destreza de marcar el paso sin esfuerzo alguno al que se le midiera, que, en cuanto David nos tuviera en la mira, sería fácil arrebatarme. Si debía lastimar a mi protector para estar conmigo, lo más probable, lo haría.

Después de que Donovan me quitara la diadema plateada y la arrojara a la calle, había tardado algunos minutos hasta que comencé a recuperar el control de mis extremidades. Aún sentía las manos entumecidas y la fuerza motriz, debilitada. El rústico adelantaba los demás autos a máxima velocidad, pasando varios semáforos en rojo y sin que *al chofer* le importara a quién se llevaba por delante.

Hubo una sombra que se reflejó muy rápido en el espejo retrovisor de mi puerta. Me pareció que era un hombre.

Mis brazos se erizaron y miré a través de ese espejo para asegurarme de si había visto bien.

Era David que se aproximaba a toda carrera.

—Oh, Dios…

—¿Qué sucede? —Donovan me miró mientras mantenía sus manos pegadas al volante, yendo veloz por la vía.

—Es David —contesté y mi corazón se estremeció de solo pronunciar su nombre.

De repente, él apretó la velocidad en sus piernas, reduciendo la distancia que había entre nosotros a la mitad.

200 metros: los conductores no lo veían. Era una brisa helada, una sombra que fluctuaba entre la oscuridad.

100 metros: se aproximaba. Debía vernos a través de la ventanilla trasera del techo de lona.

50 metros: lo más probable, es que con esa distancia escuchaba las maldiciones que Donovan escupía.

25 metros: restaban para que nos detuviera. Solo tenía que saltar hasta el jeep, tomarme entre sus brazos y correr quién sabe a dónde.

De forma abrupta el techo de lona se desgarró. David cayó sobre el jeep, haciéndole perder a Donovan el control del volante. Lo tomó de la cabeza y la ladeó para morderlo.

—¡Vamos a chocar! —Donovan le hizo ver, tratando desesperado de tomar el control del rústico.

David levantó la vista, un automóvil venía contra nosotros.

El jeep sin dirección se había desviado de carril. Por querer morderlo no se percató de que yo saldría lesionada. Giró el volante y enseguida estábamos en el sentido correcto, luego lo direccionó, sacándonos de la carretera, y aplastó el pie de Donovan para frenar.

Puse las manos en la guantera para evitar golpearme; debido a la huida, no hubo tiempo para que el cinturón de seguridad me mantuviera en el sitio. Al menos, no nos accidentamos, pero no logramos escapar de David, quien tomó a Donovan por el cabello y, con rudeza, tiró de él hacia atrás para exponer la extensión de su garganta.

Si antes se salvó de la sed insaciable de un vampiro obeso, no lo haría de un Grigori furioso.

—Te dije que te alejaras de ella —tronó con acritud, sus dientes apretados rechinaban entre sí por la rabia que lo azotaba. Daba la impresión de hallarme ante una escena de celos, en la que mi celoso novio me atrapó poniéndole los cuernos con su peor enemigo.

—La salvo de ti… —Donovan espetó a pesar de que, por esto, le costaría la vida.

—¡DÉJALO! —lo grité—. ¡No te comportes como una bestia! —Este alzó la mirada hacia mí y encogió sus colmillos en el acto por mi negativa de que le hiciera daño. Aun así, *el muy hijo de los diablos*, estrelló la frente de Donovan contra el volante para dejarlo inconsciente—. ¡BRUTO! —El condenado cavernícola lo puso a ver estrellas. Vaya *estampada* que le dio.

Saltó fuera del jeep.

—¿Qué vas a hacer? —temí por mí.

—Vendrás conmigo. —Arrancó con violencia la puerta del lado de mi asiento.

—¡No! —Me removía para que no me sacara del vehículo—. ¡Suéltame! —Trataba de lanzar ondas expansivas para apartarlo, pero a causa del debilitamiento que aún me afectaba por lo de la diadema, nada ocurrió.

Me ignoró y tomó contra mi voluntad. Luché por soltarme, le golpeaba la cabeza con los puños y gritaba por ayuda. Mis golpes en nada a él lo afectaban y el pobre de Donovan yacía inconsciente sobre su asiento.

Corrió lejos conmigo en brazos.

Capítulo 3

«David, David. Vamos... ¡Bájame!, ¡déjame ir!».

Le pedía telepáticamente por ser el único modo que tenía para hablarle sin tragar mosquitos, debido a que él aún seguía acunándome sobre sus brazos como si fuese una chiquilla.

Al igual que Donovan, llevándome al jeep, David se alejaba de Carolina del Norte, sin rumbo fijo. Para nada tomaba descansos, era inagotable, sus musculosas piernas se desplazaban a una velocidad en la que el aire frío del camino se tornaba doloroso como gélidos cuchillos que provocaban que ocultara mi rostro en su cuello para que no me lastimara.

Él permanecía en silencio.

Su chaqueta sastre desgarrada por las costuras de las sisas y la línea central de su espalda.

«Te amo» —lo dije de corazón sin que *la voz mental* temblara por las bajas temperaturas. Si mis palabras no lo ablandaban, nada lo haría.

Levanté la vista para asegurarme de él haberme «escuchado». David fruncía las cejas en una fría expresión que me mataba. Hubo turbación en sus dos cielos como si dudara de sus impulsivos actos. Esperé llena de esperanza a que se detuviera y me contestara, pero no lo hizo. Sus ojos se volvieron a endurecer y se enfocaron de regreso hacia la lejanía de la carretera.

El hecho de tener la capacidad de comunicarme de esa forma con él, no me daba acceso a sus pensamientos. La telepatía no funcionaba como la gente solía creer: percibiendo los sentimientos más profundos. Todo era falso, una exageración de la imaginación.

Nada más.

Ambos manteníamos ese vínculo por estar de acuerdo.

Pero, en esta ocasión, cerró su mente, dejando por fuera esa máscara que yo tanto detestaba cuando pretendía imponer distancia entre los dos. Solo dejaba ver al vampiro dominante, al Grigori, al líder de su especie… Lo había lastimado, ocultándole mi partida; aun así, él tenía que aceptar lo que era yo: Portadora. Mi sangre no era la barrera que nos separaba, ¡era su desconfianza! Debía comprender –aunque no le gustara– que pertenecía a una fuerza avasallante de seres humanos que velaban por la armonía de la Tierra.

Cada tanto levantaba mi rostro para mirar por encima de su hombro. Sentía que debía hacerlo. Estar atenta. Detallar una casa, un aviso publicitario, una señalización que identificara una vía o el nombre del pueblo del cual cruzábamos... Ignoraba por qué lo hacía o cómo era capaz de dejar *migajas mentales* en el camino, solo actuaba por puro instinto.

David hizo una parada en una casona, debido al frío que me atenazaba.

Sin ser tosco, me lanzó a su hombro y trepó hasta el segundo piso de ese lugar, entrando por el ventanal de una habitación. Temí por sus residentes, no deseaba que mi ángel se comportara como una bestia; por fortuna, me alegré de que estuviese vacía, la casa se hallaba a oscuras y David olfateó, asegurándose, quizás, de no ser descubiertos. Me bajó y con delicadeza me sentó sobre la cama. Caminó hasta la puerta, la abrió y olfateó fuera de ella. Luego la cerró y se volvió sin mirarme.

Respiré aliviada.

No había nadie.

Se dirigió hacia el armario y buscó algo entre las ropas, sin ver qué era lo que escudriñaba con tanto afán. ¿Armas? David no encendió la luz, no la necesitaba. En cambio, yo deseé que lo hubiese hecho, tal vez se preparaba para un enfrentamiento.

Gruñó por lo bajo y salió de la habitación. Me dejó sola sin prevenir que yo escapara por la ventana.

Así que aproveché rápido para asomarme.

Mierda…

Estaba muy alta.

Ni modo de saltar, me fracturaría las piernas si lo intentaba.

Me crucé de brazos, molesta y bastante frustrada, volviendo a sentarme en la cama. No podía escapar ni defenderme, la vida se burlaba de mí: la ventana electrificada de un barco evitó que escapara de la venganza de Hasan y la ventana alta de una casona me impedía que saltara y me alejara corriendo de mi vampiro.

Reparé en una puerta y al instante sorteé los muebles que me encontraba por el camino para llegar hasta allá. Por fortuna, era el baño e hice rápido mis necesidades fisiológicas, mientras lloraba en silencio, lamentándome de que David me tuviese atrapada sin necesidad de ataduras.

Salí, manteniendo la mirada gacha. Apenas había tardado un par de minutos, por lo que esto no sería motivo de increpaciones por su parte.

Aun así…

Una fría mano levantó mi rostro.

Evité discutir por tocarme, pues no estaba en condiciones para llevarle la contraria. David había retornado con algo abultado y doblado en su otro brazo. Entorné los ojos sin saber qué era lo que sostenía; lo pasó por encima de mis hombros y comprendí de que se trataba de un abrigo de piel. Esperaba que fuese de imitación, repugnándome estar cubierta con la piel de muchos animalitos que tuvieron que morir por las excentricidades de personas que amaban el lujo a costa de seres indefensos. Luego me abotonó a su velocidad y me entregó unos guantes de cuero, y esto me confundió. David no entró a la casa con la idea de alimentarse de sus residentes ni de buscar armas. Entró de manera furtiva, buscando un abrigo para mí, pues mi buzo y el suéter que usaba poco me protegían del clima.

Esta consideración de su parte causó que meditara en lo siguiente: si se tomó el tiempo para abrigarme, era porque su destino iba direccionado hacia una zona donde la temperatura cada vez descendía.

—¿Hacia dónde vamos? —pregunté sin disimular la preocupación que me embargaba de no volver a ver a mis seres queridos. ¿Qué será de tía Matilde? Ella viviría en la constante zozobra de mi secuestro. Y ¿Ryan? Estaría siempre preocupado por mi desaparición. En cuanto a Donovan…, él hallaría la forma de rescatarme, pese a los riesgos que esto implicaba.

David no respondió, no tenía por qué hacerlo. Buscaba la forma de abandonar el continente, y, para esto, acudiría al lugar más próximo y con más vampiros dispuestos a ayudarle.

Nueva York.

Allá tenía a un buen puñado de su gente.

Me alzó entre sus brazos y saltó por la ventana hacia abajo. No me quedó opción que rodearle el cuello con mis brazos; ahora estaba calentita, acunada y aspirando su esencia tan deliciosa, del que lamentaba no disfrutarlo en la intimidad por echar él a perder el encanto que representó nuestra relación.

Antes de que David emprendiera la marcha, una onda expansiva nos tiró a los dos con mucha violencia.

—*¡Ayyyyy!* —Rodaba adolorida por el césped. El abrigo amortiguó parte de la caída, pero no me protegió de la contundencia del que fui expulsada. David cayó de espalda, y, en un parpadeo se incorporó tan pronto reparó en lo que sucedía.

Emitió un gruñido amenazador.

Se hallaba frente a un sujeto que aparentaba ser débil, pero contaba con dones aurales que mandaría hasta el más fornido de los vampiros al inframundo.

Oron apareció en medio de la calle, como si fuese un espectro de la noche.

Caminaba hacia nosotros en su lento andar y larga figura desgarbada, deteniéndose en la acera que da acceso a la casona. Las demás residencias que estaban detrás de él se lograban ver, debido a la transparencia de su cuerpo. Sonreía en una inquietante pasividad que contrastaba con lo que acabó de hacer, al derribarnos, no lucía tenso ni nervioso, más bien, muy seguro de sí mismo a pesar de estar allí solo. En cambio, David me miró y luego a él. Se agazapó, calculando cuál de los dos iba a reiniciar el ataque. Esto me entristeció, nos media como enemigos, dos Portadores contra un vampiro. Las probabilidades de sobrevivir eran pocas.

Perfiló feroz sus colmillos y sus ojos adquirieron ese color gatuno cuando se enojaba.

—¡Aguarden! —les pedí a los dos, evitando así que se enfrentaran por mí.

Llevada por la tensión del momento, me levanté temblorosa del suelo y con el corazón adolorido de tanto palpitar. ¡Vaya situación! Oron logró localizarme de la misma forma en como hice con David en Siberia cuando por él estuve mortificada en aquel túnel del metro: proyectando el alma. Sin embargo, el anciano no recurrió a los sentimientos fraternales que tuviese por mí y del que actúan como estelas en la que, alguien como él, percibiría al instante, sino que debió seguir el *rastro invisible* que yo le dejaba con la mente. Pero me sentía terrible y temía por mi vampiro, ya que no deseaba lastimarlo para escapar de él y tampoco quería que Oron lo matara o lo empujara a hacer algo del que después se arrepintiera.

Los dos hombres me miraron. Uno incorpóreo y el otro en el plano físico de los seres de la noche.

Respiré profundo. Tenía claro de que David no permitiría que me apartaran de él, sería capaz de proclamar la guerra a los Portadores con tal de mantenerme a su lado. A pesar de esto, no era un cavernícola que no entendía mi idioma, era un vampiro inteligente y con muchos años vividos, le haría razonar, despedirnos por las buenas y evitar un derramamiento de sangre. Era lo más sensato.

Oron acomodó sus lentes sobre su nariz aguileña e intentó hablar, pero lo interrumpí.

—Vamos a zanjar este problema de una vez —dije categórica—. Discutiremos mi partida de forma civilizada. —David abrió la boca para replicar y enseguida lo callé con otra de mis declaraciones—: Yo también tengo voz y voto, soy un ser pensante y con los pies bien puestos sobre la tierra. Así que los dos van a escuchar lo que les tengo que decir.

Esperé con el corazón en la mano a que protestaran.

Oron asintió y David bajó la mirada.

—Bien —respiré hondo. Era imperativo conservar la serenidad y demostrarles que razonando se llega a un acuerdo—. David —lo llamé—, te amo. ¡Te adoro! Eres mi complemento, no podría vivir sin ti —fue un cliché del que necesité recurrir ya que era verdad—. Eres mi oxígeno —él levantó el rostro y sonrió—. Cada vez que estoy a tu lado, me tiemblan las piernas por la emoción que me produces. Por eso te pido en nombre de este amor que me permitas conocer a la Hermandad.

David negó con la cabeza, borrándose su sonrisa.

—Es muy importante para mí conocer a otros como yo —agregué dispuesta a convencerlo—, lo deseo de corazón. —Intentó hablar, pero continué sin permitírselo—: Sé que temes que ellos... —miré a Oron— me laven el cerebro o que yo no vuelva nunca más. —David asintió—. Confieso que quizá me tome un tiempo desarrollarme como Portadora. Sin embargo, eso no quiere decir que te olvidaré y dejaré el camino libre a todas esas mujeres que esperan por ti —lo hice sonreír y eso me relajó—. Hagamos un trato los tres —mi mirada oscilaba de David a Oron rápidamente.

Mi ángel frunció el ceño.

—¿Qué tipo de trato? —fue prudente en preguntar antes de aceptar de buenas a primeras lo que yo aún no expresaba en voz alta. Como buen negociante, requería conocer lo que fraguaba su noviecita cabeza-loca para determinar si le convenía.

Mis pulmones se llenaron de oxígeno para tomarme un tiempo y así pensar mejor lo que le iba a proponer.

—Te juro por lo más sagrado que, después de mi entrenamiento, retorno a ti y nos iremos a dónde quieras.

David vaciló, esperaba el resto del trato.

Miré a Oron.

—Deme su palabra de que me dejarán volver cuando llegue la hora de partir.

Este endureció la mirada.

—Eso no depende de mí, joven Allison. La Hermandad es una unidad y todos deben opinar para decidir.

David gruñó y yo me congelé.

—Usted es un Portador importante —repliqué—. Su palabra debe valer mucho. Explíqueles lo que pienso.

Sonrió displicente.

—Mi querida Portadora, ¿se le olvida que no es tan fácil? Faltan semanas para *eso*... —lo dejó en el aire para que comprendiera. La Hermandad se hallaba al otro lado del portal, y este no se activaría hasta que pasara el tiempo estipulado en el que solía abrirse de vez en cuando.

—Entonces, aguardaré.

Lo desafié con mi renuencia, cruzándome de brazos de manera relajada. Lamenté que David se haya enterado a través de este de la fecha de la partida, fui tonta al creer que Oron había guardado silencio para que yo se lo revelara, pero se tomó para él ejecutar el trabajo más difícil y lo hizo de un modo que, quizás, disfrutó al observar la estupefacción de mi vampiro.

—¿Y dejar pasar más tiempo? No.

—Si no lo hace: no hay trato.

Oron suspiró resignado. Si por él fuese, me agarra de las greñas para llevarme a las malas a la clandestina morada de su hermandad. Se veía a leguas de ser un sujeto que impone órdenes en vez de recibirlas. Menos de una chiquilla.

—Bien. Será como usted lo ordene —masculló y luego entornó los ojos recelosos hacia David, de quien noté, gracias a la iluminación de los postes de luz de la calle, que sus finos zapatos lucían polvorientos y desgastados por la veloz carrera que emprendió desde Isla Esmeralda hasta ese vecindario alejado—. ¿Y qué hay de él: cuál será su trato?

Miré a David, rogando en mi fuero interno para que no se pusiera intransigente. Era vital acordar mi estadía en aquel lugar con su consentimiento, puesto que aseguraba mi paz mental y un Pacto de No Agresión entre Vampiros y Portadores.

Por una chica insegura no se iba a iniciar una guerra entre esas dos especies poderosas.

—Él respetará la decisión que tome sobre mi futuro.

—¿A qué decisión se refiere? —inquirió el anciano en un tono severo, percibiendo en mi comentario algo importante que ocultaba.

—Eh… —vacilé, ¿qué le iba a decir? David planeaba que yo fuera su vampira y me convertiría tan pronto retornase de aquel lugar que se resguardaba a través de un portal. Lo que, en resumidas cuentas: dejaría de ser Portadora.

La precaución para mantener nuestra *telepatía recuperada* en secreto era una manifestación latente de ese hecho: ningún vampiro tenía poderes sobrenaturales.

Lo mío con David se debía a mí. Reencarné por él.

—En pagarle sus estudios en Italia —respondió este por mí, para ayudarme a salir del apuro.

—¡Ah, no, eso no! —fingí contrariedad, agradeciendo con una leve sonrisa su oportuna intervención—. ¡Tengo mi propio dinero!

—Pero yo quiero pagarlo —David replicó, siguiéndome el juego para que el otro creyese que se trataba de una discusión que desde antes sosteníamos por cuestión de orgullo.

—Tengo una pequeña herencia, ¿lo olvidas?

Oron puso los ojos en blanco por aguantar sandeces de una parejita de enamorados.

—Muy bien —expresó cansino—. Me parece justo que imponga su posición desde un principio.

Dejé de respirar.

—Entonces… —los miré a ambos—, ¿están de acuerdo?

—Sí —respondieron los dos al mismo tiempo.

Expulsé el aire de mis pulmones, ya más relajada.

¡Sí! Logré evitar una terrible confrontación entre ellos dos, al convencerlos de mis planes.

—Haremos tregua por usted, joven Allison, pero... —expresó Oron condescendiente— deberá cumplir su parte: abandonará la Hermandad solo cuando esté preparada. ¿Lo jura?

Asentí sonriente, desbordada de felicidad. Era raro que utilizara los formulismos de «usted», cuando él pedía expresamente que lo llamaran por su nombre de pila. Pero no me importaba.

—Lo juro —dije solemne.

Luego miré a David, aprensiva, siendo consciente que, si este no pactaba, no solo había malgastado mis palabras, sino que comenzaría una serie de confrontaciones del que la sangre correría. Donovan y el señor Burns no se quedarían de brazos cruzados y, lo más seguro, que aquella hermandad tampoco.

—¿Por cuánto tiempo? —En vez de jurar como yo hice, emergió en él la desconfianza.

—Lo que tome prepa…

—¡No me vengas con eso, Portador! —lo interrumpió avinagrado—. ¡Necesito saber por cuánto tiempo ella estará con ustedes!

Oron sonrió pérfido y contestó:

—Seis años.

¡¿Qué?!

—No lo permitiré —la mirada de David se oscureció, amenazando con alargar sus colmillos y destrozar el arrugado cuello del anciano.

—¡¿Por qué tanto?! —Pensaba que eran meses, pero años… ¿Qué tanto tenía que aprender para que no metiera las patas al ejecutar un desdoblamiento o tener visiones?

A menos que me enseñaran a levitar objetos como lo hacía Oron.

Eso sí que sería genial.

—Preparar a un Portador no es fácil —dijo este—. Son muchas cosas las que debe dominar y muchos conocimientos por aprender.

—Ni la universidad toma tanto tiempo —me quejé y al instante reparé en el anillo de oro que el vejestorio ostentaba en el dedo anular de su mano izquierda. Parecía de graduación.

—Usted juró, joven Allison: cumple o no hay trato.

David y yo nos miramos. Lo que para Oron era una mirada silenciosa, para nosotros era una conversación telepática.

«No soportaré tanto tiempo sin ti» —expresó sin preocuparle que nos diésemos cuenta de su tristeza.

«Lo sé —le di la razón—. *Será terrible esperar a que pasen los años para volvernos a ver».*

«Entonces, no vayas» —fue tajante como si de ese modo me retendría a su lado. Una orden y ya está: a su merced.

Por desgracia para él, así no funcionan las cosas.

—David… —esta vez utilicé las cuerdas vocales—. Esto nos dolerá, pero debo ir…

—¡No! —Sus ojos se cristalizaron, impotente de su incapacidad de hacerme cambiar de parecer. Estaba decidida a emprender nuevos rumbos en la que adquiriría los conocimientos de personas que no eran de su estima.

—Seis años pasan volando —manifesté—. Si esperaste por mí cuatro siglos, ¿qué son seis años más?

«Es como morir lentamente».

«Lo sé, ya lo estoy padeciendo».

«Quédate, mi amada Allison» —rogaba a la vez en que posaba sus manos en mis brazos en una desesperada acción para convencerme.

«Te lo compensaré» —dije sin pensar en las consecuencias que esto traería después.

David lo pensó unos segundos.

«¿De qué modo?».

—Si me permiten intervenir, ustedes no envejecerán como los demás seres humanos, por si no lo han tomado en cuenta. Algunos son tontos porque…

David y yo no respondimos a lo que Oron comentaba. Nos enfocábamos en los dos.

«¿A qué te refieres?».

«¿Cómo me lo compensarás?» —la ansiedad en David se incrementaba porque era un hecho inminente de separarme de él para conocer a otros.

Medité en lo que le daría a cambio de su bendición. Tenía que ser algo del cual aceptara de buena gana, lo tenía todo y, tal vez, hasta repetido como para obsequiarle una prenda o un objeto de valor que hiciera llorar mi cuenta bancaria y él se decepcionara por considerarlo aburrido. Debía ser único y muy especial, de modo que estuviese satisfecho por permitir mi lejanía, algo como…

«Con lo que más desees» —expresé sugerente, dejando para la imaginación en la que mi cuerpo desnudo sería su compensación.

Enmudeció.

Y una sutil sonrisa ladina se dibujó en sus labios.

—Cuando se vuelvan a ver —Oron continuó, quizás pensando que lo escuchábamos—, será como si no hubiese pasado el tiempo.

—Está bien —David acordó, su voz sonó enronquecida.

—¿Lo juras? —necesitaba comprometerlo.

—Lo juro.

Oron asintió complacido y yo abracé a mi ángel.

«Recuerda: lo que yo más desee…» —hizo énfasis en las últimas palabras, prometiendo con su ardiente mirada en que tendría que cumplir con lo que él dispusiera cuando volviésemos a estar juntos.

«Sí» —distaba de estar temerosa, más bien, el fuego se arremolinaba en mis entrañas. Mi cama o la de él no aguantaría su deseo.

«Te esperaré con ansias».

Me inquieté. ¿Qué estaría fraguando ese pícaro vampiro?

—Joven Allison —Oron me llamó—. La buscaré para la fecha pautada y sin prórrogas —se adelantó a futuras quejas por parte del tercero que se interponía en mi desarrollo como Portadora.

Luego le dedicó una mirada silenciosa a David, que decía más que mil palabras.

En esta había advertencia y determinación. Vendría por mí para llevarme con la Hermandad, así este cambiara de parecer.

—Lo esperaré —aseguré sin dejar de abrazar a David, del cual aferró más sus brazos y, un leve gruñido retumbó en su caja torácica, pues aún le costaba aceptar mi pronta partida.

¿Qué eran dos meses para él? Un pestañeo.

No estaba conforme, estos días pasarían en una exhalación.

—Supongo que no debo preocuparme porque el *Agathodaemon* la regrese a casa.

—Supone bien —David respondió en un tono bastante hosco.

—Bueno, en ese caso…, me marcho. —Oron se esfumó sin hacer mucha fanfarria.

David deshizo el abrazo y me separó de su cuerpo. Lo miré aprensiva, temerosa de no cumplir con su palabra y de que estallara como un volcán. Pero lo que hizo fue sonreírme entristecido. Sacudió la grama pegada en mi abrigo y acomodó mi cabello detrás de las orejas.

—Es hora de volver —anunció, liberando la tensión que mantuvo en sus hombros desde que Oron se proyectó.

Me sentí como una vulgar ladrona al tener que regresar a casa con algo que no me pertenecía.

—No quiero usar este abrigo.

—Pasarás frío.

—No me pertenece —le hice ver.

—Te enfermarás si no te abrigas.

Suspiré. Discutir con él, era perder el tiempo.

—Prométeme que lo devolverás.

Puso los ojos en blanco y sonrió.

—Está bien, lo prometo.

—Hasta los guantes —alcé las manos para que los viera. No me quedaría con lo que no era mío.

Asintió con desgana y me puse de puntillas para darle un casto beso en los labios en agradecimiento. Beso del que David no permitió que fuese efímero: me tomó de la cintura y elevó a su altura para besarme con mucha urgencia.

Capítulo 4

Desperté con David a mi espalda.

Me abrazaba por encima de la cobija. Su brazo se cernía sobre mi cintura de manera posesiva y su rostro se enterraba en mi cabello, haciéndome estremecer. Me sentí extraña y traté de enfocar la vista a mi rededor. La habitación se hallaba en completa oscuridad y, aun así, sabía que no estaba en mi cama por algunos aspectos: los ronquidos de mi tía no se escuchaban del otro lado de la puerta, el tintineo del móvil de tubos de bambú –en mi balcón– no se sacudía con suavidad por la brisa marina, el mullido de las almohadas –que no la había en las mías– hundía mi cabeza, y la comodidad de un colchón que fue fabricado para reyes, acunaba mi cuerpo.

Me costó girarme sobre mi costado izquierdo para quedar frente a él y ahí noté que estaba en ropa interior, la frialdad que sentía en mi cuerpo indicaba que David se hallaba en las mismas condiciones.

Alcé la mano para palpar su rostro y me topé en el camino con la suya que ya entrelazaba mis dedos.

—Hola… —su aliento varonil me dio de pleno en el rostro sin que me mareara ya que su aliento no apestaba. Aunque me angustiaba que el mío, sí. No supe si sonrió o hizo un mohín por la higiene bucal que me hacía falta, pero a juzgar por la dulzura de su voz, toleraba mi aliento mañanero y se hallaba de mejor humor.

—Hola —devolví el saludo y mi corazón estalló de emoción, estaba en su cama. Debí haberme quedado dormida en sus brazos mientras regresábamos; el cansancio de una lucha mental en la playa, el enfrentamiento con Oron, la huida, el trato…

Todo me pasó factura.

En alguna parte del trayecto debí rendirme y entregarme al sueño, David aprovechó eso para llevarme a Rosafuego; de otro modo, yo no lo hubiera permitido.

Llevó mi mano a sus labios y besó los nudillos con delicadeza.

—¿Por qué no me llevaste a Isla Esmeralda? —pregunté sin que fuese un reproche, solo quería saber el motivo.

Escuché su cálida risa, sintiendo el encogimiento de sus hombros sobre el colchón.

—Quería que despertaras en mis brazos.

—Pues, contigo se despierta bien —manifesté sonriente, llenándome de satisfacción ese deseo suyo.

David comenzó a jugar con mis dedos, estirándolos y encogiéndolos entre los suyos. La naturalidad con que todo se daba era maravillosa, nos comportábamos como marido y mujer, sin los papeles firmados; parecía que no lo necesitábamos, actuábamos como si en realidad lo fuésemos, pero yo soñaba con tener la alianza que le dijera al mundo que legalmente le pertenecía a él.

Allison Colbert...

No sonaba mal.

¡Para nada mal!

Más de una se moriría cuando los noticieros anunciaran de que David fue atrapado por cierta neoyorquina que lo ha metido en múltiples problemas.

—Me complace oírtelo decir —expresó con ansiedad, tal vez por la cantidad de noches que pasaríamos juntos, algunos serían de sexo y otros por simple compañía.

Pero, al pensar que los descansos de mi ángel serían diurnos y que no despertaríamos al mismo tiempo, me entristecía. David podría hacer el esfuerzo de estar a mi lado y esperar a que despertara; sus sueños eran cortos: 3 o 4 horas y ya estaba recuperado. Los vampiros no necesitaban descansar tanto; no como los humanos, aun así..., dormían.

Entonces, al darme cuenta de ese hecho irrefutable, una pregunta inquietante se cruzó por mi cabeza.

—David, ¿los vampiros dejan de dormir si se lo proponen? —casi al instante en que la formulé, me arrepentí por lo estúpida que se escuchó.

David se tensó sin que una risa suya se escuchara.

—¿Por qué lo preguntas? —inquirió un tanto molesto, aunque para mí no era para que se lo tomara a mal. Era muy intenso.

—Me dio curiosidad.

Su mano dejó de jugar con la mía y él suspiró.

—Nos volveríamos locos —respondió monocorde. Me hubiera gustado ver su rostro para leer sus expresiones, pero la oscuridad hizo que prestara atención al extraño matiz en su voz: entre preocupado y enojado.

—¿Ya ha pasado? Eh…, quiero decir…

—Sí —interrumpió sin una sonrisa de por medio.

—Tú o… ¿alguien más? —*¡Calla, no la embarres!*

David tardó segundos en responder. Se me hizo que el ambiente se tornaba pesado.

—En las guerras, no dormía —dijo—. Pasaban semanas sin conciliar el sueño y me volvía… diferente.

Diferente…

No agresivo.

¿Qué quiso decir con eso? Un loco por lo general decía y hacía cosas disparatadas, recurriendo a la violencia si algo lo perturbaba. No sería dueño de sí mismo, la esquizofrenia lo haría irracional y peligroso en agredir a los que lo rodeaban.

—¿Qué tan «diferente», David? —*¿Dominante? ¿Salvaje? ¿Malvado?* Muchas situaciones cambiaban la personalidad de una persona: accidentes, abusos, adicciones, enfermedades… ¿Cuál de estos lo afectaban para que se mordiera la lengua?

—Diferente. Punto —fue su respuesta: sin explicaciones y cortante.

Me preocupé.

¿Por cuáles situaciones adversas él habría atravesado como para no querer decir nada al respecto?

—David, lo que digas no me va a asustar —expresé poco convincente a pesar fingir tranquilidad. La traicionera mortificación provocó que mi voz sonara preocupada de lo que él se reservaba, porque siempre se trataba de casos que destrozaban mis nervios.

Resopló.

—Todo lo que conoces de mí, desaparecería —reveló sin ser capaz de mirarme a los ojos. Esto le había causado vergüenza y yo medité en el acto de si se trataba de adicciones.

¿Será por la sangre o por el sexo?

Enmudecí, no sabía cómo formularle la pregunta sin que sonara temerosa. ¡¿Qué tan diferente él se volvía?!

Así que decidí dejarlo pasar y encontrar otro momento en la que me respondiera con mayor tranquilidad.

—Esta cama es muy cómoda. —*Síp, como una loca.* Cambiaba de tema de forma drástica.

—Ajá —apenas respondió.

—Aquí podríamos dormir espatarrados y sin tocarnos.

David rio y esto fue un alivio, al lograr sacarlo del malhumor.

—Pero te puedo tocar... —me quitó la cobija y comenzó a hacerme cosquillas.

—¡No! —reí—. ¡Para! —Sus gélidas manos cosquilleaban por mi estómago y cintura. Las lágrimas se resbalaban por mis mejillas a causa de las risotadas. Sus piernas estaban a cada lado de mis caderas, arrodillado él sobre mí, torturándome con sus juegos. Sus risas no eran nada en comparación a mis gritos de hiena drogada. Al menos, ya no tenía ese halo raro que lo había embargado por mi torpeza de no ser precavida al indagar sobre su pasado.

David se apiadó de mis ruegos, dejó de hacerme cosquillas, pero no se quitó de encima. Se quedó inmóvil, no reía ni me acariciaba. Esperé a que otra tanda de cosquillas se reiniciara, aun así, no hubo nada. Me tensé de que haya caído de nuevo en el enojo, sería extraño que lo hiciera: cambiar del buen al malhumor de forma abrupta.

Sin embargo, cuando quise arroparme con la cobija, David no lo permitió.

Y, ahí lo comprendí: observaba mi desnudez o lo que mi ropa interior le permitía ver. Debía estar deleitándose, y, por lo que *sentía...*

Excitándose.

Me levanté un poco, apoyada de mis codos, y extendí el brazo izquierdo para buscar su rostro. David entendió mis intenciones y me ahorró el contratiempo al tumbándome de espalda y luego aplastarme con su propio peso. Me besó con desespero, haciendo que mi pulso se disparara y mi corazón se desbocara.

Comenzó a tocarme como lo última vez. Era un claro indicio de lo que estaba por suceder. Su respiración era tan agitada como la mía; su necesidad de mí se convirtió en su prioridad.

Me sentí cohibida, ignorando la hora y sin tener idea de si el ama de llaves estaría levantada, aguardando órdenes. La excesiva moralidad y prepotencia de esa mujer me ponía los pelos de punta. Era muy odiosa.

Después de *alborotarlo*, me arrepentí.

Reuní toda mi fuerza de voluntad para separar mis labios de los suyos y cortar con el fuego que nos devoraba las entrañas.

—Para —dije con dificultad al ras de sus labios. La respiración acelerada hacía que me costara hablar con claridad—. Para...

David gimió como un niño cuando le quitan un dulce, pero continuó con sus besos por la base de mi cuello.

Le concedí un minuto más y luego planté mis pequeñas manos en sus anchos hombros para que se levantara.

—David… —el condenado me provocaba calorones que hacían que perdiera la cordura—. La señora Hop… —*¡Oh, Dios!* Enredé mis dedos en su cabello cuando depositó un beso húmedo en el hueco de mi clavícula. Él rio entre dientes y, a continuación, deslizó de mis hombros las tiras del sujetador.

Oh, *oh*… ¿Ya me iba a cobrar el favor?

—*Da-David.* La señora Hopkins, ella…

—No interrumpirá —susurró a la vez en que eliminaba con agilidad la prenda íntima.

Jadeé al sentirme expuesta ante él.

Por lo visto, sí.

De ser un hombre normal, yo no estaría tan apabullada, pues estaría arrebujada en la oscuridad. En cambio, mi vampiro con su visión nocturna me veía con lujo de detalle.

—*P-pero* ella sabrá que tú y yo…

—Nos amamos… —terminó de decir enronquecido, aunque con otras palabras que yo pensaba.

—No me parece… —insistí sin mucho dominio sobre mí misma. Ahogué un gemido de placer cuando David trazó un camino de besos hasta mi ombligo—. David…, no… —ya estaba por rendirme y él bien que lo sabía.

—Déjate querer —su aliento hizo cosquillas en mi vientre.

Deslizó su mano hacia abajo y fue por la braga que faltaba por quitar. Si pretendía hacer realidad el deseo carnal que tuviese albergando en su maquiavélica cabecita, por mi encantada de concederlo antes de cruzar el portal.

Aprovecharía follar con mi novio por los años en que estaríamos separados. La abstinencia sería terrible.

*****

Que alguien me diga cuál es el método infalible para negarse a ese dios griego. Me declaro culpable si caí bajo uno de los siete pecados capitales.

La lujuria.

Mi mente volvió a retomar el hilo de los millones de pensamientos que día a día la atosigaban sin descanso alguno. No me cansaría nunca de sus besos ni de su cuerpo, David me ató a su alma bajo todos los influjos posibles del que un humano soportaría, mi cuerpo y alma se mantenía atado mediante un lazo invisible que, si lo cortaban moría. Dependíamos tanto el uno del otro que hasta nos costaría respirar si no estábamos juntos.

Entonces se me presentó un dilema.

Así como quedó demostrado que, sin él, era incapaz de vivir, la Hermandad no me dejaría en paz. Esa creciente necesidad de pertenencia, de conocerlos, de aprender, se imponía cada día. No era justo separarme de David durante seis años. El hecho de tener que dejarlo a merced de cualquier mujer, ávida por echarle el guante, del que, quizás, se entretendría con alguna de estas mientras esperaba a que yo retornara, hacía que la sangre me hirviera en las venas.

¿Miedo?

Para nada… ¿Por qué habría de padecerlo si lo tenía a mi lado, amándome con locura?

O presentía lo que estaba por caerme encima.

La Hermandad y los vampiros eran como el agua y el aceite: no se mezclaban. Nuestras naturalezas nos hacían enemigos naturales. Pero debía partir porque era mi destino, al igual que lo era mi ángel que formaba parte de ese futuro.

Cerré los ojos y lo abracé en silencio, con mis preocupaciones haciendo estragos en mi ser. David parecía una estatua desnuda recostada en la cama, bajo las sábanas. Me acariciaba el cabello, también sumido en sus pensamientos. Su respiración volvió a ralentizarse a diferencia de la mía que aún no se recuperaba. No hablamos ni nos movimos de nuestros abrazos por un largo rato, más bien, disfrutamos estar con el cuerpo entrelazado después de declararnos el amor físicamente.

—Te amo —interrumpí el mutismo imperante en la oscura habitación.

David dejó de acariciarme el cabello y se movió para apretujarme más hacia él, como si eso fuese posible.

—También te amo.

Mi estómago hizo de las suyas.

Fue imposible contener la risa. La cama se movió por las risotadas estridentes que ambos soltamos.

—Es hora de alimentarte con un desayuno completo —anunció socarrón.

¿Desayuno completo?

Se levantó de la cama y encendió una lámpara para mí. La habitación se iluminó y David me regaló una vista panorámica de su perfecta anatomía.

Le di una mirada apreciativa. *Y pensar que es mío…*

David me miró socarrón y yo enrojecí desviando la vista hacia las cortinas que impedían la entrada de los rayos solares. Se sentó a mi lado para regalarme un casto beso en los labios.

—Puedes mirarme todo lo que quieras: soy tuyo.

Sonreí. Hasta él sabía que me pertenecía. *Mío, solo mío.*

Nos bañamos. Me puse la misma ropa que el día anterior por no tener con qué más cambiarme. David aseguró que cuando volviera a pasar la noche con él, tendría un ropero nuevo esperando por mí.

Antes de salir de la habitación, me llamó para entregarme algo que había sacado de la caja fuerte de su gigantesco armario.

—¿Qué es? —la curiosidad me atenazó. Era un estuche negro muy elegante.

—Ábrelo —sonrió.

Obedecí y me sorprendí.

—¡Es muy hermoso! —Era un impresionante brazalete de oro, con un diamante amarillo del tamaño de un ojo humano, justo en el centro.

—¿Te gusta? —preguntó expectante, manteniendo esa maravillosa sonrisa que adoraba dibujada en sus labios.

—¡Por supuesto! —Estaría loca si dijera que no—. ¡Me encanta! Pero, David…, ¿no te parece que ya fue suficiente con haberme regalado una bóveda repleta de joyas? —Las que se hallaban guardadas en el sótano eran para que jamás tuviese problemas financieros. Resaltaban en belleza y exquisitez, debido a su antigüedad e historia que las rodeaban. Fueron almacenadas durante algún tiempo que asumía sobrepasaba como mínimo el siglo, a juzgar los cimientos de esa casa ubicada entre un bosque y una bahía en el condado de Carteret. Aunque meditaba que estuvieron también en algún sótano londinense, quien sabe si poco después de la muerte de Sophie Lemoine, lejos del viudo…

Negó con la cabeza, sin dejar de sonreír.

—Esas ya te pertenecían. —Sacó el brazalete del estuche y me lo puso en la muñeca izquierda—. Lo tenía reservado para entregártelo en nuestro aniversario, pero, en vista de que… —se entristeció por la obvia razón del empeño que yo tenía de estar unos años bajo las enseñanzas de sus propios enemigos.

Me dejó sin palabras, recordando que el primero de abril nos conocimos o, mejor dicho: *reencontrado.*

Esa era nuestra fecha.

Nos besamos y bajamos a la cocina antes de que la segunda ronda sexual iniciara.

La señora Hopkins preparaba el desayuno.

Su rostro se volvió hacia nosotros y enseguida frunció el ceño en una agria expresión al comprobar qué invitada fue la que durmió en la cama del patrón.

—Buenos días, Rebecca —David la saludó en un tono amable que denotaba confianza por los años en que la mujer ha trabajado para él como ama de llaves. En esta ocasión, las chicas que ayudaron a servir la cena la noche en que Rosafuego fue invadida por una horda de vampiros, no se hallaban allí, sino que la preparación de los alimentos recaía en ella.

—Buenos días, David —le esbozó una dulce sonrisa y luego su expresión se endureció al entornar sus ojos en mi dirección—. Buenos días —me saludó con su habitual hosquedad.

—Buenos… —no esperó a que le contestara, se volvió hacia la estufa y continuó con su labor culinaria— días...

A David no le gustó su actitud, pero se contuvo de llamarle la atención. Separó una silla de la encimera central para que me sentara. Luego tomó otra y se sentó a mi lado. La señora Hopkins me sirvió el desayuno y pidió permiso para retirarse.

Miré el plato con aprensión.

Ahora entendía a lo que David se refería con un «desayuno completo». El ama de llaves preparó el más abundante y grasoso desayuno: huevo *frito* con tocineta, tomates *fritos*, pan *frito*, champiñones y salchichas, *fritos.* ¡Todo frito! Y acompañados con jugo de naranja o té con leche. Sin duda, esto me causaría un molesto viaje al baño.

David me acariciaba el cabello mientras yo comía todo aquello. La incomodidad no se me pasaba, la señora Hopkins me hizo sentir como una intrusa que deseaba la fortuna de su amo.

Tomé el vaso de jugo de naranja y antes de beber me acordé de tía Matilde. ¡La que se iba a armar en cuanto me viera! Había pasado la noche con mi vampiro, sin haber tenido el detalle de telefonearle. Debía de estar furiosa.

—¿Qué te pasa? —David se preocupó, haciéndome reaccionar, y enseguida reparé en que mantenía el vaso a escasos centímetros de mis labios.

—Ah, eh… ¡Estoy bien! Es solo que acabo de darme cuenta de que tía no sabe que estoy aquí.

Sonrió.

—No te preocupes. Está arreglado.

Le dediqué una mirada aprensiva.

—¿Qué hiciste?

—Llamé a Matilde.

Temblé. David tuvo el atrevimiento de llamarla para decirle que yo pasaría la noche con él.

—Y *¿có-cómo* se lo tomó? —si ella no me corría de la casa, era porque me pertenecía.

—Bien —respondió despreocupado, y eso me desconcertó.

Dejé el vaso sobre la encimera. Conocía a tía a la perfección, no era propio de ella contenerse, lo normal era que gritara y lanzara unos cuantas palabrotas o sentencias de muerte por haberla preocupado. David sin querer me creó un conflicto familiar del cual debía hacerle frente en cuanto regresara a casa.

Llevé las manos temblorosas al rostro.

Sentí que había palidecido.

—Oh, David… Tía va a matarme… —imaginaba el discurso que me daría: «¡¿Cómo pudiste?! ¡Desvergonzada, así no te educaron!». Tenía la habilidad de hacerme sentir culpable.

Él me tomó de las muñecas, descubriendo mis ojos llorosos.

—¿Por qué te pones así? ¡Eres mayor de edad! —recalcó sin entender las costumbres arraigadas en las que aquella fue educada. Para tía, una joven que pasaba la noche con su novio, antes del matrimonio, era reprochable. Peor si este era vampiro.

—¿Con exactitud qué le dijiste? —albergaba la esperanza de que no hubiese sido tan directo.

—Mentí. Bueno, no yo, más bien tú...

Esperé a que se riera o mostrara cualquier indicio de que estuviese bromeando. Esas palabras bailoteaban por mi cerebro, susurrándome que él había recurrido a la hipnosis, haciéndome hablar como lora borracha.

Lo que más me impactaba, era que lo hubiese conseguido. Los vampiros no podían hipnotizar Portadores.

—¡¿Cómo pudiste?! —increpé a punto de llorar. Me angustiaba más lo que tía pensara de mí que aquel viejo Portador de dientes amarillos y aliento a cigarrillo.

David abrió la boca para replicar. Pero se lo impedí.

—¡Me utilizaste! —exclamé indignada—. ¡¿Por qué no me dejaste hablar con ella sin estar bajo tus influjos mentales?! —Él sonrió—. ¿Por qué te ríes? —la rabia provocó que las lágrimas no repararan en desparramarse por mis mejillas.

—No te hipnoticé —aclaró sin sobresaltarse. Su voz no perdía ese matiz flemático que lo caracterizaba.

Resoplé.

—Acabas de decir que fui yo la que habló con ella.

—Imité tu voz —reveló dejándome estupefacta.

Lo miré perpleja. ¡Acababa de descubrir otra habilidad que poseían los vampiros!

Eso los hacía más peligrosos, también contaba con la capacidad de imitar la voz de cualquier persona.

David observó que la sorpresa, la recriminación y la curiosidad, pugnaban en mis ojos.

—Perdóname, Allison, no quería despertarte. Sabía que, si no la llamabas, te metías en problemas.

—¿Y eso te da el derecho de hacerte pasar por mí?

—No, no lo tenía —reconoció, bajando la mirada.

—¿Qué le dijiste para que se quedara tan tranquila?

—Que irías con Ryan de compras hasta Raleigh por lo de su boda.

Agrandé los ojos.

—¿Y tú cómo es qué…?

—Ayer los escuché.

Claro, sus oídos *superdesarrollados.* Tuvo que habernos escuchado mientras esperaba sentado en el sillón floral de mi habitación a que me desocupara para increparme el hecho de guardarle secretos.

—¿Hay alguna otra habilidad que tengas que deba conocer? —fue una pregunta que le lancé casi inquisitiva.

No quería más sorpresas de su parte.

Capítulo 5

Lo miraba altiva, dispuesta a desentrañar sus secretos.

Cometió el error de disfrazar su voz, haciéndose pasar por mí, pero no lamentaba que eso fuese un punto de desavenencia. Los humanos no significaban nada para él, y, mientras estos representaran un riesgo para mí, me protegería. No le importaba si me enfurecía, prefería eso a perderme.

—Hay más —confesó. No ganaba nada con mentirme, era cuestión de tiempo para que lo descubriera.

Me olvidé del desayuno y me acomodé en la silla, para escuchar.

—¿Cuáles son? —demandé saber.

—No es el momento.

—Estamos solos —lo cuestioné al cruzarme de brazos—. La señora Hopkins me evitará mientras yo esté aquí. Apuesto a que se marchó de la casa a «comprar víveres» en Morehead...

—No estás preparada.

Lo observé.

¿Qué no quería decirme?

Aguardé a que agregara algo más a lo que comentó, pero David prefirió mantener la boca cerrada.

No confiaba en mí.

Esquivé la mirada cuando mis ojos se cristalizaron. Me había lastimado con su hermetismo.

Salí de la cocina, dirigiéndome al jardín posterior de la casa. Allí él no podría seguirme debido al sol. Me tumbé en una silla reclinable, abrazando las piernas. Odiaba su hermetismo. ¿Acaso quería mantenerme en la ignorancia por ser Portadora?

«Allison» —me llamó urgido y yo no le respondí, enfurruñada en mi puesto. Debía de estar pegado al cristal polarizado de la puerta, observándome con impotencia—. *«Nena, yo...»* —calló cuando sacudí la cabeza, negándole la posibilidad de excusarlo—. *«Lo siento»* —se disculpó.

Molesta, me levanté de la silla y caminé por la grama. Mi corazón bombeaba sangre con rapidez, el oxígeno que respiraba entraba y salía con mayor velocidad de mis pulmones, costándome estar serena, ya que hacía lo posible para que mis sollozos no fuesen escuchados. Aun así, era imposible de conseguir; por más que estuviese alejada de Rosafuego, él sería capaz de escucharme.

«Déjame que te aclare» —insistió.

—¡No! —Lo que diría ahora serían puras mentiras.

«¡Eres obstinada!».

Bordeé la casa hasta llegar a la parte frontal. La Calavera de la Muerte permanecía acuclillada a la vista de todos. Me inspiraba repudio, recordándome la maldición de los Eternos, los vampiros eran la muerte personificada: no los provoques ni invoques, no los busques, porque lo que encontrarán no serán ángeles benevolentes...

Sentí que David me seguía a través de los oscuros ventanales hasta llegar él a la sala. Sabía que sufría, siempre advertía cuando sus sentimientos se alteraban. Pero percibí algo inquietante...

Si tenía que quemarse bajo el sol para buscarme y reparar la metida de pata, entonces se aguantaría el dolor, era veloz y soportaría las quemaduras con aplomo.

—¡NO! —grité—. ¡No lo hagas, te harás daño!

«Entonces, entra o saldré por ti» —replicó debido a que, en vez de apaciguar las cosas, las empeoraba.

«No, David» —dije sin dejarme amedrentar.

Respiré y cerré los ojos, cortando con la visión que tenía de la casa. Dejé que mis pulmones se llenaran de aire y los fui soltando poco a poco para poderme controlar. No quería seguir discutiendo, ¿para qué? David se enojaba por casi nada; me preocupaba, él no ha bebido sangre humana desde el día anterior, la sed lo volvía irascible y no era el momento apropiado para soltar a la bestia que llevaba dentro.

«Entra» —siseó impaciente.

Resoplé. ¡Con prepotencias, no!

Rodeé la estatua y me senté en la grama, procurando ocultarme en la sombra de la calavera.

«Allison…».

«¡Dije–que–no!» —lo interrumpí cabreada.

«¡Entra, no actúes como una niña!» —se irritó de tanto melodrama.

A los pies de la estatua exclamé un insulto poco digno de una dama.

«Hace una hora yo no actuaba así…» —ironicé. Podría ser muchas cosas, pero le había demostrado que era una mujer en la cama.

«¿No vas a entrar?» —la paciencia se le acabó.

«No».

«¡BIEN, PORQUE DESDE ALLÍ ME VAS A ESCUCHAR!».

Me dejó de piedra. Si él hubiese gritado usando su garganta, las paredes y ventanas de Rosafuego se estarían estremeciendo como si soportaran un movimiento telúrico.

«Allison... —bajó el nivel exacerbado de su voz, ya que yo no acataba su mandato—, *no confío en ellos* —explicó—. *Pueden sacarte información confidencial sobre mí. Es mejor que no sepas nada»*.

«¿Para tu protección o para la mía?».

«¡Para los dos! —gritó con un rugido contenido en el pecho—. *¡MALDICIÓN, ¿POR QUÉ ERES TAN NECIA?!»*. —El vidrio de la ventana se quebró.

Me asomé por encima del brazo extendido que la calavera tenía posado sobre la lápida.

Enseguida, mis ojos lo buscaron a través de la ventana rota, levantándome a la vez en que batallaba con la indecisión de si era peligroso entrar a la casa o quedarme en el sitio. Se comportaba como un Neandertal, las habilidades de persuasión de un hombre educado las había perdido, los modales de la nobleza vampírica fueron a dar al desagüe.

Caminé hacia la ventana, precavida de lo que pudiera suceder. Observé los vidrios esparcidos por la grama que salieron expelidos con fuerza ante el impacto de sus puños. Mi respiración se agitó y las cejas se juntaron en una línea fruncida de preocupación, los rayos solares entraron y debieron perforarle la piel como láseres. No lo veía, tal vez se hallaba escondido para salvaguardarse de las quemaduras.

«No dejaré que me manipulen, David» —le hice ver, allí parada en el umbral de la ventana rota, mirando al interior de la sala, buscando a David.

«Cuando vuelvas de la Hermandad, te diré todo lo que quieras saber. Antes no» —su voz resonó en mi cabeza sin ser capaz de ubicar en dónde él se hallaba.

¿Y eso por qué?

«¿Tan malo es?». —Advertí que, lo que callaba, era delicado. Mis ojos se cristalizaron y se volvieron líquidos, la espera por saber de algo que se mantenía oculto, hacía que la expectativa del descubrimiento fuese dolorosa.

«Seguridad» —contestó, yéndose por las ramas.

¡Argh!

—¡¿NO CONFÍAS EN MÍ?! —cuestioné con todo mi ser. Su modo de hablar a veces me crispaba los nervios.

Una leve sombra se vislumbró en la parte más alejada de la sala, identificando al instante de que se trataba de David, protegido detrás de uno de los sillones ubicados en una de las esquinas del cual los rayos solares no lo alcanzaban. Sus ojos se alzaron por sobre el respaldo del mueble y, desde nuestros sitios, cruzamos miradas a través de la ventana rota: yo bañada con la luz del día y él oculto entre las tinieblas como un demonio que temía ser alcanzado por el astro rey.

—Ya te dije: no confío en ellos.

Me dieron ganas de gritar.

—Sí, claro, «no confías…» —mascullé—. Me estoy hartando, David. De veraz, estoy harta de dividirme siempre…

Las rodillas me temblaron, sin saber cómo interpretar lo que sentía: ¡¿Me estaba cansando de luchar por nuestro amor?! La Hermandad provocaba que me volviera en su contra.

«En la vida siempre deberás escoger entre dos caminos, sea para bien o para mal» —expresó contundente al ponerse en pie, habiendo estudiado precavido de no sufrir quemaduras. Su piel nacarada era muy sensible al mínimo contacto con el calor que proporciona el sol de la mañana.

Suspiré. Tenía que escoger tarde o temprano entre él y la Hermandad.

Caminé hacia la puerta, esperando a que me abriera.

Pero tardaba.

—¿Vas abrirme o tengo que entrar por la ventana? —espeté su falta de caballerosidad.

—Lo siento, tendrás que hacerlo por la cocina. El sol...

Vaya... El día era una barrera de luz natural infranqueable.

—Entiendo.

Entré por las puertas posteriores y fui a su encuentro. Me esperaba al final de las escaleras y luego extendió la mano, llevándome en silencio hasta su estudio que quedaba en la tercera planta.

Nos sentamos en el sofá de cuero negro, sin tocarnos, y con *mi rubio retrato* mirándonos de forma altanera desde lo alto de la pared. La observé sin agradarme esa versión autosuficiente de mí misma. Al parecer, Sophie fue una mujer imponente.

—Perdona mi torpeza, soy un bruto —musitó avergonzado, tratando en lo posible de remediar sus violentos impulsos. Sus manos no presentaban quemaduras ni heridas de corte, al quebrar la ventana de la sala por culpa de su rebelde novia, aunque una gota de sangre había salpicado su pantalón, manchando la tela en una evidencia de su frustración.

Contuve de reírme. A lo que había llegado el Rey de los Vampiros: disculpándose ante una humana quejica.

—Sí que lo fuiste —convine pese a que yo no era cualquiera, era una vampira reencarnada en Portadora que se apoderó de su corazón.

Con lentitud, él me tomó de la mano y expresó:

—He aceptado que te alejes de mí por varios años y que estarás rodeada de enemigos. ¡Sí, Allison, son mis enemigos y siempre lo serán! —rebatió cuando mi mirada lo amonestaba—. Cederte es lo más difícil que he hecho en la vida, no sé cómo volverás: si amante o enemiga. Perdona si me cuido de ti. «Más sabe el diablo por viejo que por diablo», y no correré riesgos a ponerles a ellos todo en bandeja de plata. Te amo y te extrañaré cada día y cada noche; de momento, nada te diré hasta que regreses. Si sigues siendo la misma, te contaré todo. Pero, si no...

—Si «no», ¿qué? —lo que dejó de decir me alarmó.

—Veremos.

David alzó la mirada hacia el retrato de Sophie que sonreía burlona por su falta de carácter. Me acomodé para que enfocara su atención en mí y no en la que se mofaba de nosotros.

—Regresaré siendo la misma loca, llorona e impulsiva chica que te ama. ¡Y ningún Portador me hará pensar o sentir lo contrario! Eso te lo aseguro.

Suspiró.

—Quiero creer que la Hermandad cumplirá, dejándote volver sin una precaución camuflada en tu subconsciente.

Asentí, siendo consciente de que fui marcada por el destino de imponer el equilibrio entre el bien y el mal, sin eliminar del todo a los bebedores de sangre, porque eso implicaría la desaparición también de los Portadores. Al no existir vampiros: no habría quién heredase el Código Aural. Era un ciclo.

—Deberíamos hacer un nuevo juramento —expresó él en una clara inspiración del momento. Su rostro se había iluminado, como si entre su caos mental hubiese hallado la solución a nuestro conflicto.

Me sorprendió, no sabía lo que pretendía.

—¿Qué tipo de juramento?

—Uno que solo nos atañe a los dos.

—¿Cómo un lazo? —¿Será que este desconfiado vampiro aprendió algo de los conjuros del señor Burns? Aquel fue capaz de hacerlo caminar bajo el sol sin chamuscarse con su magia afroamericana…

—Como un compromiso.

Asentí y él permitió que fuese la primera en expresar dicho juramento. Carraspeé para aclarar la voz, pensando rápido en las palabras apropiadas para que sonaran elocuentes y no simples, puesto que Sophie –desde el cuadro– nos observaba displicente.

—Te juro que no cambiaré, ni te olvidaré y ni amaré a ningún otro chico —manifesté sonriente—. Quédate tranquilo porque todos son ancianos y a mí los viejos no me gustan. Bueno, excepto uno... —Esto a él le causó alivio. No habría jóvenes del sexo masculino que lo preocuparan. A excepción de Donovan. Y eso no se lo iba a decir.

—Sé que pondrás todo de tu parte para que así sea —dijo—, pero no es eso lo que tengo en mente.

Lo miré con preocupación.

—Entonces, ¿qué es?

—Renovar los votos.

Fruncí el ceño.

—¿Qué votos? Tú y yo no hemos hecho...

Recordé de a *cuáles votos* se refería: asegurarse de que sería suya para siempre.

—David... *Ese juramento* lo hiciste con Sophie... —y también con la pelirroja.

—Y ahora quiero contigo —manifestó solemne. Sus irises azul incandescente me envolvieron, ansioso por atarme a él una vez más para siempre.

Medité lo que proponía y me inquietó, debido a que «actualizaríamos» lo que en otra vida nos juramos con devoción.

—Sí, pero...

—¡¿No quieres?! —se sorprendió—. Pensé que me amabas.

—¡¿Por qué siempre dudas de mi amor por ti?! —Me molesté—. ¡No fui yo la que puso los cuernos! —reproché haciendo referencia al beso que le dio a Marianna. Aún me avinagraba.

David saltó del sofá como un resorte.

—¡Oye, no volvamos a lo mismo! Ya te lo expliqué. Además, tú también... —calló *ipso facto,* percatándose de algo que no debía decir.

Lo que omitió, me alteró.

—¡YO, QUÉ COSA! —Airada, me levanté—. ¡No me acuses que no te he engañado con nadie!

Bajó la mirada.

—Por supuesto. Perdona.

Me crucé de brazos, mis ojos anegados en lágrimas.

—Donovan es mi mejor amigo. Nada más —subrayé entristecida, sus reiteradas equivocaciones manchaban lo que por él sentía.

David intentó abrazarme y se quedó con las ganas al rechazarlo. Marqué distancia y me enfoqué en una de sus esculturas espantosas que aún faltaba por cincelar. Era un idiota, ¡yo estaba ahí con él porque lo amaba! No por estar coaccionada. De ser así, lo habría aplastado en el suelo con mis ondas expansivas hasta que Donovan viniera por mí. En cambio, buscaba el modo de conciliar mi destino con las Hermandad de Fuego y el futuro con este Grigori.

Ninguno de los dos intentó reiniciar la conversación, nos manteníamos sumergidos en nuestros propios pensamientos, tristes y enojados al mismo tiempo.

¡Qué lucha!

¡Qué guerra sin cuartel!

Yo solo quería expandir mis conocimientos en ese campo misterioso de lo sobrenatural, Oron era una muestra del alcance que podría tener mis dones.

Contaba los días para mi preparación.

Dejé de fingir observar la inacabada escultura y rodé los ojos hacia David, para jurarle con firmeza que lo amaría hasta el final de los tiempos; sin embargo, él se tambaleó como si se hubiese mareado.

—¿Qué te pasa? —Me acerqué a él, preocupada. Me miró extraño y desesperado se llevó la mano a la garganta como si le quemara—. ¿Sed? —Las veces en que la padecía, no tenía buena pinta. —Asintió sin respirar, yendo hacia el sofá para recostarse—. ¿Desde cuándo no bebes?

—Desde ayer.

—Creí que aguantabas más tiempo. Qué sed tan rara…

—Soy un vampiro viejo, ¿recuerdas? Bebemos mucho.

—Más bien, pareces neonato —cuestioné, algo raro le pasaba. Se doblaba por el dolor que se instaló en sus intestinos.

*****

Esperé a que David volviera de las bóvedas. Tardaba demasiado y no sabía si buscarlo o aguardar en el estudio. Había una pintura sin terminar, con los pinceles esparcidos entre el piso y la mesita de los óleos que estaba a su lado, siendo un desorden que daba a entender que la dejó de forma abrupta por un evento que debió alarmarlo. ¿La obra en cuestión? Macabra, por supuesto. Una mujer con rostro de calavera, devorándose los sesos de un desafortunado hombre.

Suspiré y recordé la que colgada en mi habitación: la Ninfa Marina; en aquella se notaba la devoción con la que David la había plasmado. El amor por mí lo inspiró; en cambio, en esta obra… la mujer era aterradora. ¿Qué sentimiento lo envolvió para pintarla de esa manera?

Consulté mi reloj y otros veinte minutos pasaron. David llevaba dos horas en el sótano y comenzaba a preocuparme.

«¿David, por qué tardas tanto? —lo llamé azorada—. *¿Estás bien?»*.

No respondió.

Tal vez necesitaba estar tranquilo. Cuando a mí se me volaban los tapones de la cabeza, deseaba estar sola.

Salí del estudio y fui a su habitación, arrojándome en la cama a que el tiempo transcurriera. Las sábanas seguían revueltas y su aroma corporal aún impregnaba las almohadas. Observé el brazalete de oro que me había obsequiado y del que hasta ese momento olvidé que lo estaba usando. Era impresionante la gema que la decoraba, un precioso diamante dorado, finamente tallado que se asemejaba al feroz tono de los ojos de mi adorado vampiro. ¿De cuántos quilates sería? ¡Era muy grande! Debió costarle una fortuna.

Apagué la luz de la mesita de noche y enseguida la habitación se sumió en la oscuridad. Las cortinas se mantenían desplegadas a sus anchas para proteger al vampiro que dormía dentro de las cuatro paredes. Parecía mentira que estuviese acostada en su cama como si fuese la nueva dueña de la casa; al mirar hacia atrás y recordar que una vez me sentí como un patito feo, me sorprendía.

¿Quién hubiera vaticinado que ese hermoso cisne del cual estaba enamorada me correspondía?

Nuestro amor no era fácil, los Portadores, los Grigoris y demás entrometidos harían lo que fuese necesario para separarnos. David era el que más temía una ruptura, su poca humanidad lo hacía desconfiar hasta de su sombra.

Bostecé de cansancio, él me había dejado molida, su energía sexual era inacabable.

Me arrebujé con la cobija, sin importarme que la señora Hopkins me tildara de perezosa. Bostecé por segunda vez y este se prolongó un poco más que el anterior. Abracé la almohada como si estuviese abrazándolo a él; ya tendríamos tiempo para reconciliarnos, mi breve descanso y su autoencierro, nos relajaría y aclararía los pensamientos.

*****

Su mirada era intensa y demoledora, su tristeza se había convertido en mi dolor. Me amaba y lo demostró con un apasionado beso. ¿Por qué le había correspondido? Él era su mejor amigo; siglos y siglos pasaron desde que cayeron en la cumbre del Monte Hermón, al traicionar los designios que Dios tuvo previstos para los mortales.

Lo empujé, alejándolo para no cometer algo de lo que después todos pagarían por mi debilidad. Raveh sonrió, porque entendía que era posible arrancarme el corazón y llevárselo con él. Jugaba con fuego y no le importaba quemarse; quería ser consumido por las llamas del pecado de haber deseado a la mujer ajena.

Desperté sobresaltada.

—¡¿Qué fue eso?! —*¡¿Raveh y yo?!* Qué pesadilla tan extraña.

Porque eso era, ¿no? Una pesadilla.

¿Qué más podría ser?

Pe-sa-di-lla.

Aterradora y maquiavélica.

Algún pícaro duendecillo creó un torbellino en mi cabeza. El vampiro que había fraguado matar a David se había colado en mis sueños de un modo desconcertante. Era como si lo hubiese conocido en el pasado, removiendo viejos recuerdos y quitándome la tranquilidad.

Me levanté de la cama, apabullada. ¿Qué fue lo que me llevó a soñar con ese Grigori abominable? Tanta grasa en el desayuno ocasionó la pesadilla. No volvería a comer frituras en mi vida.

Me calcé las zapatillas deportivas y consulté una vez más la hora en mi reloj de pulsera, ya eran pasadas la una de la tarde. David ya tuvo que haber salido del sótano.

Salí disparada hacia el estudio.

No estaba.

Bajé las escaleras y lo busqué en la sala, luego en la biblioteca y por último en la cocina.

«David, ¿dónde estás? ¿Sigues en las bóvedas?» —pregunté intranquila. Ni siquiera el ama de llaves se hallaba en la casa.

No respondía; se hacía de rogar.

Por un momento pensé que se había marchado, pero mi corazón indicaba que seguía en Rosafuego.

«David, me marcho —le informé—. *Cuando se te pase el enojo, me llamas».* —Desgraciado vampiro que no me respondía. Me dolía que estuviésemos así, porque nos quedaba poco tiempo para permanecer juntos.

Tomé el teléfono de la biblioteca y pedí un taxi. Por algún extraño motivo experimentaba miedo.

Al cabo de diez minutos, un pitazo anunció que el taxi ya había llegado. Me subí sin que nadie me despidiera en la puerta principal. El taxista agrandó los ojos en cuanto observó la escultura que daba la bienvenida de madera espeluznante a los visitantes.

—Qué cosa tan fea… —masculló sin preocuparle en caso de que fuese la autora de dicha obra y me ofendiera. Pero suponía que, al igual que el resto de los pobladores del condado, sabían quién en realidad la había esculpido.

—Isla Esmeralda, por favor —le pedí, ignorando su comentario.

Este pisó el acelerador y cruzó el camino boscoso sin que me diese cuenta hasta que anunció que estábamos por llegar a la isla. Simulé una sonrisa y me limpié rápido las lágrimas con el dorso de mis dedos, puesto que el hombre me miró a través del espejo del parabrisas y notó enseguida que había estado llorando de manera silenciosa.

Le di indicaciones para llegar a mi casa.

—Aguarde un momento. —Una vez que se detuvo, fui por dinero para pagarle, ya que no traía bolso conmigo. Cuando David me secuestró, me llevó con lo que tenía puesto.

Cinco minutos después y una explicación exhaustiva a mi tía de dónde carajos había estado y porqué llegaba en esas condiciones, el taxista se marchó. La cabeza me martillaba y deseaba recostarme, ya que debía de estar anémica por los ayunos prolongados a causa de las correderas, pero no quería hacerlo, para nada deseaba soñar de nuevo con *aquel* despreciable vampiro traicionero.

Entré a mi habitación, no había vuelto desde hacía dos noches atrás. Vi los dos móviles sobre la cómoda y los tomé: en uno tenía ocho llamadas sin contestar y en el otro, cinco mensajes de texto por leer. Todos de Donovan Baldassari.

Le devolví la llamada, con un nudo en el estómago. Donovan era impaciente y si no obtenía respuestas de inmediato, se enfurecía.

Bastaron dos repiques para que este me contestara.

—Hola. Discúlpame, yo…

—*Pasaste la noche con él* —me recriminó—. *Se supone que debía dejarte en tu casa, ¡no que durmieras en la suya!*

Tomé un respiro para responder, Oron tuvo que haberlo puesto al tanto de lo que sucedió después de que David lo estampó contra el volante de su jeep.

—Estoy bien, gracias por preguntar. ¿Y tú? ¿No estás lastimado? —reconocía que era cruel al contestarle de esa manera cuando él se arriesgó a morir para salvarme de ser convertida en vampira.

—No soy de cristal como tu novio —espetó rencoroso—. Me duele la maldita cabeza y aquí estoy preocupado por ti. ¿Por qué te llevó a su casa? ¿Dormiste con él?

—¡Eso no es problema tuyo! —repliqué ofuscada—. Lo de ayer no fue para menos; comprende, Donovan: David y yo necesitábamos hablar.

Del otro lado de la línea se escuchó un resoplido.

—*¡Todo lo que venga de ti es mi problema!*

Respiré profundo y conté hasta diez para calmarme. Le tenía cariño por ser un gran amigo protector, pero debía guardar distancia.

—Solo… hablamos.

—*¡Mientes!* —gritó—. *Tu voz te delata. ¡Estuviste con él!*

—¿Y QUÉ…? —lo desafié—. ¿Qué hay con eso? ¡David es mi novio y lo amo!

—*Allison…*

—No, Donovan, métetelo en la cabeza: David y yo somos adultos. Nos amamos y haremos… cosas que solo nos atañen a los dos. ¿Entendido?

Un pitido fue el que respondió en su lugar.

—¿Donovan? —Me había colgado.

Genial… Todos se pusieron de acuerdo para enzarzarse en una discusión conmigo.

Tiré el móvil a la cama.

Pasé el resto del día recostada y en pijamas. No almorcé, había perdido el apetito por tanto disgusto, por lo que me distraje leyendo hasta que se me irritaron los ojos.

Al caer la noche, me levanté de la cama, sin encender la luz. Abrí las puertas del balcón y aspiré la brisa marina, llenando mis pulmones al tope. Me relajaba, aun así, tanta calma hizo que las lágrimas afloraran. Lloré de angustia, David estaba cambiando –lo sentía– y me asustaba, puesto que, de algún modo el fallido conjuro solar se estaba cobrando sus servicios; contar con la magia traía serias consecuencias. Pensó que, al estar bajo el embrujo, vencería de algún modo la maldición que Dios les impuso por ser ángeles desertores. La luz del día ya no era su amiga, su piel dejó de ser cálida y dorada, para volver él contra su voluntad a la oscuridad, siendo un ser frío y espectral.

*****

La frialdad del contacto de unos suaves labios contra los míos, me despertaron.

Enseguida me alarmaron. No veía nada. La oscuridad en mi habitación lo impedía. Aun así, el olor de mil esencias y la fría piel me informaban que mi vampiro había entrado sin ser invitado. Buscaba una reconciliación y lo hacía de la manera más seductora.

Interrumpí el beso, posando mi mano en su rostro para que se detuviera. David obedeció, pero continuó besándome las yemas de los dedos con delicadeza. Aproveché para encender la lámpara de la mesita de noche y reparar en la hora del despertador. 11:45 pm.

Al ver a David, me desconcertó. Sus ropas estaban manchadas de sangre.

—¡¿Por qué estás así?! —Parecía que le hubiesen dado una paliza. A pesar de esto, su rostro no presentaba heridas que excusaran semejante visión. A excepción de sus ojos de gato, que cambiaban cuando tenía un disgusto fuerte o un enfrentamiento inminente. Últimamente perdía el control por casi nada. Y esa noche *los tenía* de ese color.

—Salí a cazar —respondió en un tono ronco que erizó de fea manera mis brazos.

Lo observé con precaución. ¿Cazar? ¿Por qué tendría que hacerlo, cuando él contaba con un buen surtido de sangre refrigerada? ¿Acaso esta no le bastaba?

—No me tomes el pelo —repliqué nerviosa. Cuando se proponía asustarme, lo conseguía—. ¿Qué haces aquí? —susurré preocupada de que tía lo descubriera.

Divisé por encima de su hombro que las puertas del balcón estaban abiertas de par en par y que la bombilla de allí estaba apagada. Me oiría si la quebró y forzó la cerradura de las puertas, ya que las había cerrado después de estar allí un rato meditando.

David no respondió. Me miraba como un depredador.

Mi corazón palpitó ante la contundencia de su mirada. No me gustaba, era como la de Vincent cuando quiso...

—Mira, en estos momentos no tengo muchas ganas de hablar contigo —dije en mi esfuerzo de controlar los nervios—, estoy agotada y lo único que deseo es dor… —me calló con un beso que me tumbó sobre la almohada.

Sin embargo, yo no sentía aquello como una reconciliación, David me había buscado como si estuviese sediento de sangre.

—Da… —no me dejó hablar, presionado sus labios con vigor.

Tomé sus hombros y lo empujé para separarlo de mí, pero mi pobre fuerza de nada valía. David seguía exigiendo con inclemencia que le correspondiera y esto me desagradaba, pues me asqueaba su aliento sanguinolento.

«¡Suéltame, me lastimas!». —Le negaría los besos por un mes si seguía comportándose como un bruto.

David no obedeció ni respondió con su mente.

Intenté mover la cabeza para que entendiera que era hora de detenerse, pero fue inútil, me besaba con tanto ímpetu que me dolían los labios. Mis quejidos eran ahogados entre los suyos y retumbaban dentro de su boca. Era candente. David buscaba algo y no se iría hasta conseguirlo.

«Esta noche no quiero» —expresé con aplomo. Obligada, jamás.

Él gruñó ante mi negativa y me cortó los labios con sus colmillos. Saboreó mi sangre para luego retomar los besos con más violencia. Yo lloraba al sentir que no se apiadaba de mí, lo golpeaba lo más fuerte que soportaba mis puños, que se alejara, ¡que me dejara en paz! ¡¿Cómo osaba a tomarme de esa manera?! Mancillaba nuestra relación.

David ni se inmutó.

Si no me soltaba, lo obligaría como Portadora: una onda expansiva lo apartaría de una vez por todas. Procuraría que no fuese tan violenta, así evitaría un desastre en mi habitación y no alertaría a mi tía de su presencia.

Por desgracia, nada ocurrió, y él seguía demostrándome su explosiva pasión.

Me concentré una vez más, invocando ese poder aural para que me ayudara.

¡Vamos!

La onda expansiva ni chisporroteó.

Estaba inerme ante él.

Capítulo 6

Día de San Valentín.

—Oron, ¿nos permitirán entrar con tantas maletas?

—No se preocupe, joven Donovan, todo está arreglado —respondió este, tocándose la frente mientras ingresábamos a la estación del metro. La hipnosis sería un medio eficaz para permitir que los funcionarios no nos molestaran.

Suspiré. Para ser el Día de los Enamorados, la tristeza me embargaba. Después de estar varias semanas, escondidos en el Bronx, había llegado la fecha en la que debíamos cruzar el portal. Teníamos que separarnos, tía Matilde y el señor Burns no podían volver a Carolina del Norte, por razones obvias, tampoco acompañarnos por carecer de dones, a pesar de ser familiares de los nuevos integrantes de la Hermandad. Oron dispuso un lugar para que ellos permanecieran ocultos en alguna parte de San Francisco.

No hubo despedidas ni explicaciones a nadie. Ni siquiera de excusarme con Ryan y Elliot por no asistir a su boda. Los Portadores se encargarían de las propiedades que quedaron abandonadas: mi casa, el auto de mi padre, mi *Ninfa Marina*… Todo quedó atrás.

No hubo necesidad de comprar los tiques, bajamos al andén sin que nadie nos detuviera. Oron se encargó de manipular la mente a más de uno. Las cámaras de vigilancia captaban «estática» y los pasajeros que encontrábamos a nuestro paso quedaban paralizados.

Luego miró hacia los rieles y enseguida bajó de un salto. No corríamos peligro de electrocutarnos o de ser arrollados por el metro, aunque Donovan se dio prisa en bajar las cuatro maletas y en ayudarme a que no tropezara.

Caminamos a través del túnel, con Oron marcando la marcha y las maletas oscilando sobre nuestras cabezas. La telequinesis del Portador era para tomar en cuenta y no hacerlo rabiar en un futuro cercano, siendo capaz de remover árboles desde sus raíces, sacudir cuerpos contra el pavimento y hacer flotar cualquier objeto.

Donovan me sujetó de la mano y me dejé llevar. Estaba destrozada y lo contagiaba a él con mi tristeza que desde hacía días no paraba de llorar. Mi pecho era una corteza vacía de la que una vez albergó un corazón, David lo arrancó inmisericorde, destrozándolo con su violencia. Traté por todos los medios de hacerlo razonar y él solo tuvo previsto un objetivo al comportarse como una bestia.

Llegamos a la puerta de la recámara e ingresamos justo cuando se vislumbraban las luces del metro al final del túnel. Ese espacio en nada había cambiado: pequeña, húmeda y apertrechada de tuberías.

Oron dejó de levitar las maletas y las bajó al piso.

Reposó sus nalgas sobre una de estas y consultó su reloj.

—Hay que esperar quince minutos —señaló al tocar el cristal que recubre los minuteros en una clara tranquilidad de saber que todo se efectuaba según lo planificado.

Desabotoné mi abrigo y me senté en el piso, para estar más cómoda, a la vez en que miraba hacia la pared donde debía abrirse el portal. Donovan se sentó a mi lado y su enorme brazo rodeó mis hombros para atraerme hacia él; no respondí a su afecto, pero dejé que me abrazara.

—Todo saldrá bien, ya verás que pronto lo olvidarás —expresó para animarme en referencia de dejar atrás lo que sentía por el vampiro que provocó mi sufrimiento.

Y el efecto fue contrario. Lloré desconsolada.

Donovan se maldijo en voz baja, sin querer me hizo recordar lo que sufrí aquella noche. Por otro lado, Oron evitó intervenir, entreteniéndose con su cajetilla dorada, ansiando fumar un cigarrillo. La pequeña recámara impedía aplacar sus ansias de darse una buena calada y expulsar el humo de su vicio en una sonrisa satisfactoria; en ese aspecto era considerado con los pulmones de los demás, preguntaba con antelación si le permitían fumar y, cuando obtenía una negativa, no rechistaba, aguardando paciente a estar en el lugar apropiado para hacerlo.

Luego de transcurrido el tiempo de llorar y recibir mimos por parte de Donovan… Un punto blanco apareció en el centro de la pared, anunciando la apertura del portal.

Los tres nos pusimos en pie de inmediato.

El punto brilló y se extendió. La fuerza de gravedad tiraba de nosotros para succionarnos. Me agarré de la cintura de Donovan, mientras que él se aferraba a las tuberías en su esfuerzo de no ser arrancados de nuestros sitios por aquel vendaval que silbaba ensordecedor y nos envolvía para llevarnos consigo hacia lo desconocido. Las cabelleras y los abrigos se batían hacia esa dirección como si estuviésemos en medio de un tornado, costándonos respirar y mantener los ojos abiertos; las tuberías se sacudían de manera peligrosa, amenazando con golpearnos si seguíamos resistiéndonos a ser succionados.

Oron tuvo la agilidad de levitar las maletas antes de la apertura total del portal y las lanzó hacia el agujero, siendo absorbidas con extrema rapidez.

Esperaba que del otro lado no hayan quedado las ropas esparcidas por el impacto.

—¡Adelante, jóvenes Portadores, la Hermandad los espera! —expresó elevando la voz debido al zumbido de la puerta dimensional.

—¡Está loco si piensa que saltaremos al vacío como Infantes de guerra! ¡¡Usted primero!! —Donovan espetó; si tanto a este le alegraba vernos allá, que demostrara que era seguro cruzar.

Oron sacudió la cabeza.

—¡Debo ser el último en entrar! —replicó el muy desconfiado—. ¡Tenga el honor de ser el primero!

—¡Olvídelo! —se negó a obedecer. Días atrás me comentó que una vez soñó que él vadeaba aguas de alcantarillas, en la que despertó con una sensación de agobio y la fetidez aún en sus fosas nasales.

Sin embargo, yo no temía. Me solté de él y di un paso al frente, ejerciendo presión en mis piernas para no ser arrancada de forma violenta del piso.

—¡Allison! —se preocupó por mi seguridad, pero le sonreí, mis ojos llorosos exclamaban que quería alejarme lo más rápido posible de la maldad de un ángel corrupto que quería transformarme.

Sin ofrecer resistencia, la grieta de luz me tragó como si fuese una basurita que era absorbida por una gigantesca aspiradora.

No obstante…

Fue decepcionante el cruce del portal.

Esperé un viaje tipo *Stargate*, viajando por el espacio sideral dentro de un agujero de gusano a una considerable velocidad. En cambio, el cruce fue más bien un «traspaso de puerta», sacándonos de un empujón.

Caí de rodillas y las palmas de mis manos se enterraron en la nieve. Donovan –que saltó después de mí– trastabilló sin caerse y me ayudó enseguida a levantar.

Nos fijamos en la gente que nos rodeaba y me sentí en casa.

Noté que habíamos entrado a un bosque blanco, iluminado por luces artificiales que provenía de unos postes que no estaban conectados entre sí a través de *tendidos eléctricos*, sino que cada uno de estos eran independientes, ubicados en medio de la nada y del que gratamente me recordaba a uno de los libros de C.S. Lewis: El león, la bruja y el armario, de la saga infantil de Narnia.

No había una razón para que dichos postes estuviesen allí, pues para nada se vislumbraba una aldea o pueblo cercano, ni una estación de buses o trenes que nos llevaran a otra parte; más bien, su única función era la de iluminar el camino al sujeto que venía del *otro lado* cuando lo sorprendía la noche.

Esto me hizo meditar.

¡¿Cuánto tardamos en cruzar?!

Apenas fue un triste microsegundo, pero debieron ser horas porque el sol se fue de paseo.

Me arrebujé en el abrigo a causa del frío invernal y una sonriente mujer de unos sesenta años me entregó una gruesa manta de figuras triangulares para brindarme mayor calor. Donovan recibió otra de igual diseño y se la puso enseguida sobre sus hombros.

Oron emergió con elegancia en medio de dos árboles escarchados. El portal era diferente al que estaba oculto en el subterráneo, que era una pared sólida, este era como el mismo aire: invisible. Aun así, se hacía sentir por el silbido del vendaval que expulsaba.

Observó la nieve en mi cabello y ropas, debido a la caída, y comentó:

—Lo dominará con el tiempo, joven Allison. —Luego miró a Donovan—. Ella es valiente.

Este lo miró con ganas de insultarlo por haberle insinuado su cobardía, al ser yo la primera en cruzar. Levantó la mano para hacerle un gesto con el dedo del medio, pero lo detuve a tiempo de que la vulgar expresión quedara a la vista de todos.

Oron se adelantó y extendió la mano hacia la muchedumbre.

—Les presento a la Hermandad —nos dijo con solemnidad en una sonrisa orgullosa.

Donovan y yo intercambiamos miradas.

—¡Bienvenidos sean, Portadores! —los demás exclamaron de emoción. Tomé el brazo de Donovan para no despegarme de él. Su rostro era inexpresivo, sin saber si se hallaba triste o igual de abrumado que yo. Eran muchos…

Algunos en ropas de invierno y otros ataviados en togas blancas.

Como las del Ku Klux Klan…

Huy.

Los observé aprensiva, todos eran ancianos que oscilaban entre los sesenta y ochenta años, de rostros sonrientes pese al frío que los azotaban. No usaban capuchas ni emblemas que sugirieran la supremacía aria; por fortuna, se percibía en estos la buena vibra. Se acercaron y nos estrecharon las manos como si fuésemos estrellas de cine que pasarían allí una temporada. No me pasó por alto que, *los de toga*, ostentaban el mismo anillo que Oron usaba, identificándose estos como parte de una congregación elitista de las que pocos ingresaban.

Las cuatro maletas flotaban sobre las múltiples cabezas canosas, sin saber si era Oron o algunos de los ancianos de blanco que las hacían levitar.

—Por favor, sígannos —indicó un sujeto rollizo de buen semblante, cuya estatura apenas me sobrepasaba. No usaba toga. Según él, era un descendiente y yo no comprendí de quién.

Atravesamos el bosque nevado, cuyo cielo nocturno poco se apreciaba bajo las densas copas de los árboles y del que hubiésemos sido tragados por la oscuridad de no ser por la infinita hilera de postes de luz que nos indicaba el camino pedregoso, siendo evidente que estos fueron puestos allí de manera certera para iluminarnos.

Los ancianos nos guiaron hasta llegar a una colina y aguardaron sonrientes a que Donovan y yo los alcanzáramos, puesto que estábamos unos metros más rezagados en compañía de los más «jóvenes», quienes nos formulaban preguntas personales que resultaban un tanto incómodas de contestar.

En cuanto llegamos a la cima, el amigable rollizo que respondía al nombre de «Trevor», nos señaló hacia el fondo de la pendiente donde se hallaba mi nuevo hogar. La Sede de la Hermandad.

Jadeé. Allá abajo –con las luces encendidas bordeando sus formas– había un único edificio y era enorme, asemejándose a una pirámide futurista.

Miré a Donovan y este no daba crédito a lo que contemplaba.

¡¿A dónde fuimos a parar?! La sede piramidal estaba cubierta con paneles solares y coronada con una gran aguja que apuntaba al cielo. Era hermosísima y muy adelantada en su tiempo, cuya estructura –según Trevor– albergaba una pequeña ciudad en su interior, como una especie de exoesqueleto arquitectónico que protegía a sus residentes de cualquier circunstancia nefasta.

Un bosque cubierto de nieve la rodeaba y cuatro puentes conectaban por cada costado, debido al río congelado que la circundaba.

Más allá del bosque se divisaba una muralla que encerraba todo el perímetro. ¡Por Dios! ¡Era kilométrica y se perdía en la lejanía!

Una maravilla.

—La llamamos Zigurat —Oron se refirió al edificio piramidal en cuanto se percató de nuestra estupefacción.

Siguió su trayectoria cuesta abajo sin querer contarnos más. Pero no fue necesario, otro anciano nos dijo que era una *megaconstrucción* que aprovecha los cuatro elementos de la naturaleza, sin contaminarla.

El Zigurat resguardaba la ciudad, sin tener otra cercana. Estaba allí, solitaria como un faro resplandeciente de otro mundo.

No tenía idea de la hora, me había quitado el reloj y, en sustitución, el brazalete adornaba mi muñeca izquierda. Aún no estaba lista para desprenderme del diamante amarillo, era todo lo que me quedaba de David. Tía en más de una ocasión me preguntó si era una gema real y yo le mentía al decirle que era de imitación, habiéndola comprado en línea a una diseñadora emprendedora; claro está que ella sospechaba de ser un obsequio de mi tormentoso vampiro, pero le aseguraba que, de ser un diamante costoso, no lo usaría por ahí a riesgo de que me robaran.

Con la mirada le pregunté a Donovan por la hora y este me respondió que ya pasaban de las dos de la madrugada.

—Vaya…

—Ni siquiera tengo sueño —susurró a mi oído. Era como si hubiésemos viajado a un país lejano, cuyo Uso Horario distaba del nuestro por al menos doce horas.

Allá era de día.

Aquí de noche.

El tiempo en esta parte del mundo transcurría diferente.

Descendimos la colina e ingresamos por la Puerta Sur de la muralla, donde los postes de luz terminaban allí y luego reiniciaban del otro lado hasta perderse de vista. Continuamos el trayecto, sin dejar de deleitarme por la impresionante imaginación del arquitecto que diseñó el Zigurat. Las maletas levitadas nos seguían, caminábamos enfilados por el puente que se eleva sobre el río congelado de la *cara opuesta* de la pirámide mientras yo alzaba la vista para contemplar los paneles solares de la monstruosa edificación, siendo estas superpuestas de manera escalonada.

Me preguntaba para mis adentros qué tan alta sería esa pirámide-ciudad. Daba la impresión de que las dimensiones eran el triple a las Pirámides de Guiza, en Egipto.

—Es mucho más grande —comentó uno de los ancianos de mayor edad como si hubiese adivinado lo que yo estaba pensando.

Enseguida lo miré. El condenado me leyó la mente.

Ni le expresé las gracias por estar cohibida de ser *leída* mientras avanzábamos al Zigurat. Donovan no comprendió mi palidez y yo preferí alertarlo en cuanto tuviésemos un minuto a solas, aunque él ya sabía de antemano por su padrino, quien mantenía lazos estrechos con esos sujetos.

—Esperamos que nuestra ciudad sea de su agrado —Trevor nos comentó tan pronto cruzamos el umbral de la amplia puerta que da acceso a dicha pirámide, antecediendo él nuestra entrada con una sonrisa expectante de lo que apreciaríamos.

Mi rostro se iluminó al observar la ciudad que había en el interior.

¡*Wow!*

Luminosos edificios de más de cuarenta pisos de alto se alzaban y comunicaban entre sí a través de un armazón que fungía como puente levadizo.

Noté que los «rascacielos» los construyeron al centro de la ciudad y que los edificios de menor tamaño hacia los laterales, de acuerdo a la colosal estructura que los cubría, cuyos paneles solares sobre estos se inclinaban reduciendo la distancia con el espacio aéreo.

Las calles –al menos las que alcanzaba a ver– las iluminaban con el mismo tipo de tecnología eléctrica de los que se hallaban en el bosque. Por sobre nuestras cabezas un monorriel viajaba a poca velocidad, siendo un medio aéreo de dos vagones pintados con llamativos colores que parecían una obra de arte sobre rieles, atravesando la ciudad en un servicio de transporte urbano que prestaba a los residentes y del que daba a entender funcionaba las veinticuatro horas.

—Por aquí, ¡vamos! —Trevor nos animó a que Donovan y yo continuáramos caminando, habíamos quedado embobados admirando la ciudad bajo el exoesqueleto de la pirámide. Los edificios se erguían imponentes sin un cielo nocturno que los cobijara, cubiertos estos por los paneles solares que nos impedía ver la noche exterior, pero que nos brindaba una temperatura agradable.

Nos quitamos las mantas y los abrigos, de los cuales, no faltaron brazos solícitos para recibir las prendas y llevarlas por nosotros. Oron y los ancianos, en togas, nos aventajaban un buen trayecto por una vereda que nos llevó hasta unas escaleras mecánicas.

Caímos a una preciosa plaza, rodeada de esculturas de mármol y un millar de margaritas cuyos pétalos blancos y también en amarillos, los tenían bajos por las horas nocturnas. No tuve tiempo de apreciar el entorno, el grupo que nos guiaba caminaban rápido como si temiesen ser asaltados por no haber ni un policía que resguardara a los «insomnes caminantes».

—Mira, el Orgasmo de santa Teresa.

¡¿El qué…?!

Miré hacia donde Donovan apuntaba, orgulloso de su conocimiento sobre esculturas.

Reí sin dejar de caminar de prisa, enfocando la mirada hacia una escultura que sobresalía de entre los arbustos de dicha plaza. Esta era una imitación de menor tamaño, puesto que la original se hallaba en la capilla Cornaro de la Iglesia de Santa María de la Victoria, en Roma.

—¡Tonto, es el Éxtasis de santa Teresa!

—Luego, ¿no es lo mismo? —inquirió socarrón y yo cabeceé a punto de carcajearme escandalosa—. Pero, *mírale* la cara…

Le di una palmada en el brazo y él rio, provocando curiosidad en Trevor, quien nos preguntó con la mirada de qué nos reíamos.

Nos mordimos la lengua para evitar ser increpados por ofensivos y le comentamos una experiencia que nada tenía que ver sobre lo visto.

Luego de cruzar la plaza de estatuas y margaritas, ascendimos lo que sería tres pisos a través de unas escaleras mecánicas, con el tropel de ancianos de menor rango pisándonos los talones. Llegamos a una estación en donde el transporte eléctrico –visto minutos atrás– nos esperaba con sus puertas abiertas. Entramos y nos acomodamos en nuestros respectivos asientos, las maletas fueron depositadas cerca de Oron; por lo visto, este era el que las hacía levitar.

Noté que cada vagón debía tener una capacidad para sesenta personas, pues ninguno permaneció en pie. Las puertas se cerraron y el monorriel emprendió la marcha de forma silenciosa a través de la ciudad durmiente.

Donovan y yo nos sentamos juntos, sintiéndonos seguros, uno al lado del otro.

Era tonto sentirse así, la Hermandad no iba a hacernos daño, pero no podíamos evitarlo. Observé a nuestros acompañantes, todos sonreían como si se hubiesen ganado la lotería, conversaban entre ellos en voz baja sin dejar de mirarnos.

Ambos tuvimos que rodar los ojos a través de mi ventanilla. Y fue un aliciente: la vista era magnífica, una buena forma de conocer la ciudad sin la necesidad de utilizar auto. Es más… ¡No había ni uno! Y esto me extrañó. Si bien, observaba que bajo nosotros no rodaba ningún vehículo, no era motivo para que las vías pavimentadas estuviesen cerradas a pesar de la hora. ¿O solo funcionaba el monorriel?

Se divisaban muchos jardines internos, las copas de los árboles se tragaban las bases de los edificios. Y esto me causó admiración, nunca supe de una ciudad que armonizara de tal forma con la naturaleza.

Viajamos cinco minutos hasta la próxima estación. Luego nos bajamos y caminamos hasta las escaleras mecánicas; esta vez nos desplazamos en una que nos llevó directo hasta el vestíbulo de una imponente edificación.

¿Qué era ese lugar?

Había guardias por doquier vestidos de negro y de sus cinturones colgaban armas que para nada lucían anticuadas.

Nos llevaron a un salón muy amplio: la Cámara de los Portadores, así la llamó Oron con cierta jactancia bailoteando en sus labios delgados. *Los de toga blanca* entraron con nosotros y los que no la usaban permanecieron afuera, junto con las maletas de Donovan y las mías. Al parecer, la superioridad de los más antiguos se imponía sobre los otros.

Las altísimas puertas fueron cerradas telepáticamente por un anciano que las miraba fijo.

Pasamos hasta el centro del salón. Los Portadores se sentaron a cada extremo: veinte por un lado y veinte por el otro; a excepción de tres asientos que permanecían un poco relegados de los demás como si estuviesen disponibles para otros de menor rango. Mientras tanto, Donovan y yo permanecíamos en pie, en medio de ellos, mirando hacia una silla que se hallaba elevada frente a nosotros en una plataforma escalonada y del que también permanecía vacía. Una que indicaba que era para alguien más importante.

Sentí un leve *déjà vu.*

Contuve esa opresión en mi corazón y observé a Oron, quien nos miraba sonriente desde la fila de la derecha. Era el único entre sus compañeros que no usaba la toga blanca por acabar de llegar del otro lado del portal. Encabezaba la hilera de sillas, pendiente de nosotros mientras los demás hablaban entre ellos sin parar, ya se había quitado la gabardina negra y tal vez esperaba a que alguno de los que quedaron afuera del salón, le trajese la suya. Vestía de traje gris oscuro y corbata en un tono más claro, resaltando su elegancia.

Le devolví la sonrisa, aunque menos efusiva por la tristeza que se abría paso por yo misma echarme a perder el momento. El juicio en aquel castillo siberiano aún me causaba pesadillas.

—¿Qué es eso? —Donovan señaló hacia lo alto de la pared que se hallaba detrás de la silla que parecía un trono.

Seguí la dirección que apuntaba su dedo.

Arqueé las cejas.

—Es la letra griega «Psi» —respondí en voz baja, conocedora de dicho alfabeto extranjero del cual siempre me sentí interesada por aprender. Lo que levantó curiosidad en mi amigo, era una especie de emblema dorado de unos dos metros de alto y en forma de tridente, del que suponía representaba a la Hermandad de Fuego.

Dicha letra enorme era la inicial de la palabra *Psique.*

Mente y cuerpo.

De inmediato, dos jóvenes fornidos entraron al amplio salón, custodiando a un anciano de avanzada edad.

Hubo un silencio general.

El recién llegado avanzaba a paso lento, requiriendo las solícitas manos de sus guardias para que le ayudaran a subir los escalones de la plataforma. Vestía de toga ocre, bordada en hilos dorados. Calculaba que el hombre debía tener más de noventa años, sus lentes caían en la punta de la nariz y su barba blanca le llegaba casi a la barriga. Noté que padecía del Parkinson, cuyos temblores le dificultaban el caminar, pues se sostenía de una gran vara de madera como la de Moisés cuando dividió el Mar Rojo con su *cayado.*

—¿A quién me recuerda?

—*¡Shhhttt!* —hice callar a Donovan para que dejara de preguntar. Aunque también tuve la misma sensación, y, del cual sí fui capaz de conectar su rostro familiar. Y casi se me escapa una risotada, se parecía a *Gandalf,* del Señor de los Anillos.

Los Portadores se levantaron en cuanto lo vieron entrar al salón y permanecieron en pie hasta que el enclenque *barbón* se sentó en la silla que se alzaba sobre nosotros. Era el que debía presidir las presentaciones, y, por lo que intuía, la máxima autoridad en el lugar.

El anciano carraspeó.

Todos expectantes.

Donovan y yo, nerviosos.

—Soy Nuriel Percival Randolph III —se presentó—. Líder de la Hermandad de Fuego. ¡Les doy la bienvenida! —nos saludó con su envejecida y temblorosa voz—. El Zigurat será su hogar de ahora en adelante —continuó—. Los Hermanos su nueva familia y la lealtad su religión. Les otorgaremos los secretos de nuestros ancestros; aprenderán las normas por las que nos hemos regido durante milenios, las respetarán y obedecerán con la mente y el corazón. Con su vida pagarán si la desobediencia y la traición les obscurece la razón.

Miré a Donovan de reojo y este puso cara de «¡¿qué fue lo que dijo?!».

¿Desobediencia?

¿Traición?

¿Pagar con la vida?

¡¿Adónde nos habíamos metido?!

—Ocultos poderes despertarán de su gloriosa sangre y las pondrán al servicio y protección de sus congéneres —el anciano expresó, mirándonos intenso a través de sus anteojos—. La unidad lo es todo: cuidamos de los nuestros con coraje y valentía. No abandonamos al caído ni huimos de ninguna batalla.

»El Código Aural es el mayor orgullo y el arma perfecta para destruir las fuerzas del mal. Somos la espada de Dios, nacimos para acabar con la eternidad de los vampiros. Mantenemos el equilibrio entre lo natural y lo sobrenatural. Protegemos a los humanos y no intervenimos en sus destinos, ni mezclamos nuestras sangres con *los malditos*, pues ni amistad con ellos enlazamos. El amor con esos seres es una aberración a lo que es preferible morir que entregarles el alma y el corazón.

Preocupada, miré a Oron. ¿Ellos estaban al tanto de mi relación con un vampiro? Las palabras de ese anciano parecían ser dirigidas solo a mí.

Nuriel rodó sus ojos y observó mi brazalete.

Desde su silla me apuntó con su *cayado*. Oron se puso en pie y asintió a una orden silenciosa.

Se acercó con pasos acelerados.

—Entréguemelo —exigió hostil.

Levanté la muñeca y protegí el brazalete contra mi pecho.

—¡No! —¿Por qué me lo pedían?

Donovan se preocupó, no se había fijado que aún seguía usando el brazalete.

—¿Para qué lo trajiste?, aquí te va a estorbar.

—Es solo un…

—¡Entréguemelo! —Oron ordenó por segunda vez sin dejarme responder a Donovan.

—¡¿Por qué?! —temblé.

—Así lo ordena el Augur.

—¿Quién? —Donovan frunció el ceño. Durante el camino al Zigurat ninguno de los ancianos protestó porque yo usaba accesorios.

Mis ojos rodaron hacia el sujeto sentado en su trono y tragué saliva, su imponente mirada me aplastaba como a un insecto.

—Es él… —señalé con mi barbilla hacia este para que Donovan supiera de quien se trataba—. Nuriel…

Oron dio otro paso, con gesto amenazante.

—¿Va a entregármelo o se lo arranco a la fuerza?

—Déselo, Allison, no le des importancia —Donovan pidió para evitar confrontaciones.

—¡¿Por qué?! —chillé—. ¿Están prohibidos los accesorios? —Al instante toqué el relicario, escondido debajo de mi blusa. Tampoco de este quería deshacerme.

Oron mantenía la palma de la mano extendida hacia arriba, esperando por la joya.

Obedecí. Debía ser prudente con ese sujeto cuando se tornaba agresivo. Así que me lo quité y se lo entregué. Oron giró sobre sus talones y caminó hacia Nuriel. El viejo barbón dejó el *cayado* sobre sus piernas, tomó el brazalete entre sus manos, escudriñando el diseño. Negó con la cabeza, hizo una mueca y siguió con su análisis metódico.

—¿Por qué tanto alboroto? —Donovan inquirió en voz baja a la vez en que los demás se mantenían a la expectativa.

—Porque es un regalo de... —pronunciar su nombre me lastimaba.

—El engendro... —completó avinagrado al comprender lo que callaba—. ¿Por qué lo conservaste? Él *te jodió.*

—¡No lo hizo!

—Sí lo hizo, ¡no lo niegues! —se alteró sin elevar la voz—. El hecho de que no permitiste que te llevaran al hospital para un *despiste* de que *te haya pegado algo*, no quiere decir que no nos diésemos cuenta de que te...

—*¡Ssshhtt!* —Miré algunos Portadores que trataban de parar la oreja a nuestra susurrante discusión.

—Por eso protestaste cuando Oron quiso leer tu mente: porque sabía lo que él te había hecho.

—¡Te equivocas! —repliqué enojada.

Hubo un carraspeo cerca, no estábamos respetando lo que se efectuaba frente a nosotros. El Augur seguía estudiando el brazalete de oro. El mutismo entre esos dos era abrumador, ni que yo fuese a tomar los hábitos de monja como para despojarme de todas mis pertenencias.

Sonreí aliviada cuando el anciano le entregó a Oron el brazalete. Después de todo, no lo iban a confiscar.

¡Ja!

Lo cierto es que me llevé una desagradable sorpresa.

De su mano, Oron la hizo levitar, aplastándola de inmediato como si la gravedad misma fuese un peso enorme que la comprimió.

—¡¿Por qué lo hizo?! —chillé. La piedra del brazalete se desprendió y cayó al piso, rodando por entre los pies de Donovan hasta perderse de vista. Me estremecí, viendo el brazalete deformarse bajo el poder mental del Portador.

Una pieza metálica, tan pequeña como un *chip*, saltó del amasijo de oro, sorprendiéndonos a todos.

—¿Qué es eso? —la curiosidad de Donovan era grande.

—Lo último en rastreadores —Oron respondió a la vez en que sacaba un pañuelo del bolsillo interno de su chaqueta sastre para tomar el brazalete que flotaba en el aire.

—¡¿Qué?! —Donovan y yo expresamos al mismo tiempo.

—Le juro que yo no…

—Lo sabemos, joven Allison —Oron me interrumpió—. La finalidad del *Agathodaemon* era de rastrearla hasta nuestro escondite —reveló—. Durante siglos han querido dar con nuestra ciudad, pero nunca lo han conseguido.

Gruñí para mis adentros. Vampiro maquinador de primera categoría que no le importó lo que a mí me hubiese ocurrido si los Portadores consideraban que era una traidora.

Las lágrimas amenazaban con derrumbarse en mis mejillas. El infame regalo fue un insulto a mis sentimientos. Donovan me oprimió la mano para que supiera que no estaba sola y que debía ser fuerte. Los Portadores no parecían ser hombres que se dejaran conmover por una chica tonta.

Oron aplastó al *pequeño espía metálico* con su zapato.

El *chip* fue destruido sin la necesidad de la telequinesis o de algún otro poder psíquico.

Casi rompo en llanto.

Una mujer de baja estatura recogió la gema y se la entregó a Oron, quien la envolvió en el pañuelo junto a lo que quedó del brazalete. Ni siquiera tendría el consuelo de patear el amasijo o arrojarlo a la basura con toda mi rabia, ese gusto se lo darían ellos al deshacerse del obsequio de un Grigori que les causó quebraderos de cabeza desde que supieron de su existencia.

—Ya no te dominará más —comentó él mientras se lo entregaba a otro sujeto, que desaparecía al instante por las puertas laterales del salón. Y yo siguiéndolo con la mirada y un nudo en mi garganta, porque dolía la doble moral de David.

Luego volvió a su silla y Nuriel continuó con su discurso de bienvenida. La atención de los ancianos puesta en su líder.

La mía…

En aquel que se marchó con el infame brazalete.

—No hay nada que pueda permanecer oculto sin que la Hermandad no lo descubra —dijo dedicándome una severa mirada y yo tuve que parpadear para concentrarme en sus palabras—. Si las fuerzas oscuras pretenden disiparnos por medio de su tecnología, no podrán conseguirlo. El corazón y la mente son dos piezas maleables que se adaptan a los tiempos y a las circunstancias. Durante años los hemos esperado a ustedes para que se hagan, *uno con la Madre Tierra,* la psiquis del hombre es la raíz del planeta; si está enferma, la planta de la vida que a todos nos rodea, se marchita, y es por ello por lo que la labor de la Hermandad es la de limpiar todo mal que corrompa a las *vasijas* que Dios creó.

El Augur hizo un alto a su discurso y sonrió, mirando por encima de nuestras cabezas.

—La Tríada está completa —anunció—. ¡Los últimos Portadores están presentes!

Los ancianos aplaudieron y Donovan me miró interrogante.

—¿La Tríada? —se extrañó—. Querrá decir, «el dueto», porque si la vista no me falla, somos dos.

Terminado de comentar este hecho, unas pisadas –detrás de nosotros– captaron nuestra atención.

Nos giramos hacia este.

Un chico de piel clara y contemporáneo a nuestra edad, se aproximaba con solemnidad. Vestía igual que los demás, con toga blanca, y mostrando su deslumbrante dentadura; tan alto y hermoso que parecía un adonis, del cual lo seguían dos ancianas que sostenían togas del mismo color entre sus brazos.

Al instante comprendí de quién se trataba.

El tercer Portador.

Capítulo 7

Ya amanecía cuando unos leves toques retumbaron en la puerta de mi habitación y me sacaron de la misma pesadilla que se repetía en aquel sombrío castillo.

—Voy… —me costó hablar mientras me arrebujaba más con la cobija, ignorando el golpeteo por sentirme aún soñolienta. Pero este siguió—. ¡Voy! —bostecé y rodé un poco más en la cama, flojeando para levantarme, mi cuerpo no tenía fuerzas y mis párpados pesaban toneladas para abrirlos.

Los golpes suaves pasaron a ser insistentes.

—¡Ya bajo, tía! —A veces se tornaba fastidiosa.

Con desgana, rodé sobre mi almohada para consultar la hora en el despertador que estaba sobre la mesita de noche, pero me asombré al fijarme que no estaba en su lugar.

Ni siquiera yo…

Tallé mis ojos y recordé entristecida que el día anterior habíamos cruzado el portal.

Observé mi entorno. La claridad de un nuevo día iluminaba cada ínfimo punto de mi apartamento de un ambiente. Los destellos del sol reverberaban con fuerza desde muy temprano y prometía cobrar intensidad conforme las horas avanzaran.

Así que, de un saltó me levanté de la cama y enseguida busqué en mis dos maletas las ropas que habría de ponerme: vaqueros oscuros, camiseta blanca y zapatillas deportivas negras. No luché con el cabello, lo recogí en una coleta y me quité el relicario por si alguien lo señalaba avinagrado por usarlo. Primero mediría el terreno que pisaba y, conforme comprobara que no había más problemas con los accesorios, lo luciría sin el temor de que me lo quitaran.

Del brazalete de oro no supe más, Donovan prometió averiguar qué pasó con este, si lo llevaron a alguna parte o lo arrojaron a la basura. Aun así, preferí que se evitara confrontaciones con Oron, puesto que no valía la pena el riesgo, éramos *libros abiertos* ante ellos y cada paso que diéramos en adelante sería motivo de sospecha. Además, ¿para qué tomarse las molestias? El brazalete perdió el valor sentimental por David manipularme con sus obsequios de mierda; expresarme que me amaba y darme una joya pre-Aniversario que camuflaba un rastreador era imperdonable.

La noche anterior recibimos las investiduras de mano del *tercer Portador*. Era una tradición recibirlas de los miembros más jóvenes de la congregación o del último Portador que ingresó a ellos. Pero no recibimos el dichoso anillo que nos identificara como tal.

El chico me desconcertó tan pronto apareció frente a nosotros con su amplia sonrisa que denotaba autosuficiencia, notándosele por encima que era caprichoso y arrogante. Noah –que así era su nombre– era alto y poseía un cuerpo de infarto: espalda de nadador, brazos de boxeador, piernas de futbolista y rostro de ángel. La toga que llevaba puesta no fue impedimento para darle una mirada apreciativa. Y, para rematar, su cabello negro le caía de forma descuidada debajo del mentón y su incipiente barba hacía pensar que era un holgazán a la hora de rasurarse.

Sospechaba que conseguía con facilidad lo que quería con tan solo esbozar esa sonrisa lobuna, del cual me brindó apenas puso sus aturdidores y en extremo ojos grises sobre mí.

Donovan lo anexó a la lista negra tan pronto este me coqueteó con descaro. Dijo algo así como que «ocupaba el tercer lugar». Percibí una rivalidad instantánea entre esos dos.

De nuevo el golpeteo en la puerta se escuchó, aunque no insistente.

Abrí.

—Buenos días, *mi bella flor* —Noah saludó sin formalismo—. Espero que hayas dormido bien.

—Buenos días —respondí a secas, no me gustaba que fuese tan confianzudo.

Noah guardó silencio, sin dejar de sonreír. Esa mañana daba la impresión de haberse levantado de muy buen humor.

—¿Qué quieres? —lo miré aprensiva sin saber por qué él me inspiraba desconfianza.

—Custodiarla hasta el Gran Comedor.

Nada dije y abandoné el modesto apartamento que me asignaron, cerrando la puerta sin llave. Noah me ofreció su brazo para que lo tomara y así escoltarme como «todo un caballero» hasta donde comían los residentes del edificio del cual nos habían hospedado tras concluir la presentación. Pero lo ignoré, causándome desagrado su excesiva seguridad de sí mismo.

En el acto caí en la cuenta de algo y me detuve luego de haber dado unos pasos para alejarnos.

—¿Y Donovan? —Me extrañaba no verlo a su lado, pendiente de mi salida.

—Ya se está levantando —dijo—. Tu amigo es muy dormilón.

En cuanto Noah lo mencionó, el aludido –en pijamas e irritado– abrió la puerta de su apartamento que quedaba junto al mío.

Nos miró preocupado.

Su cabello alborotado, sus ojeras marcadas.

—¿Qué pasa? —preguntó en cuanto sus ojos se toparon con los míos. Lucía aturdido como si recién se hubiese levantado de la cama.

—«Qué pasa», ¿qué…? —Noah lo escaneaba con una desdeñosa sonrisita que hacía crispar el genio a cualquiera por su prepotencia.

Donovan respiró profundo para controlar el enojo y no escupirle a este una palabrota que se escucharía desde las afueras del Zigurat.

—¿Por qué golpearon la puerta? Creí que había vampiros.

—Si los hubiese, ya estarían muertos, y a ti no te golpearían la puerta para despertarte: te sacarían de las patas por perezoso —respondió el otro en tono socarrón, sin tomar en serio la incomodidad que causaba.

Donovan gruñó.

—¿Fuiste tú? —inquirió con aspereza, dando unos pasos en dirección al idiota que le fregaba la paciencia.

—¿Con respecto a qué? —Noah se hacía el desentendido a algo que debió haber molestado a mi amigo. Este no era de los que encaraban a los demás por aburrimiento, sino por hechos concretos que merecían un certero puñetazo.

—¡Qué si fuiste el imbécil que se pasó toda la noche aporreando la maldita puerta de mi apartamento!

Noah se llevó la mano al pecho, simulando incredulidad.

—¡¿Yo?!

—¡Sí, tú!, ¡¡no te hagas!! —exclamó, echando fuego por los ojos. Noah poseía la virtud de enojarlo con facilidad pese al poco tiempo que se conocían.

—Donovan… —intervine antes de que le rompiera al otro la cara—. Él no lo hizo. No desde que estamos hablando en el pasillo. —Aunque sí fue insistente en la puerta de mi apartamento.

Alternó la mirada de Noah a mí con rapidez.

—¿Vieron pasar a alguien?

Ambos sacudimos la cabeza.

—Tal vez te hicieron una broma de bienvenida —Noah comentó como si este hecho fuese habitual en ese lugar.

—Bonita broma… —masculló molesto—. Patearé al hijo de…

—Donovan, ¡basta! —lo increpé. Era hora de que se calmara—. Ve a cambiarte, iremos a desayunar.

Él asistió, y, con su cara de pocos amigos, se marchó pisando fuerte a su apartamento.

Los tres gozábamos de privacidad. Nunca había vivido sola, si es que podría afirmarlo de esa manera, nos vigilaban de mil formas y nos rodeaban como vecinos. Los domicilios de *los hermanos* se hallaban en el Edificio Aurora, en la zona residencial de la pequeña ciudad futurista del Distrito Norte. La sección que Noah, Donovan y yo, ocupábamos, la dispusieron en la cuarta planta, donde los apartamentos de dimensiones más pequeñas –según Noah– correspondían para los «novatos», mientras que las más amplias y lujosas la disfrutaban los más veteranos, en los pisos superiores del edificio.

Mientras tanto, Noah y yo permanecimos en el pasillo, a la espera de que Donovan se diera prisa por asearse y vestirse.

Resultaba incómodo tener que aguantar la suficiencia de ese chico que había logrado impresionarme en cuanto hizo acto de presencia en la Cámara de Portadores, pero que ahora era insoportable. Lo miré de refilón y ahogué una increpación, él mantenía una sonrisa guasona como si se divirtiera a expensas de nosotros por ser los novatos del grupo.

Puede que fuese así y Donovan y yo estábamos sufriendo lo que sería una bienvenida al buen estilo de los hermanos aurales. Al primero lo desvelaron de tantos sobresaltos por los aporreos en la puerta de su apartamento y a mí me la hicieron con lo del brazalete…

Noté enseguida que Noah tampoco portada el emblemático anillo de la Hermandad.

Al parecer, ese derecho lo tenía los ancianos.

—¿Es tu novio? —consultó, tomándome desprevenida. Su atención de repente se enfocó sobre mí por haberlo estudiado con detenimiento.

—¿Por qué?, ¿te gusta? —espeté sin medir la lengua.

—No tengo tan mal gusto —replicó sin ofenderse, aún con su sonrisita ladina que me crispaba los nervios.

—¿Y qué tipo de hombre te gusta? —insinué su homosexualidad solo para hacerlo enojar y que pagara la mala noche que le hizo pasar a Donovan. Porque había sido él, de eso no me cabía la menor duda. Era muy guapo, pero antipático.

—Ninguno —se rio, su frescura era para irritar a cualquiera—. Me gustan *muchísimo* las mujeres. Son mi debilidad, en especial, si son hermosas como tú… —sus grisáceos ojos me desvestían con avidez.

—Eh…, gracias —bajé la mirada y me odié por mostrarme tímida. Esto le daría pie a él de asumir que era un terroncito de azúcar fácil de degustar.

—Entonces… —insistió—. ¿Es tu novio?

—Sí —Donovan respondió por mí de mala gana a la vez en que cerraba su puerta. Se había cambiado de ropas a una velocidad en la que deducía ni pasó por la ducha.

Su cabello seco lo confirmaba.

No lo refuté, porque no me interesaba que Noah anduviera coqueteándome sin reparos.

Mi silencio le dio el empuje a Donovan para que me tomara de la mano, entablando sentido de pertenencia frente al que consideraba su nuevo rival. Tiró de mí con suavidad por el pasillo para bajar las escaleras que se alcanzaban a ver al fondo a nuestra derecha, y así dejar atrás al otro que era como una piedra en su zapato, dando molestia.

—¡Oye, *nuevo*, es por aquí! —Noah apuntó su pulgar, señalando detrás de su hombro en la dirección contraria, y en una visible sonrisa contenida del cual estaba por estallar en carcajadas por su despiste.

Donovan gruñó por lo bajo y, conmigo en mano, nos devolvimos hacia donde Noah nos indicaba.

Cruzamos la salida principal del edificio y caminamos una distancia de tres manzanas hasta atravesar un jardín central que parecía un pequeño bosque. No era la plaza de esculturas y margaritas que vimos en la madrugada, sino un espacio verdoso de los tantos que se diseñó con la intención de armonizar las estructuras que se erigían sobre nosotros con la naturaleza.

Al salir del jardín, nos encontramos frente a una voluminosa edificación de tres plantas.

En lo alto de la fachada se ostentaba el famoso logo que representaba la Hermandad.

En esta ocasión, la imponente letra «Psi» no era dorada; más bien, fue esculpida en piedra caliza y se repetía, una y otra vez, en cada construcción erigida en la ciudad. Por lo menos, en las que apreciábamos en el sector, cuyo *tridente* recordaba a sus residentes quienes eran ellos y cuál su destino.

Noah saludó de manera amigable al portero y nos guio hasta unas escaleras que por poco me quita el aliento.

Las barandas las tallaron en madera y hierro forjado; cada escalón fue cubierto con el mismo tono de mármol verdoso del piso del vestíbulo, dándole un aire lujoso. Subimos a la siguiente planta sin que Noah nos comentara del entorno, pues se las daba de sabelotodo; en vez de esto, mantenía su frente en alto y su postura recta como si fuese un príncipe.

A continuación, doblamos a la izquierda por un largo corredor para luego encontrarnos de pleno con un vestíbulo rodeado de amplias puertas dobles que tenían en cada una de estas un ángel tallado.

El corazón se me estrujó al recordar a David.

Él fue uno…

Tragué el nudo en la garganta y apreté la mandíbula, infundiéndome fuerzas para no llorar.

Nadie debía saber el porqué de mi tristeza.

Las puertas dobles se abrieron por sí solas. Donovan me soltó la mano y entramos enfilados, con Noah a la cabeza.

Jadeé.

El Gran Comedor era sin duda: ¡el Gran Comedor!

Lámparas de araña de dieciséis puntas, colgaban del techo cada diez metros. Las paredes cinceladas armonizaban de forma exquisita con las esculturas de ángeles a tamaño real que se hallaban por las esquinas. En el comedor estaban reunidos todos los ancianos que nos recibieron en el portal. Se levantaron en cuanto nos vieron entrar y aplaudieron como si viniésemos de conquistar la guerra. El señor Trevor nos sonrió tan pronto nos vio y susurró algo al sujeto a su izquierda, del que este arqueó las cejas, sorprendido como un chico que ve a un rockstar.

Donovan y yo nos sonrojamos; en cambio, Noah caminaba a sus anchas hacia el interior, tal vez acostumbrado a recibir tantas atenciones.

El «bienvenidos» se repetía en los labios de cada comensal que tuvo la amabilidad de ponerse en pie para recibirnos. Nos miraban casi que con devoción y esto era demasiado incómodo. Así que, procuré enfocar mi atención en la decoración para apaciguar el ardor en mis mejillas.

En lo único en que fallaron los encargados de hacer lucir hermoso el Gran Comedor, fue en las larguísimas mesas que escogieron para que los residentes comiesen allí, juntos.

Las acomodaron de modo que formaran triángulos superpuestos.

Uno dentro del otro.

El primer triángulo de mesas casi ocupa la extensión de las cuatro paredes del lugar. ¡Era inmensa! Luego venía un segundo triángulo en menor tamaño y así sucesivamente hasta llegar a una única mesa triangulada y disponible para tres comensales.

Noah nos condujo a través de ese laberinto, introduciéndonos por las esquinas que eran los únicos espacios por donde estas no se unían.

Me ubicó en la base del triángulo.

Donovan a la derecha y él a la izquierda.

Permanecimos en pie hasta que un Portador nos indicó que podíamos sentarnos.

La mesa de los ancianos nos rodeaba como un escudo protector, dando la impresión de estar dispuestas de manera que parecían que las mesas fuesen *capas* o *barricadas* del cual, toda persona debía sortear para llegar hasta el corazón de la Hermandad.

Estas quedaron acomodadas de la siguiente manera:

Primer triángulo o la parte externa: el vulgo.

Segundo triángulo, la que ubicaron en medio: los Portadores.

Tercer triángulo, la más interna y pequeña: nosotros tres. La generación de relevo.

Las palabras de bienvenida no se dejaron de lado, y, una vez más, Nuriel abrió con un discurso que, por fortuna, fue corto. Ningún Portador usaba su toga reglamentaria, ni el viejo barbón usó la de color ocre. Estos se confundían con los demás, vestidos en ropa casual sin dejar atrás su elegancia. Charlaban animados entre ellos, mientras que una docena de señoras en delantal y gorrito blanco comenzaron a servir el desayuno.

El ambiente se tornó agradable, después de la pena que Donovan y yo sentimos al llegar. Había música instrumental de fondo a un decibel que no molestaba al oído de la centena de personas que allí se reunieron para llenarse la panza con lo que, suponía, un ejército de cocineras preparó al amanecer.

—Antes estuvieron dispuestas en círculos —Noah comentó, una vez que Nuriel se marchó de allí, puesto que aquel comía a solas en su residencia privada.

—¿De qué dem…? —Donovan se interrumpió así mismo para moderar su lenguaje por si había ancianos con el oído agudo—. ¿De qué estás hablando? —bajó la voz sin comprender a lo que el otro hacía referencia.

—Las mesas —respondí por Noah. Fue fácil deducir el diseño geométrico en donde comíamos.

—Las mesas son la representación del nuevo ciclo de la Hermandad de Fuego —Noah agregó de inmediato—. Cómo el último nacimiento fueron tres Portadores, pues…

—Dispusieron que fuesen en triángulos.

—Así es —respondió, irradiando galantería, complacido de mi deducción al respecto.

Rodé los ojos hacia los ancianos y observé en que estos no se bajaban de los setenta, por lo que al instante medité que Oron Powell debía ser el último de los Portadores que nació cien años antes de la Tríada. Este era el más joven, con sus «sesenta años» en apariencia, pero con sus ciento cuarenta y tres a cuestas.

Lo que enseguida medité: ¿Cuánto tendrían los que aparentaban más de ochenta? ¿Doscientos?

—Noah… ¿Todos los que están aquí son Portadores? —pregunté al recordar que la mayoría de ellos no estuvieron presentes cuando fuimos presentados ante el Augur.

Él rio y negó con la cabeza. Donovan se giró sobre su asiento para mirar su entorno, también se dio cuenta de ese hecho, eran más de los que estuvieron presente a nuestra llegada.

—¿Quiénes son ellos? —inquirió sin contenerse, volviéndose hacia nosotros.

—Descendientes —respondió mientras levantaba un vaso de jugo de naranja para tomárselo—. Son los hijos, nietos, *bla, bla, bla*, de los Portadores —agregó ante nuestras miradas interrogantes. Le fastidiaba dar explicaciones.

Recordé a Trevor que reveló lo que era él y yo no le había comprendido. Por eso aquellas personas quedaron relegadas fuera de la Cámara de Portadores: para estos, los descendientes no eran dignos de presenciar nuestras investiduras.

Donovan se dedicó a remover el desayuno; sus cejas permanecían fruncidas, motivadas tal vez por un pensamiento contrariado.

—¿Qué sucede? —le consulté. Lo conocía bien, algo le pasaba.

Él levantó la vista hacia Noah.

—Dices… —lo señaló con el tenedor— que son familia de los Portadores: «hijos, nietos, etcétera». Pero yo lo que veo... —enmudeció sin saber cómo expresar la pregunta.

—¿Solo viejos? —Noah completó con una sonrisa.

—Ajá.

El *tercer Portador* suspiró, haciéndose esperar.

—Bueno, les diré: estamos comiendo con los viejos —informó socarrón y Donovan puso los ojos en blanco con ganas de insultarlo por no tomar en serio nuestra curiosidad—. ¡Tranquilo, qué falta de humor tienes! Pareces que no tuvieras novia —me miró de refilón.

—¡Pues, sí la tengo! —replicó enojado—. ¡Y soy feliz con ella! —buscó mi mirada para que lo apoyara en la mentira.

Noah entrecerró los ojos, dudando de lo que Donovan dijo, y yo me llené la boca con panqueques para no tener que opinar.

—Los descendientes jóvenes desayunan en otra parte —terminó de explicar, ignorando la rabieta del que lo pondría en su lugar si le daba la oportunidad de confrontarlo. Ambos eran igual de fuertes y dominantes en cuanto al carácter.

Donovan y yo dejamos de comer en el acto.

—«En otra parte…» —repetimos al unísono.

—Por ser la primera vez en que la Tríada se sienta a comer, los Portadores consideraron que era un honor exclusivo para los ancianos de la ciudad compartir con nosotros. Aunque no son todos, sino los que están en condiciones de movilizarse sin silla de ruedas… Hay muchos que son muy viejos…

Donovan arqueó las cejas.

—¿Hay más comedores como estos? —preguntó inquieto, intuyendo que así debía ser. Por muy pequeña que fuese la ciudad del Zigurat, esta albergaba un aproximado de cinco mil habitantes. El Gran Comedor no sería suficiente para sentar a esa cantidad durante cada servicio de comida del día.

—Existe uno por cada distrito: incentiva la unidad.

—Y en ellos… ¿van a comer los más jóvenes? —indagué con el deseo oculto de que fuese así.

Movió la cabeza, indicando entre un «sí» y un «no».

—Solo por hoy —dijo—. Luego cada quien come en su respectivo distrito. *Los que pertenecen a este,* incluso los jóvenes, los verás al almuerzo y a la cena.

—¡Vaya! —exclamé emocionada. Había gente de nuestra edad en la Hermandad.

Donovan reanudó el corte en sus panqueques con sus cubiertos, de un modo que denotaba molestia, y se llevó un grueso bocado a la boca, olvidándose de sus modales al masticar con ordinariez.

—Qué bueno… —masculló luego de tragar como si no le gustara la esponjosa masa, sin yo tener idea del porqué se comportaba tan avinagrado.

—El Zigurat es como una enorme universidad, te vas a divertir —el comentario de Noah fue para mí, guiñándome el ojo sin que Donovan se diese cuenta.

Clavé la vista en el desayuno y no la levanté hasta que terminé de comer.

—¿Qué vamos a hacer después? —Donovan inquirió en su habitual fastidio de estar quieto en un sitio durante mucho tiempo.

Noah sonrió malévolo.

—Luchar.

Capítulo 8

Después de desayunar, nos llevaron fuera del Zigurat, sin salir de las murallas, hacia un claro apartado que quedaba escondido entre los arbustos.

Estaba cubierto de nieve, con una extensión más o menos del tamaño de una cancha de béisbol. Nos acompañaban seis Portadores. Mucha gente para nuestra protección.

Karniel Winter sería el profesor encargado de enseñarnos a «luchar» con la mente. Aprenderíamos a golpear sin utilizar las manos; alegaba que serían obstáculos que nos impedirían defendernos de los vampiros. El anciano nos llevó hasta el centro del claro, manteniéndose los demás en los linderos del bosque, protegidos bajo las sombras de los árboles congelados.

—Se preguntarán por qué los trajimos aquí —comentó como si fuésemos estúpidos—. Necesitamos espacio para crear los psiballs.

Donovan frunció las cejas.

—¿Qué es eso?

—Son esferas de Psi.

Donovan y yo nos miramos al instante. Ya me parecía escuchar la palabrota que solía decir cuando no entendía algo.

—Explícate mejor, Karniel, que el muchacho no entendió —Noah expresó con una sonrisa contenida, en un aparente disfrute del entrenamiento que los recién admitidos a la hermandad tendrían. Donovan lo miró con desprecio y yo puse los ojos en blanco.

—Es la energía personal que proviene de cada ser vivo —contestó el hombre que medía casi dos metros de alto—. La energía «Psi» o «Ki» es liberada con el fin de desarrollar nuestros poderes. ¿Preguntas?

Donovan alzó la mano y Noah se carcajeó.

—Parece un niñito preguntando: ¡Profesor, quiero hacer *pis*!

—Hijo de…

—¡Silencio! —exclamó autoritario el señor Winter—. Si solo van a decir sandeces, les sugiero que mantengan la boca cerrada.

—Donovan tenía una pregunta, ¿la puede formular? —lo apoyé.

El aludido me sonrió y Noah apretó la mandíbula con enfado, puesto que, su intención de hacer sentir mal a mi amigo había fallado.

—Eh… sí. ¿Cómo hacemos para sacar la esfera de pi?

—De «Psi» —Noah corrigió en su desbordante petulancia.

—Muchas gracias… —Donovan arrastró las palabras y terminó con las últimas sin sonido de voz—: «entrometido de mierda».

—A la orden —ni se inmutó con la silenciosa ofensa.

—¿Terminaron? —consultó el anciano, cansándose de esos dos que no paraban de atacarse entre sí—. Por favor, siéntense.

A pesar de mi abrigo, miré con aprensión la nieve a mis pies, y los tres procuramos limpiar esa parte del terreno para sentarnos. Nos juntamos estando alineados, uno al lado del otro, mirando hacia los árboles que quedaban al otro extremo del claro. Si el señor Winter no se daba prisa en explicar lo que teníamos que hacer, se me congelaría el trasero.

Nos pidió que cruzáramos las piernas en flor de loto y colocáramos las palmas de las manos a la altura del pecho y un poco separadas como si fuésemos a rezar.

—Cierren los ojos y liberen sus pensamientos de toda carga negativa —pidió—. Imaginen una esfera de cristal flotando entre sus manos; está vacía y necesita ser llenada con la energía que hay dentro de ustedes. Sustráiganla desde sus estómagos y súbanla a través del plexo solar hacia los brazos. Relájense para que la energía pueda salir a través de las palmas y llenen la esfera que sostienen con su mente. No muevan las manos, si les pican o les arden, eso es normal. Cuando se sientan raros, comiencen por amoldarla como si fuera una bola de tenis; la haremos pequeña por el momento, no pierdan la concentración, sean optimistas de que lo pueden conseguir. Recuerden que son Portadores: el poder del Código Aural está en ustedes.

Luego nos permitió realizar el ejercicio.

Mantuve los ojos cerrados y me concentré en la imagen. Mis manos comenzaron a calentarse como si las tuviese cerca del fuego, el hormigueo fue instantáneo y secundado por la atracción imantada que había entre las palmas.

Cielos… percibía que la esfera aumentaba y disminuía en tamaño, y el calor en mis manos ya no lo soportaba. Comencé a preocuparme de que me explotara en la cara.

—Señor Winter… —lo llamé, azorada, sintiendo la curvatura de la esfera entre mis manos.

—No hables, mantente centrada.

Entreabrí un ojo para ver lo que hacía y ¡ahí estaba! Era cristalina y me quemaba.

—Mis manos, no las aguanto. ¡Siento que se queman!

El señor Winter esbozó una gran sonrisa. Su clase iniciaba con buen pie.

—¡Arrójela lejos! —exclamó alegre y eso hice.

Aún sentada en el frío suelo, lancé la esfera como si estuviese haciendo un pase frontal con un balón a otro jugador. Los árboles del fondo del claro se batieron con fuerza. La nieve que reposaba sobre sus ramas cayó de forma abrupta.

Jadeé, agotada y mareada. La esfera salió con la misma potencia que una onda expansiva. Como la vez en la playa…

Casi al segundo, Noah lanzó el suyo contra los árboles cercanos. Las ramas se movieron como si un rayo les hubiese atravesado; uno de los árboles se partió en dos e impactó contra otro.

Asombrada por lo que hice, observé a Donovan que tenía los ojos abiertos de par en par, su cara se contrajo de preocupación y miró de refilón a Noah que esbozaba una expresión de vencedor. Cerró los ojos haciendo fuerza para que la esfera emergiera de su ser.

—Si tiene problema con la energía Psi, le sugiero que la tome de otra fuente —sugirió el señor Winter, ante la tardanza de su alumno.

Donovan lo miró mortificado.

—¿Cómo se supone lo debo hacer?

El anciano respiró profundo y habló con calma para que le entendiera, no era un hombre que derrochara paciencia.

—Tómela del sol —dijo—, de la tierra donde está sentado, del río que rodea el Zigurat… Para eso estamos al aire libre, para aprovechar la energía que nos brinda la naturaleza. Por ejemplo: si la toma del sol, imagina que la energía calórica te entra por la coronilla.

—Pero, si la absorbes de la tierra, imagina que te entra por el culo.

—¡Noah!

—¡Es la verdad, Karniel! —exclamó socarrón.

Donovan gruñó.

—Ignóralo y concéntrate —lo animé para que creara la esfera; ya que yo pude, él también sería capaz. Era muy hábil en los deportes, esto sería algo por el estilo. Aunque de índole mental.

Él asintió y cerró los ojos.

Nos hizo saber que sus manos comenzaban a hormiguear y a calentarse; por desgracia, perdió concentración al notar que todos estaban pendiente de él y, debido a esto, la energía se disipó. Respiraba entrecortado, lucía pálido y cansado. Exteriorizar los psiballs era muy agotador.

Los tres nos levantamos de nuestros sitios y practicamos durante una hora sin parar, Noah se jactaba de hacer hasta malabares con sus esferas cristalinas, mientras que yo ansiaba en derribarlo con una de las mías que creaba con cierto esfuerzo, pero que lograba lanzar hacia los árboles nevados. No obstante, Donovan era lo contrario, su frustración empeoraba cada vez más, mascullando una que otra palabrota debido a que ni una chispa emitía de entre sus manos.

Era bueno en los deportes extremos.

Pésimo con el que aquí se efectuaba.

Después de descansar media hora, el señor Winter quiso ver qué tan efectivos éramos para defendernos de un ataque imprevisto.

Trabajó primero con Noah, harían una demostración de defensa. Se apartaron un poco y se ubicaron frente a frente, separados por tres metros de distancia. Ambos adoptaron posturas defensivas y se miraban con ojos entornados, del cual estuvieron así durante diez minutos; Donovan bostezó de aburrimiento y yo estaba expectante, con ganas de decirles, «¡comiencen de una vez!», pero me aguantaba, ellos sabían lo que hacían.

Noah fue el primero en atacar, su psiball salió expulsado hacia el señor Winter, quien se libró de ser golpeado ya que lo contrarrestaba con el suyo. Se escuchó un zumbido y luego una explosión al impactar las dos esferas; el encontronazo hizo que retumbara el suelo donde nos hallábamos sentados, el poder de cada Portador barría lo que se le pusiera por delante. Era aplastante como dos huracanes que, direccionados a un mismo punto, se encontraban y comenzaban la contienda por el dominio del terreno del otro.

—Me gusta ese poder, le patea el culo a cualquiera —Donovan expresó a mi espalda. Su aburrimiento se disipó, el enfrentamiento parecía mágico.

—Es poderosa…

—¿Qué se siente? —preguntó sin dejar de mirar hacia Noah y Karniel Winter.

—Ya lo vas a saber —manifesté sonriente, era cuestión de minutos para que lo sintiera de primera mano.

Suspiró por su nerviosismo.

—Sí, pero… ¿qué se siente?

Recordé cuando salvé mi humanidad de los colmillos de David Colbert en la playa.

—Es… como si tu sangre hirviera, la temperatura de tu cuerpo aumenta y los latidos de tu corazón te hacen suponer que vas a explotar. Sientes que algo dentro de ti va creciendo y no lo puedes contener, crece y crece sin parar, necesitas liberarte, porque si no lo haces te consume.

—Como un pedo.

Le di un golpe en el brazo.

—¡Grotesco! ¡Qué comparación!

—Bueno, lo explicaste parecido… —rio de mi increpación.

Puse los ojos en blanco y me crucé de brazos, haciéndome la ofendida. Donovan se carcajeó y pasó su musculoso brazo por encima de mis hombros, apretándome a su fornido cuerpo que se cubría en su chaqueta deportiva. Gozaba de lo lindo, sacándome de las casillas.

—¡No te enojes! Y me dices que soy gruñón…

—Porque lo eres —repliqué con una sonrisa, siendo gratificante bromear de esa manera, ya que nos relajaba. Sobre todo, a él que lucía tenso desde que iniciamos allí las prácticas.

—Lo soy por celos —susurró en mi oído y me dio un beso en la mejilla. Noah se desconcentró al mirarnos de refilón; su descuido devino en que perdiera el dominio de la esfera de energía. El señor Winter aprovechó la situación y lo expulsó a cinco metros con una onda expansiva.

Para Donovan, la caída aparatosa de este le causó mucha gracia.

Noah se levantó, sacudiéndose la nieve de las ropas, miró a Donovan con ojos asesinos y caminó hacia nosotros.

—Te toca —siseó—. Vamos a ver qué tan bueno eres.

A Donovan se le congeló la risa.

Palideció.

Ni siquiera era capaz de emitir un pequeño psiball.

—¡No está preparado! —protesté angustiada. ¿Qué pretendía con exponerlo frente a los demás? ¿Humillarlo? El señor Winter le daría una paliza.

—Que se aproxime —secundó este—. Así se motiva en conectarse con sus dones.

Sin más alternativa que obedecer, Donovan caminó hacia el anciano, con las manos metidas en los bolsillos de su chaqueta. Seguía nervioso, pondría a prueba sus fallidas habilidades aurales y lo haría frente a varias personas que lo juzgarían por incompetente.

El Portador señaló hacia tres rocas de unos 15 cm de diámetro, puestas en forma piramidal, y ubicó a Donovan a metro y medio de estas, dándole indicaciones.

—No te preocupes, no será enfrentamiento —le sonrió—. Comenzamos con una pequeña demostración. No tienes que esforzarte; ya sabes: junta un poco las manos.

Asintió a las indicaciones y sacudió su cuerpo, preparándose para liberar su poder mental.

Se tronó los dedos y movió la cabeza a los lados con rudeza para quitarse alguna tensión que pudiera causarle problemas. Su respiración subió de nivel, estaba agitado, las manos las mantenía empuñadas para evitar que los temblores fuesen evidentes.

Por otra parte, Noah esbozaba una sonrisa maquiavélica en sus labios, se cruzó de brazos con pedantería y permaneció a mi lado, empequeñeciéndome con su tamaño.

Donovan se concentró en exteriorizar el psiball para golpear el trío de piedras sobrepuestas. Entrecerró los ojos e hizo la misma mueca que el señor Winter y Noah hicieron cuando se enfrentaron. El anciano era paciente, le daba espacio, retirándose unos pasos; el psiball se demoraba en salir debido al nerviosismo.

—¿Desde cuándo tú y Donovan son novios? —Noah tiró la pregunta, agarrándome desprevenida.

Miré al cielo y contuve una palabrota. Si quería tener éxito en mantenerlo a distancia, tenía que saber mentir.

—Eh… Tres meses.

Levantó una ceja.

—¿De veras? Qué raro… —esbozó una sonrisita que comenzaba a volverse molesta—. Tú «novio» me dijo que tenían tres años.

¡¿Años?! Cualquiera podría oler la mentira. Yo apenas tuve un año viviendo en Carolina del Norte.

—Eso fue lo que dije —traté por todos los medios de acomodar la mentira.

—Entonces, llevan tres años juntos —quería una confirmación.

—No escuchaste que sí.

—¿En Carteret?

¡Listo, me descubrió! Hizo muy bien su tarea de investigación.

—Eh, sí. ¡No! Eh… —*¡Vamos, Allison, piensa!, ¡piensa!*—. Sí —dije—. En una de mis tantas vacaciones de verano, lo conocí y nos hicimos novios.

—Novios a distancia… —desaprobó con una mueca.

—¿Qué tiene de malo? —Si me escuchara David…

—El amor de lejos no funciona.

Alcé los hombros para restarle importancia.

—Con nosotros, sí ha funcionado —la mentira aumentaba como una bola de nieve en una pendiente.

—Ah, pues no parece.

—¿Por qué lo dice? —*¡Peligro, peligro!* Las alarmas se dispararon en mi cabeza. Cada vez sentía el nudo de la soga apretarse en mi cuello.

—No se ven enamorados; no de tu parte, porque la de él…

La turbación me traicionó y, al instante, me fijé en Donovan. El pobre nada que creaba esa fuerza de choque que hacía que te quedaras sin aliento. Las piedras ni un milímetro se desplazaron de su puesto. El señor Winter comenzó a auparlo para darle ánimos y los Portadores que nos custodiaban se miraban entre ellos, murmurando quizás que algo malo sucedía con él.

Noah siguió el trayecto de mi mirada y sonrió displicente, ahora a él le tocaba reír.

Las piedras se movieron y salieron disparadas.

—¡Sí! —Donovan exclamó alegre—. ¡Lo hice!

Noah se carcajeó. Sus risotadas lo doblaron, sosteniéndose de las rodillas. Se tomó el triunfo del otro como un chiste gracioso.

—¿Qué te causa risa? —pregunté irritada por ser tan desagradable.

—¡No intervengas, Noah! —el señor Winter gritó enojado—. ¡Sabemos que eres bueno, deja las payasadas!

Donovan ansiaba matarlo con la mirada. De exteriorizar un psiball, seguro que le hubiera mandado uno para borrarle sus risotadas.

—¡Lo siento! —se disculpó sin remordimientos. Sus labios seguían estirados en su actitud jactanciosa.

Aun así, reparé en que este no había emitido ninguna esfera, sino que expulsó una onda expansiva direccionada en un sentido, sin que nadie saliera lastimado a su rededor. El maldito en realidad era muy hábil.

—Tarado —lo increpé—. Apuesto a que sufriste cuando te enseñaron.

Noah adoptó la más engreída de las aptitudes.

—Ya sabía antes de ingresar a la Hermandad.

¡Uf! ¡Doblemente idiota!

—Bueno, no todos aprendemos tan rápido —repliqué en defensa de mi amigo. Lo más probable, se deba al estrés por el que ha pasado. En Donovan se espera que sea mejor por ser hombre o porque él se lo toma todo con mucha seriedad.

—Según, Oron: a ti se te manifestaron las ondas expansivas en un enfrentamiento con un vampiro —Noah recalcó—. ¿Crees que tu «noviecito» tenga problemas de aprendizaje? Se han visto casos, aunque en Portadores, jamás. ¿Será retardado?

Me provocó darle una bofetada.

—¡Aquí el retardado eres tú!

Noah rio y yo enrojecí furiosa.

—¡Señorita Owens, acérquese! —el señor Winter me llamó con cierta rudeza por estar discutiendo por culpa de un idiota.

Huy.

Era mi turno.

Me acerqué a ellos y observé a Donovan abatido por ser incapaz de demostrar que, por su sangre, corría el Código Aural. Al menos, Noah no siguió humillándolo, se hubiese ganado un puñetazo si seguía por ese camino. Se alejó encorvado sin regalarme una mirada. Sentía pena por él y lo comprendía, yo también lo viví en carne propia en mi habitación, luchar con todas tus fuerzas y desear que emergieran las ondas expansivas para salvar mi vida, del que no apareció ni una chispita... fue lamentable. Un don que se tornaba caprichoso y aparecía cuando menos se le espera.

Donovan se hizo justo donde yo estuve parada y se dejó caer de piernas cruzadas en la nieve, su mirada permanecía inexpresiva hacia el cúmulo de piedras como intentando moverlas. Noah no se movió de su sitio ni lo miró, pero su arrogancia se palpaba.

—Con usted no necesito dar explicaciones, ya sabes cómo hacerlo —dijo el anciano en un tono de voz que denotaba cansancio. La ineficacia del nuevo Portador lo decepcionó.

—Sí, señor.

Me ubiqué a la misma distancia en la que Donovan estuvo frente a las piedras. El señor Winter me dejó sola y yo me preparé mentalmente para poder ejecutarlo; temblaba de los nervios, si lo hacía mal, Noah se tornaría más engreído.

Respiré profundo y me enfoqué en las rocas, imaginándome su rostro. Era una fantasía que a nadie lastimaría, una buena barrida le bajaría el orgullo.

Y sucedió.

La esfera cristalina surcó el aire a gran velocidad hasta impactar con las piedras que salieron expulsadas como si alguien las hubiese aventado de una patada.

—¡Muy bien, preciosa! —Noah aplaudió ruidoso—. ¡Sabía que no me defraudarías!

Los ancianos secundaron los aplausos sin manifestar efusividad y Donovan mascullό por lo bajo.

Tuve sentimientos encontrados de alegría y tristeza; cuántas cosas habrían cambiado *esa noche* de haber podido manifestar mis dones a tiempo. Hubiera controlado a David. Por desgracia, la vida era retorcida y él me mostró su lado más cruel.

A continuación, el señor Winter dispuso que avanzara con una lección más complicada. Llamó a Noah y nos colocó frente a frente para nuestro primer enfrentamiento.

Temblé. ¡Ese tonto me mandaría a volar por el claro!

—¡Patéale el culo, Allison! —Donovan gritó, dándome apoyo.

Sonreí nerviosa.

—¿Preparada? —Noah ansiaba comenzar. Su sonrisa pérfida, sus ojos grises, llameando en un silente juramento de no ser considerado conmigo.

—Siempre —espeté sin dejarme intimidar.

Sin miedo, Allison, ¡tú puedes! Me daba ánimos en mi fuero interno. Era cuestión de focalización, el enemigo aguardaba mi arremetida, tenía que ser prudente; si no lo derribaba, rápido me derrotaría. Y ese gusto no se lo iba a conceder.

Noah entrecerró los ojos, midiéndome con superioridad y un deje de prudencia. Repasó su vista a lo largo de mi cuerpo como si fuese un escáner óptico que me atravesaba hasta el esqueleto, pues nos medíamos como dos vaqueros en pleno duelo, con las «armas» listas para ser desenfundadas. El más rápido vencía. No era a muerte, pero la reputación estaba en juego y el chico quería proclamarse como el mejor de la Tríada.

Estuvimos a la espera, tratando de descubrir una fracción de miedo o inseguridad en el oponente. Ese era el momento clave para atacar; el minuto se transformó en dos y luego en tres, y así hasta completar diez. Entonces, Noah emitió un psiball y yo respondí con el mío para defenderme. Las dos esferas se encontraron; el zumbido y la explosión las precedieron, fue extraordinario impactar contra otra igual de poderosa por ser imanes de polos opuestos que se repelían, sintiéndose ese campo invisible que no te permitía cruzar al otro lado. No podías tocarlo o, mejor dicho: golpearlo.

La marcha de minutos continuó y Noah recurrió a una táctica vil, debido a mi resistencia.

La distracción.

—Hacen mala pareja —hizo referencia a mi supuesta relación con Donovan—. Eres mucha mujer para él.

No respondí, mi concentración era inquebrantable.

Aun así, Noah insistía en hacerme flaquear.

—Tus besos deben ser geniales... —expresó seductor. Donovan no gruñía de celos, la distancia nos permitía cierta privacidad—. Si yo tuviese una novia como tú, no la perdería de vista ni un segundo.

Resoplé al sacarme de quicio.

—Me estás mareando…

—¿Te gustaría ser mi novia?

Quedé estupefacta sin dar crédito a lo que dijo, se valía de lo que fuese para ganar.

—No, gracias, ya tengo uno.

Noah rio sin perder su concentración.

—No tienes. Mentí.

Su comentario me desconcertó y la soga de la mentira se apretó para asfixiarme.

Donovan nunca le reveló nada.

Eso valió para que mi psiball perdiera vigor. Noah me golpeó, lanzándome con poca contundencia contra el suelo. Caí patas arriba con suavidad, fue como si él no le hubiese puesto empeño para lastimarme.

—¡¿Así son tus psiballs?! —inquirí en voz alta mientras me levantaba y sacudía la nieve de mis ropas—. Parece el empujón de un niño de cinco años.

Donovan se carcajeó. Si su rival era humillado, él era feliz.

Noah ni se alteró, su sonrisa ladina resplandecía sin haberse inmutado.

—Probaste el uno por ciento de mi poder —comentó triunfal y yo arqueé las cejas.

Vaya… ¡¿Cómo sería al cien por ciento?!

Pese a esto, evité mostrarme asombrada como si lo dicho por él no fuese gran cosa.

—Engreído... —detestaba que gente como él las tuviese de ganar siempre.

—Además de hermosa: mentirosita —continuó con sus comentarios—. ¡La debilucha eres tú!

Resoplé y el señor Winter se acercó.

—Lo hizo bien, señorita Owens, pero le sugiero que desoiga a su adversario —expresó—. En sus próximos enfrentamientos se encontrará con muchos *parlanchines*; no se deje intimidar.

—No, señor. Lo tomaré en cuenta, gracias.

Donovan corrió y me abrazó como si fuese la vencedora, aunque en realidad lo que hacía era rescatarme del abrazo que Noah quería darme como «buen compañero», robándome de este para marcar terreno.

Eché una mirada sobre mi hombro hacia Noah que se quedó con los brazos extendidos. Él sabía que Donovan y yo no éramos novios, me tendió una trampa, cual tarántula en su telaraña, y, como una mosquita inocente caí sin resistencia.

De ahora en adelante debía cuidarme de ese ser tan astuto.

La conquista estaba pautada.

Capítulo 9

Un mes después.

Parecía mentira que el tiempo pasara rápido. Pronto el invierno daría paso a la primavera, y la temperatura nos abrigaría. Era increíble cómo, manteniéndome ocupada, hacía que las semanas pasaran volando. La mayor parte del crédito se lo llevaban los *hermanos* que no hacían otra cosa que asignarnos mil tareas a Donovan, a Noah y a mí. Nos desafiaban a desarrollarnos, a dominar nuestros poderes y a conocer todo sobre la Hermandad.

Existía dos tipos de Portadores: los Básicos y los Portentos.

Los Básicos eran la gran mayoría, del que poseían tres poderes en común: los psiballs, las ondas expansivas y la proyección astral.

En cambio, los Portentos, poseían uno o dos poderes extras que los hacían resaltar de los demás. Estaban los que eran telequinéticos, piroquinéticos, clarividentes…, entre otros.

Nuriel y Oron eran los que más habilidades tenían, y eso les confería autoridad sobre el resto de los mortales. El Augur podía ver el futuro cercano y borrar memorias; en cuanto a Oron, tenía la capacidad de levitar objetos y leer el pasado en las personas con tan solo posar la palma de su mano en el tope de la cabeza.

Según los rumores, Noah Evans les seguía entre los *sujetos-multipoderes*, pero hasta el momento de esto nada hemos visto.

En cuanto a Donovan y a mí, nada especial sobresalía en nosotros. Yo apenas le seguía el paso al señor Winter con sus instrucciones; en cambio, al pobre de Donovan le costaba manifestar hasta los psiballs. Lo bueno era que no se lo tomaba a pecho, decidido él en aprender a ejecutar una buena embestida.

La proyección astral –uno de los poderes básicos– aún seguíamos sin desarrollarla. El Augur decidió que los ancianos postergaran ese entrenamiento hasta que madurásemos como Portadores, pues alegaban que no estábamos listos debido a nuestra juventud; poco le importaba si yo antes me había proyectado en el subterráneo, para viajar a Siberia y buscar a David. Para este fue una imprudencia en la que pude haber muerto.

Ansiaba en secreto dominar ese poder. Quería echarle una ojeada a David, ver lo que estaba haciendo: si pintaba, si esculpía o si recobró la cordura…

—Hoy es un día en la que, particularmente, luces hermosa —Noah dijo en cuanto se sentó en la mesa triangular del centro del Gran Comedor. La cena se sirvió puntal, media centena de jóvenes entre los quince y veinticinco años, comían tras concluida sus clases en los diversos institutos asignados, según la especialidad que los mayores dispusieron para su descendencia.

—Ajá —le resté importancia y me llevé un bocado de comida a la boca, valiéndome un carajo que este me admirara como si fuese una belleza exótica. Tenía las greñas recogidas en la misma coleta de siempre y el maquillaje brillaba por su ausencia para evitar que se corriera por el sudor al entrenar.

—Eres rara.

Su comentario casi hace que me atragante con el pollo frito.

—¿Eh?

—No he conocido a una mujer que le disgusten mis halagos —reprochó dolido por no corresponder a sus afectos. Varias invitaciones a tomar cerveza le rechacé, siendo tajante en que él no era de mi tipo. Pero el condenado insistía en conquistar mi corazón.

Me encogí de hombros, indiferente.

—Soy la primera.

—Las chicas pelearían por salir conmigo —comentó para que fuese consciente de lo que me estaba «perdiendo».

—¿Y a mí qué…? —*¿Qué se ha creído éste?* Era demasiado egocéntrico.

—Soy el mejor partido que podrás tener en el Zigurat.

Me reí de su idiotez.

—¿Y fuera de la ciudad?

Noah se tomó el tiempo en cortar su bistec, siendo uno de los platos de la lista del menú del día.

—No nos permiten salir —respondió con frialdad justo en el momento en que se llevaba un trozo de carne a la boca.

Solté los cubiertos y lo observé perpleja.

—¡¿Nunca?! ¡¿A nadie?! —Eso de vivir bajo el amparo de una congregación que velaba noche y día, se convirtió en una sombría cárcel.

—Solo a nosotros tres nos tienen negado el exterior por un tiempo —respondió luego de ingerir lo que masticó con gusto.

—¿Y los Descendientes?

—Menos —se rio.

Por lo visto, no era necesario ser un experto en desastres para darse cuenta de que los vampiros eran la principal causa. Los nuevos Portadores y Descendientes éramos presa fácil, caeríamos con facilidad ante el primer ataque.

Observando a Noah, quien llevaba entre los Portadores varios años, aún no le permitían salir de la ciudad. Demasiado tiempo dentro del exoesqueleto piramidal como para asegurar nuestra integridad física.

—¿Cuántos años debemos esperar para poder salir y que los vampiros no sean un problema?

—¿Vampiros? —Se carcajeó—. ¿Acaso no lo sabes...?

—¿Qué cosa? —inquirí aprensiva. No sabía qué le causaba tanta gracia.

—¡Mira quien llegó! —exclamó al ver que Donovan hizo acto de presencia, esbozando una expresión cansada. Mi respuesta debía esperar.

Donovan masculló algunas palabras en italiano y se sentó de mala gana en su silla, sin haberse percatado que una rubia de unos veintipocos años, sentada sola en la parte más apartada de la mesa triangular del vulgo, lo había seguido con la mirada hasta que se situó a mi lado. Él no era consciente de que gustaba a las chicas.

—Tanto esfuerzo mental te va a atrofiar el cerebro —Noah espetó con una sonrisa burlona—. Hasta ni se entiende lo que dices. —Ante su comentario, el otro resopló, mirándolo de soslayo—. Si las miradas mataran... —siguió con su refriega.

—Ya estarías muerto —Donovan concluyó con los dientes apretados. Sus ojos azules reflejaban que, de ser cierto, no perdería oportunidad de hacerlo realidad.

—Luces agotado —oprimí suave su brazo izquierdo—. ¿Seguiste con la práctica?

—Sí —musitó. Hasta en el matiz de su voz se percibía que había trabajado duro durante el día.

Noah reprimió una risita y siguió comiendo.

—¿Por qué te esfuerzas tanto? Tenemos mucho tiempo por delante —le aconsejé. Aunque esa acotación me hizo ver que, tarde o temprano, mis sentimientos por David caerían en el olvido.

—No quiero ser un Portador…

—¿Mediocre? —Noah terminó por él de manera ofensiva. Lo que provocó que este enrojeciera de ira y las luces de las lámparas de araña que iluminaban el Gran Comedor, comenzaran a titilar.

—Me estoy hartando de ti —gruñó—. ¡Acaba con tus pendejadas o te las verás conmigo!

—¿Y qué piensas hacer, *palomita*? ¿Darme de bofetadas?

Donovan se levantó tan rápido de su silla que la dejó patas arriba en el piso. Se arrojó sobre la mesa y agarró a Noah por el cuello de la camisa deportiva.

—¡Te voy a enseñar a mantener la lengua quieta!

—¡Donovan! —Me levanté y, conmigo, medio comedor.

Los comensales se aglomeraron en torno a nosotros; algunos aupaban una buena contienda, otros decidieron que era mejor retirarse, y no faltaron los que permanecieron en silencio con los ojos exorbitados por la impresión de una buena cotilla.

La rubia solitaria quedó paralizada en su sitio por la impresión de la violenta reacción de Donovan.

Noah sonrió con desdén, considerando que este era un rival indigno.

—No perderé el tiempo contigo.

—¡Golpea, marica! —Donovan alzó los puños. Me sorprendió observar que la coloración de su piel, de pronto se tornó rojiza.

Noah lo golpeó con un psiball y Donovan cayó contra una de las mesas alineadas que se hallaban a su espalda, destrozándola. La multitud retrocedió para no ser alcanzada por ninguna esfera.

—¡DONOVAN! —Me preocupé de que pudiera estar lastimado. Corrí hacia él para ayudarlo a levantar, pero una mano fuerte me tomó del brazo y tiró de mí, haciéndome a un lado.

—¡Fuera del camino que no quiero hacerte daño! —Noah ordenó con rudeza. La expresión socarrona que tuvo hacía unos minutos, fue reemplazada por una iracunda.

Traté de detenerlos, pero ellos ya se daban de puños.

—¡Dale, dale!, ¡¡dale bien duro!! *¡Daleeeee!* —exclamaban los que se quedaron a verlos pelear.

Parecían dibujos animados que rodaban por el piso como una bola de patas, puños, gruñidos, golpes y quejidos. Nadie se atrevía a separarlos, no se arriesgaban a recibir un buen derechazo por entrometidos.

—¡Ya basta! ¡NOAH, DONOVAN!, ¡¡DETENGANSE!! —los dos contendientes se hicieron de oídos sordos.

Noah me miró, le sangraba la nariz, y sonrió maquiavélico. Luego encausó sus ojos hacia Donovan, como una serpiente lista para atacar. Lo aplastó contra el piso con una onda expansiva.

Donovan quedó inmovilizado, como yo le hice a David en la playa.

Dicho dominio mental le dio la ventaja a Noah de sentarse a horcajadas sobre su contrincante y darle puñetazos al rostro.

—¡Detente, Noah! ¡¡Tramposo!! —chillé enojada y Noah me ignoró, dándole de golpes con todas sus fuerzas—. ¡ALGUIÉN QUE ME AYUDE A SEPARARLOS! —grité a los chicos que observaban estupefactos, pero ninguno de estos quiso ayudar—. ¡COBARDES! —¿Dónde quedó la unidad y «el no abandonar al caído»?

El rostro ensangrentado de Donovan se volvía de un lado a otro con cada demoledor puñetazo que Noah le propinaba. Alcé la mirada hacia aquella rubia mortificada para que buscara ayuda en los guardias o algún profesor para que los detuviera, pero ella ya no estaba allí, sentada, desapareció junto con los que prefirieron no ser testigos de dicha pelea.

De repente y, sin que nadie lo previera..., Donovan encontró lo que necesitaba para liberarse.

La onda expansiva que salió de su ser fue tan explosiva, que barrió con más de uno a su paso.

El impacto de las ondas lanzó a Noah contra las mesas, llevándose varias por delante, del que sillas, platos y demás vajillas volaron por los aires. Los que se hallaban detrás de Noah, recibieron lo suyo y cayeron aporreados.

Al haberse marchado, la rubia se salvó de que un chico rollizo le cayese encima. Este aplastó la cena que ella comía.

Donovan –tambaleante– enseguida fue tras Noah para devolverle los golpes que le propinó. Sin embargo, este advirtió que iba por él, tomó una silla que estaba tirada a su lado y se levantó de un salto para estrellársela en su humanidad. Los comensales hicieron gestos y chillaron como si fuesen ellos los que recibieron el golpe, Donovan se desplomó y casi pierde el sentido; le costaba recuperar el control de sus facultades. Estaba atontado y aún con la intención de salvar su reputación frente a los demás.

La respuesta fue inmediata por parte de Noah, quien tomó otra silla, para repetir la embestida.

¡Uf!

Me había cansado de tanta testosterona.

Enfurecida, lancé un psiball.

—*¡Agghhhh…!* —Noah voló a través del Gran Comedor y se estrelló contra las puertas que daba hacia la cocina.

Muchos acudieron en su auxilio, en especial, las chicas que gritaron horrorizadas cuando cayó inconsciente. Donovan se levantó para continuar con la pelea, pero ambos recibimos la contundencia aplastante de otra onda poderosa que nos tiró de estómago, contra el piso.

De pronto, los gritos cesaron, y un par de zapatos negros se abría paso entre la muchedumbre.

—Espero que tengan una buena explicación a todo esto, jóvenes Portadores —Oron increpó sin alterar el tono de su voz, mientras estudiaba la destrucción causada por los que debían dar el ejemplo de buen comportamiento a los demás.

Entorné los ojos hacia Donovan, quien también estaba igual que yo de inmovilizado.

—Lleven a Noah a la enfermería —pidió a dos guardias que venían detrás él y estos obedecieron al instante, recogiendo al muchacho que aún no recuperaba la conciencia.

Luego, Oron quitó la fuerza que ejercía sobre nosotros para que nos levantáramos. Sus ojos, bajo el cristal de sus lentes, parecían querer aniquilarnos.

—Ustedes dos, vengan conmigo.

Tragué en seco, la expresión del Portador vaticinaba, que nuestros violentos impulsos nos iban a salir bien caro.

Capítulo 10

Nos llevaron hasta la Cámara de los Portadores.

No se reunieron todos los ancianos, aunque más de la mitad estuvieron presente. Las explicaciones fueron innecesarias, bastaron con que nos tocaran la cabeza para leernos los pensamientos.

Era inaudito que Noah se hubiese librado del castigo. Los Portadores consideraron que Donovan y yo cedíamos a la primera provocación, y que los comentarios de este eran puras verdades.

¡Era injusto!

Claro está que, con el apoyo fraternal de Oron, siendo uno de los Portadores más importantes de la Hermandad, lo beneficiaba. Noah podría ser el más ágil de los tres, el más admirado y el que más deseaban las chicas. Aun así, deslucía por arrogante. Era irritante, infantil y con un gran ego.

Si bien, por su culpa nos obligaron a meditar nuestras acciones, encerrados en una celda durante cinco días, a Donovan le agregaron un castigo extra: recibió cinco latigazos a las afueras del Zigurat, para sentar un precedente al resto de los jóvenes, de que los ancianos serían severos con los revoltosos.

Y esto no se completó...

Por algún motivo un fuego se inició por los linderos del bosque.

El verdugo no llegó al tercer azote.

Un olor a quemado se concentró en el aire, alertando a todos los que presenciaban el escarmiento a Donovan. La señora Morgan –Portadora hidroquinética– se sobresaltó y elevó las aguas del Zigurat para apaciguar cualquier fuego externo que se estuviese formando en las inmediaciones de las murallas.

Karniel Winter frunció las cejas y rodó los ojos hacia Gabriel Bristol, Portador piroquinético que sonreía con picardía a todo lo que observaba, este tenía fama de temperamental, siendo un sujeto desagradable y de pocos amigos con el que a menudo solía enfrentarse en fuertes discusiones y hasta con los puños. Y Donovan al igual que el señor Bristol era un cascarrabias.

El malhumor y la furia fue el detonante para que sus poderes se desarrollaran. Noah tendría que medirse en el futuro con sus palabras y acciones, pues él le demostró que era capaz de darle pelea.

Pero la vida era injusta, le añadieron dos días más a su reclusión. Me hubiese gustado usar la telepatía con él, así por lo menos nos comunicaríamos. Sin embargo, no la teníamos y la proyección astral era imposible de intentar. La celda estaba rodeada por espejos y eso atraparía nuestras almas.

Mientras cumplía con mi encierro, no hacía otra cosa que pensar en David. Era inevitable, me prometí a mí misma no mencionar su nombre o recordarlo mientras estuviese enclaustrada. Pero invadía mis pensamientos y se apoderaba de mi voluntad.

David…

Su nombre evocaba un sinfín de emociones encontradas. Siempre la alegría de la mano con la tristeza. La felicidad empañándose cada vez que la maldición se hacía presente.

¡Oh, David!

Mi corazón se contrajo de tristeza ante el recuerdo de la última vez que estuve con él, no cuando entró como un ladrón a medianoche a mi habitación, sino en nuestra *última vez* juntos… Su cuerpo sobre el mío, sus besos esparciéndose por toda mi piel, sus manos reclamándome con avidez y su frialdad corporal apaciguando el calor que me consumía por dentro.

Me desgarraba que no volvería a sentir sus labios, sus caricias, su dulce esencia y tocar toda su perfecta anatomía.

Suspiré. ¿Qué criatura demoníaca se habría apoderado de él como para que actuara de esa forma?

Esa noche no me buscó para propiciar una reconciliación ni para hablar de sus secretos.

Quería sangre.

Tenerlo en mi cama, con ojos asesinos y sonrisa lasciva, era mortificante. No era él.

No mi David.

No mi ángel.

No mi vampiro…

Fue una bestia que se olvidó de cómo amar, de cómo sentir y respetar; y, sobre todo, olvidó lo que él era en esencia. Su corazón se ennegreció al perder la virtud de la conciencia humana, fue una criatura que exudaba instinto: cruel e insondable.

Mis recuerdos vagaron una vez más a él.

A esa noche en que todo se echó a perder…

—*Suéltame, David* —le exigí tratando en lo posible de no gritar—. *Suelta… ¡NOOOOO!* —Me mordió en el hombro izquierdo. Una quemazón me recorrió hasta la punta de los pies—. *¡David! ¡Arrgghhh…! ¡¡Nooo!!* —Sentir que sus colmillos rompían mi carne para llegar a mi sangre, era doloroso, me robaba la vida al pretender despojarme de lo único que me hacía especial ante los demás.

—*¡ALLISON!* —Tía entró a la habitación con escopeta en mano—. *¡Por Dios! ¡SUELTALA!* —Apuntó el cañón hacia él.

David dejó de morderme y le gruñó con espumarajos de sangre en la boca. Saltó sobre ella, arrebatándole el arma. La agarró del cuello con una mano y presionó su cabeza contra la pared, frente a mi cama.

—*¡DAVID, NO!* —la iba a morder—. *¡¡DAVID!!*

No obstante, quiso el destino o quién sea, intervenir para ayudarnos. De las puertas del balcón, entraron de forma abrupta tres enormes vampiros.

Dos de ellos lo sujetaron por los brazos, mientras que otro –uno muy rubio– le dio una descarga eléctrica en la nuca. David gruñó adolorido, pero no cayó inconsciente, se libró del vampiro a su derecha, lanzándolo contra la cama. Este casi me cae encima, aunque no pude evitar que con el impacto yo rebotara y cayera al piso, golpeándome la cabeza.

Tía buscaba en el piso la escopeta que David le arrebató para dispararles; temblaba por lo que nos pasaba y, pese a ser anciana y estar ambas en desventaja frente a estos, era muy aguerrida.

Por otro lado, el sujeto rubio siguió con las descargas eléctricas sobre David hasta debilitarlo.

Luego los tres vampiros me olfatearon y enseguida intercambiaron entre ellos miradas silenciosas. Yo sangraba y la camiseta de mi pijama se había tornado de color carmesí.

Debido a esto, me llevé la mano al hombro, sintiendo humedad en la herida.

Estábamos en problemas.

Lo que no previne, fue que el rubio frunció las cejas al verme como si hubiese visto un fantasma. Impuso una orden a sus compañeros para que se llevaran a David y enseguida me preguntó:

—*¡¿Sophie?!*

Volví al presente cuando los cerrojos que me mantenían aislada en esa celda de espejos comenzaron a descorrerse. El castigo impuesto por los ancianos se levantaba ese mismo día a las siete de la mañana.

Oron entró acompañado de dos guardias.

En su hosco semblante se palpaba una recriminación contenida, como si el haber escuchado a una docena de Portadores molestos por aquel enfrentamiento no fuese suficiente. Aun así, nada dijo y eso era para andarse con cuidado, pues él era de los que no dejaban pasar comentarios mordaces.

—¿Preparada para retomar sus obligaciones, joven Portadora? —preguntó con una sonrisa desabrida. —Yo asentí y él me escaneó desdeñoso—. Bien… Ve a tu apartamento y aséate, te hace falta. Luego te encontrarás con Noah en el Gran Comedor, te dará las indicaciones para el día de hoy.

Sentí vergüenza, debía de apestar. La celda lo único que me ofreció, fue un catre para dormir y un inodoro para mis necesidades. Nada más.

Oron me dio la espalda y se encaminó hacia la puerta, y, antes de que llegara al umbral, se volvió con una sonrisa pérfida y expresó:

—Por cierto, joven Allison, ¡feliz cumpleaños!

*****

20 de marzo.

Veinte años…

La felicitación me tomó desprevenida y mis pensamientos comenzaron a vagar, buscando la imagen del único ser que me hizo llorar. Me sentía vacía, lejos de mis amigos y de él. ¿Cómo hubiese sido todo de estar en Carolina del Norte? Ya me imaginaba a Ryan organizando la fiesta y discutiendo con tía para decorar la casa.

Sería raro ver a David compartiendo conmigo, aguantándose las malas caras de Donovan. Quién sabe qué hubiese tenido ese vampiro reservado para mí: una cena, un viaje, un encuentro…

Lo primero que hice al llegar a mi pequeño apartamento, fue llorar un rato y darme una ducha prolongada. Me vestí con ropas deportivas y recogí el cabello en una cola de caballo, sin muchos ánimos de verme bonita, puesto que tenía varias clases en las que se requería de un riguroso entrenamiento físico.

Salí del Edificio Aurora, para desayunar. Durante el trayecto fue inevitable tropezarme con los ojos curiosos de algunos chicos. Eran descarados al levantar murmuraciones cuando les daba la espalda. Los miraba de mala gana y ahogaba una palabrota.

Entré al comedor de mi distrito residencial, ignorando a la treintena de cabezas que de pronto se giraron en mi dirección. Caminé con aplomo, manteniendo la vista clavada sobre la mesa central. Noah estaba comiendo, sin remordimiento y sin darse cuenta de que me acercaba. ¡Cómo lo detestaba!, si se atrevía a lanzar una sátira sobre Donovan, le cruzaría la cara de una bofetada.

Al verme se levantó de su silla un tanto nervioso.

—Hola —me saludó tímido.

No respondí. La rabia impedía que interactuara con educación. Me senté, eludiendo su grisácea mirada que parecía resentido por la forma tan despectiva en cómo lo había tratado.

—Lo siento —dijo al sentarse en su puesto. Lucía demacrado y despeinado como si tuviese varias noches sin conciliar el sueño.

Alcé la vista y no oculté la rabia que por dentro me quemaba.

—¿Qué es lo que «sientes»? —lo cuestioné—. ¿Los azotes a Donovan o que a los dos nos encerraron varios días por tu culpa? —Al pobre de mi amigo todavía le restaba cumplir el castigo. Saldría para el próximo domingo.

Noah frunció las cejas y rodó los ojos hacia su plato.

—Por todo. Me sentí mal por ustedes.

Resoplé.

—¿Y por qué no abogaste por Donovan? ¿Por qué permitiste que lo castigaran de esa manera?

—Porque… —guardó silencio tan pronto mi desayuno fue puesto sobre la mesa triangular. Esperó a que la señora que nos atendía se alejara lo suficiente para contestarme—: Porque él debía aprender una lección.

Alejé mi plato, perdiendo el apetito.

—¿Cuál lección? —demandé saber.

—Su temperamento es incontrolable.

Parpadeé.

—¡¿Su temperamento?! ¿Y EL TUYO QUÉ…? —grité a todo pulmón. Los que desayunaban cerca, se volvieron hacia nosotros, esperando otro encontronazo.

Respiré profundo para contenerme.

—Tú lo provocaste —modulé la voz—. Tus continuos sarcasmos lo irritan. Eres pendenciero, te regodeas de tus avances y menosprecias a otros por sus debilidades. Jamás conocí a un sujeto más egocéntrico y engreído que tú. —Noah no tocó su comida mientras yo vomitaba mis reproches—. Es una desgracia tener que lidiar contigo; no veo dónde pueda existir ese «compañerismo» que tanto profesa la Hermandad, cuando, al estar a tu lado, no se siente, no nace... Lo que inspiras es lástima: un despreciable Portador con ínfulas de grandeza. No eres más que un chico bobalicón que no ha terminado de crecer. ¡Bájate de esa nube en la que te encuentras! ¡Madura!

Callé al darme cuenta de que temblaba de la cabeza a los pies. Paseé la vista a mi alrededor, con ganas de gritarles a los comensales que no habría camorra como aperitivo. Pero no hubo falta, estos reanudaron las conversaciones y volvieron a sus desayunos.

—¿Terminaste tu discurso? —preguntó él sin mirarme a los ojos.

—Sí —contesté con rudeza, habiéndole escupido todo lo que tenía atragantado en la garganta.

—Perfecto, porque se nos está haciendo tarde. Hoy entrenamos con el Sr. Knox. Come tu desayuno; te recomiendo que no llenes el estómago. Te espero afuera.

—No tengo hambre.

Se levantó y yo hice lo mismo.

Encabezó la salida hacia las puertas dobles del Gran Comedor. Había turbación en su rostro, más enojo que indignación por haberle herido el orgullo. No me gritó, no se burló, ni devolvió toda la descarga ofensiva que le lancé sin contemplación. Caminó deprisa, ignorando al conjunto de chicas que pasaban por su lado y que se quedaban con un coqueto saludo en sus bocas.

Suspiré por las clases que tendría a continuación en un gimnasio militar en el Distrito Oeste.

Allí, Joseph Knox era nuestro entrenador. Un hombre alto en sus cuarenta y tantos años, afroamericano y de músculos macizos, del cual inspiraba miedo apenas se aparecía. Continuamente nos gritaba, comportándose severo por ser un marine retirado que no olvidaba sus días como militar, no se apiada de sus «cadetes» sin considerar si era hombre o mujer, pues nos entrenaba para la guerra: pelear y matar.

Noah descargó la rabia que sentía con los combatientes de turno: *Descendientes* entre los dieciocho y veinte años. Se excedió en su fuerza y olvidó que era un entrenamiento habitual. Hubo fractura de nariz, dislocamiento de hombro, torceduras de brazos y reventadas de labios. Los que menos sufrieron lesiones, fueron los que cayeron desmayados sin aire en los pulmones por la impetuosa patada que les propinaba en el estómago.

Casi se me paraliza el corazón cuando fue mi turno.

Si con ellos, que no tuvieron nada que ver con su pésimo humor, sufrieron las consecuencias, a mí me haría papilla por ser la causante de su disgusto. Me volaría los dientes por bocona.

Nos preparamos para combatir, Noah mantenía los puños bien apretados, esperando por mi arremetida. Temblé sintiendo que perdí los colores del rostro, en ninguna de las clases en las que estuve con el hosco entrenador me fue bien. La única habilidad que me sacaría de ese atolladero era un psiball o una onda expansiva, pero estaba prohibido que los nuevos Portadores se valieran de esos recursos. Debíamos aprender como los demás: pelear a mano limpia; otro se encargaría de enseñarnos a defendernos con la mente.

Los chicos dejaron de acometer a su contrincante y se arremolinaron para vernos combatir. Todos conocían los pormenores de lo sucedido en el Gran Comedor, días atrás, y aguardaban expectantes por el que diera el primer golpe.

El señor Knox gritó a sus «cadetes» a que volvieran a lo suyo. Le agradecí para mis adentros el haberlos dispersado, ya era bastante tener que medirme con un chico que me superaba en estatura, como para que encima, toda la clase viera la paliza que me iba a dar. Me costaba respirar, las manos me sudaban y el corazón martillaba, Noah no daba indicios de querer iniciar la contienda, solo aguardaba por mí.

Me puse en posición y empuñé las manos como una boxeadora. Cuidé que no diera un paso ofensivo ni que girara su cuerpo para darme una patada voladora. Yo no estaba en condiciones para ser la atacante; si lo hacía, Noah pronosticaría mis movimientos, y adiós luz que te apagaste.

—¿Qué esperan, una invitación? ¡Comiencen! —ordenó el señor Knox en voz alta.

Noah me estudió, sonrió pérfido y avanzó sin tener la menor misericordia.

Lanzó el primer golpe que venía directo a mi estómago; por fortuna, no lo hizo con la fuerza acostumbrada, me defendí y lo esquivé con facilidad. Noah contraatacó, situándose rápido a mi espalda, para rodearme el cuello con su brazo. Me daba cuenta de que se tomaba el tiempo para dejarme actuar; en esa posición podría asestar un codazo a sus costillas y torcerle el brazo, para después clavarlo a en el piso.

No lo hice.

Me paralicé.

—Ataca —instó a mi oído. Si él quería me lastimaba.

Temblorosa, le di un codazo.

Ni se inmutó.

—Más fuerte, debilucha —susurró sin aflojar la presión que ejercía a mi rededor.

Lo golpeé dos veces más; Noah se dobló y pude zafarme, girándome y torciendo su brazo en el acto. Me sentí vencedora, faltaba un golpe más y la pelea se daba por terminada.

Ahí fue cuando él hizo de las suyas: con su mano libre, tomó mi pantalón deportivo y tiró hacia abajo dejando al descubierto mi ropa interior.

Grité avergonzada, soltándolo al instante. Las risas resonaron en el gimnasio, encantados con lo que contemplaban.

—¡DESGRACIADO! —grité a la vez en que subía de un tirón el pantalón y lanzando una patada hacia su entrepierna.

Pero, al dejarme llevar por la ira, no previne en las consecuencias. Noah sujetó mi pie e hizo que cayera de espalda. Mi cabeza rebotó en las tablas. El golpe me dejó aturdida, todo comenzó a girar y a cambiar de colores; cerré los ojos para controlar las náuseas que de pronto afloraron.

Oscuridad.

Debilidad.

Abandono.

Oí voces lejanas, llamándome con nerviosismo; me daban suaves palmaditas en el rostro para reanimarme. Mi cuerpo se elevó por la acción de dos fuertes brazos, balanceándome con el movimiento de sus pasos acelerados.

—Lo siento, Allison, no fue intencional —se disculpaba atormentado.

¡Ay, no puede ser!

Esa voz…

Era enloquecedoramente conocida.

Traté por todos los medios de hablar y lo que salía de mis labios eran lamentos.

La voz *de ese ser* no era clara, la escuchaba tan distante, tan apartada… Pedía que me despertara y abriera los ojos, pero, por más que quisiera obedecerle me era imposible. Estaba consciente –a medias– y carecía del dominio de mi cuerpo. Los párpados permanecían pegados, impidiéndome ver hacia el hombre que me llamaba suplicante.

«David…, te escucho, estoy bien. Solo que el porrazo me dejó atolondrada» —ya no lo odiaba.

No contestó con telepatía.

«¿Qué haces aquí? —le pregunté— *¿Cómo cruzaste el portal? ¡Te van a matar!»*.

Seguía sin hablar.

Qué extraño era escuchar sus pasos apresurados, cuando siempre pasaban inadvertidos. Una brisa helada era lo único que me avisaba de su proximidad; del resto, me tomaba por sorpresa. Por dónde David pasaba, las exclamaciones sorprendidas de los habitantes del Zigurat no se hacían esperar.

«Vete, déjame ser lo que soy. Ya intentaste detenerme y no pudiste. ¡Aléjate!».

Cero.

No me hablaba.

Seguía molesto.

No… Molesto, no. ¡Furioso! David no se dignaba a hablarme porque estaba indispuesto conmigo.

Intenté abrir los ojos y los rayos del sol me enceguecieron.

¿Sol? No era posible que pudiera surcar los extensos jardines sin quemarse su espectral piel.

Aunque…

La ciudad estaba bajo el exoesqueleto de una pirámide.

«¿David, eres tú? Porque eres tú, ¿cierto?» —pregunté, tenía que ser él, ¿quién otro era el que corría rápido conmigo a cuestas?

—Ya vamos a llegar —informó, agitado.

«¿Por qué me torturas?». —Jugaba con mi cordura.

—¡¿Qué sucedió, Noah?! —preguntó la voz de una mujer.

¿Noah?

Luché por abrir los ojos y comprobar si mis oídos no me habían engañado. Observé su torso, pero no pude ver su rostro. Su aroma corporal era diferente, aun así, igual de delicioso. Giré la cabeza para saber si estábamos fuera del Complejo Piramidal; no escuchaba gritos ni revuelos a nuestro alrededor. Los sonidos de alarma permanecían enmudecidos y los Portadores no se manifestaban con sus poderes aurales.

Fuese David o Noah, ninguno le respondió a la mujer.

El olor a desinfectante con medicinas inundó mis glándulas olfativas. Me hallaba en la Unidad Médica.

—Póngala en la camilla —pidió ella. Era una doctora—. ¡Ustedes, fuera!

Dos enfermeras empujaron a un grupo de chicos hacia la salida, y cerraron la puerta para no entorpecer con sus labores.

Me sorprendí, toda la clase de *Defensa Personal* nos había acompañado. El señor Knox no debía de estar contento, pues ese tipo de contratiempos era frecuente y no le daba importancia. Pero al estar involucrados dos Portadores… la cosa cambiaba.

Ahí noté a un chico que permanecía en el lugar, y, del que, si no fuese por su enorme tamaño que trataba de pasar desapercibido, no me habría dado cuenta.

Noah.

En los siguientes diez minutos, la doctora me atendió. No me inyectó glucosa o suministró alguna pastilla. Preparó una infusión e hizo que la bebiera.

—*¡Argh!* —Sabía horrible. Parecía que era una costumbre curar a los enfermos con hierbas y plantas medicinales.

La «doctora» atendió al resto de los pacientes que yacían allí acostados en las otras camillas. Me hacían compañía los chicos que pagaron el enojo de Noah.

—Idiota —fue lo primero que espeté tan pronto recuperé la voz.

—Lo siento —musitó él apenado—. No debí ser tan rudo.

Sentí que mis orejas se calentaban.

—¡No me refiero a eso!

Esbozó una expresión de comprender lo que yo gruñía.

—Fue sin querer… Esa no fue mi intención.

—¿No? ¡Me bajaste el pantalón adrede!

—Lo que pretendía era tumbarte, no…

—¡Desnudarme! ¡¡Dilo!! —La doctora y las enfermeras lo increparon con la mirada por abusador.

—Lo siento. ¿Qué hago para que me perdones?

—Nada. Bonito cumpleaños… —mascullé avinagrada por la pésima mañana que sobrellevaba.

Se sorprendió iluminándose su rostro.

—¡Verdad que es tu cumpleaños! Feliz…

—¡Para! —lo interrumpí—. No me interesa una felicitación de tu parte.

Se entristeció.

—Permita que me pueda redimir ante ti —suplicó sin importarle que los heridos estuviesen atentos a nuestra discusión—. Estoy dispuesto a complacerte en todo, dime lo que deseas y te lo daré.

Qué gracioso, el galán por el que todas las chicas de la ciudad se babeaban, rendido a mis pies y dispuesto a complacerme en to…

La luz de un bombillo invisible se encendió arriba de mi cabeza.

—¿Lo que sea?

—¡Lo que sea! Será tu regalo de cumpleaños.

—Bien.

Pobre, no sabe lo que le espera.

Capítulo 11

Gracias a Dios estaba libre de la pesadez de una clase demasiado lenta y poco entretenida:

Tutoría de Reglamentos Internos y Normas Antivampiros.

Tenía hambre y los que se hallaban cerca de mí, reían por el ruido que hacía mi estómago. Por fortuna, pronto anochecería y ya no habría más clases. Aproveché el tiempo libre para comer un bocadillo en el cafetín del cuarto piso.

En cuanto a lo sucedido en el gimnasio, los Portadores sermonearon a Noah. Sin embargo, no lo castigaron y le concedieron que permaneciera a mi lado en la Unidad Médica por un par de horas. Bastaba que él abriera la boca, haciendo una petición, y ellos obedecían sin rechistar. Oron se percató de algo en la actitud protectora de Noah y quedó complacido de su descubrimiento. Los ojos de urraca miope le brillaron de satisfacción, leyendo en su rostro que maquinaba un plan de contingencia para que «eso que vio» no se escabullera nunca.

De pronto… fui rodeada por un grupo de diez chicos, con caras de haber fraguado un plan siniestro.

—¿Qué sucede? —Mis alarmas mentales se dispararon sin saber qué esperar de ellos.

—En el Zigurat tenemos una tradición para los cumpleañeros —dijo Wilmer, famoso por gastar bromas pesadas a sus amigos.

Fruncí las cejas.

—¿Qué tradición? —precavida, deslizaba la mirada sobre cada uno de ellos. Algo escondían en sus espaldas.

Todos curvaron una sonrisa que daban ganas de querer salir corriendo.

—Los bañamos…

—Con huevo.

—Agua.

—Harina.

—Y orines…

Dijeron cada uno de ellos.

—¡¿QUÉ?! —explayé los ojos. El grupo fue mostrando lo que me iban a estampar en la cabeza.

Retrocedí sin dejar de buscar por el rabillo del ojo, la ruta de escape más cercana.

—¿Podemos llegar a un acuerdo? —imploré para que no me dejaran como mezcla de preparación de torta.

Los bromistas negaron con la cabeza. Wilmer –el líder– lucía impaciente por iniciar la arremetida. Su cabello ondulado y rubio oscuro le confería un aire desvergonzado.

Como nadie se apiadó de mí, embestí de un empujón al primero que vi a mi derecha. Corrí tan veloz que parecía que el diablo se hubiese presentado. Los chicos me perseguían, bombardeándome con huevos y bolsas llenas de agua, algunas se estrellaban en las paredes y otras en el piso. Una lluvia de harina surcaba el aire dejando todo blanco a su paso; casi me resbalo al doblar una esquina para esconderme en uno de los salones del área de *Orientación Vocacional.* Wilmer estaba por alcanzarme con sus largas zancadas; sus *granadas ovíparas* se quebraban a milímetros de mis pisadas.

—¡No corras, Portadora! —gritó entre risas histéricas. Por lo visto, le gustaba entretenerse de esa manera con sus pobres víctimas.

Logré colarme por uno de los salones desocupados, tirándome de inmediato al piso y gateé hasta ocultarme debajo de una de las mesas.

Las pisadas presurosas se detuvieron, abriendo las puertas de los salones colindantes.

—¡Francisco, revisa la última! —Wilmer ordenó frente a mi puerta—. ¡Ella cruzó por este pasillo y no hay otra salida! ¡Eleonora, entra al salón del señor Cifuentes: mira si está allí! ¡Hazme caso y no friegues! ¡¡Busca una excusa!!

Por un momento, pensé que iba a entrar; por fortuna, pasó de largo para dirigirse a otro de los salones contiguos.

Dentro, escuché movimientos de hojas en algún punto que no lograba ubicar. Me encogí en mi sitio, alguien más se hallaba en el salón.

Asomé la cabeza para atisbar quién sería, pero no lograba verlo desde donde me encontraba, había entrado tan presurosa que ni me percaté que el lugar estaba ocupado; la persona allí podría molestarse y delatarme.

Pronto advertí que este se acercaba con pisadas ligeras y se hizo visible en cuanto sus piernas se ubicaron frente a mi campo visual. Lo único que avistaba era la parte baja de sus vaqueros, la punta de una regla que colgaba de su mano y sus zapatos deportivos.

Estaba perdida.

Era un estudiante.

Luego se acuclilló y cerré los ojos esperando a que me delatara.

—¿Por qué te escondes? —la voz de la persona que menos quería escuchar me sobresaltó.

Abrí los ojos estupefacta.

—¡Héctor, pita si viene algún Portador, no vaya a ser que no quieran que la toquemos! ¡Mientras tanto, yo voy a entrar a revisar este salón! —Wilmer exclamó con decisión desde el pasillo, no descansaría hasta dar conmigo.

—Por favor, no digas que estoy aquí —le supliqué a Noah, quien me miraba entre curioso y divertido.

Sonrió al tiempo que Wilmer abría la puerta del salón. Si me delataba le garantizaba que lo odiaría.

Noah se levantó rápido, dejando la regla en el piso.

—¿Has visto a Allison?

—¿Para qué la quieres? —Noah contestó con otra pregunta a Wilmer, y luego simuló que recogía la regla para echar una mirada socarrona hacia mi escondite. Me encogí y mi corazón incrementó las palpitaciones.

—Es su cumpleaños. Andrés y Samuel lo escucharon en la Unidad Médica.

¡Maldición! Esos dos se dieron cuenta mientras las enfermeras atendieron sus lesiones.

—¿Van a *rebautizarla*?

—La has visto, ¿sí o no? —Wilmer se impacientaba por las evasivas del otro. Oía que detrás de él las puertas de los otros salones se abrían y cerraban, en una clara búsqueda que hacían los que lo apoyaban en sus fechorías.

—Sí.

Mi corazón se detuvo.

—¿Dónde?

Contuve el aliento, soportando el angustiante silencio y empuñando las manos, lista para dar unos cuantos puñetazos.

—Me pareció verla con la profesora Blake.

Suspiré aliviada. Noah no me vendió.

Wilmer resopló.

—¡No tuvo clase con ella! —replicó—. Lo que te pregunto, es sí la viste por aquí.

Noah se rascó la cabeza y me miró.

—Por favor… —susurré lo más bajito posible para que solo él me escuchara.

Me guiñó un ojo.

—No.

—Grandioso: se nos escapó —mascullló el otro con frustración. La puerta se azotó en cuanto abandonó el salón.

—Gracias. —Salí de mi escondite.

—Te recomiendo que permanezcas escondida hasta que finalice tu cumpleaños —dijo—. Los Portadores permiten esa broma una vez al mes y hasta la medianoche; al que lo infrinja, se las ve limpiando el Complejo de la *Queca a la Meca* por una semana.

—¿Y cómo hago para salir de aquí sin ser vista? —La posibilidad de ser atrapada por aquellos que se empeñaron en hacerme pasar un mal rato, me hacía temblar como gelatina de la cabeza a los pies. Vaya cumpleaños de mierda que estaba llevando: amanecí en una celda por sufrir el rigor de un castigo, tuve que soportar la humillación de que *el chico favorito de los Portadores* me bajara los calzones frente a toda la clase de Defensa Personal, ocasionando que mi cabeza impactara contra el piso por su culpa, y, para colmo de males, Wilmer y su pandilla querían cumplir conmigo sus tradiciones.

—Quédate a mi lado. No te verán si estás conmigo.

Eso me sonó raro.

—Bueno, explícame cómo lo vas a impedir. No quiero pasar la noche en este salón.

—No es necesario —sonrió, colocando la regla sobre la mesa donde me escondí.

Se dirigió al fondo del salón y enrolló un mapa que estuvo desplegado por completo sobre el escritorio principal; lo guardó en un tubo que parecía una bazuca y lo aseguró con una tapa identificada. No me había percatado que busqué refugio en el *Archivo de Mapas*. Luego abrió la puerta del salón y asomó la cabeza por el pasillo. Miró de un extremo a otro y enseguida la cerró.

—Siguen afuera —dijo a media voz—. Tenemos que esperar a que se marchen.

—¡¿Y si entran aquí?! —Esto provocó que me preocupara demasiado, no solo a mí me acribillarían con esas bombas improvisadas, sino que él llevaría su parte por encubrirme.

—No lo harán —dijo—. Wilmer no se atreverá a dudar de mi palabra.

—De todos modos, a paga la luz. Así pensarán que no hay nadie.

—Eso quieres… —sonrió socarrón mientras arqueaba las cejas de forma sugerente.

—¡No! ¡La oscuridad es el mejor lugar para ocultarse!

La apagó.

Sentí que se deslizaba por la pared del interruptor hasta sentarse en el piso.

—Allison, ven… —susurró.

Palmeé a ciegas, encontrándome con sus alborotados cabellos negros. Noah tanteó y me tomó de la mano, sentándome a su lado. Permanecimos en silencio, atentos a cualquier señal de alarma. A Donovan se le reventaría el apéndice si se llegara a enterar de que me había escondido con uno de sus peores enemigos en un oscuro salón solitario.

Parecía mentira que dos Portadores se tuviesen que ocultar de humanos comunes. Si no es porque los ancianos nos amenazaron con prohibirnos usar nuestros dones fuera de clases, ya les hubiésemos dado su merecido.

—¿Quién es David? —Noah interrumpió el silencio al lanzarme una pregunta que me tomó desprevenida.

Agrandé los ojos, sorprendiéndome. ¿Cómo sabía su nombre, si nadie, salvo unos pocos estaban al corriente de aquel?

—¿Qué David? —temí que estuviese indagando algo que haya escuchado por ahí por estar parando la oreja, por lo que procuré hacerme la desentendida.

—No lo sé. Tú debes saberlo, lo mencionaste cuando te golpeaste la cabeza en el gimnasio.

Dios mío, ¡¿acaso no usaba la telepatía?!

—No tengo la menor idea —atiné a decir para evitar propiciar sobre esto una conversación.

—¡Ah…! —exclamó pensativo—. No lo conoces…

—¡Pues, no! —Airada por su impertinente curiosidad, me crucé de brazos y oré para no tener que dar explicaciones sobre algo que era considerado un tabú entre los Portadores y su progenie.

—Aparte de debilucha: mentirosa.

Mi sangre comenzó a hervir.

—¡No lo conozco y punto!

—¿Dejaste un «novio real» al otro lado del portal? —Noah no daba la impresión de dar por zanjado el asunto.

La pregunta me pareció extraña, aun así, lo dejé pasar sin darle el gusto de responder.

—No es tu problema.

Se rio.

—Por tu predisposición, asumo que sí.

Resoplé.

—¿Y a ti en qué te afecta?

Sentí que sus ojos grises se clavaban en mí con intensidad.

—Mucho —contestó sin titubear—. Me afecta mucho, me gustas.

¿Ugh?

Caramba… ¿Qué podría decirle? Esperaba que, con mi silencio, se diera cuenta de que no era correspondido, sino que lo apreciaba como un compañero de formación áurica, del que el destino se encargó de ponerlo en mi camino al igual que Donovan.

—¿Allison? —volvió a llamarme y esta vez no ocultó la angustia en su voz, mi silencio daba para muchas interpretaciones. ¿Me sentía halagada? ¿Me fastidiaba? ¿Me gustaba? ¿Qué…?

—*¿Hum?* —Comencé a morderme las uñas, la situación era muy incómoda, odiando al maldito de Wilmer Palmer por comandar su cumple-cacería; contra mi voluntad me hallaba allí, soportando la declaración amorosa de un egocéntrico.

—¿Me escuchaste?

¿Qué si lo escuché? Los oídos me zumbaban, lo expresó casi a mi oído.

—Eh… *s-sí* —confirmé y luego callé.

—¿Qué tienes que decir a eso? —Noah parecía que esperaba más de mi parte.

Esbocé un mohín del que este no se percataba, gracias a las luces apagadas. ¿Qué le decía en la que no conllevara a otra pregunta cuya respuesta terminaría por lastimarlo?

—Noah… Yo…

—No te gusto —terminó por mí entristecido.

—Estoy saliendo de una dolorosa relación —enseguida me apresuré a decir para que se desanimara.

—Con *ese* David —replicó sin que esto no fuese una pregunta. Intuía muy bien lo que me sucedía.

—*Ajá* —admití derrotada.

—¿Qué te hizo él?

Suspiré.

Déjame decírtelo de esta forma: es un vampiro bastante posesivo y de mal carácter, que por poco me manda al mundo de los malditos de un mordisco.

—No le gustan las relaciones a distancia —mentí a medias. David no quiso que me separara de él. Me quería suya para siempre.

—Por ti esperaría hasta el fin de los tiempos —expresó acariciando cada una de sus palabras—. ¿Sigues enamorada de él?

Hasta los huesos.

—Pues… —ignoraba en si era prudente en decirle que sí. Desde su asiento en la plataforma, Nuriel dejó en claro que éramos enemigos declarados de los vampiros. Manifestar mi amor por David, sería un riesgo del que después me costaría la vida.

—Tu silencio lo dice todo.

—Lo siento.

—¿Por qué?

—Por lastimarte.

La risa triste de Noah rastrilló la oscuridad.

—Falta más que un rechazo para que me lastimen —trató de animarse y yo no lo refuté. ¿Quién sería capaz de noquear a semejante grandulón? Aunque su fornido cuerpo era la armadura perfecta que resguardaba un frágil corazón—. Me doy la mano con Donovan…

Su comentario me sorprendió.

¿Constataba que me amaba?

¡Eso era malo! Sabía cómo lidiar con mi amigo, pero con él…, terminaría por llevarme a terrenos pantanosos. Si Donovan averiguaba que Noah declaró sus sentimientos, lo molería a golpes. Sin dejar de lado al grupito que pretendía hacerme pasar por una pésima tradición; a ellos los dejará sin poder sentarse por un buen tiempo.

—No estoy para novios —repliqué en mi intento de desligarme de todo compromiso futuro. Prefería concentrarme en mi preparación como Portadora y resguardar mi corazón hasta que sanara por completo. Aún dolía la separación que propicié por mi insistencia de conocer a otros como yo.

Al retornar a casa no sería a Isla Esmeralda, sino a la ciudad o pueblo del que la Hermandad decidiera cuál es el lugar más seguro para estar lejos de mi vampiro.

—Por el momento —expresó él, llevándome la contraria—. Eres demasiado hermosa como para quedarte soltera.

—*¡Ja!* ¿Crees que una chica debe estar todo el tiempo, colgada del brazo de un hombre como si fuera chimpancé en un árbol?

—No, pero hace falta un hombre para que…

—¡Ay, no me digas que «la represente», porque te pateo! —exclamé cansina y Noah se rio escandaloso sin tener precaución de ser escuchado por los demás—. *¡Sssshhhhttt!* ¡¿Qué pretendes, que nos descubran?!

Ambos esperamos a que hubiera movimiento detrás de las puertas.

Solo hubo el más grato silencio.

—¿Se habrán ido? —pregunté ansiosa, aún sentada en el piso. Las nalgas las tenía entumecidas por el tiempo en que permanecíamos allí sentados a la espera de que el grupito desistiera de seguir buscándome por esa parte del edificio.

—Espera aquí. —Noah se levantó y se encaminó hacia la salida. Miró a través de las ventanillas de la puerta, del cual, a través del cristal la luz del pasillo delineaba la silueta de su cabeza.

Giró el picaporte, sacando medio cuerpo.

—No hay nadie —susurró para evitar alertar de nuestra presencia—. ¡Ven, vámonos!

Caminé hacia él y me tomó de la mano mientras cerraba la puerta.

—Haremos esto —anunció con decisión—: si nos llegamos a topar con ellos, los golpeamos.

—Yo no soy tan fuerte como tú.

—¡Con la mente, Allison!

—¡¡Está prohibido!!

Puso cara de «no seas tonta».

—Será en defensa propia —dijo—. No podrán quejarse.

—¿Y si les hacemos daño? —Hasta él mismo probó un poco de esa fuerza contundente cuando se enfrentó a Donovan y luego yo lo mandé a volar contra las puertas de la cocina del Gran Comedor. Estuvo inconsciente un rato en la enfermería.

—Los golpeamos *un poquito* para que se asusten.

Lo medité un poco: esos chicos necesitaban de un buen escarmiento por abusadores.

—Solo si no tenemos más alternativa, ¿de acuerdo?

—De acuerdo.

Salimos del edificio y nos adentramos a los jardines internos, rumbo a la zona residencial reservada para los Portadores y sus esposas, puesto que, si poníamos un pie dentro, estábamos a salvo. Los bromistas tendrían que desistir, no los creía capaces de aventurarse a lanzar la avalancha de huevos y demás ingredientes asquerosos contra un sector tan respetado por la ciudad.

—¡ALLÍ ESTÁN! —Eleonora gritó al vernos bordear una de las tres fuentes de agua que decoraban dichos jardines.

Enseguida el resto del grupo salió de la nada. Noah y yo nos detuvimos al estar asediados, ambos seguíamos tomados de la mano, aunque en más de una ocasión intenté zafarme de él, pero este la aferraba con fuerza.

—No vas a ser la primera que se escape de un *rebautizo* —Wilmer aseguró con sus gélidos ojos verdes puestos en mí.

Noah se interpuso, escudándome.

—Al primero que ose arrojarle, lo que tienen en sus manos, se las verá conmigo —sentenció contundente. Sus puños apretados, su postura envarada. Una mole preparada a dar puñetazos y patadas voladoras al que lo desafiara.

Francisco y Héctor vacilaron temerosos, dando la impresión de que Noah tenía un aspecto mortífero.

—¡Vamos, no puede hacernos daño, tenemos permiso! —Wilmer no se dejó amedrentar.

Temblé detrás de Noah, mirando en todas direcciones. ¡Ni un condenado Portador para que nos sacaran del atolladero! Si expresabas una vulgaridad mientras caminaba relajado con tus amigos, como por arte de magia aparecía un anciano para increparnos por nuestro censurable comportamiento, pero si nos urgía la ayuda de estos…

Brillaban por su ausencia.

—Wilmer: *no busques* lo que no se te ha perdido.

—La cosa no es contigo, Noah, hazte a un lado.

—No.

—Te *rebautizaremos* a ti también. ¡Hay orines de por medio! —Tras su amenaza dio una orden silente a Héctor para que este lanzara a través de su pistola de agua, el nauseabundo líquido que, quizás, recogió directo de su pene sin la necesidad de ir al baño.

El chico de mejillas pecosas y cabello rojizo sonrió pendenciero. Como buen «soldado» obediente, apuntó hacia nosotros.

—Hazlo, estoy esperando —Noah desafió amedrentador.

—Los Portadores te azotarán como a Donovan —Wilmer recordó para que no les hiciera daño—. Tienes prohibido usar tus poderes contra nosotros.

—Lo sé y no me importa.

Me invadió un sentimiento de culpabilidad; si por defenderme a él lo castigaban, no valía la pena.

—Noah… —oprimí su brazo para captar su atención—. Déjalos.

—¿Qué más podría hacer para salvar la situación? Daría un paso al frente y soportaría la arremetida. Luego me daría una ducha bastante larga.

—¡No! —Su desacuerdo endureció su rostro.

—Es solo huevo, harina y… —miré asqueada hacia la pistola de Héctor, jurándome para mis adentros que esos desgraciados me las pagarían cuando fuese sus respectivos cumpleaños. Los perseguiría hasta el mismo infierno y los fulminaría con una pistola-lanza-granadas tipo *Terminator,* cargada de los más pútridos orines de los baños públicos del Zigurat.

—Mantengo lo que digo —Noah reiteró sin prestarme atención, dirigiendo sus duras palabras hacia el grupito—: Al pendejo que se atreva a arrojar lo que tiene, lo pondré a ver estrellitas. —Alzó los puños.

—Olvídelo, no vale la pena —Héctor mascculló, alejándose a pasos agigantados.

Eleonora, Francisco y dos chicos más hicieron lo mismo.

—¡TONTOS! —Wilmer gritó furioso—. ¡SOMOS MÁS QUE ELLOS!

—¡Son Portadores, imbécil! —replicó Héctor al instante y sin dejar de correr por donde emergieron.

—Pues, ¡yo no les temo! —Se volvió hacia nosotros, decidido a terminar con la broma pesada, y arrojó el huevo directo a la cabeza de Noah.

Lo que sucedió a continuación fue extraordinario.

Este lo atajó con ambas manos sin quebrarlo, y, como un *pitcher* furioso lanzó el huevo de retorno, cual bola de béisbol, impactando en la frente de Wilmer.

Cayó de espalda, con la clara de huevo escurriéndose por su cabello y rostro.

Eleonora, quien vaciló en abandonar a su líder, no reparó en dejarlo allí inconsciente.

—Noah: Wilmer… —me preocupaba que a este le hubiese causado algún daño. No reaccionaba.

Noah se acercó y se acuclilló sobre el chico desplomado, le propinó varias bofetadas que fueron más fuertes que las que me dio cuando caí patas arriba en el gimnasio.

Wilmer comenzó a parpadear.

—Sobrevivirá —expresó con tranquilidad y yo sonreí aliviada, ya que no cargaría en mi conciencia una vida que se perdió por mi culpa.

—*Arrgghhh...* —se quejaba de dolor, costándole recuperar del todo la conciencia. Un chichón ya asomaba en su frente.

—Deberíamos llevarlo a la Unidad Médica —pedí azorada, por si esto tuviese después serias consecuencias. Hubo casos en la que una leve caída que no fue atendida en un hospital por considerarla que no lo ameritaba, repercutía en derrames o convulsiones en la persona que la sufrió.

Nada debía quedar a la suerte.

—No hace falta —le dio otras dos toscas bofetadas—. ¡Eh! ¡Levántate! —le ordenó sin tenerle consideración de seguir aturdido.

—¡Noah! —lo censuré, debido a que, por más idiota que fuese ese rubio de greñas onduladas, era nuestra obligación procurar que estuviese bien.

—*¡Ayyyy!*

—Quién te manda —Noah espetó en un aparente deseo de asestarle un golpe por buscapleitos. Wilmer se lo veía tan pequeñito al lado suyo, que si le daba su merecido lo mandaba al cementerio.

Este lo miró con ojos asesinos, mientras se sobaba adolorido la frente.

—Te acusaré con los Portadores.

De un tirón, Noah lo levantó del cuello de la camisa para mirarlo directo a los ojos. Rastros de la clara de huevo se escurrían por las mejillas de este, quien carecía de fuerzas para liberarse de una posible paliza.

—Tú que me delatas y yo que te dejo sin dientes.

La amenaza fue efectiva, porque de inmediato Wilmer asintió sin replicar.

De un modo desconcertante, Noah me recordó a David cuando intimidaba a sus enemigos con sus ojos de gato; la fuerza de su mirada bastaba para darles a entender que la muerte les acarrearía inmisericorde.

El camino ya estaba despejado, libre de bromistas tradicionalistas. Noah no volvió a tomarme de la mano, la noche nos arropaba y entramos felices al Edificio Aurora. Algunos Portadores me felicitaron por mi cumpleaños, con una solemne inclinación de cabeza y otros con un efusivo abrazo. Pero no hubo fiesta sorpresa ni brindis, ni nada por el estilo, ellos no perdían el tiempo en «frivolidades».

Tomamos el ascensor y subimos a nuestro piso. Noah cumplió su función de escoltarme, fue mi guardaespaldas y me protegió sin una pizca de temor. Se merecía mi perdón por lo pasado y mi profundo agradecimiento por lo presente, lo veía con una nueva luz y me encantaba, Noah tal vez podría convertirse en un gran amigo.

—Listo. Sana y salva —sonrió en cuanto me dejó frente a la puerta de mi apartamento.

—Eres un ángel… —dije y al instante me estremecí por percatarme del calificativo impuesto, pues solo a un hombre yo llamaba así—. Gracias por ayudarme.

Complacido, Noah ensanchó más la sonrisa. Luego sonó sus talones e hizo una exagerada reverencia caballeresca.

—Para servirle, *mi bella flor.*

Puse los ojos en blanco y le di la espalda para abrir la puerta.

Y, al volverme para despedirme…

Me robó un beso.

Capítulo 12

Desde que Noah me besó en el umbral de la puerta, hacia dos días, lo he estado evitando.

Me tomó desprevenida y huyó como rata cobarde para librarse de una bofetada.

Ni pude conciliar el sueño por su culpa, habiéndome levantado con las ojeras muy marcadas y un dolor de cabeza que pronosticaba no desaparecería a menos que tomase una buena porción de la infusión milagrosa preparada por las enfermeras.

Después de desayunar sola, tenía que encontrarme con Oron Powell en su oficina ubicada en el edificio gubernamental, en pleno centro de la ciudad. Allí esperaría por mí para unas clases que él mismo impartiría y, del cual, no me informó de qué tipo sería.

Viajé sola en el monorriel y descendí en la Estación Gardenia, en referencia a los arbustos cuya flor blanca perfuma el ambiente con mayor intensidad durante la primavera.

Recorrí el mismo trayecto de cuando a Donovan y a mí nos llevaron a la Cámara de los Portadores; pero, en esta ocasión, me dirigía a la parte más elevada del edificio.

Llegué al piso correspondiente, y, en el preciso instante en que la secretaria de Oron me anunció e hizo pasar, me llevé una sorpresa.

—¡Donovan! —Corrí a él para abrazarlo. Lucía muy demacrado y recién duchado.

Él se levantó de la silla y me recibió con los brazos abiertos.

—¡Allison! ¿Estás bien? —preguntó con un fuerte abrazo, del cual asentí conmovida sin ser capaz de contener las lágrimas. Se preocupaba por mi salud, mientras que él no tenía buen aspecto.

—¿Y tú cómo estás?

—*Benissimo.*

El carraspeo de Oron nos hizo separar.

—Lo siento —mis mejillas se ruborizaron por la efusiva muestra de afecto hacia mi amigo. Ellos no eran dados a lloriquear y apretujar a sus seres queridos, sino que se comportaban de una manera tan digna que bordeaba la frialdad.

—¡La felicidad del reencuentro es siempre la más grata! —exclamó el anciano detrás de su escritorio como si la alegría que sentía por la liberación de Donovan fuese algo «tierno» de contemplar.

Sonreí apenada.

Donovan, no.

Aún le guardaba rencor.

—Ya que estamos todos: comencemos. —Oron me hizo sentar en la silla contigua a la de Donovan.

Enseguida noté que faltaba una persona.

—¿Y Noah? —pregunté y me arrepentí en cuanto Donovan arrugó el ceño bastante molesto por mi aparente inquietud.

—Él no tiene madera retrocognitiva.

—¿Qué es eso? —Donovan se sobresaltó ante el comentario, manifestando un interés que disipó su malhumor.

—El poder de ver los recuerdos de las personas —contesté, enterada de la habilidad mental del viejo Portador. Donovan abrió la boca para preguntar algo más, pero me adelanté—. Creí que Noah era clarividente. —Miré a Oron sorprendida de la primera falla que conocía de este. Durante el correr de las semanas me enteré a través de otros del «don extra» que lo resaltaba como Portento ante los demás Hermanos Mayores de rango «común».

—Y lo es —respondió—. Pero no «ve» cómo un Portador retrocognitivo.

—Explíquese, hombre —Donovan pidió impaciente, removiéndose en su silla. Había perdido algo de peso, por el tiempo en que los ancianos lo mantuvieron encerrado en la celda. Aun así, el fuego en su mirada no se disipaba, su desconfianza era palpable, andándose siempre con cuidado ante hechos o propuestas que nos cambiaran la vida.

Oron puso sus huesudas manos sobre el escritorio y lo miró por encima de sus anteojos.

—Son los que perciben el pasado de una persona, con solo posar su mano sobre la cabeza.

—Cómo usted hizo conmigo —recordaba cuando estuvimos en la furgoneta, huyendo por Nueva York. Me plantó la mano, casi enterrándome en mi asiento para descubrir que yo mantenía un lazo telepático con David.

—Exacto —admitió—. Pero debo decirles que no todos nacen con esa facultad.

—¿Nosotros sí? —Agrandé los ojos, emocionada. Donovan permanecía pensativo sin dejar de fruncir las cejas.

—Eso está por verse. —El anciano se levantó de su silla y se acercó—. Primero comprobaremos si poseen la retrocognición.

—¿Cómo? —Donovan se tensó, estudiando con precaución los movimientos del Portador.

—Joven Allison, ponga su mano sobre la cabeza del joven Donovan. No es necesario que se levante.

Eso hice. Aunque Donovan tuvo que encorvar su postura hacia mí para alcanzar su coronilla. Esperé una avalancha de recuerdos que me abrumaran. Aun así, nada ocurrió.

—¿Por qué pone mala cara?

—No vi nada, Oron.

Sonrió.

—No es tan simple.

—¿Entonces?

—Le tomará tiempo por ser novata.

—Bueno, ayúdeme porque no sé cómo es esto…

Suspiró.

—Cierre los ojos y respire profundo. Relájese y concéntrese en los recuerdos inaccesibles del joven Donovan. Vibre al unísono con él; permita que sus auras cohesionen en armonía.

Sentirme guiada me ayudó a conectarme, ahondando en los recuerdos de este grandulón enojón, más no en sus pensamientos, pues lo que hacía era ver su pasado, no leer su mente como un libro abierto.

En este caso…, observar una «película» a todo color.

Donovan se hallaba sobre una tabla de surf, cabalgando las olas como un maestro.

¡Cielos! ¡Era yo la que surfeaba!

Parecía como si en realidad lo estuviese haciendo. Los recuerdos eran vívidos, apreciándolo detrás de sus ojos.

—¡Vaya! —exclamé al quitar la mano de su cabeza—. Impresionante…

Oron sonrió y a Donovan le acució la curiosidad.

—¿Viste algo?

Asentí.

—Surfeabas…

Explayó una sonrisa.

—Me gusta el surf.

—Ya lo creo, fue lo primero que capté. —Miré a Oron—. ¿Hay alguien más con este don? —Tendría que andarme con cuidado de ser así.

—Usted.

Puse los ojos en blanco.

—Aparte de mí…

—Nadie. ¡Ah! Habrá que ver si el joven Donovan también posee la facultad.

*****

Dos semanas después.

Donovan resultó igual de inútil que Noah para visualizar el pasado de las personas. La retrocognición se manifestó en uno de los últimos Portadores del Código Aural.

En mí.

Tenía otra habilidad, no hubo necesidad de publicar dicho acontecimiento extraordinario, el hecho de tener que dirigirme los lunes y los jueves a la oficina privada de Oron, implicaba que él me acogería como su nueva aprendiz, y, por extensión, una retrocognitiva en proceso de aprendizaje caminaba por los pasillos del edificio gubernamental. El alejamiento de todos aquellos que me rodeaban no era nuevo para mí, puesto que nadie se acercaba, procurando mantenerse alejados para asegurarse de que yo no ahondara en sus recuerdos más oscuros sin su consentimiento.

Wilmer seguía molestándome cada vez que se le presentaba la oportunidad. Pero lo hacía en los momentos en que, tanto Donovan como Noah, no estaban presentes. Aparte de eso, se encargaba de correr el rumor de que yo mantenía una relación amorosa con los dos al mismo tiempo. Su malsana envidia contagiaba a los demás, en especial a las chicas, que me medían como una zorra al acecho que se levantaría a sus novios. Era como estar viviendo de nuevo la secundaria: envidias, cotilla y enredos.

La clase de *Ciencias Esotéricas* ya no me ofrecía esa hora de entretenimiento que tanto necesitaba; era más un continuo enfrentamiento de miradas rayadas. Mi malhumor se hallaba en un punto álgido en la que cualquiera pagaría las consecuencias; y, para empeorar, no podía sacarme a David de la cabeza. Sus colmillos perfilándose con ganas de quitarme la humanidad, era lo que más me torturaba. Pensaba y pensaba por qué cambió de parecer, cuando estuvo de acuerdo con Oron en dejarme partir y conocer a la Hermandad.

—Allison… Allison… —el llamado de una chica a mi lado me sacó de los pensamientos—. ¿Estás bien?

La miré en cuanto me despabilé. Su nombre era Susan.

—Sí —Abrí el libro y busqué la página que estudiábamos.

—Parecías pensativa. ¿Te preocupa algo? —preguntó en voz baja para que no la increparan por no prestar atención en la clase.

Negué con la cabeza y le sonreí.

—Estoy bien.

—Ah… —enmudeció y siguió escribiendo los nombres y fechas que la profesora Field escribía en el pizarrón—. No parece —dijo al cabo de un rato.

No repliqué, tenía razón. No estaba bien, añoraba a David y me entristecía no tenerlo a mi lado. Sabía que era una locura, quiso matarme, enloquecido por el temor de perderme. Su instinto vampírico dominó su lado humano al punto de volverse salvaje.

Como para variar, Wilmer –dos puestos más atrás– decidió enfocar sus pésimas bromas sobre la chica.

Le lanzó una cucaracha que cayó en plena cabellera.

Susan gritó y la sacudió de inmediato. Todos rieron; la profesora Field la regañó y la expulsó del salón. Yo enfurecí, Wilmer seguía haciendo de las suyas y nadie lo detenía.

—¡Eres un idiota! —lo grité sin importarme si era la siguiente en ser expulsada.

—¡Señorita Owens, modere el vocabulario! —recriminó la profesora. Los anteojos tipo «gatúbela» le endurecía su rostro anguloso.

Wilmer lanzó una sonrisa displicente, y, sin sonido de voz, me escupió la más ofensiva de las palabras que se le profiriera a una mujer.

—¡IMBÉCIL, ¿CÓMO TE ATREVES A LLAMARME DE ESA MANERA?! —exploté hecha una furia.

—¡Señorita Owens! —la profesora Field se escandalizó—. ¡Qué vulgar!

La miré perpleja. No lo recriminaba.

—¡Me llamó pu…!

—¡¡Silencio!! —interrumpió autoritaria. Un mechón rubio cayó sobre su frente de forma descuidada.

—Pero él… —lo señalé— me llamó…

—¡Fuera!

—Pero…

—¡FUERA! —ordenó enérgica—. ¡Usted no va a sabotear mi clase! ¡Salga, no la quiero ver más por aquí!

Rodé los ojos hacia Wilmer que seguía riéndose sin parar.

—¡Me la vas a pagar! —lo amenacé—. ¡Lo juro!

El aludido me despidió con un silencioso adiós. Su verdosa mirada denotaba el triunfo implacable de haberse vengado. Recogí de mala gana los libros y el bolso, y salí disparada fuera del salón antes de que lo golpeara con un psiball.

Abandoné el instituto y caminé a pasos acelerados hacia la banca de la plaza de las gardenias que colinda entre la zona de educación superior del Distrito Este y la Zona Central donde confluye la politiquería de la ciudad.

Necesitaba calmar la furia, no iba a darle a Wilmer el gusto de perder el control. Para aquel, verme castigada con unos buenos latigazos, sería compensar el «huevazo» que sufrió por querer cumplir con una asquerosa tradición.

—¡Desgraciado! —Arrojé los libros con rudeza a la banca y luego mi bolso los lancé con la misma fuerza.

—¡Calma, Allison! —Noah apareció a mi lado sin que me diera cuenta—. ¿Quién te puso así? —su expresión oscilaba entre preocupado y divertido.

—¡El Maldito de Wilmer Palmer! —exclamé cabreada sin aún sentarme en la banca. Podría llorar un rato, perdiendo cuidado de que otros se dieran cuenta, los arbustos florales se alzaban por mi entorno hasta por dos metros como un buen refugio para mis alteradas emociones.

—¿Qué te hizo? —se tensó en el acto.

Vacilé.

—Eh… eh…

—¿Qué te hizo ese pendejo?

Me mordí el labio inferior, arrepentida de haberme dejado llevar por el enojo. Si le contaba lo que pasó, iría tras aquel a molerlo a golpes, y después Donovan también lo remataría.

—Nada —mentí—. Me ganó un debate en *Ciencias Esotéricas*. No me gusta perder, es todo.

Entrecerró los ojos, incrédulo por la causa de tener el genio crispado.

—Eso no pasó —intuyó—. Ese enano suele insultar a las chicas. Le voy a cortar la lengua por ofensivo.

Mi corazón se paralizó.

—Solo me dijo una palabrota —trataba de suavizar las cosas y lo que hice fue empeorar la situación. Sus ojos plateados se tornaron sombríos.

—Lo mataré.

Dejé de respirar.

—Noah, por favor, no hagas nada drástico.

—Te irrespetó —siseó con los dientes apretados y, antes de hacerlo razonar, él me dio la espalda, decidido a cumplir su amenaza.

—¡Espera! —Corrí tras él—. ¡Detente! —Me ignoraba. Sus puños prestos para atizarle unos buenos puñetazos en el instituto—. ¡Noah! —Me costaba alcanzarlo, sus zancadas eran largas y rápidas—. ¡No quiero que te castiguen!

—No me importa.

—Pero a mí, sí.

Se detuvo.

Saldé el trayecto y lo encaré desde mi menuda estatura.

—Tuve que salir de clases para controlarme —dije—. No hagas algo en la que yo tenga que intervenir. —No eran mentiras, después de todo, si Donovan o él se enfrentaban a Wilmer o cualquiera de sus compinches, no me quedaría de brazos cruzados.

—Déjame darle su merecido.

—Por favor, prométeme que no le harás daño.

Sacudió la cabeza.

—No puedo hacerte esa promesa.

Suspiré. Tenía que calmarlo a toda costa, porque el castigo de Donovan aún estaba reciente y los ancianos no serían indulgentes con otra riña en la ciudad.

—Ven…, vamos a hablar un rato —alargué la mano para que la tomara y así llevarlo hasta la banca.

—No quiero sermones.

—Solo, hablar… —mi mano extendida—. Necesito otros aires...

Noah arqueó una ceja y sonrió picaron.

—Conozco un lugar que te hará sentir mejor. Vamos —tomó mi mano para llevarme en sentido contrario a la plaza de las gardenias. Aun así, tuve que soltarme y retroceder sobre mis pasos para recoger los libros y mi bolso de la banca; al volverme, él seguía mirando su mano como si hubiese dejado escapar a una mariposa. Me sonrió y la extendió de nuevo, pero yo me abracé a mis libros dejándole entrever que no era necesario, que podría seguirlo sin la necesidad de mantenernos entrelazados.

Nos subimos a un bici-coche para que nos dejara justo a unos metros de la Puerta Oeste del exoesqueleto piramidal.

La cruzamos sin problemas, los guardias apostados allí no impidieron que saliéramos de la ciudad, puesto que estaba permitido disfrutar del exterior sin salir de las murallas.

Me dejé guiar por Noah hasta la parte más elevada de la colina del bosque interno y nos sentamos a la falda de un frondoso sauce. La pirámide se apreciaba en toda su extensión, rodeada por los altos muros de piedra caliza y granito que lo protegían. Cada 20 metros se alzaba una torre en la que el centinela se encargaba de vigilar su entorno. Si bien, dicha construcción de seguridad me recordaba a la Gran Muralla China, estas eran mucho más cortas en longitud.

—Esto es hermoso... —*y muy gratificante.* Se me hacía que había pasado una eternidad desde la última vez en que disfruté del aire libre. La brisa era suave y olorosa a bosque húmedo, la lluvia debió caer temprano en la mañana, porque las ramas aún seguían conservando sus gotas. Sonreí por la bandada de azulejos que surcaba el cielo del atardecer, quizás retornando por la primavera a esos campos abiertos de abedules, secuoyas y pinos. Noah se contagió de mi buen humor y también siguió el trayecto de mi mirada. Pero su vista apenas la enfocó un breve rato en aquellos preciosos pajaritos –que gozaban de esa envidiable libertad– prefiriendo maravillarse con lo que tenía a su lado.

—Verdad que sí —convino sin dejar de verme y yo procuraba hacerme la desentendida para evitar quedar atrapada en su mirada, ya que me seguía incomodando lo del beso robado. Aunque lo bueno de haber salido era que su enojo fue reemplazado por un sentimiento que me era difícil de lidiar, pero lo soportaría con tal de evitarle problemas. Él sonreía y esperaba paciente a que fuese yo la que comenzara a hablar; por desgracia, el nerviosismo me bloqueaba la fluidez con la que regularmente brotaban mis palabras, quedándose aprisionadas en mi garganta.

De no ser porque las murallas impedían que explorara más allá del bosque, hacía mucho que me hubiese marchado a casa. Por razones desconocidas estaba prohibido que alguien entrara o saliera del Zigurat, salvo los ancianos.

—¿Por qué tanto encierro? —finalmente pregunté. Comentarlo en el comedor comunal o a un profesor, equivaldría a respuestas vagas por explicaciones que otros no quisieron ser más precisos.

Noah se sorprendió, pero enseguida esbozó una sonrisa para aligerar la tensión que de repente se posó sobre sus hombros.

—Por protección —respondió con parquedad. Los mechones de su cabello se batieron suaves por el viento y yo tuve que contener la tristeza debido a que esa imagen oprimió mi corazón por recordarme a David.

Comprendí que albergar un gran número de Descendientes y Portadores, era más que suficiente para tomar medidas preventivas. No obstante, se me hacía que nos condenaban a una vida demasiado estricta.

—Entiendo que los vampiros puedan atacarnos, pero... —callé en cuanto él se carcajeó—. ¿De qué te ríes? —No le veía la gracia.

—Allison —dijo entre espasmos—, *el no poder salir*, no es por temor a los vampiros. —Ante mi mirada interrogante, él alzó la vista hacia los amplios portones de la parte oeste de la muralla—. Estamos en otro mundo.

Capítulo 13

Su respuesta me dejó pensativa.

«Otro mundo».

Otro…

¿A qué se refería? ¿A que una vez que somos disciplinados ya no pensamos igual? ¿O es que cambiamos tanto que encontramos todo diferente?

—¿Otro mundo?, ¿qué planeta es? —¿Viajamos por el espacio sin darnos cuenta?

La sensación que tuve cuando llegamos por primera vez a la ciudad, me dio la impresión de que me hallaba en el futuro, puesto que el exoesqueleto piramidal y la tecnología que había bajo esta era sacado de una película de ciencia ficción. Lo que admiraba a lo lejos no se hallaba escondido en alguna zona geográfica de la que nadie, salvo lo residentes, poseían dicho conocimiento, sino que tuvimos un salto planetario espectacular.

—Eh… —Noah se rascó la mejilla—. Planeta, planeta…, no. Es… *otro mundo.*

—¿Qué me quieres decir? ¿Viajamos al futuro? —*Carajo…* ¡¿Cuántos años pasaron?! David, tía, Ryan… Ellos tuvieron que haber sufrido porque nunca más supieron de mí.

—No precisamente —comentó dejándome en blanco—. Allison —sonrió ante mi turbación—. ¿Te has preguntado por qué tuviste que cruzar un portal para llegar hasta acá?

Me encogí de hombros.

—¿Para llegar más rápido al escondite de los Portadores? —¿Yo que sabía de la magia que ellos utilizaban? Eran muy hábiles con sus dones aurales.

Eso explicaría por qué la Hermandad se aislaba tras kilómetros de murallas, no se sentían identificados con el vulgo de este tiempo futurista y sus millones de pensamientos mundanos. Tal vez no era por protegernos de los Grigoris, que a lo mejor contaban con armas más mortíferas para enfrentarlos. ¡Qué va! Debía ser por algo más preocupante que los seres de la noche, pues Oron no me hubiese dejado a merced de David ni llegar a un acuerdo con él. Los vampiros eran poderosos como para combatirlos y las murallas solo nos mantenían separados del resto de la humanidad.

Negó con la cabeza.

—Para pasar al *Otro Lado.*

Medité lo que dijo y mis neuronas casi se estrujan.

—Explícate mejor que no entiendo.

Noah echó un vistazo a su rededor, por si un centinela o alguien que merodeaba por ahí lo escuchara, y se acercó más a mí para expresarme al oído lo siguiente:

—Estamos en un mundo alterno.

Quedé congelada en mi sitio, sin dar crédito a mis oídos. ¡El portal era una puerta a otros mundos paralelos a *nuestra* Tierra! Donovan y yo lo cruzamos gracias a la fuerza que nos absorbió y luego expulsó del *otro lado* de forma apabullante.

—Por Dios... —expresé atónita sin salir del asombro, cada día descubría nuevos aspectos de la Hermandad. Debí hacer caso a mi intuición y no aceptar a ciegas la educación que recibía en referencia al Zigurat. Los profesores nos enseñaron que la ciudad fue erigida hacía unos doscientos treinta y cinco años, tras cruentas guerras que se libraron con los demonios del inframundo.

Pero no era cierto.

—En *esta dimensión* las cosas suceden un poco diferentes.

Fruncí las cejas sin comprender.

—¿Cómo así...?

Él elevó la mirada al cielo vespertino y luego retornó sus ojos hacia mí.

—Todo es igual *de donde vinimos*: música, tendencias, crímenes... Aunque la tecnología es mejor. Existe una Allison Owens aquí, un Donovan Baldassari y un Noah Evans. Cada uno de estos tiene los mismos padres, hermanos, amigos...

Lo escuchaba revelarme ese secreto que le fue conferido tal vez por ser Portento y yo ni era capaz de pestañear.

Me dejó de piedra.

Con razón los ancianos impedían dejarnos salir del Zigurat: para evitar un encuentro con nuestros «yo» alternos. Quién sabe qué alteración universal ocasionaría al encontrarse las dos versiones.

De todos modos, me llamaba la atención una cosa.

—¿En qué se diferencia esta dimensión con la nuestra?

Noah respiró profundo y soltó su respuesta con parsimonia.

—Aquí no existen los vampiros.

Jadeé.

—¿Por qué? —fue toda mi pregunta. Quería saber porque en este mundo los seres mitológicos no existían.

—Los ángeles no cayeron a la Tierra; *no los que vigilaban* a los humanos. El Dios de este mundo fue más listo que *el otro*; hizo que los ángeles: los Grigoris, fuesen llamados de vuelta al Cielo. Con eso evitó que sufrieran el mismo destino de los que cayeron por primera vez, al ser tentados por la lujuria y el poder.

Esa cruda revelación me golpeó el rostro. Los Grigoris de este mundo no cedieron a la tentación de amar a los humanos. La sangre de muchas víctimas no se había derramado, y, por extensión, no hubo guerras entre ellos ni enfrentamientos con la Hermandad. Los Portadores estaban protegidos en una dimensión carente de vampiros. Los Eternos no sufrían de la maldición impuesta por el Creador, su rebeldía nunca se llevó a cabo y mi vampiro jamás se enamoró.

Y ahí me di cuenta de algo estremecedor.

Si David no cayó del cielo, no amó a Sophie y tampoco a aquella pelirroja. Ninguna lo conoció ni se unió a él mediante un juramento que ataba sus almas.

Pese a esto, ocurría un hecho importante.

Si ella siguió como humana, su alma no trasmitió el Código Aural a través de la reencarnación. Mi otro «yo» no nació como Portadora, y tampoco conoció a David Colbert.

—¡Vaya! —apenas fui capaz de exclamar—. No existen...

—*Ellos* tienen suerte —expresó en referencia a ese Noah, Allison y Donovan doble que tenía cada uno de nosotros.

Asentí, entristecida. Estos vampiros eran leyendas que apenas cobraban vida a través de los libros y películas. Generaciones y generaciones de seres humanos siguieron adelante sin haber sido truncados sus destinos.

—Muchos no murieron —agregué. Era una enorme diferencia, del que debió haber cambiado al mundo de alguna manera.

—Así es, entre ellos: mi familia.

Quedé impactada al escucharlo.

—¿Quieres contarme? —lo animé.

Suspiró apesadumbrado.

—Mis padres, mi hermano mayor y yo, que en ese entonces tenía catorce años, acampábamos en las montañas. Dos malditos vampiros nos atacaron a la medianoche. Nadie sobrevivió…

—Excepto tú. ¿Cómo te salvaste?

—Con una onda expansiva —siseó con profundo odio.

—¡¿Qué?! —Me sorprendí—. ¡¿Tan joven?! —Era increíble que, a tan temprana edad, sin adiestramiento y en medio del terror, ese poder emergiera de forma súbita. Tal como me sucedió con David en la playa, las ondas de choque se manifestaron para defendernos de vampiros sedientos.

Se encogió de hombros.

—Supongo que fue el miedo… —mantenía su mirada perdida en la lejana ciudad amurallada—. Por eso odio a esos *chupasangres* de mierda. ¡Me arrebataron a mi familia! Cada día ruego tener la oportunidad de aniquilarlos —gruñó con los dientes y los puños muy apretados—. Disfrutaré torturarlos, ¡les arrancaré los colmillos a las patadas!, los moleré a los golpes y los quemaré vivos en una hoguera. Será una bien grande…

Su deseo de venganza me helaba la sangre, yo tenía en mente mi relación con David y temí que él lo percibiera con su clarividencia. ¿Qué pasaría si Noah se enteraba de que mi corazón aún palpitaba por uno de los que comandaba hordas de vampiros? Lo más probable, me mataría.

Moví mis nalgas para marcar distancia en la grama y procuré estudiar sus movimientos para prever que no posara su mano en mi cabeza y se diera cuenta de lo que callaba. Él no era telépata, pero sí podía percibir lo que ahora pensaba.

—Lo siento: pasar por eso a esa edad…

—Gracias —dijo, alicaído—. Oron apareció en casa de mis abuelos maternos a los días. Fue un apoyo.

—¿Y cómo es que te encontró?

Se despabiló de su lúgubre pensamiento y sonrió socarrón.

—El Augur me vio en su visión —respondió—. Oron habló con mis abuelos, y el resto es historia.

—¿Ellos están aquí?

Sacudió la cabeza.

—No les permitieron cruzar.

Vaya que Donovan y yo lo comprendíamos… Nos pasó lo mismo con el señor Burns y tía Matilde, ellos también quedaron allá, lejos de nuestro cariño y en una ciudad en la que tuvieron que reiniciar sus vidas, dejando atrás los bienes que atesoraron por tantos años.

Al menos les brindaron un lugar seguro. Con los abuelos de Noah debieron hacer lo mismo.

Mis ojos se cruzaron con los de él y me traspasaron con intensidad.

Carraspeé.

—Cuéntame de esta dimensión —pedí para disipar el aire romántico que de pronto nos envolvía.

Él soltó una exhalación.

—Bueno… El hombre conquistó Marte, los autos funcionan con energía solar, las computadoras no son como las que conocemos, y descubrieron la cura contra el cáncer.

No pude evitar las lágrimas.

Si existía dicha cura…

¡Mi madre en este mundo estaba viva!

Lo que, por extensión, mi padre no se casó con Diana Calahan por sentirse solo. ¡Era maravilloso! Y lo más seguro era que tampoco él hubiese muerto en un avión.

—¿Por qué lloras? —se preocupó.

—Este mundo tiene buenos cambios —sonreí al bajar la mirada. Ya tenía una petición por hacerle a Oron o a Nuriel para que me dejara, aunque fuse de lejos, en ver a mis padres. Ellos estaban vivos en estas tierras alternas. Algún día los volvería a ver.

—Sí —me abrazó—, pero *no es eso* por lo que lloras.

—No.

—¿Me cuentas o es muy personal? —Mi silencio y el hecho de librarme rápido de sus brazos, lo apenó—. Allison…, si desconfías de mí *por lo del beso*…, me disculpo. No lo volveré a hacer a menos que tus lindos ojitos marrones me parpadeen coquetos.

—Descuida, ya está olvidado —mentí para no empeorar la incomodidad, pero ocasioné que él sonriera acartonado.

—Entonces, cuenta lo que te pasa, también soy tu amigo. Puede ser con «derechos», pero te lo dejo a tu juicio…

Le di una palmada en el brazo y sonreí agradecida que con su socarronería relajara la tensión existente entre los dos.

Me tomé un minuto y luego le conté cómo fue mi infancia, adolescencia, mi turbulenta relación con David –evitando contarle sobre su vampirismo– y los planes que tuve de estudiar Arte en Italia. Le abrí mi corazón y dejé que conociera un poco de la Allison que pocos conocían: la afligida.

Nos devolvimos al Zigurat porque ya estaba por anochecer y a esas horas las medidas de seguridad se incrementaban. Noah se despidió porque tenía un «asunto pendiente», dejándome sola en la plataforma que me llevaría hasta la zona residencial de los Portadores.

Durante el recorrido en el monorriel, observaba la ciudad, con una sonrisa triste.

Meditaba en que los Eternos ya no existían, la Hermandad vivía apertrechada de tecnología militar y grandes fortalezas. Y, no era para menos, si los seres oscuros se enteraban de la ruta que los llevarían directo a sus enemigos, acudirían en masa para aniquilarnos.

Pero los dobles… Los «yo» alternos me inquietaban.

Quería saber de mi tía, de Ryan, de Donovan, y… de mí. Los Portadores eran los únicos capaces de responder a esa interrogante, y Oron era el más indicado.

A pesar de la hora y del hecho de que el próximo jueves me correspondía reunirme con él para el adiestramiento con la retrocognición, bajé en la próxima estación y tomé un bici-coche que me llevó hasta el Distrito Central. Lo busqué en su oficina, pero la curiosidad me empujaba a hablar con él, tenía que quitarme esa creciente preocupación por saber el destino de los demás.

Justo cuando alzaba la mano para tocar a su puerta…

La profesora Blake entró a la oficina de forma abrupta.

—¡Señor Powell, ocurrió una desgracia! —dijo con voz temblorosa. Lucía pálida en reflejo de sus lúgubres palabras.

—¿Qué sucede, Gregoria? —Oron se levantó de su asiento.

—¡Es Wilmer Palmer! ¡Está muerto!

Capítulo 14

La profesora Blake nos llevó hasta el cadáver de Wilmer.

Lo encontramos bocabajo y con sangre alrededor de su cabeza. Tenía los ojos entreabiertos, con la nariz ensangrentada y el brazo izquierdo doblado en un ángulo anormal. Le dieron de puñetazos hasta matarlo, la peladura de sus nudillos indicaba que trató de defenderse sin conseguirlo. Había fragmentos de vidrios desperdigados por todas partes y sobre sus ropas; por lo visto, el que lo mató se ensañó contra este con mucha violencia.

La muchedumbre era contenida por el señor Knox y dos profesores, ningún Portador hizo acto de presencia, salvo Oron que acudió con urgencia. Donovan y Noah allí no se hallaban.

Oron se acuclilló, posó su mano sobre la cabeza ensangrentada del muchacho y cerró los ojos.

—*Hum* —fue todo lo que dijo. Abrió los ojos y echó una ojeada a su alrededor como buscando al asesino. Los chicos se miraban unos a otros, recelosos y nerviosos. Temían que fuesen inculpados por algo que no hicieron. Ana Lucía –una de las amigas y la más fornida de todas– no me quitaba sus ojos negros de encima; había odio en ella, sospechando de mi presencia. Murmuraba con los que estaban a su lado y eso atraía más curiosos que querían parar la oreja.

Oron se levantó, miró hacia arriba del edificio donde el cadáver fue encontrado y quedó pensativo. Seguí la dirección de su mirada, desde el quinto piso se alcanzaba a ver una ventana quebrada y la cortina azul sobresaliendo por el aire circulante.

Un anciano llegó a la escena del crimen y le habló al oído a Oron, los dos se marcharon, dejando a cargo al señor Knox, quien nos gritó de forma enérgica que nos retirásemos.

La mayoría retornó a sus respectivas habitaciones, las clases quedarían suspendidas al siguiente día por investigaciones.

Hice lo mismo, nada averiguaría con estar parada allí. Atravesé el jardín central, dirigiéndome a mi edificio con una fuerte opresión en el pecho. Me urgía hablar con Noah, si es que estaba en su apartamento. Tenía que aclararme que no tuvo nada que ver con el asesinato, no soportaría que se haya manchado las manos de sangre por defender mi honor. Me había prometido...

No...

Él no me prometió nada.

Antes de que pudiese correr, fui interceptada por Ana Lucía y sus amigos los bromistas.

—Tú lo mataste —ella me señaló con el dedo acusador. Sus ojos crispados de odio.

—¡¿Qué?! ¡¿Por qué me acusas?! —increpé atónita.

—¡TÚ LO MATASTE! —gritó a todo pulmón. Los chicos que se hallaban cerca nos rodearon—. ¡ELLA LO MATÓ! —les hablaba a todos, provocando murmuraciones a mi rededor.

—¡Por supuesto que no! —Mi pulso se disparó, rodando la mirada por cada rostro que me escaneaba con desprecio.

—¡Él te hizo enojar y tú juraste que te ibas a vengar!

—¡¡No es así cómo lo dices!! —traté de defenderme de una injusta acusación. Se basaba en mi estúpida reacción por haber sido expulsada de la clase por culpa de un abusador.

—¡Lo golpeaste hasta matarlo! —Ana Lucía exclamó muy segura de lo que decía. Sus mejillas enrojecidas por la ira contenida presentaban lágrimas secas que derramó a causa de la tragedia de su amigo.

—¡Ni siquiera sé pelear!

—¿Ah no? —resopló—. Vimos cómo golpeaste con tus poderes a Noah en el Gran Comedor. ¡CASI LO MATAS! ¡Wilmer no pudo defenderse de ti, Portadora! ¡ERES UNA ASESINA!

—¡Asesina!

—¡Asesina!

—¡Asesina! —todos gritaban al unísono.

De pronto, Ana Lucía se abalanzó sobre mí para tirarme al piso y comenzó a golpearme con fuerza.

Me cubrí el rostro, protegiéndome de sus golpes. ¡Eran demoledores! Traté de sujetarles las manos, pero ella se zafó de mi agarre y me tomó del cabello para estrellarme la cabeza contra el piso. Lo hacía una y otra vez, cada golpe me dolía peor que el anterior, la muchedumbre vitoreaba, aupando a la enloquecida chica de que acabara conmigo. El tamaño y el peso de su cuerpo me sacaban ventaja y dominaba con facilidad.

La nariz la sentía húmeda y las mejillas me ardían como brasas a causa de los golpes. Nadie hacía nada por detenerla, yo estaba sola contra una horda furibunda, y, debido a esto, no tuve más opción que actuar por instinto. Tenía que defenderme. Era su vida o la mía. Utilizaría el único recurso que me salvaría de esa salvaje.

Lancé una onda expansiva.

Ana Lucía cayó sobre dos chicos. Los curiosos se replegaron, cuidando de no ser los siguientes en ser golpeados con mi poder mental. Uno de sus amigos –Francisco– la ayudó a levantarse del piso, y en mi descuido no previne el puñetazo de otro que me venía encima.

Cerré los ojos y esperé el golpe.

Nada.

Un ruido seco y gritos se escucharon en el acto.

Abrí los ojos y frente a mí se hallaba Donovan, dándome la espalda como si fuese mi escudo protector.

Tenía el cabello mojado y vestía una camiseta negra. Sus puños firmemente cerrados, con la vista hacia los arbustos más alejados. Había lanzado un psiball al chico que intentó golpearme, para detenerlo.

—¿Quién es el siguiente que quiere *volar*? —amenazó muy dispuesto a lanzar unos cuantos psiballs u hondas expansivas. Sus brazos se tornaron de una inquietante coloración rojiza como si hubiese estado todo el día bajo el sol. Sin embargo, la mitad del grupo huyó despavorido y la otra permaneció en el sitio, más por la curiosidad que por las ganas de enfrentarse a esa mole de metro noventa—. ¡Cobardes, por qué no se miden conmigo! —Nadie se atrevía a dar un paso al frente.

—¡Es una asesina! —Ana Lucía gritó, apoyada de Francisco que la ayudaba a sostenerse.

—¡¿De qué demonios hablas?! —Donovan inquirió, estupefacto.

—¡ELLA MATÓ A WILMER PALMER!

Él se tensó y luego me miró.

Negué con la cabeza, fijándome en su rostro golpeado.

—¡No es cierto, no lo maté!

—Si Allison dice que no lo mató, es porque no lo hizo — puntualizó él en mi defensa.

Ana Lucía resopló junto con el resto de los muchachos.

—Tú le crees porque estás enamorado de ella —chilló—. No es más que una asesina y una puta que se acuesta con todos.

—¡CALLATE, PENDEJA! —le ordenó encolerizado—. ¡Lárgate antes de que te mande a volar a ti también!

Uno de los chicos no esperó a que Donovan cumpliera su amenaza, aupó a Ana Lucía y a Francisco, empujándolos para que se marcharan mientras que esta vociferaba palabrotas a todo pulmón. Los demás los siguieron entre murmuraciones y miradas rayadas.

Quedé paralizada, sollozando. Mi cuerpo temblaba, me acusaban de asesinar y todo por una broma pesada de la que fui víctima. Por estar de bocona en la clase de la profesora Field, me señalaron como la autora material. Me juzgaron y condenaron sin darme oportunidad de defenderme.

Donovan me abrazó y yo rompí en fuertes llantos. Enterré la nariz en su camiseta, olía a cloro. Por lo visto, venía de haber dado unas brazadas en la piscina olímpica que estaba cerca. Solía hacerlo con frecuencia, la natación lo tranquilizaba.

—¿Por qué te acusan, Allison? —preguntó a la vez en que secaba mis lágrimas con las yemas de sus dedos. No me pasó por alto el detalle de que sus nudillos lucían enrojecidos.

Lo observé: rostro maltrecho, labios reventados y nudillos que demostraban haber sido sometidos a un tratamiento brutal… Donovan estuvo en una pelea, y, por la coloración de los moretones, era reciente.

¡¿Él?! La pavorosa preocupación por lo que pudo haber hecho, me atizó sin contemplación alguna. Era volátil cuando se trataba de mi persona. Si se enteró de que Wilmer me había ofendido, debió enfrentarlo y darle una paliza; desde que me conoció se volvió sobreprotector, vigilándome a cada instante.

Le di la espalda y me encaminé de retorno hacia la escena del crimen. El edificio quedaba a un par de manzanas de allí, Donovan me llamaba, pero no me detenía. Tal vez él pensaba que seguía conmocionada por lo sucedido, pero yo estaba peor, mucho peor…

El señor Knox seguía vigilante con su mirada severa para el que se le ocurriera acercarse a satisfacer su mórbida curiosidad. Los dos profesores que ayudaron a controlar a la muchedumbre se habían marchado, y, en su lugar, dos Portadores conversaban entre ellos. El cuerpo de Wilmer Palmer fue removido por un equipo que pertenecía al Distrito Oeste, dejando como prueba evidente de su deceso la mancha de sangre sobre la acera.

—¡Largo! —el exmarine casi nos ensordece con su grito contundente.

Donovan lo ignoró y me tomó la mano para acercamos a los Portadores que ahora estaban presente.

—¿Dónde está el señor Powell? —les preguntó sin informar del porqué lo necesitaba, no les tenía confianza como para expresarles nuestras preocupaciones.

—No sabemos —respondió uno de ellos—. ¿Para qué lo necesitan? —Entrecerró los ojos, mirándonos con sospecha.

—Es privado —respondí nerviosa. Era para aclarar mi inocencia, Ana Lucía gritaba a los cuatro vientos mi culpabilidad. Aunque, Donovan...

El octogenario nos escaneó de arriba abajo.

—Esperen un momento. —Sacó su móvil y marcó un número. Se retiró un poco mientras que el otro Portador y Joseph Knox, nos vigilaban con el ceño fruncido. Habló por espacio de cinco minutos y después se aproximó.

—Vengan conmigo —nos ordenó sin revelar nada más.

Sin protestar lo seguimos. Entramos al edificio de los estudiantes universitarios y subimos a la habitación de Wilmer Palmer. Esperaba un desastre: muebles tirados, cuadros tumbados, sangre derramada. Mucho desorden...

Aun así, todo lucía impecable y cada cosa en su respectivo lugar: cama tendida, retratos agrupados, libros alineados… Sorprendía que tuviese semejante organización. Ni yo la tenía.

Oron se hallaba allí, sentado frente a un computador, del cual la pantalla y el teclado parecían una proyección emitida en el aire por algún dispositivo electrónico que no alcanzaba a ver de dónde provenía. Leía algo escrito que debió dejar allí el occiso en la «pantalla-luz». Karniel Winter le hacía compañía. Ambos fijaron su atención en nosotros, apenas entramos. Enseguida esos dos observaron el rostro de Donovan y luego bajaron la mirada hacia sus nudillos.

Donovan abrió la boca, pero el señor Winter le impidió hablar.

—¿Cómo se hizo esos magullones? —demandó saber en un tono que indicaba que él era sospechoso.

Palideció.

—¿Y bien...? —Oron aupó la respuesta de la pregunta que formuló su compañero de investigación.

—Eh... —vaciló nervioso—. Yo...

—Tuvo un altercado con Wilmer Palmer, ¿no es así? —indagó el señor Winter, caminando entorno a Donovan como si fuese un detective veterano.

El pobre bajó la mirada y asintió derrotado.

—¡¿Qué?! —Mi mandíbula se desencajó, costándome creer lo que observaba—. No, él no fue… —las pruebas eran visibles y hasta lo sospeché en cuanto noté sus moretones y sus nudillos maltratados; aun así, tenía que haber un motivo que justificara sus acciones.

Oron se levantó de la silla y se acercó. Puso la mano sobre la cabeza de Donovan y cerró los ojos, estuvo así unos minutos, averiguando su pasado cercano. Luego hizo lo mismo conmigo.

—*Hum.* —Volvió hacia la computadora-luz—. Se puede marchar, joven Allison. Y, pierda cuidado, hablaré con *ella* —agregó y yo comprendí que hablaba de Ana Lucía y sus acusaciones.

—¿Qué hay con él, Oron? —Nada bueno le esperaba a mi amigo si se tenía que quedar allí para un exhaustivo interrogatorio.

—Permanecerá un tiempo con nosotros.

Un guardia me escoltó fuera de la habitación. Me dolía la cabeza de estar pensando que Donovan estaba hasta el cuello de culpa, ya no me preocupaba si los Descendientes me señalaban, dejó de importarme tan pronto él se vio implicado. Oron no me permitió abogar en su defensa; lo que vio en sus recuerdos fue más que suficiente para tacharlo de asesino.

Kytzia Garko –Portadora telequinética, pequeña y rolliza– me acompañó hasta la entrada del Edificio Aurora. Entré al ascensor y subí a mi piso, la soledad imperaba, el silencio era escalofriante y aproveché que no había nadie para dirigirme hasta el apartamento de Noah.

Pero la luz debajo de su puerta no se vislumbraba encendida y eso indicaba dos cosas:

Dormía o allí no se hallaba.

Al darme vuelta me tropecé con él.

—¡Noah! —lo abracé y lloré. Necesitaba de un amigo para reconfortarme.

Correspondió a mi abrazo, desconcertado de haberlo buscado, porque siempre procuraba mantenerme alejada.

—¡¿Qué te pasó en el ojo?! —Se percató de esto en el acto.

Me toqué y bajé el rostro, afligida.

—Me golpearon... —para qué mentir, igual se enteraría.

—¿Quién? —demandó enojado.

—Eh... —callé, mejor evitar más infortunio.

Pero él no se dio por vencido.

—¿Allison quién te pegó? —Alzó mi rostro con ambas manos y yo lloré. Solo quería decirle lo que sucedía.

—Do-Donovan… —el llanto afloró inmisericorde.

Se tensó.

—Lo mataré… —siseó con rabia, pero yo negué con la cabeza, malinterpretaba mis temblorosas palabras.

—¡No! Él… —hipé— primero se amputa las manos que golpearme.

—Ah... ¡Qué bueno!, porque también hubiese tenido que arreglar cuentas con él.

Estupefacta, me liberé de sus manos.

—¡¿Qué dijiste?! —Los ojos de Noah lucían intimidantes.

—¿Quién fue? —No me respondió, insistía en saber quién fue el que me puso a besar los puños—. ¡Dime o lo averiguo!

—Ana lucía.

—Esa hija de...

—¡Noah! —lo increpé, no estaba para oír términos ofensivos—. Ni se te ocurra golpearla.

—¡¿La defiendes después de lo que te hizo?!

—¡NO! —grité—. Ella... —callé al recordar lo que él dijo—. Noah... ¿Tú golpeaste a Wilmer Palmer? —Parecía que la culpabilidad oscilaba entre él y Donovan.

Mantuvo la boca cerrada, su mirada se había ensombrecido. En cambio, abrió la puerta de su apartamento e hizo que yo pasara.

—Fue inevitable —se excusó mientras encendía y cerraba la puerta tras él—. Iba a ver a... y me lo encontré. Le partí *la jeta.*

La sangre me hirvió.

—¡Eres un orangután! —Se había metido en problemas sin necesidad—. ¡Lo moliste a los golpes! ¡¿Por qué lo hiciste?! —Hasta lo lanzó por la ventana del quinto piso.

—¡Porque se lo merecía! —contestó ofuscado—. Y no entiendo por qué ese idiota dice que lo molí a los golpes, si le di un puñetazo.

Me paralicé.

—Él no lo dijo...

—Qué bueno, porque me hubiera gustado molerlo de verdad.

La contundencia de sus palabras indicaba que era inocente. Si él no fue, entonces...

—Ya otro lo hizo.

—¿Quién? —Su sonrisa se ensanchó.

—Donovan —revelé entristecida.

Noah se carcajeó.

—Vamos, Allison, no te lo tomes apecho. ¡Wilmer se lo merecía!

Gruñí, no parecía entender lo que en realidad sucedía.

—¡Lo mató! —exclamé con voz rota—. ¡Donovan lo mató!

Jadeó.

—Me estás tomando el pelo...

Negué con la cabeza mientras las lágrimas bañaban mi rostro.

Le conté todo: Donovan quedó en manos de los Portadores, su temperamento lo llevó a cometer semejante crimen. Me entristecía que terminara así, que echara a perder un futuro prometedor.

Noah llamó a Oron, y este le confirmó sin ahondar en detalles. Pero también le informó que debíamos presentarnos en la Cámara de los Portadores en diez minutos. Nuriel convocó una Asamblea Extraordinaria en la que todos los *hermanos* –con las togas reglamentarias– debían asistir.

Nos dimos prisa, cuando el Augur le urgía una reunión, era porque una vida o muchas estaban en juego.

Mi corazón explotó de temor, si a Donovan le aplicaban la máxima pena, yo no me lo perdonaría.

Entramos a la Cámara de Portadores. Los ancianos ya se hallaban en sus respectivos asientos y con sus blancas investiduras. Donovan aún no lo traían, pero intuía que pronto lo juzgarían en su presencia. Oron sostenía una conversación airada entre el señor Winter y el señor D´León. Los demás Portadores murmuraban entre ellos con gestos de desaprobación.

Recordé las palabras de Nuriel sobre «la unión y la traición», pero en ningún momento tocó el tema de que pudiésemos tomar la justicia con nuestras propias manos. Eso solo les concernía a ellos. La venganza y las riñas estaban vetadas, y el asesinato era el punto más bajo en la moralidad de sus residentes. Alguien que fuese capaz de quitar la vida a otro no merecía consideración alguna.

La puerta lateral por donde emergió por primera vez el máximo representante de la Hermandad se abrió por sí sola.

El Augur había entrado.

Capítulo 15

Se sentó en su trono y, con su mano temblorosa, ordenó que nos sentásemos.

Se hizo un gran silencio.

Me hallaba sentada en uno de los tres asientos apartados del resto, sin atreverme en intercambiar miradas con Noah, mis ojos se clavaron en aquel anciano que regía desde hacía dos siglos en la ciudad amurallada. Este debía de padecer tremendos dolores de cabeza, pues la Tríada no era más que un trío de chicos inmaduros e impulsivos que hacían lo que les viniera en gana: Noah era arrogante, Donovan malgeniado y yo contestona. El pobre Augur moriría de un infarto antes de que cumpliera los trescientos años.

—Es lamentable que la muerte se haya posado sobre un joven tan prometedor como Wilmer Palmer —dijo él con pesar, iniciando su discurso ante los Portadores—, y que esta haya sido invocada por las manos perversas de uno de los nuestros. Las reglas han sido infringidas y no habrá piedad para *el que se atrevió* a sesgar la vida de un joven por celos. Cada inicio de un ciclo anual, se les recuerda a todos que el amor debe gobernar sus corazones; es la que nos fortalece y une contra las fuerzas oscuras; si permitimos que el odio entre al Zigurat, lo que tanto combatimos terminará por destruirnos.

»La maldad debe ser extirpada desde su raíz y el castigo severo —endureció sus palabras a los presentes—. Dos penas serán impuestas esta noche: una por reincidir en su deplorable conducta y otra por asesinar. Mi corazón llora por lo que *los acusados* deberán sufrir, pero es necesario para que la cohesión se mantenga.

»Háganlos pasar... —pidió a los cofrades. Los hombres que lo custodiaban siempre.

Fruncí las cejas ante lo que dijo.

Uno era Donovan…

¿Cuál era el otro al que se refería?

El custodio que se hallaba a la izquierda del anciano hizo una leve reverencia y se dirigió hacia la puerta opuesta por donde la máxima autoridad había entrado. Las cabezas de los Portadores giraron en un solo movimiento hacia esa dirección, dos figuras sin togas entraban con las manos esposadas hacia delante y acompañados por tres guardias armados.

Jadeé perpleja al ver a Donovan, y, detrás de él…

La profesora Field.

¡¿Quéééééééé?!

Noah y yo nos miramos atónitos. ¿Qué hacía esa mujer allí? ¿Por qué la tenían esposada? Era tan menuda y delicada que resultaba difícil adivinar qué fue lo que cometió para ofender a la Hermandad. Siempre se ha caracterizado por ser estricta y muy obediente de las normas plantadas en la ciudad para proteger a sus habitantes; si algo la motivó a olvidarse de estas, tuvo que ser un hecho que se le salió de las manos y la enloqueció.

Los dos acusados fueron dejados en el centro de la Cámara. Los ancianos en sus togas blancas los flanqueaban en sus respectivos asientos, de la misma manera en cómo estuvieron cuando nos dieron la bienvenida. Un grupo de veinte sujetos por un extremo y otros veinte por el otro, enfilados uno al lado del otro, codo a codo sin darse las espaldas, de cara entre ellos mismos.

Donovan tenía una mirada inexpugnable; si estaba asustado, no lo demostraba. En cambio, la profesora Field lloraba sin parar. Nadie le dio un pañuelo para que se secara las lágrimas, apenas lo hacía con las yemas de sus dedos o el dorso de sus manos esposadas. Debía ser humillante para ella estar así frente a los demás que la juzgaban por lo que sea que hizo, no alzaba la mirada, se mantenía gacha, entristecida y con la postura encorvada. Mechones de su cabello rubio caían sobre su rostro, ocultando su vergüenza al hombre más longevo que se mantenía postrado en su trono, unos centímetros más elevado por sobre su cabeza en la plataforma.

Esbocé una triste sonrisa cuando Donovan se volvió hacia mí y me devolvió el gesto de la misma manera. El brillo que hacía resaltar esos dos océanos oscuros y profundos había desaparecido.

Nuriel los miró con severidad.

—Me aflige que ustedes siembren la semilla de la muerte y la violencia —espetó—. La impureza de sus corazones los hace vulnerables a cometer tan reprochables actos. Han deshonrado las enseñanzas que con tanto esmero y dedicación les hemos inculcado, levantaron la mano contra la vida y la destruyeron, desoyendo las imploraciones del que les provocó tal bajeza.

Se levantó, apoyándose de su *cayado*. Dos de sus cofrades lo sostenían de los brazos, tratando de mantenerlo erguido.

Mi corazón se aceleró, la sentencia estaba por dictaminarse.

Miré a Noah y este me tomó de la mano y la oprimió. Mi lamento era su lamento, no se alegraba de lo que le sucedería a Donovan, sus expresiones entristecidas eran sinceras.

—Donovan Baldassari —Noriel lo llamó—. Por reincidir a la violencia contra uno de los suyos, será castigado con treinta azotes, al amanecer del día de mañana y con el posterior confinamiento de tres meses de cárcel. Si vuelves a la violencia, recibirás la pena de muerte.

Donovan asintió con aplomo a su castigo.

Inocente...

¡Era inocente!

Felicidad y alivio fue lo que sentí al escuchar que Donovan no moriría por asesinato, pese al hecho de que tendría que sucumbir al látigo del verdugo y a una celda poco acogedora después de que destrozaran su espalda. Por lo menos el castigo le enseñaría a controlar sus impulsos y a pensarlo cien veces antes de medirse a los puños con los demás chicos. Aun así, viviría..., era lo que más importaba.

De inmediato comprendí algo espantoso.

—Ann Field —el Augur la llamó con voz rota y esta se tensó, convulsionando más su cuerpo por los nervios—. Por cometer asesinato, serás fusilada en el pabellón de la muerte en tres días, al término del sol poniente. Qué Dios se apiade de su alma.

Mis manos taparon mi boca para evitar exclamar una palabrota por la impresión. *Ella fue...*

La profesora lloró desconsolada sin protestar a su condena. Los guardias que trajeron a los acusados, se los llevaron de vuelta a sus respectivas celdas. Los murmullos en la Cámara se alzaron, el señor Winter gesticulaba de un modo en que daba la impresión de estar en desacuerdo a lo impuesto por el Augur, mientras que un anciano de porte muy elegante y del que Noah me comentó era el señor D´León, uno de los Portadores con mayor influencia en la Hermandad, aparte de Oron, aceptaba de buen agrado el destino que padecerían los dos sometidos a ese injusto juicio.

—¿Sabes por qué lo mató? —pregunté a Noah y este permaneció pensativo, quizás meditando lo sucedido.

—Ese Wilmer jodía mucho, seguro que se metió con la que no debía. La profesora Field tenía poca tolerancia.

Asentí a su comentario, muchos sujetos han encontrado la muerte por no tener cuidado a quien les hace sus bromas pesadas, terminando en un charco de sangre a causa de un balazo en el entrecejo, una puñalada en el pecho o estampados en el pavimento por haber sido empujados desde la altura de un edificio. Wilmer Palmer nunca respetó a nadie, él solo se divirtió a expensas de los demás.

Nuriel no pidió explicaciones a los acusados; ya ellos «vieron» dentro de sus corazones. No hubo abogado acusador ni defensor, la retrocognición fue la evidencia en su contra, los recuerdos hablaron por los culpables. El Augur no informó por qué ella lo había matado, tal vez la motivó los celos; eso explicaría las veces en que se hacía de la vista gorda cuando Wilmer cometía sus fechorías en sus clases. Debieron ser amantes: una mujer madura y un chico de veinte años.

Claro está que eran mis conjeturas…

—Y ahora, ¿qué pasará?

—Aguardar hasta mañana a que se cumpla la sentencia —Noah me respondió, animándome a marcharnos de la Cámara de Portadores o el comúnmente llamado «Gran Consejo». A la salida del edificio gubernamental, nos abuchearon una centena de jóvenes allí reunidos y del que presumía aún ignoraban quién era la verdadera culpable del asesinato de su compañero de estudio. Fue imposible tomar el monorriel o un bici-coche, puesto que estos nos lanzaban un sinfín de increpaciones y amenazas de darnos una paliza, que los conductores prefirieron seguir de largo para evitar que sobre ellos cayera dicha ira.

Caminamos siete larguísimas manzanas en sentido norte y nos refugiamos en el Aurora, sin haber expresado una palabra durante el trayecto. Ambos nos sentíamos abrumados por todo lo que estaba pasando, que apenas éramos conscientes de nuestras propias existencias. A Donovan le reventarían la espalda al otro día y luego pasaría tres meses encerrado en la cárcel de espejos, y, a la profesora Fiel, la pondrían frente a los cañones de las armas al anochecer del viernes.

Y todo por un menudo joven greñudo que le tuvo inquina a medio mundo.

*****

Poco a poco observaba cómo el cielo adquiría los colores propios del amanecer.

El castigo se llevaría a cabo en las afueras de Zigurat. El verdugo practicaba con su látigo y los grilletes colgaban desde lo alto del poste, esperando por su cautivo. Algunos Descendientes me miraban con hostilidad y otros se reían de mi tristeza; con ellos se aplicaba aquel dicho: «la desgracia de uno es la alegría de otro». Estaban allí para regodearse en la pena que mi amigo padecería.

El sol nos bañó a todos con sus matutinos rayos solares y Nuriel hizo su aparición en el claro. Dio su acostumbrado discurso sobre el amor y el odio, y de que serían más severos en el futuro. Era un sujeto contradictorio: por un lado, profesaba bellas palabras y por el otro, las pisoteaba ejerciendo la fuerza bruta.

—¡Maldito!

—¡Sufra, idiota! —las rencorosas exclamaciones de los compinches de Wilmer Palmer tronaron tan pronto a Donovan lo escoltaban hasta el tronco de un árbol de unos tres metros de alto que fue cortado del bosque interno y clavado en la Parte Oeste del claro amurallado. Allí frente a la población universitaria aplicarían la sentencia, los abucheos y las vulgaridades se expresaban cada vez más ofensivas, sin cohibirse estos por la presencia de los ancianos y los profesores.

El señor D´León le ordenó que se quitara la camiseta negra que usaba desde el día anterior y enseguida lo encadenaron al tronco libre de ramas, con las manos juntas y en alto; el verdugo le entregó una mascada para que mordiera mientras soportara el suplicio del castigo. Donovan abrió la boca y la recibió, luciendo pálido por lo que pronto habría de soportar.

Pese a la humillante posición, algunas chicas jadearon al observar sus bíceps fuertes y su marcado torso, se codeaban entre ellas y sonreían nerviosas como si nunca hubiesen visto a un chico desnudo de la cintura para arriba. Esto empeoró el enojo en sus detractores, Francisco y Héctor increpaban a sus novias al acalorarse estas por los músculos del que estaba encadenado. Eleonora dejó de escupir improperios, Daisy se ruborizó, Alexa se alisó su cabello para lucir mejor, y otras más revisaron sus maquillajes en sus polveras.

La única entre ese grupito de locas que de repente se declararon admiradoras del físico de Donovan, fue Ana Lucía, quien mantenía su dura expresión sobre este por los golpes que le propinó al occiso. A esas alturas ya todos los habitantes del Zigurat se enteraron de que la profesora Field era la asesina y que Donovan solo le propinó a Wilmer unos puñetazos porque se las debía a causa de lo que pasó en mi cumpleaños.

Mientras tanto, yo me hallaba cerca de él, de modo que su atención se fijase en mí mientras lo azotaran, para que supiese que su sufrimiento a alguien más le importaba. Cielos…, daría lo que fuera por cambiar mi don retrocognitivo por la telepatía. Le expresaría a él en su mente mucha fortaleza para que aguantara hasta el final. Sería doloroso presenciar aquello y no hacer nada por ayudarlo, los Portadores eran despiadados con dichos castigos corporales, lo anunciaban hasta con megáfonos de modo que acudieran la mayor cantidad de habitantes posibles de la ciudad.

En esta ocasión convocaron a los adultos jóvenes, puesto que pronto sobre estos recaerían muchas responsabilidades que concernía con el futuro de la Hermandad.

—¡Espero te orines en los pantalones, hijo de puta!

—¡¡Imbécil!!

—¡Sufra!

—¡Maldito!

—¡SILENCIO! —la voz de Oron se alzó por encima de los chicos enardecidos, callándolos al instante. Los ancianos Portadores y los ancianos Descendientes los increparon con la mirada, puesto que estos olvidaron las buenas costumbres para dirigirse hacia los demás, así fuese contra una persona que había cometido múltiples errores.

La rubia que vi en el Gran Comedor, cenando solitaria tres semanas atrás, se hallaba entre los muchachos que sentían pena por Donovan. Era alta y muy bonita, luciendo como si estuviese a punto de llorar. Hacía un esfuerzo por no hacerlo, aferrándose al pecho de su blusa de un modo que casi la desgarra por la angustia que soportaba. Ignoraba si era algún amor fugaz de Donovan o una de las tantas chicas que estaban de él enamoradas sin ser correspondidas; casi tres meses han pasado desde que cruzamos el portal y un reguero de corazones este ha dejado a su paso.

Tras el silencio impuesto por el Segundo al Mando en el Zigurat, el Augur dio la orden al verdugo de comenzar.

El hombre ataviado en un uniforme negro y sin usar capucha que ocultara su identidad, se ubicó a unos pasos detrás de Donovan, y preparó su látigo.

—¡Uno! —contó en voz alta y enseguida lanzó el primer azote.

Donovan apretó los dientes, mientras empuñaba sus manos para contener un quejido de dolor. Todos se sobresaltaron por el impacto del cuero contra la piel de este, pues cayó más fuerte de lo que esperábamos; algunas chicas parpadearon mortificadas y la rubia cerró los ojos para no ver el brutal castigo.

—¡Dos!

Hubo jadeos por parte de las que se suponía disfrutarían presenciar dicha paliza, pero, al parecer, se avergonzaron de sí mismas por albergar sentimientos malsanos.

—¡Tres!

Sollocé, el látigo volvió a caer implacable, marcándole al pobre la espalda. Francisco, Héctor y Ana Lucía, sonreían por la sangre que emanaba de las heridas sesgadas, Donovan procuraba que el dolor que le producía el verdugo no lo hiciera chillar frente a los convocados, alzó la mirada hacia mí mientras apretaba con los dientes la mascada, sudoroso ya por su esfuerzo, y luego apretó los párpados debido a que la próxima arremetida cruzaba el aire.

—¡Cuatro!

El verdugo no le daba respiro, comenzando a molestarse porque *su sentenciado* luchaba por no darle el gusto de pedir clemencia.

—¡Cinco!

El conteo progresivo encontró nuevas voces. Los compañeros de Wilmer Palmer corearon al verdugo, animando a los demás chicos a que hicieran lo mismo.

—¡Seis!

Exclamaron muchos a viva voz y mis lágrimas se desbordaban con cada latigazo. La rubia –cuyo nombre desconocía– lloraba por tener que estar allí obligada para que aprendieran lo que pasaba con los rebeldes.

El olor a hierro quemado se percibió en el acto después del azote. El verdugo recogió su látigo para tomar una nueva posición, cuadró sus hombros y ladeó a ambos lados su cabeza para liberar con rudeza las tensiones en su cuello. Era como si ese hombre pensara «¡conque te la das de guapo, ¿eh? ¡Ya verás!».

—¡Siete! ¡Ocho! ¡Nueve!

Las piernas de Donovan estaban por flaquear.

—¡Diez!

Visiblemente frustrado por la fortaleza del *tridente*, al no ceder a la contundencia de su látigo, el esbirro del Augur lo azotó con más violencia. Esta vez Donovan expulsó la mascada de su boca y gritó de dolor.

—¡Once!

Cerré los ojos no quería ver más. No obstante, unos brazos me rodearon y abrazaron, Noah llegó para sostenerme de un posible desmayo. Me aferré a él y lloré contra su pecho.

—¡Doce!

—¡FUEGO!

Impresionante.

Extraño.

Aterrador…

El tronco donde a Donovan lo tenían encadenado se incendió.

—¡Oh, por Dios!

¿Qué era lo que estaba pasando?

Se quemaba…

—¡DONOVAN! —Dejé de abrazar a Noah, sin dar crédito a lo visto—. ¡ALGUIEN QUE LO SUELTE! —¡Se quemaba! ¡¡Mi amigo se quemaba!! El fuego lo cubría de la cabeza a los pies como si le hubiesen arrojado querosén—. ¡¿POR QUÉ LO HICIERON?! —increpé llorosa a los ancianos presentes. ¿Qué clase de castigo era ese en la que quemaban vivo a un ser humano?

Los grilletes en sus muñecas se tornaron al rojo vivo, el metal se fundía en su carne, las lenguas de fuego aumentaban quemando sus ropas y abrasándolo a él por completo.

El verdugo retrocedió sorprendido y miró hacia el señor Bristol, que sonreía con suficiencia como si él hubiese hecho esa atrocidad. No obstante, el Portador piroquinético parecía orgulloso, Donovan ardía y no gritaba, sus ojos se mantenían cerrados sin darse cuenta de que se consumía entre las llamas.

—¡SUÉLTENLO! —ordené a todo pulmón. Nadie hacía algo al respecto. Los Descendientes estaban pasmados, contemplando semejante suceso.

Noah trató de tranquilizarme, pese al deje de burla en su voz. Aun así, no esperé a que un Portador hidroquinético apagara el fuego, quité el suéter que traía sobre sus hombros una de las ancianas y comencé a aventarla contra el cuerpo de Donovan.

—¡NO! —gritó el Augur y en un instante me lanzó un psiball que me tiró al suelo—. ¡NADIE PUEDE INTERVENIR! —tronó autoritario. Los Descendientes se encogieron para evitar que algún poder mental los golpeara. Noah me levantó sin aire en los pulmones, el psiball me dio en el estómago.

—Cayetana —el Augur llamó a la Portadora.

La aludida atendió al llamado, comprendiendo en el acto lo que él quería. Rodó los ojos hacia el río que surcaba el Zigurat por los cuatro costados. Levantó las manos, ordenándole con esa acción al caudal que hiciera lo mismo. Las aguas se alzaron y una fracción de estas salió volando hasta aplacar el fuego sobre Donovan.

Quedó bañado y extinguido, sin notarse rasgos de quemaduras. Sus vaqueros y zapatos deportivos estaban casi desintegrados mientras que la piel de su cuerpo semidesnudo se apreciaba intacta.

Y ese hecho me hizo pensar en lo siguiente:

Era piroquinético.

Donovan inspiraba en ese momento respeto, a pesar de que sus partes pudendas estaban a la vista de todos. Tal como el Ave Fénix, él resurgió poderoso e incandescente, envuelto en llamas para devorar lo que fuese hasta las cenizas.

—Continúe —Nuriel ordenó al verdugo a terminar los azotes.

—¡¿Qué?! ¡NO!

—¡Allison, cálmate, o a ti te encadenaran junto a Donovan! —Noah se preocupó mientras me aferraba de los brazos para que no saliera corriendo.

—¡¡No!! —Me removía con fuerza para liberarme. Pero Donovan se percató de mi sufrimiento y negó con la cabeza, en una sonrisa apenas perceptible para indicarme de que estaba bien. Con su negación pedía que no interviniera, él soportaría el resto del castigo.

Y el verdugo prosiguió con su conteo.

—¡Trece!

Faltaban diecisiete azotes por saldar.

Ni siquiera iba a la mitad.

Capítulo 16

07 de junio.

—¡*Uf*, lo voy a matar! —me quejé enojada.

De aquel hecho insólito pasaron dos meses, durante ese tiempo, Noah trataba de que yo visitara a Donovan. Por desgracia, el castigo era el castigo y se debía acatar al pie de la letra: seguiría incomunicado en su celda hasta terminar su condena.

Faltaba un mes.

Su nuevo don fue comentado como algo extraordinario; por supuesto, los residentes del Zigurat se acostumbraron a ver ese tipo de manifestaciones poderosas que manipulan a la naturaleza. Aun así, la forma en cómo emergió en Donovan nos dejó a todos perplejos.

El señor Bristol a menudo sonreía dichoso. ¡Por fin otro como él! Los Portadores piroquinéticos tenían la particularidad de ser malhumorados, impulsivos y apasionados. El anciano lo reconoció en cuanto lo vio cruzar el portal, aquella madrugada. Calló y esperó a que su don se revelara. Cuando lo azotaron en la primera ocasión por darse de puñetazos con Noah en el Gran Comedor, fue el mismo Donovan quien inició sin querer el incendio en el bosque, del cual no fue alarmante, pero causó que aquellos latigazos no se completaran.

En cuanto a la profesora Field… Fue ejecutada sin dilación.

No hubo panegíricos ni un minuto de silencio por su deceso. Llevaron su cadáver a las calderas del Complejo y fue quemada como leño. Era el destino que corría el trasgresor de las normas impuestas por la Hermandad, ya sea Descendiente o Portador, este desaparecería bajo las llamas para purificar sus pecados.

El verano estaba por llegar y faltaba una semana para que los restos de Wilmer Palmer atravesaran el portal hacia el otro lado. Noah me informó que él presidiría el viaje junto con el señor Archer y el señor D´León, los tres llevarían el cuerpo hasta su tierra natal. Sus tíos paternos –sin ascendencia aural– se llevarían la terrible sorpresa de la muerte de su sobrino. Sus padres fallecidos desde hace años en la Dimensión Original.

Suspiré y volví a mis labores muy a mi pesar.

Iba a matar a Noah por ofrecerme como «colaboradora» de la profesora Blake justo este domingo que pensaba dormir hasta tarde. Llevaba horas archivando a la antigua montañas de informes de todos los Descendientes de la ciudad. Tenían siglos analizando a su propia gente y los datos recabados eran confinados en el cuarto de archivo de la oficina de Tutoría. Apenas le eché una ojeada a una de las carpetas, debido a que un guardia me hacía compañía, atento a que no me diera por husmear lo que allí permanecía clasificado.

Bostecé y miré la hora en mi reloj de pulsera, eran pasadas las dos de la madrugada. Se me hizo tarde porque la profesora Blake necesitaba que todo estuviese archivado lo antes posible. Estiré los brazos para liberar tensiones; el guardia que estaba sentado en una de las sillas que ubicó cerca de la puerta, daba indicios de cansancio, comenzando a cerrar los ojos y a balancear la cabeza hacia adelante.

Con pereza, tomé una pila de carpetas que yacían desordenadas sobre uno de los archivadores, las dejaría sobre el escritorio donde he estado trabajando tras cruzar la puerta. Volví a bostezar a causa del sueño y el hambre que sentía, era una dura tarea de realizar, mucho trabajo acumulado de meses que no les dedicaron la atención necesaria para organizar en los extensos muebles metálicos que parecían paredes, ocupando el espacio de esquina a esquina.

Leía las etiquetas que identificaban a cada ciudadano y las acomodaba en las gavetas correspondientes. El método de archivo se manejaba por fechas de nacimientos; los que nacieron entre los años sesenta y ochenta los clasificaron en los archivadores de la habitación contigua que era un anexo que comunicaba a su vez con otros dos espacios que se hallaban al fondo de esta, en donde más archivadores se alineaban apretujados conteniendo fechas mucho más antiguas.

—*¡Auch!* —Por no fijarme en una caja atravesada en el camino, caí al piso.

Maldije por lo bajo, sobándome las rodillas. El guardia no se despertó, había caído en un sueño profundo.

Así que, procedí a recoger el desorden que provoqué por mi torpeza, habiendo desperdigado sin querer un montón de papeles, agendas y una docena de carpetas que quedaron allí como si dicha labor de clasificación se vio interrumpida de forma abrupta. Las devolvía a la caja, exclamando palabrotas en mi fuero interno a la profesora o al inepto ayudante que fue incapaz de al menos dejarla en una parte donde nadie se cayera de bruces.

Al instante me fijé en el color y la etiqueta de la carpeta que sostenía mi mano.

Donovan Baldassari
03 de agosto 1993 - 12 de noviembre 2008

Nacimiento y muerte…

¡Por Dios! ¡Se trataba del informe sobre *el Donovan* de este mundo!

De inmediato eché una mirada furtiva hacia el guardia. Seguía con los ojos cerrados. Perfecto, me daba tiempo de averiguar sobre aquel sin que este me detuviera.

Observé la carpeta, era roja, diferente a las demás de color azul.

La abrí y, al lado izquierdo de esta, una foto con un Donovan más joven me miraba arrogante.

Examiné el historial, era un *récord criminal* de entradas y salidas a la policía por robo, drogas, daños a la propiedad ajena y agresión física. Murió en su tierra natal a los quince años por arma blanca. Su pésimo carácter lo condujo por un sendero peligroso, no fue ese chico sobreprotector con el que siempre se contaba, esa versión era su lado opuesto; por lo que leía, se debía a la sencilla razón de que jamás tuvo un orientador que lo aconsejara. El señor Burns murió por un atraco en Boston, hacía treinta y cinco años; como David aquí no existía, no pudo salvarlo; por extensión, Donovan no fue rescatado de las malas compañías ni traído, junto con su hermana a los Estados Unidos por el que sería su padrino.

Solté la carpeta y respiré profundo para controlar el llanto, sintiendo pesar por aquel chico del que nadie fue capaz de meterlo en cintura.

De inmediato mis ojos rodaron hacia otra carpeta roja que estaba cerca.

Allison Nicole Owens
20 de marzo 1995 - 17 de abril 2014
–Egregia–

Mi «otra versión» también murió y justo en el mismo día en que mi vida cambió.

Esto ocasionó que mi corazón se estrujara. ¿Qué le habría pasado? ¿Murió cómo yo estuve a punto de hacerlo?

Sin otorgarme las respuestas, mis ojos quedaron fijos en un punto de la oficina, sin mirar nada, puesto que el impacto de dicho descubrimiento causó que elevara unas plegarias silenciosas tanto para el otro Donovan como para aquella Allison Owens. Por lo visto era nuestro destino que nos golpeara la calamidad.

Sin embargo, yo logré salvarme de sufrir algo peor, gracias a David… Esa noche en que el neumático de mi auto se pinchó, me dejó expuesta a los peligros de la carretera. Vincent Foster se aproximó para «ayudarme», siendo su oculto plan el de violarme. La asquerosa sonrisa de ese gordo miserable seguía escuchándola en mis pesadillas, sus brazos peludos y grasientos manoseándome en su deseo de desnudarme.

Sin reparar si el guardia me observaba, abrí la carpeta en el acto. Ahí se hallaba mi foto, sonriéndome con suficiencia y recordándome en cierta medida a Sophie Lemoine. Aunque, lo que más me impactó fueron los motivos por los que ella murió: violada y apuñalada.

Sí, era el destino…

Arrojé la carpeta lejos, no quise seguir leyendo. Sin David, aquella no tuvo salvación.

Rebusqué en el piso por otra carpeta de color rojo, una que reseñara sobre las personas con las que *mi ángel* se relacionó. Pero ninguna reseñaba nada, por lo tanto, quedaban en el anonimato la señora Hopkins, Ilva Mancini y Rosangela.

Contemplé los colores de las carpetas, notando que entre todas estas solo había tres rojas.

Agarré la tercera que apenas se ocultaba y, al leer la etiqueta, no me sorprendió para nada.

Noah Evans
18 de septiembre 1994
–Egregio–

La única fecha indicaba que su otro «yo» seguía vivo.

Volví a mirar al guardia y me paralicé cuando este se rascó la nariz y se acomodó en su asiento.

Aliviada de que no hubiese despertado, abrí la carpeta para saciar mi curiosidad.

Vaya… Noah hasta en este mundo se superaba: jugaba para las Grandes Ligas, era famoso y muy idolatrado por sus fanáticas. No tenía dotes extrasensoriales y estaba casado con una actriz de Hollywood, de la cual le dio un hijo. Sus padres no murieron por los vampiros y su hermano mayor se graduó con honores en Harvard.

Me llamó la atención la palabra impresa bajo su nombre y fecha: Egregio.

Si no me equivocaba, eso quería decir «insigne». Calificativo que Noah tenía bien merecido, pues él sobresalía de los demás con facilidad. No en vano su «otra versión» era célebre.

Al echar un vistazo a la etiqueta de *mi carpeta*, resaltaba el hecho de que también presentaba el mismo calificativo. ¿Acaso *esa Allison Owens* fue mejor que yo? Donovan no la tenía, tal vez por su prontuario policial quedó «marginado». Pero «mi otro yo» era todo un misterio y leer el informe me lo aclararía. No obstante, temí hacerlo, era demasiado morboso enterarme de los detalles de mi muerte.

Comencé a recoger las carpetas cuando el guardia se despertó. Se sobresaltó y despabiló, enfocando su vista sobre el desorden a mis pies. Se levantó de su silla e inquirió con la mirada una pronta respuesta.

—Tropecé con la caja —dije sin mentirle. Pero era todo lo que le diría.

El guardia se desperezó y consultó su reloj.

—¿Ya va a terminar? —preguntó con cansancio.

—Sí, dejo esto en el escritorio y me marcho —sonreí y este asintió, preparando las llaves para dejar todo asegurado.

Un minuto después salimos de la oficina de la profesora Blake. El guardia sacó su radio comunicador y habló con alguien para informarle que íbamos de salida. Nos metimos en el ascensor y el silencio fue aplastante, aunque fue mejor así, me mantuve sumida en mis propios pensamientos, analizando que la profesora fue descuidada en dejar los informes a simple vista; con razón tanta desconfianza para asignar semejante empresa, la persona que debía organizar tenía que ser muy discreta.

Salimos del ascensor, y, en el vestíbulo, dos centinelas vigilaban la entrada principal. Las puertas de cristal estaban cerradas, impidiendo que alguien entrara. Sorprendida divisé que, en la parte de afuera, un hombre de cabellos negros permanecía de brazos cruzados y recostado contra una columna, recargando el peso de su cuerpo sobre su hombro izquierdo, esperando quizás a que le abrieran. Me costaba verle el rostro, aunque observaba bien que su estatura y fuerte complexión física me hizo identificarlo con facilidad.

Noah.

Los centinelas me saludaron apenas me divisaron y Noah sonrió.

—Ya iba a traerte una almohada para que pasaras aquí la noche —expresó con cara de sueño, una vez salí del edificio.

—¿Me esperabas?

—Por supuesto, tonta, ¿no es obvio?

Sonreí. Por su caballerosidad se ganó un beso en la mejilla. Me puse de puntillas y Noah tuvo que agacharse un poco para que yo pudiera besarlo.

—Gracias —susurré por el bonito detalle de preocuparse por mí.

Asintió con una sonrisa a medias.

—Para la próxima me lo agradeces en los labios —dijo sin importarle que los otros lo escucharan y yo enrojecí por su desenfado, no medía sus comentarios frente a los demás.

Al instante y mostrando todos sus blancos dientes, me ofreció el brazo para que lo tomara, del cual dicha actitud haría conjeturar a los guardias de que éramos novios.

Nos dirigimos a la estación del monorriel más cercano. Noah se tomaba la tarea de ser mi sombra, era mi guardaespaldas por así decirlo. Esperamos un par de minutos. La ciudad piramidal tenía uno de los mejores servicios de transporte de pasajeros, jamás visto: puntual, seguro y constante. Lo abordamos enseguida; la alarma se activó y las puertas se cerraron tan pronto nos sentamos. Éramos los únicos en el vagón, el monorriel comenzó a deslizarse y nosotros quedamos como en una burbuja privada.

—¿Acabaste? —Noah inquirió por mi desempeño en la oficina.

Bostecé.

—Eso quisiera…

—¿Te falta mucho? —consultó con una soterrada curiosidad que no me pasó desapercibida.

—Un poco.

Quedó pensativo.

—Entonces, te diste cuenta…

—¿Cuenta de qué? —lo asalté de inmediato, fue como si lo comentado fuese para sí mismo.

Me regaló una amplia sonrisa.

—¿Te fijaste en los nombres de los expedientes?

Puse los ojos en blanco.

—¡Por supuesto! ¿Cómo crees que…? —los engranajes en mi cabeza se activaron—. Un momento… ¿Por qué lo preguntas? —Tenía una mirada maquiavélica que me daba a pensar más de la cuenta. ¿Él también leyó las carpetas?

Lo miré sorprendida.

—Yo una vez *me ofrecí* para ayudar a la profesora Blake con los expedientes —explicó como si ese hecho fuese meritorio.

Entorné los ojos, incrédula. ¡¿Noah haciendo favores de gratis?! Sí, cómo no…

—Para darte un banquete leyendo, ¿no es así? ¡Por tu culpa me pusieron un vigilante!

Se carcajeó.

—Ella es paranoica —dijo—. También puso uno para mí.

—Que no sirvió de nada —repliqué—. ¿Cuánto le pagaste al sujeto para que te dejara husmear? —Seguro que a más de uno tenía chantajeado con divulgar lo reseñado en los expedientes.

Fingió indignación.

—No hizo falta, soy clarividente.

Por supuesto, su bendito don de saber de antemano el contenido de algún escrito sin haberlo leído.

—¿Por qué me ofreciste? Pudiste decirme…

Su mirada se ensombreció.

—¿Me habrías creído?

Rodé los ojos hacia mis manos que yacían sobre mis muslos, sentía un poco de frío por la brisa de la madrugada. Estaba avergonzada, en más de una ocasión él me dio motivos para creer en su palabra.

—No lo sé —fui sincera y él asintió un poco dolido. La verdad es que ignoraba de cómo lo hubiese tomado de habérmelo dicho—. ¿Y tú porqué te tomaste el trabajo de husmear?, pudiste preguntarle a Oron. —Se me hacía que aquel tenía mucho conocimiento sobre la Tríada.

Noah miró hacia los edificios que se erigían hacia su izquierda, siendo surcados por un camino de rieles elevados que la vadeaban cual serpiente metálica que no emitía ruidos para que los durmientes descansaran a sus anchas.

—Porque solo me hablaría de *mi gemelo* —respondió ante un hecho evidente del hermetismo de ese sujeto. Oron cuidó de él durante estos años y le tenía cariño, pues para él era como un hijo; pero, más allá de la confraternidad, estaba el compromiso de su juramento. Todo Portador debe velar por el bien de su propia gente.

Era nuestro único hogar.

—¿Y eso no es suficiente para ti? —En Noah el dominio de la información era vital para mantener a los que les rodeaba, dominados en la palma de su mano.

—Sí, pero quería saber de ti… —confesó apenado. Sus ojos grises se iluminaron y se volvieron plateados.

Sentí un calor en mi cuerpo.

—¿Te contó? —Temí que supiera lo que *a ella* le sucedió.

Sacudió la cabeza.

—Oron es reservado.

—Y por eso te «ofreciste». Eres muy curioso, Noah.

Su mano buscó la mía y la oprimió con suavidad, de un modo que indicaba que lo hacía más por amistad que por coqueteo.

—Siento lo que le pasó *a tu gemela.* Si te sirve de consuelo, los Portadores se encargaron de él: el señor Bristol le quemó el culo…

En pocas palabras: murió calcinado.

Sonreí entristecida y esquivé la mirada, enfocándome en las luces de la ciudad que se apreciaban en la ventanilla opuesta a la de Noah. Los edificios que aún se mantenían iluminados pasaban a moderada velocidad, en estos no había letreros de neón ni vallas en la que exhibieran a una modelo en su intención de vender algún producto; más bien, los edificios apenas se diferenciaban unos de otros en cuanto a la altura. Los habitantes del Zigurat no eran conscientes de lo que en ese instante mi alma se abatía. Por un lado, lloraba a mi otra versión, pero por el otro… me complacía que al menos se hizo justicia.

Vincent Foster pagó por su crimen.

Capítulo 17

—¡Hola!

Sonreí a Noah mientras le mostraba toda la extensión de mis dientes, me había ahorrado el predicamento de tener que tocar a la puerta de su apartamento. Nos topamos en el pasillo.

Este, complacido por mi efusividad, me devolvió la misma sonrisa.

—Me gusta el cambio que hay en ti —su rostro se iluminó—. Ya no rehúyes de mí como si fuese la peste.

Pegué mis libros a mi pecho a modo de escudo y me mordí el labio, apenada.

—Disculpa, antes no te conocía. Además, eras antipático.

Se carcajeó sin que haya rencor por mi comentario y caminamos a través del pasillo para emprender nuestras propias actividades. Tenía pendiente una evaluación sobre *Educación Cívica y Ética*, con el señor Edelmiro Fonseca, miembro del Comité Ciudadano de la Dirección General de Distritos del Zigurat, y luego una exposición sobre Magia Elemental dictada solo para los que eran capaces de manipular literalmente las fuerzas de la naturaleza.

Sin embargo, las prisas por llegar rápido a mis compromisos estudiantiles, perdía importancia ante la petición que estaba por hacerle.

—Noah… —alargué una mano para que se detuviera—. ¿Recuerdas que me debes un favor por *lo que me hiciste* en el gimnasio?

Él se tensó, habiéndolo pillado por sorpresa el hecho de no olvidarme la que *me debía*, que enseguida su semblante cambió.

—Sí, lo recuerdo —se ruborizó—. Haré lo que sea por ti.

—¿Podrías...? —Tomé un respiró y lo solté de una vez, aprovechando que por el piso nadie merodeaba—. ¿Podrías entregar una carta cuando cruces el portal?

Frunció el ceño, estudiándome con detenimiento.

—¿Para quién? —Su enojo se reflejó, quizás conjeturando de manera equivocada que estaría dirigida para *el condenado* que me rompió el corazón.

—Es para mi tía —respondí—. Ella está en San Francisco, y como es la misma ciudad a donde van a llevar el cuerpo de Wilmer Palmer, pues pensé que no habría inconveniente si tú... —Saqué el sobre que tenía guardado dentro del libro que estaba en el tope de los tres que sostenía— se la entregas. —Al menos sería una para ella, ya que a Ryan jamás me permitirán escribirle.

La tomó, su hosca expresión se tornó alegre.

—¡Por ti el mundo, mi bella flor! Pero... —le dio varias vueltas al sobre— no tiene dirección.

—Lo que pasa es que... —bajé el tono de mi voz y eché un vistazo en ambos extremos del pasillo, teniendo cuidado de algún posible chismoso. Los ancianos eran orejones de tanto parar la oreja.

—No tienes idea en dónde ella vive —adivinó lo que me costaba comentar.

—Bueno... —me rasqué la cabeza—, eres clarividente...

—¿Por qué no aguardas a cuando retornes? Tengo entendido que, de momento, te negaron el conocimiento de su residencia por seguridad.

—¡Solo irás allí para entregarle la carta! Estás en libertad de leerla si quieres, nada escribí que comprometa a la Hermandad —pedí llorosa. El cumpleaños de mi tía fue el pasado 30 de mayo y yo deseaba por lo menos disculparme por no haber estado presente, aunque fuese mediante una misiva. Y contarle que estaba bien, al igual que Donovan, para que no se preocupara. Lo del castigo, lo omitía.

Noah torció sus labios en una sonrisa languidecida.

—No es necesario —dijo—. Pero necesito algo que me conecte con ella.

—¿La carta no te basta?

Sacudió la cabeza.

—La escribiste tú. Debe ser un objeto que le haya pertenecido a tu tía o de lo contrario no podré «hallarla».

—Entiendo —musité, y, al instante, recordé algo que tía Matilde me entregó antes de partir—. ¡Ya sé! —Me quité la pañoleta azul que recogía mi cabello, sin temer que él leyera mi pasado, puesto que no era retrocognitivo—. Esto le perteneció.

Noah la tomó y la pegó a sus fosas nasales.

—*Mmmm*. Huele bien.

—¡Caramba, no seas tan molesto! —increpé ruborizada. Si por él fuese, estaría pegado a mi cuello aspirando mi perfume.

Me ignoró en su habitual sonrisa socarrona y sin tomar la previsión de que uno de los residentes que colindan con nuestras habitaciones, saliese de repente del suyo para atraparlo *in fraganti* en una percepción que le tenían limitado ejercer por fisgón.

Entornó la vista hacia la nada, «conectándose» a través del pañuelo con mi tía.

Permaneció estático un par de minutos y luego sonrió.

—No hay problema.

—¿La hallaste? —Asintió—. ¡Gracias! —Lo abracé fuerte—. Con esto quedamos a paz y salvo.

—Ahora, yo tengo un favor que pedirte…

Lo solté. Sabía que era demasiado bello para ser cierto.

—¿Qué deseas?

Me miró con intensidad.

—Faltan dos días para marcharme y, en vista de ello, mis amigos me harán una especie de despedida…

—¿Una fiesta? —indagué sin muchos ánimos de asistir, los chicos hacían fiestas hasta por tirarse pedos.

—Es hoy en la noche, en el Antro. ¿Qué te parece? ¿Te animas? —consultó con timidez, pretendiendo cobrarse el favor que le pedí por adelantado.

Lo medité un instante y llegué a la penosa conclusión de que no me quedaba más opción que festejar su partida con un par de cervezas. Aunque, tampoco era un calvario del que tendría que asistir con una pistola pegada en mi cabeza y hacer cosas indebidas, impuestas por mi «captor», solo era una invitación para pasarla bien con los compañeros de diversas actividades a la que Oron nos inscribió a

Donovan y a mí para nuestro desarrollo físico-intelectual. Sería un par de horas en un local nocturno donde los chicos solían reunirse los fines de semana o cuando los deberes universitarios se los permitían.

Durante los días previos a la partida, Noah estuvo ocupado con los ancianos, finiquitando los últimos detalles para el traslado del cuerpo de Wilmer Palmer –del que estuvo en la morgue todo ese tiempo– y para poner algunas cosas en orden. Lo vería en dos meses cuando el portal reabriera y estuviese de vuelta. Después de hacer la penosa tarea, estaría con sus abuelos, pero bajo su propia cuenta, por lo que era importante que mantuviera un perfil bajo.

Sonreí. Era lo menos que podía hacer por él.

—Por supuesto —convine—. Allí estaré.

—¡Nada de eso! Paso por ti a las ocho —replicó emocionado, dando muestras de su caballerosidad de pasar por mí en vez de encontrarnos en aquel lugar que tenía fama de ser problemático. «El Antro» es el nombre de la discoteca dado por los mismos Portadores que, en un principio, no lo vieron con buenos ojos, puesto que, cada vez que los sitios de «ese tipo» aumentaban, ellos pegaban el grito al cielo. El Distrito Sur era la zona de esparcimiento por excelencia, imitando en menores dimensiones a las metrópolis, para que sus ciudadanos no enloquecieran por el encierro. La señora Garko fue una de las que convenció a los hermanos mayores de que era mejor aflojar un poco las riendas y permitir que los jóvenes tuvieran un «saludable» descanso de una estricta rutina.

—Está bien —acordé con el corazón intranquilo, siendo la última vez en que salí a divertirme fue en el Baile de Beneficencia en el Oriard, donde David lució de manera soberbia aquella máscara del Fantasma de la Ópera y yo mi tonto antifaz de plumitas rojas.

—Es una cita —expresó, guiñándome el ojo, sellando la promesa de comportarnos por esa vez como muchachos «normales» y no herederos de una sangre especial que nos cambió la vida.

De pronto, la mirada reprobatoria de Donovan se cruzó por mi mente y me angustié. Si supiera lo cercano que Noah y yo hemos estado durante su encierro se enojaría; aun así, era difícil evitar sentir simpatía por ese engreído, de alguna forma se colaba en mi corazón.

No conocemos en realidad a nadie hasta que sus acciones hablan por este. Noah cada vez me sorprendía.

Pensé en David y en la locura que lo embargó aquella noche, lo que restaba las esperanzas de retornar a él; después de los seis años de entrenamiento, solo visitaría a mi tía y al señor Burns. Los amigos estaban vetados, porque, lo más probable, era que estuviesen vigilados por sus hombres.

Y la pesadumbre volvió a azotarme. Implicaba un hecho que desde hacía meses lo estuve contemplando.

Tenía que prepararme para olvidarlo, el tiempo transcurría y cada día lo extrañaba más, su ausencia era asfixiante sin poderlo amar. ¡Era la muerte! David se había metido bajo mi piel y robado el corazón; si quería sobrevivir a su amor, debía seguir adelante, endurecerme por dentro y sonreírle a la vida.

Lo malo de esta aparente voluntad: era cobarde, implicaba tener que posar los ojos en otro hombre, regalarle mis besos y entregarle mi cuerpo.

*****

Me removí debajo de las sábanas, la sed fastidiaba mi garganta y una espantosa jaqueca ocasionó que me alejara de los brazos de Morfeo. No recordaba cómo había ido a parar a mi apartamento y en qué momento se me *apagaron las luces*, hallándome desvestida de la cintura para arriba y la falda enrollada hasta los muslos.

Le quité hierro al asunto sin detenerme en analizar por qué estaba en dichas condiciones, seguía en una nebulosa etílica que embotaba mi raciocinio. Así que, como un zombi *enratonado*, saqué mis pies fuera de la cama para darme una buena ducha y así aliviar la tormenta que libraban mis neuronas. Arrastré mi humanidad con total desgana hacia el baño, para luego plantarme como un bicho greñudo frente al espejo, la imagen que observaba era lamentable; hasta donde recordaba bailé sin parar, Noah procuró mantenerme sobre la pista con cada canción que el *DJ* colocaba; tomamos toneladas de cerveza e impusimos penitencias para el primero de nuestros amigos que cediera al cansancio: si era una chica, debía besar al chico que la botella apuntara sobre la mesa, así este estuviese lejos del grupo.

Me fallaron las piernas al cabo de unas horas y perdí la apuesta. Por supuesto, tuve que besar a un chico y ese fue Noah, quien me abrazó fuerte y casi me devora.

Bostecé. Su perfume estaba por todo mi cuerpo. Bailamos mucho como para que mi piel se impregnara de él. Un baño largo sería genial para despojarme del hedor que las discotecas dejaban hasta en la cabellera, por el humo de los cigarrillos y el sudor.

Las piernas me dolían como si hubiese sufrido una sesión de *Defensa Personal* y los labios los tenía resecos por la deshidratación.

Entonces, me llevé una desagradable sorpresa al quitarme la falda.

Mierda…

Mi mundo se derrumbó y un escalofrío recorrió mi espina dorsal.

No tenía braga.

Capítulo 18

La clase de la profesora Blake se me hizo pesada.

Costó trabajo concentrarme, mi intolerancia a las bebidas alcohólicas me jugó en contra. Me abrumaba haberme acostado con un chico del cual no sentía nada; la carencia de sexo y el licor me nublaron el cerebro, disfrutar de una experiencia carnal fuera de los brazos de David, era intolerable; esto me hizo sentir infiel a pesar de que no volveríamos a estar juntos. La culpabilidad me golpeaba: yo reprochándole el beso con Marianna e hice algo peor que él.

Caminé al Gran Comedor con el creciente miedo de encontrarme con Noah. Seguía furiosa con él, se aprovechó de mi borrachera, llevándome a mi apartamento para hacerme suya.

¿O yo lo seduje? *Cielos…*

La diminuta área de la cocina que tenía en mi apartamento apenas albergaba telarañas, ya que desde mi llegada al Zigurat no me había tomado el tiempo –a falta de dinero– en pasar por una tienda de víveres para surtir el dizque «refrigerador» y los estantes vacíos. Por la tan mencionada «unidad», optaba por comer en un lugar «comunal» para no ser señalada como «esquiva», y, debido a esto, tenía que aguantarme una incomodad difícil de sobrellevar.

Entré sin mirar a nadie mientras me acerba a la mesa. Noah no se hallaba allí, pero en cualquier momento haría acto de presencia y ahí sí que los demás testificarían un asesinato si este confirmaba mi temor. Siempre me esperaba para almorzar juntos. Antes de que la Tríada se juntara, él solía comer rodeado de chicas embobadas, ahora esas tontas lo admiraban desde otro ángulo, pues ninguna se acercaba cuando estaba a mi lado.

Almorcé rápido, la sopa de minestrones y el pollo a la plancha me supo desabrido. Susan comió en su mesa, con cara de pocos amigos, dejándome con el saludo en la boca, apenas la divisé. Sentí un feo estremecimiento, ella no era de las que comían amargada, era muy amistosa y bastante habladora cuando estaba en confianza. En esta ocasión no hablaba con nadie, clavó su nariz en el plato e ignoró a los demás; incluso a la chica rubia que era muy tímida y del que a través de Noah supe que era Madison, la nieta del señor D´León.

Sea lo que fuere que a Susan le sacaron de las casillas, parecía que estuviese contenida por las ganas de llorar. Seguro que Ana Lucía y sus compinches volvieron a molestarla, no se cansaban de atosigarla con comentarios ofensivos.

Entrecerré los ojos y los rodé con severidad hacia esos malditos que se tiraban comida entre sí y reían a carcajadas de las tonterías que comentaban. Solían hacerle la vida de cuadritos a los que consideraban presas fáciles de sus bromitas, los tímidos como Susan y Madison eran los que estos preferían para elevar su estatus de «pandilleros», aunque con Madison se mantenían a distancia. El señor D´León les haría pagar caro que se metan con su nieta.

Ana Lucía se percató de mi silente amenaza, del cual quería golpearlos con los psiballs y dejarlos inconscientes por abusadores. Llamó la atención de sus amigos y en seguida todos me miraron.

—Qué te pasa, Portadora, ¿te debemos dinero? —escupió ella sin temer el mismo destino de su extinto amigo. Con gusto pasaba una temporada más larga en la celda-espejo con tal de darle su merecido.

Los chicos se rieron y Susan –en su mesa– enfocó su mirada enojada sobre mí.

Fruncí el ceño.

¡¿Por qué me miraba de ese modo, si eran ellos los que la fastidiaban?!

Caí en la cuenta de algo: me había equivocado. Susan irradiaba odio, sus ojos centelleaban con ganas de matarme.

Me levanté de la silla, ignorando los comentarios sarcásticos que lanzaban a mis espaldas y caminé hacia ella para inquirirle por su cambio de humor. La noche anterior parecíamos hermanas, disfrutando en el Antro, pero ahora era otra persona.

Resentida y molesta.

—Hola —la saludé con una tímida sonrisa, rogando en mi fuero interno que me invitara a sentarme a su lado para discutir su malestar; por desgracia, Susan no respondió. Dejó de comer y se levantó de su puesto, alejándose a pasos acelerados como si no me hubiese visto. Sus compañeros de mesa observaban todo, intercambiando entre ellos miradas interrogantes de cuál habría sido el problema entre las dos. Hasta Madison, de quien aún no he intercambiado un saludo, se sorprendió de su proceder. Susan era de las que todo lo resolvía, que prefiriera hacerme un desplante en vez de aclarar la situación me dejó fría.

¡¿Qué fue lo que le hice?!

Repasé cualquier metida de pata en que la hubiese lastimado.

¿La dejé allá sola?

Hice un mohín dudoso, pues en el Antro nos encontramos. No hubo un acuerdo de regresarnos juntas a nuestras respectivas residencias, la zona no era peligrosa; de hecho, la delincuencia como yo la conocía en *mi mundo*, no existía; incluso a altas horas de la noche. Aun así, se me hacía que la ofendí en algo y no lograba dar con el motivo. ¿Qué pudo ser? Yo hablaba con ella para que no se sintiera ignorada, la había animado a que nos acompañara, de ese modo, se me hacía más llevadera interactuar con los amigos de Noah, y del que estos chicos no eran malas personas.

Pero ¿en qué la ofendí?

¿Qué hice para que me mirara de esa manera?

Cuando la respuesta se vislumbraba en mi mente, Ana Lucía arrojó a mi blusa un trozo de pollo embadurnado con salsa de tomate, sacándome abrupto de mis pensamientos. Todos en el comedor se carcajearon, el estruendo de risas hizo que me hirviera la sangre.

Con lentitud y empuñando las manos hasta enterrarme las uñas en las palmas, rodé los ojos hacia ella.

Hija de…

Sus compañeros de mesa quedaron petrificados como venados encandilados en carretera en cuanto observaron mi enojo. Ana Lucía se dio cuenta que, si seguía con sus estupideces, no le quedarían dientes para masticar sus comidas. Se le borró la risa del rostro.

Cerré los ojos y respiré profundo para controlarme.

Yo era mejor que ellos.

—Te doy diez segundos para que desaparezcas de mi vista o te estampo contra la pared —siseé cabreada. La amenaza fue para ella, pero sus amigos la tomaron para sí mismos. Se levantaron y corrieron como alma que lleva el diablo. Ana Lucía reaccionó de última, se disculpó entre balbuceos y salió disparada fuera del comedor.

No volví a mi puesto, perdí el apetito y salí mientras las miradas de los demás comensales se posaron aprensivos sobre mí. Inicié mal el día y de seguro lo terminaría de igual manera.

Al menos, Noah no se visualizó por ningún lado, los hermanos mayores debían de tenerlo ocupado, ultimando lo del traslado del cuerpo de Wilmer Palmer u otros asuntos de índole reservado, antes de partir por el portal a las dos de la madrugada del siguiente día. No tenía idea de cómo reaccionaría de tropezarme con él, sería un hecho irrefutable que un psiball iría a estrellarse contra su humanidad, sus largas y musculosas piernas no le bastarían para escapar, lo perseguiría como perro con mal de Rabia, para morderle el culo, se suponía que debió entender de que «yo no estaba para novios», no se lo expresé en chino, fueron palabras en nuestro idioma, claras y concluyentes. Y él lo aceptó.

Pero una cosa es que lo aceptara sobrio y otra que estuviese ebrio. ¡¿Por qué no vi el peligro cuando me besó en el Antro?!

Ese beso fue más que una penitencia, fue frenético, anticipándose a un encuentro carnal entre dos herederos del Código Aural. Fui tonta al dejar que me escoltara a mi apartamento y no vislumbrar lo que él pretendía.

*****

—¡Allison! —el llamado apremiante de una mujer causó que me sobresaltara en la cama.

Agucé el oído, debido a que aún seguía soñolienta, y los aporreos en la puerta principal indicaban que, en efecto, algo malo sucedía.

—¡Allison! ¡¡Despierta!! ¡¡ALLISON!! —Reconocí la voz de Kytzia Garko, le urgía que la atendiera de inmediato pese a que era capaz de abrir la puerta con su telequinesis. Sonaba una alarma de fondo que me desconcertaba, el sonido era tan estridente que tuvo que haber despertado a todos los residentes del edificio.

Salté fuera de la cama, algo tuvo que haber pasado y de índole catastrófico. A nadie se le despertaba de esa forma a menos que una situación notable lo ameritara.

Abrí la puerta, topándome con su rostro desencajado.

—¡¿Qué sucede?! —pregunté azorada, plantada ante ella en pijamas y descalza por lo abrupto en cómo me arrancó de los brazos del dios del sueño.

La pequeña mujer respiraba agitada, sus pulmones subían y bajaban con tanto ímpetu, que le costaba controlarse. Tomó una bocanada de aire y la soltó para tener las fuerzas de hablar.

—Vístete, hay reunión de emergencia.

Miré hacia el reloj despertador; un estremecimiento apabullante me recorrió la espina dorsal cuando vi la hora.

2:20 a.m.

No necesitaba de percepciones extrasensoriales para saber que tenía que ver con el portal.

Me vestí a la velocidad de la luz y salimos disparadas escaleras abajo, debido a que los ascensores estaban atestados de Portadores *Básicos*. Había movimientos en los pasillos; los guardianes y los ancianos corrían de un lugar a otro. La señora Garko no informó qué sucedía como para que se creara semejante confusión, pero, al parecer, ella también se mantenía en la ignorancia.

Fuera del edificio, el miedo era igual. La alarma sacó de sus camas a los Descendientes, la mayoría aún seguían en pijamas, y el señor Knox, con su megáfono, amplificaba su enérgica voz. Ordenaba a los chicos que se agruparan y se calmaran. «No es un simulacro», decía. Cada año se hacían estos en caso de incursiones enemigas; aunque eran tan improbables como que nos invadieran alienígenas.

La señora Garko llamó mi atención cuando aminoré el paso; pese a su volumen y escaso tamaño, me superaba en velocidad. Nos montamos en el monorriel junto con doce Portadores más. ¡Estaba atestado y permanecimos en pie! Nadie saludó, con el susto los modales quedaban olvidados. El señor Winter se hallaba allí, se levantó de su puesto y se nos acercó.

—Esto es una locura —masculló mientras se sacaba el sudor de la frente con un pañuelo, la preocupación de lo que sucedía y la carrera hacia el transporte eléctrico, lo agitaba.

—¿Qué sabes, Karniel? —inquirió la anciana y yo agradecí en mi fuero interno por formularla. La falta de información me crispaba los nervios.

—Vampiros —susurró sin pretender alborotar el avispero. Aunque no era necesario tanto hermetismo, los Portadores videntes debían de estar percibiendo el tipo de peligro al que nos enfrentábamos.

Pese a esto, no me esperaba semejante respuesta.

¡¿Vampiros?! Pero ¡¿cómo es que ellos…?!

—¡¿Cómo pudieron entrar?! —le preguntó al larguirucho anciano como si adivinara mis pensamientos, igual de asombrada a este hecho desconcertante, pues en vez de reunirnos en la Cámara de Portadores, debíamos de estar formando flancos para repelerlos.

El señor Winter esbozó una sonrisa nerviosa y respondió:

—No creo que estén dentro del Zigurat: estaríamos siendo atacados, ¿no crees? —razonó ante una verdad fehaciente.

—Y tampoco están fuera de los muros —añadió la señora Kitzia en su semblante serio—. ¿No han cruzado el portal?

El otro sacudió la cabeza.

—Entonces, ¿por qué tanto alboroto? —cuestioné contagiada de su intranquilidad. ¿Acaso dudaban del sistema de seguridad que implantaron desde que se establecieron en este mundo utópico?

Ninguno respondió.

El monorriel nos llevó hasta el edificio gubernamental del Distrito Central. Nos bajamos a tropel y corrimos hacia las escaleras mecánicas. Había una conflagración de centinelas armados hasta los dientes, por cada rincón, las armas apuntaban hacia la nada, siempre preparados para cualquier imprevisto.

Entramos a la Cámara, los Portadores buscaron sus respectivos puestos. Nuriel permanecía en lo alto, sentado y escoltado por sus cofrades. Oron encabezaba la fila a la diestra del Augur, su escaso cabello gris lo tenía alborotado. Observé que más de la mitad de los ancianos no usaban la toga reglamentaria, lo que era bueno, ya que no sería la única que pasaría vergüenza: hasta a los hermanos mayores se les olvidó usarla.

Al girar mi rostro hacia un grupo…, se me heló la sangre.

El señor D´León se hallaba presente.

Él, junto con el señor Archer y Noah, debieron de haber cruzado el portal hacía escasos treinta minutos.

Si bien, él lucía herido en la mejilla y con un semblante de haber visto el rostro de la muerte, su presencia hizo que me saltara una inquietante pregunta:

¿Dónde estaba Noah?

Lo busqué sin hallarlo por ningún lado y le pregunté a la señora Garko, del cual esta se encogió de hombros sin poderme explicar. A más de uno le urgí una respuesta y en ninguna fue satisfactoria, cada uno atendía sus propias preocupaciones, pendientes de lo que sus compañeros dirían.

Me senté en mi silla, sintiéndome excluida. Los nuevos Portadores no formaban parte de las decisiones importantes que los más antiguos tomaran, solo éramos testigos hasta que termináramos nuestra formación.

Una mano masculina se posó en mi hombro.

Rodé los ojos para ver quién era y me impacté.

—¡Donovan! —exclamé alegre, lanzándome a sus brazos para apretujarlo con todo mi ser y del que correspondió de igual modo con ese abrazo de oso que solía darme; sollocé y de la emoción le besé la mejilla como quien besa a un hermano que no se ha visto desde hacía años, faltaban tres semanas para que se cumpliera su condena y estaba allí, conmigo, en ese caos imperante.

—Me hiciste falta…

—¿Cómo te trataron? —Alcé mi rostro hacia él, lucía demacrado y con una barba que le aumentaba los años.

Hizo una expresión de «no estuvo tan mal»; aun así, el pobre olía fatal, el aseo personal brillaba por su ausencia. No entró por la puerta principal; de hacerlo, lo hubiese visto en el acto. Los dos guardias que se mantenían detrás de él se giraron en sus talones tan pronto este quedó bajo el amparo de sus *hermanos*.

Varios golpes resonaron a mi espalda.

Solté a Donovan y luego me sequé las lágrimas, Nuriel implantaba orden en la Cámara.

Nos sentamos sin dejar de sonreír a pesar de las extrañas circunstancias, ya que era grandioso volver a estar juntos; fue una eternidad el encierro de este, extrañando hasta sus arranques de rabia.

Le di una mirada interrogante de «¿por qué te dejaron libre?», a lo que él se encogió de hombros sin conocer la respuesta.

Enseguida miré al señor D´León.

El elegante Portador de apariencia «octogenaria» expuso el motivo de su no-partida, renuente en repetirla en voz alta para aquellos que llegaron tarde.

—¿Qué diablos está pasando? —Donovan inquirió preocupado.

Abrí la boca para informarle lo poco que sabía, cuando Nuriel –sin levantarse de su trono– alzó su mano temblorosa para hacerse escuchar. Él era el único entre todos los que allí estábamos greñudos y demacrados por el desvelo, que lucía su toga ocre de manera pulcra. Algunos se ataviaron las blancas al revés y otros al parecer usaban las del día anterior por estar arrugadas.

Los murmullos cesaron al instante.

—Pocas veces me han tomado por sorpresa —expresó, reconociendo su vulnerabilidad—. La constancia de los seres de la noche por descubrir nuestra morada es admirable. Los Nocturnos hallaron uno de los cinco portales ocultos e intentaron cruzar. Pero ¡no teman! Los hechizos aun bloquean su paso. —Hizo una pausa para mirarme—. El Grigori se ufanó y murió —reveló con un brillo acerado en sus envejecidos ojos—. La inmortalidad de sus carnes quedó reducida a las cenizas cuando su cuerpo quedó atrapado entre la energía de las dos dimensiones...

Dejé de respirar.

¿De qué Grigori hacía referencia?

Busqué la mirada de Oron para que me explicara así fuese sin sonido alguno de voz, de lo que comentó Nuriel, pero su atención la tenía sobre este, por lo que enseguida me enfoqué en la profesora Kitzia, quien ni se percató de mi predicamento.

¿Quién fue el que murió?

Sin más remedio, volví a mirar al Augur, él sabía el nombre del desafortunado Grigori; aun así, se daba el lujo de incrementar el misterio. Se limitaba a parlotear sobre la grandeza de su ejército de Descendientes y de cuán poderosos eran los Portadores en caso de confrontación.

—¡¿Intentaron atacar la ciudad?! —Donovan susurró perplejo. La fallida invasión ocurrió mientras los habitantes dormían.

—Hemos perdido dos excelentes Portadores: Thomas Archer y Noah Evans —expresó el Augur entristecido—. Ambos murieron, luchando con gallardía, honrando así a la Hermandad de Fuego.

»Es una pena que sus cuerpos no pudieron ser recuperados —agregó—, pero sus recuerdos permanecerán por siempre en nuestros corazones.

Jadeé, llevándome las manos a la boca.

—*¡Noooo!* —Llorosa, me abracé a Donovan, tenía que sostenerme de él por si me desmayaba. ¡Era inconcebible que Noah estuviese muerto! Pese a que seguía enojada por nuestro encuentro sexual, lo seguía queriendo. Se me partía el corazón de solo pensar que era su primera salida fuera de las murallas después de tantos años. Aún no sabíamos los pormenores y tenía la plena seguridad de que no tardaríamos en averiguar cómo los tomaron desprevenidos; el o los vampiros que los atacaron fueron muy astutos, dar con el portal y enfrentarse a tres Portadores era toda una odisea.

Parecía mentira que, siendo Nuriel precognitivo, no hubiese vislumbrado lo que sucedería. No vaticinó ningún peligro, y, si lo supo, no se molestó en evitar que se perdieran valiosas vidas. Por supuesto que semejante acusación era extrema, los Portadores preferían que les cortaran la cabeza a que un ser de la noche se alzara victorioso. Suponía que la mala suerte tuvo que intervenir, el Augur a causa de su vejez perdía sus habilidades aurales.

Este pidió un minuto de silencio por los caídos. No habló de Wilmer Palmer, suponía que, como cadáver, ya no tendría importancia. Todos lloraban, cada uno perdió un amigo, un hermano, un guerrero… Oron luchaba por controlar sus sentimientos. ¡Mataron a su protegido! ¡¡A su hijo de crianza!! Lucía destrozado.

Un Grigori pagó caro lo que hizo y murió por intentar cruzar el portal. No era un consuelo, pero era uno muy importante. El líder de… ¿Qué Casa? Si dedujera por la ubicación geográfica del portal, diría que la de David. Aun así, para emplear semejante empresa, él tuvo que haber solicitado permiso al Consejo de Grigoris. ¡Era una provocación directa a los Portadores! Declaración de Guerra, nada más y nada menos que con la Hermandad de Fuego.

No era él…

No David.

Horas después, el Augur designó una comisión de Portadores y Descendientes guardianes para asegurar que los portales estuviesen vigilados; entre ellos se hallaban:

Oron Powell que permanecería en Alemania.

Kytzia Garko en Chile.

Karniel Winter en Inglaterra.

Y Cayetana Morgan en Venezuela.

De esta última nación, tía se asombraría si supiera que una puerta dimensional existía en su tierra natal.

Aunque no cruzarían, solo se asegurarían de que, por alguna suerte del destino los vampiros no tuviesen éxito. Era cuestión de semanas para que esos portales se activaran consecutivamente. No al mismo tiempo, eso era un hecho, distaba días entre ellos, quizás más; sin embargo, se tomarían todas las medidas necesarias para protegerlos.

El que se hallaba a unas millas del Zigurat se vigilaría hasta con cañones.

De ser amenazado nadie podría destruirlo.

¿Cómo hacerlo?

Los portales no eran puertas de madera o piedra. ¡Eran aire! Materia invisible que ni era táctil ni olorosa y que, además, se activaba cada dos meses. Si aparecía en una pared y la derrumbaban, el portal seguiría allí, accesible.

La asamblea terminó y Donovan salió disparado hacia el señor Bristol –encargado de defender junto con otros la ciudad piramidal– para sacarle información. Tardó unos minutos y luego retornó con una sonrisa de oreja a oreja. Los Portadores que pasaban por su lado se tapaban la nariz. Parecía un vagabundo, hermoso y alegre, pero apestoso.

Los guardias no volvieron por él; era más que factible que su castigo llegó a término a causa de aquel revuelo. Se requería de todos los Portadores disponibles, y, de ser capaces de levantar a los muertos, la Hermandad también los habría invocado.

Entrelazó mi mano y tiró de mí hacia la estación del monorriel. No dejaba de sonreír y me molestaba, pues no quería pensar que le alegraba la muerte de Noah; los celos le restaban la parte noble de su personalidad.

—Quita esa tonta sonrisa que me disgusta —lo increpé por esbozar una satisfacción que no concordaba con el momento.

—Lo siento, no puedo.

—¿Y eso por qué: por tu liberación o porque Noah murió?

—Por ninguno de los dos —replicó con desfachatez y sin borrar la maldita sonrisa de sus labios semiocultos por su barba.

—Explícate —exigí en una aprensión que de repente golpeó la boca de mi estómago. Apreciaba a Donovan, pero su aparente alegría daba mala espina.

—El Grigori…

—¿Qué pasa con él? —Me removí inquieta de su respuesta a medias, solía darse el tiempo para dar malas noticias.

Su mirada se endureció.

—¿No deduces quién fue?

Lo observé, su dicha era evidente.

Y luego comprendí.

—¡NO!

Capítulo 19

16 de junio.

Donovan estuvo tan feliz por la muerte de David, que no le importó lastimarme.

Disfrutó el haberse librado del causante del vampirismo de su hermana y de un rival que se interponía en su camino. Si hubiera mantenido esa sonrisa triunfal por más tiempo, lo habría abofeteado. Pero le costó reconciliarse conmigo, tras una semana de continuas disculpas.

Nuestra amistad se vio afectada, aún me dolía su insensibilidad, evitaba comer juntos y en las prácticas me descargaba, pese a mi depresión. Él se tomaba mi resentimiento con paciencia por su embarrada, esperando a que el tiempo me hiciera olvidar. En cambio, yo no dejaba de llorar. ¡Sufría dos pérdidas! Noah y David se ganaron mi corazón; aunque el cariño era diferente, el dolor era el mismo. El primero cayó defendiendo a los suyos y el segundo murió tratando de hacer daño…

¿Por qué lo hizo?

¿Por qué no me esperó?

Durante las noches y al amanecer, mi almohada seguía siendo el sustituto perfecto de un ángel que dejó de existir. La abrazaba constantemente como si él estuviese conmigo acostado y que lo sucedido se debió a una confusión, siendo otro Grigori el que se desintegró en aquel portal. Sin embargo, al no sentir las caricias de David, sobre esta descargaba mis lagrimones. ¡¿Qué fue lo que le pasó para que enloqueciera? ¡Yo le había asegurado que regresaría! ¿Por qué desconfió?

Oraba una y otra vez para que haya sido otro de sus coterráneos milenarios quien se atrevió en perseguir a sus enemigos a través de las dimensiones. Albergaba esa esperanza. ¿Cuántos de estos Grigoris regían sus reinos de inframundo? ¿Diez?

Hice un conteo mental de la vez en que estuve proyectada en aquel castillo siberiano.

Sobre los tronos de piedra cincelada como lenguas de fuego colgaron blasones de seres mitológicos: el minotauro, el dragón, la arpía cuya imagen representaba la Casa Real de la Grigori de cabellos negros, y el fénix del cual le pertenecía a aquella exuberante rubia que parecía una diosa.

Al igual que los reinos humanos, figuraban animales comunes en el resto de los blasones: lobo, águila, jabalí, serpiente, oso, tigre, león…

En total fueron…

Once, pensé.

Extrañaba la falta de caricias, ya no las disfrutaría, su brazo no me rodearía de la forma tan posesiva en cómo lo solía hacer. Siempre hubo una frágil esperanza de reconciliarme con él, pero muerto mis esperanzas quedaron hechas trizas.

La ciudad entera estaba de luto, las togas negras vistieron a Descendientes y Portadores, como señal de duelo de los dos *hermanos* que cayeron. El panegírico se realizó en las inmediaciones del portal, los guardias vigilaron el puente dimensional con sus armas cargadas, listas a cualquier ataque; los profesores y los alumnos se formaron por especialidades, y los Portadores que no se marcharon se alinearon junto con los cofrades en torno al Augur.

Esa noche se preparó una fogata de la cual el señor Bristol, con su piroquinesis, la encendió. Las llamas simbolizaron la fuerza interior de cada Portador. Todos los presentes arrojaron una flor, una carta de adiós, una foto, un recuerdo… Lo que fuese que representara el sentimiento por los que se marcharon.

El Augur expresó unas palabras de condolencia, en su mensaje resaltaba la advertencia: la guerra se avecinaba, los cambios serían ineludibles en la vida de cada quién. Las risas y las bromas se acabarían, el desasosiego y la incertidumbre por lo inevitable lo sustituiría.

Cada uno de los presentes, lanzó al fuego lo que sentía por los fallecidos.

Las admiradoras de Noah: rosas rojas.

Sus amigos: notas de despedida.

Susan quemó un sobre azul bastante grueso.

Los profesores de la especialidad de *Ciencias Militares* arrojaron distintivos correspondientes a la asignatura que este cursó.

Los únicos con los que él llegó a confrontarse –y entre ellos se contaba Donovan– tuvieron la delicadeza de guardar distancia para evitar ser irrespetuosos. De ese modo no ofendían al occiso con sus hipocresías.

Me las vi para determinar qué era apropiado para quemar en el fuego; por cómo quedaron las cosas entre los dos, le lanzaría mi ropa interior, aunque con esa acción los presentes se sorprenderían, el Augur se infartaría y Donovan ardería en llamas. Una rosa blanca, como mi relicario, fue la ofrenda perfecta para expresar mis sentimientos. Una rosa de amistad, de duelo, de paz, de perdón…

—¡El árbol se quemó hasta las copas! ¡Fue asombroso, Allison, debiste verlo! ¡Lo hice, puedo crear psiballs con…! —Donovan exclamaba feliz, sacándome de los pensamientos. Me había tropezado con él justo en la puerta principal del edificio Aurora.

Mi atención se fue sin querer al fondo del *Campus*, cuando Susan caminaba en nuestra dirección. Esta bajó la mirada al divisarme, se hacía habitual que me esquivara, su ceño enojado y entristecido me decía silenciosamente que no me acercara. No quería entablar ninguna conversación ni reanudar nuestra amistad, pasó por mi lado acelerando el paso para dejarme atrás. Intenté llamarla, pero quedé muda con un nudo atorado en la garganta, su odiosa actitud no la merecía, la defendí de Wilmer y así me pagaba.

—¡Eh! ¡Allison! —Donovan me despabiló para que le prestara atención.

—¿Ah?

—¿Qué pasó mientras estuve encerrado? —inquirió oscilando sus ojos de Susan a mí. Esta cruzaba el jardín central a pasos agigantados.

La pregunta me agarró desprevenida.

—Nada…

—¡No me digas que «nada»! —exclamó enojado, intuía algo grave—. Susan pasó de malas pulgas sin saludarnos y tú en la luna. ¿Ustedes dos no se hablan? ¿Por qué?

Los chicos que pasaban a escasos metros de nosotros pensaron que discutíamos y se alejaron como si fuese prudente dejarnos a solas. Donovan comenzó a ser temido desde la aparición de su piroquinesis.

—No lo sé —admití—. He intentado hablarle, pero me esquiva, ¡y yo no sé por qué!

Medité en lo que sucedió entre Noah y yo. Acaso ella…

Mierda.

Donovan sonrió para levantarme el ánimo.

—Ignórala, es rara. ¿Quieres que hable con ella?

Un estremecimiento para nada agradable me sacudió y se alojó en mi estómago. Algo me decía que no debía confiarle semejante tarea.

—Déjalo, yo lo arreglaré.

Jocelyn Clinton Morgan, nieta de Cayetana Morgan, que leía sentada a la falda de un árbol, me miró con cara de pocos amigos. La Descendiente alineó los ojos con envidia cuando Donovan me abrazó. Jocelyn era del contingente de chicas que no le temían. Si antes Noah era el conquistador número uno, Donovan se convirtió en su digno sucesor. Las muy resbalosas se colaban en su apartamento a medianoche, del que a ninguna atraparon en sus visitas clandestinas. Donovan a todas aceptaba y de correcto poco le importaba, la pasaba en grande por ser el centro de atención, lo deseaban, le temían, un nuevo don emergió de él, y, para coronar su dicha, nadie le amargaba la vida.

El ambiente dentro del Zigurat era tenso y las caras preocupadas. Para los residentes más jóvenes era imposible llevar una vida tranquila, los festejos nocturnos quedaron clausurados hasta nuevo aviso y los entrenamientos físicos se encrudecían.

Para mí era difícil luchar con los *hermanos mayores*. En ausencia de Karniel Winter, que se marchó a vigilar el portal en tierras inglesas, un teleportador ocupaba su lugar. El anciano simulaba lo que sería la velocidad de un vampiro, por lo que, golpearlo a este con una onda expansiva o un psiball, requería que las manos fuesen más rápidas que la vista.

Yo terminaba patas arriba cada vez que intentaba detenerlo, me desconcentraba con sus parloteos. «¡¿Eso es todo lo que tienes?!». «¿Eres Básica o Portento?». «¡Qué desperdicio de poder!». «¿No sabes levitar?». «¡Vuela, vuela, pajarito…!». Y me mandaba a volar con un psiball.

Con razón Noah fue tan hablador…

Suspiré.

Lo extrañaba. Si su alma estuviese cerca, se estaría burlando de mí. El Zigurat no era el mismo sin él, su risa estruendosa hacía falta, su cabellera desordenada no resaltaba por sobre las demás cabezas cuando se mezclaba con la multitud, sus ojos grises y llenos de vida desaparecieron. Mis fosas nasales ya no olían su perfume tan masculino; todo lo que él fue, lo que lo caracterizaba… ya no existía.

En medio de mis afligidos pensamientos, un revuelo comenzó a manifestarse a unas manzanas de nuestro sitio.

Trabajadores de los edificios aledaños, profesores y estudiantes de las instituciones que rodeaban el *Campus* corrían hacia la Unidad Médica asignada a la zona.

Nos enfocamos hacia ese punto.

—¿Qué sucede? —pregunté a Donovan como si estuviese enterado de la paz que de repente allí fue interrumpida.

—¿Y a mí por qué me miras? —espetó por malinterpretar mi curiosidad. Aun así, corrió hacia allá y yo lo seguí bastante rezagada y con el corazón martillándome en el pecho. De varias ambulancias que funcionaban con energía solar almacenada, sacaron en camillas seis cuerpos masculinos y del que enseguida los levitaron por sobre las cabezas de la multitud que cada vez se agolpaba frente a la Unidad Médica. Estos yacían inconscientes y al parecer malheridos como si hubiesen sufrido un accidente.

Al acercarnos, observé mejor a los heridos, eran soldados, se hallaban ensangrentados y con las ropas hechas trizas.

Jadeé al reconocer a uno de ellos.

Oron.

—¿Qué su…? ¡Oye! —Trataba de averiguar con una chica y esta me ignoró por estar luchando a que los curiosos no la hicieran caer al piso.

Donovan enrojeció la tonalidad de su piel, y, como si fuese Moisés en medio del Mar Rojo, hizo que la muchedumbre se abriera a ambos lados para dejarnos pasar, previniendo ser quemados por el temperamental piroquinético.

Luego plantó su mano en mi espalda del que, sin ser rudo, me llevó hasta la puerta donde allí se hallaba el señor Trevor, el amable anciano que nos recibió la vez en que llegamos de Nueva York.

—¿Qué sucedió? —le pregunté inquieta. Donovan procuraba que los demás no nos empujaran por ser los primeros en enterarse de lo que le pasó al Portador y a sus hombres, que fueron asignados a vigilar el portal en Alemania.

—La Grigori… Amara, ella los atacó.

Se me heló la sangre, eso indicaba que aquella puerta dimensional ya no era de libre tránsito para la Hermandad.

Por extensión, las restantes tampoco. Todas fueron tomadas por las fuerzas enemigas.

—¿Podemos pasar?

—Lo mejor es que se mantengan afuera, el señor Powell está muy grave, casi le arrancan el brazo de un zarpazo. Los tomaron desprevenidos.

Desde el umbral de la puerta de la Unidad divisaba la gabardina negra de Oron, llena de polvo. Las palmas de sus manos reposadas lánguidas sobre su pecho presentaban pequeñas cortaduras como si hubiese tratado de defenderse del ataque de los vampiros que cayeron sobre él para desgarrarle sus extremidades. Un ojo lo tenía inflamado del tamaño de un huevo en un posible puñetazo que recibió contundente, las mejillas también presentaban heridas sesgadas y sus ropas lucían como si se libró de una caída en una trituradora gigante.

Los demás hombres presentaban heridas semejantes en las piernas y los brazos.

En especial uno de ellos que capturó mi atención y en el acto detallé su fisonomía: alto, excelente complexión física, cabello negro y alborotado…

No puede ser…

¡Noah! ¡Estaba vivo! ¿Cómo se libró de la muerte?

El señor D´León dijo que fue mordido. Entonces, ¡¿cómo sobrevivió a la furia de un Grigori?!

Traté de abrirme paso para comprobar si era él; por desgracia, los guardianes nos impidieron el acceso al interior. Donovan no protestó, pero yo alcé mi voz para hacerme escuchar, después de verlo tan maltratado no era capaz de alejarme. No obstante, el Augur entraba con sus cofrades en ese momento y ordenó que nos retirásemos.

Donovan me tomó del brazo y tiró de mí, ignorando mi llanto. La noticia corrió como pólvora, Noah estaba vivo y una ínfima parte de los que se marcharon en las diferentes misiones, regresaron bastante maltrechos. Los curiosos llegaron en bandadas, Susan se hallaba entre ellos con sentimientos encontrados de alegría y tristeza por las condiciones en cómo lo trajeron. Ana Lucía parecía contrariada, sus ojos rencorosos deseaban que estuviese muerto, odiaba a Noah y odiaba más a Oron por ser el que lo protegía. La profesora Blake calmaba a una chica que reía histérica, sus nervios colapsaron por la súbita alegría, lloraba y reía, aferrándose a los brazos de la mujer; *las fanáticas* del clarividente habían enloquecido.

Nada se sabía de la señora Garko, el señor Winter y Cayetana Morgan. Todos decían lo mismo: murieron en combate. Nadie lo aseguraba, pero las posibilidades eran altas. Oron era el más poderoso, después de Nuriel, y llegó con las tablas en la cabeza. Ni sus dones aurales, ni sus mejores hombres fueron tan contundentes como para aplacar la fuerza demoledora de los vampiros. Las armas, la telequinesis, los psiballs, el entrenamiento militar… de nada sirvió.

—Ya puedes soltarme, no saldré corriendo —expresé tan pronto atravesamos uno de los tantos jardines que existía en el Zigurat. Algunos chicos nos pasaron por el lado a toda carrera, exclamando de alegría de que Noah se haya salvado de un ataque vampírico. Los de la facultad de Medicina Natural celebraban eufóricos de la noticia, fueron días de estar en la penumbra, por fin un motivo para sonreír.

Al menos ellos, porque yo…

—El bastardo tiene más vida que un gato… —Donovan masculló malhumorado rumbo a tomar uno de los bici-coches que transitaban las calles principales. Nada haríamos con estar pendientes de la evolución de los heridos, ayudaríamos más si ofrecíamos a Nuriel nuestros dones en pos de la seguridad de la ciudad, en caso de un contrataque. Ya teníamos entrenamiento y nuestras habilidades aurales cada vez la dominábamos.

—No pareces feliz —dije molesta en mi esfuerzo de pisarle los talones. Sus largas piernas daban un paso y yo con las mías que eran muy cortas tenía que saldar cinco con rapidez.

Se detuvo y me miró.

Hice lo mismo.

—Sí lo estoy, disculpa, es solo que… —guardó silencio y rodó los ojos hacia las copas de los árboles que se batían con suavidad por la brisa que se colaba a través de los paneles solares del exoesqueleto de la ciudad piramidal. Respiró profundo hasta el tope de sus pulmones y luego botó el aire con pesadez, en una meditación que se imponía, quizás para corregir su censurable actitud.

—¿Qué pasa, Donovan? —pregunté ante su abatimiento. Oraba para que no fuesen celos lo que estuviese sintiendo; al retornar Noah, él dejaría de ser el favorito de las chicas y el más temido en la ciudad.

—¿Estás enamorada de él? —inquirió con severidad, confirmando lo que yo conjeturaba.

Tragué saliva.

—No. —El temor de que se enterara de lo que pasó aquella noche comenzó a acrecentarse en mi pecho.

Alineó los ojos, escrutándome con la mirada, intuyendo que le mentía o le guardaba información. Tensó los labios, ahogando la rabia en su interior sin dejarla escapar, no demostraba que se quemaba por dentro, que la competencia seguía en pie, dándole guerra.

—Bien. Ahora explícame: ¿por qué tanto *amor* por él?

—Es preocupación —refuté—. Nos volvimos amigos durante de tu encierro.

Resopló.

—¿Amigos? Por favor… —rio con incredulidad—. Amigo es el ratón del queso… Cuídate de Noah, te puede *comer*.

Ya lo hizo.

No repliqué a su dicho. Más bien, me crucé de brazos y volví mi rostro hacia otro lado, el mismo paisaje urbanístico se alzaba por todos lados: edificios, jardines botánicos y caminos elevados…

Presentía que pronto se desataría una guerra en el Zigurat.

Y no causada por los vampiros.

*****

Dos días después.

—*¡¿Quéééééé?!* —Salté de mi silla cuando Donovan me susurró al oído que Noah fue acusado de alta traición.

Todos giraron sus cabezas, sobresaltados ante mi estupefacción. El profesor de *Principios Fundamentales de la Parapsicología* frunció el ceño, molesto por haber interrumpido la clase. Expresé mis disculpas y salí disparada fuera del salón para tranquilizarme y buscar una mejor explicación. Donovan me siguió, ignorando que a sus espaldas era amenazado con una amonestación. Me llamó a gritos mientras corría por los pasillos.

—¡Allison, espera! —logró alcanzarme rápido al dar unas cuantas zancadas.

Me detuve para encararlo.

—¡¿Por qué le hacen esa acusación?! —pregunté alterada.

—Por deslenguado —respondió—. Dio detalles de los portales.

—¡¿Qué?! ¡¿Quién te dijo eso?!

—Bristol.

Quedé muda. Noah era hablador para desconcentrar y sacar de quicio a su oponente, pero nunca haría algo semejante como vendernos para salvar su pellejo.

—No lo creo —cuestioné a su favor—. En vez de mantenerme fuera, debieron llamarme. ¡Yo puedo ver el pasado!

—No lo consideraron pertinente —explicó—. Tu *cariño* hacia él les hace desconfiar de tu credibilidad.

—¡Soy honesta! —gruñí indignada por costarle comprender que yo dejé de odiarlo—. ¡Lo que *perciba* lo diré!

—¡¡Dudarán de ti!!

La mala fortuna se empeñaba en que *el otro Portento* capaz de ver el pasado de las personas siguiera en coma. Aun así, tampoco sería creíble debido al apego paternal que sentía Oron hacia Noah, ya que esto le quitaría bastante credibilidad.

—¿Y si en realidad les colaboró por cobardía? —Donovan indagó en la medida en que descendíamos por las escaleras hacia la planta baja.

—¡ÉL NO ES UN COBARDE! —¿Cómo se atrevía a pensar que Noah haría algo así? Traicionarnos: inaudito. Él era todo, menos un cobarde; gustoso moría como mártir para que lo recordaran por su entereza y valentía.

Sin David, me importaba un carajo los vampiros.

—Tal vez lo hizo por instinto de supervivencia…

Me dejó pensativa.

¿Y si fuera cierto?

Solo lo sabría si miraba en sus recuerdos. Pero ¿les diría a los *hermanos* la verdad? Por mi culpa no moriría, ponía en tela de juicio la acusación, los Portadores estaban equivocados.

Las visitas a los heridos quedaron restringidas desde el momento mismo en que los trajeron inconscientes. Los soldados se recuperaron al otro día y abandonaron la Unidad Médica al final de la tarde. Noah despertó a las horas y fue interrogado de inmediato. Lo que ellos determinaron quedó en secreto para evitar el cotilleo por todo el Complejo. Sin embargo, el señor Bristol confiaba en Donovan, sabía que él no andaría esparciendo por ahí la acusación, era un Portador responsable y tenía el mismo derecho a saber lo sucedido como sus *hermanos mayores*.

—Tuvieron que torturarlo, hipnotizarlo… —buscaba una excusa que explicara del porqué de sus acciones.

Donovan resopló.

—*Los chupasangre* no pueden hipnotizar Portadores —recalcó un tanto jactancioso.

Asentí, estando de acuerdo por ser una verdad fehaciente que comprobamos más de una vez: David intentó manipular mi mente y no le fue posible. Y, en cuanto a Donovan…, lo sucedido en el hotel se debió a la manifestación tardía de sus dones.

—¡Lo torturaron! —alcé la voz por estar furiosa—. ¡Tuvo que sufrir mucho para que le hicieran hablar! ¡¿No comprenden eso?! ¡¡Cualquiera habla por las torturas!!

Salimos del instituto a toda prisa. Donovan trataba de hacerme razonar y evitar que confrontara a los ancianos. No me iba a quedar de brazos cruzados mientras Noah era señalado con la peor de las acusaciones.

Traición.

Lo mantenían confinado en una habitación privada de la Unidad Médica, seguía debilitado, con las costillas y la pierna fracturada. Las infusiones mágicas no lo curaban con la efectividad acostumbrada, había sido tan golpeado que requería más de una dosis al día. No entendía cómo es que esto no lo tomaban en cuenta, lo molieron a los golpes, estando casi muerto cuando lo trajeron.

—¡Allison, no los enfrentes! —exclamó angustiado.

—¡Claro que sí! —repliqué bastante airada al detenerme—. ¡Haría lo mismo por ti! ¿LO SABES? —Donovan sacudió la cabeza—. Pues no lo voy a permitir —agregué—, ¡y no me detengas, porque no quiero enfrentarme contigo!

—Allison…

—¡NO! —Reanudé la marcha, dirigiéndome al monorriel. Nadie me detendría, ya vería qué sucedía después.

Resulta que cuando las puertas del vagón se abrieron y yo ponía un pie para entrar…, las puertas se cerraron de forma abrupta.

Salté hacia atrás para salvar mi nariz de ser aplastada. Giré rápido la cabeza para ver al telequinético que impidió que lo abordara.

Para mi sorpresa, Kytzia Garko –con su mirada desafiante– se hallaba parada detrás de Donovan.

—¡Señora Garko! —la abracé, pletórica de felicidad—. ¡¿Cuándo llegó de Chile?! —pregunté llorosa. Daba la impresión de no estar herida; si ella logró ponerse a salvo, los demás también.

—Hace unos minutos —dijo con parquedad y esto me sorprendió, porque era mucha coincidencia de que hubiese retornado de su puesto de vigilancia. El señor Winter seguía en la Inglaterra de esta dimensión y la señora Morgan en la de Venezuela.

—¿Usted estuvo entre los que rescataron a Noah y los demás? —pregunté a la vez en que la escaneaba sin que en ella resaltara indicios de haber estado en un enfrentamiento.

—Nadie los rescató —comentó—. Fueron arrojados con violencia al portal. —Ante la mirada atónita de Donovan y la mía, agregó—: Al activarse el portal en Isla de Pascua, ningún Nocturno intentó cruzar, sino que mandaron de vuelta a un grupo que atraparon, incluyendo a Oron…

—¿Esa isla dónde queda? —Cada vez que Donovan ignoraba algo, preguntaba interrumpiendo el hilo de la conversación.

—En Chile —respondí por la menuda Portadora y ella puso una expresión de haber hablado de más, pero no había vuelta atrás. Ya abrió sin querer el pico—. ¿Los otros portales no fueron tomados? —formulé mi propia pregunta y ella negó con la cabeza.

—Pero ¿y si lo hacen…? —Donovan inquirió

—No lo harán. Solo sabían de dos portales.

—¡Tres! —corrigió Donovan—. El de Nueva York, el de Alemania y el de Chile.

La anciana asintió.

—Se enteraron por uno de nosotros —masculló.

—¡Noah no es un traidor! —refuté en el acto—. ¡¿Por qué lo ven como tal!?

—¡Porque habló! —exclamó airada—. Mucha gente pudo morir por su culpa.

—¡Nadie murió! —repliqué devuelta—. ¡No pueden cruzar los portales!

—No seas ingenua —Donovan espetó—. ¡Esos *putos chupasangre* no van a querer tomarse bastantes molestias para conformarse con lo poco que «pescan» del otro extremo! ¡¡Ellos nos quieren a todos!!

—Están siendo implacables en esto. ¡Noah es inocente! ¿Recuerdan lo del *chip* en mi brazalete? —recurrí a ese hecho—. Si era un dispositivo de rastreo, *ellos* tuvieron que habernos detectado hasta el túnel del metro, por eso dieron con ese portal… Por extensión, les cayeron de sorpresa a la comitiva de Noah, el señor Archer y D´León.

—¡Patrañas! —Kitzia exclamó airada—. ¿Cómo supieron de los otros dos portales? Atacaron a Oron y días después los liberaron *en el que yo vigilaba.*

—Eso es por…

—Porque Noah soltó la lengua a cambio de su vida y la de los demás —interrumpió tajante—. ¡Fue un cobarde!

—¡¡Claro que no!!

—A ver, niña: ¿cómo él escapó? —cuestionó al cruzarse de brazos—. Ningún Portador ha podido hacerlo cuando un Grigori lo atrapa. Esta vez, soltaron a varios… No, esos seres lo hicieron mediante un trato.

—El señor D´León escapó…

—¡Porque logró saltar a tiempo, justo antes de que el portal de Nueva York cerrara! —replicó—. Noah fue atrapado por Colbert.

Para la rolliza mujer era insuficiente que mi amigo hiciera lo posible por traer con vida a los suyos. Por esto no sería perdonado.

—¡David murió! —chillé—. Él… *m-murió* al intentar perseguir al señor D´León. Por eso Noah nunca estuvo en manos de otro Grigori. ¡No hay dos de esos sujetos en un mismo territorio! David… Él… —carraspeé—, lo reveló una vez… Comprendan: Noah no fue prisionero de nadie. ¡Estuvo refugiado en alguna parte, y, cuando pudo salir, huyó hasta el próximo portal que abriría!

Kitzia sonrió desdeñosa. Algo sabía que no me decía.

Ella fue la mujer que recogió la gema de mi brazalete y se lo entregó a Oron, después de que él lo aplastara con su poder telequinético. Era de las pocas personas que sabían quién fue el que en realidad me obsequió aquel «Caballo de Troya» que causó enojo en la Cámara de los Portadores. Oron confiaba en ella, al igual que Nuriel. A los demás solo les explicaron que fui manipulada sin haberme dado cuenta por humanos al servicio de los vampiros. El brazalete llegó a mis manos mediante engaños. Ni para qué seguir contando…

Mentiras y más mentiras para librarme de ser apedreada por los hermanos.

—¿Y Oron? —Kitzia cuestionó una vez más.

—Es obvio, ¿no? El señor Oron no aguantó el impulso de cruzar el portal de Alemania, para buscar a su hijo. Tuvo que haber viajado desde Europa hasta América, movido por la incertidumbre. En algún punto ellos dos fueron atacados por otros vampiros, pero lograron escapar al cruzar *su portal*, señora Kitzia.

Hizo un mohín de incredulidad.

—No, Allison, *los Nocturnos* supieron jodernos —comentó resignada de la astucia de esos seres—. Por cobarde, Noah nos cerró varias puertas…

Me crucé de brazos, enojada.

—Pues, yo no me quedaré a ver cómo ustedes lo condenan, es injusto… —expresé con decisión. Intervendría en su defensa.

Le di la espalda y esperé por el próximo monorriel.

—¡No puedes ayudarlo! —Donovan agregó más leña al fuego.

—¿Olvidas que soy retrocognitiva? Puedo leer el pasado. ¡Y demostraré lo que acabo de comentarles! ¡¡Noah no se dejó atrapar!!

—Los ancianos no creerán en tu palabra —él insistió.

La pequeña mujer posó una mano sobre mi hombro y alzó la vista, buscando mi mirada.

—Allison, júrame que no mentirás. Que dirás todo lo que veas.

—Lo juro.

—Sabré si mientes. No me decepciones.

—¡¿Es usted telépata?! —Donovan la estudió aprensivo de que leyera sus reservas con respecto a la Hermandad. Las veces en que lo comandaba la frustración solía revelarme lo harto en que se hallaba de estar confinado en una ciudad amurallada.

—No —aseguró ella—. Ese don lo tuvo Archer y murió en el portal. Pero el Augur anticipará las mentiras en ti, Allison.

—¿Qué esperamos? ¡Vamos!

Tuvimos que esperar un par de minutos a que el siguiente monorriel se aproximara para llevarnos hasta la estación de las Gardenias. Una vez que el transporte se detuvo y sus puertas se abrieron, de este emergió un grupo de personas y de último la nieta de Homero D´León, quien lucía demacrada.

—Señora Garko, ¡qué gusto verla! —Madison saludó a la Portadora en cuanto sus ojos verdes se toparon con los de esta—. ¿Qué sabe de mi abuelo? ¿Está bien? No he podido hablar con él…

—Ay, niña… —Kitzia se apenó—, Tú sabes cómo es él… Espera a que se contacte contigo.

Madison intentó replicar, pero la anciana se percató que el monorriel cerraba las puertas para avanzar su recorrido por los rieles elevados, y empleó la telequinesis para mantenerlo en el sitio.

Nos instó a seguirla, ella entró de primera al vagón, dejando a la rubia plantada allí sin una respuesta satisfactoria. Por lo visto, el señor D´León era de los que dejaban en ascuas a la familia por estar atendiendo sus deberes como consejero del Augur. Ese sujeto prefería vengarse de la paliza que le dieron los vampiros en vez de calmar la angustia del único descendiente sobreviviente de su linaje.

Donovan la miró al pasar por su lado y sus ojos marinos estudiaron en silencio el semblante entristecido de esa chica que no requería de tacones para elevar su estatura. Le esbozó una medio sonrisa, pero esta no se dio cuenta al agachar su mirada.

Tan pronto nos sentamos y el monorriel se puso en marcha, la señora Kitzia tocó mi rodilla para captar mi atención. Me daba pesar aquella chica, en cierto modo me identificaba con ella, yo también tenía un pariente vivo.

—Recuerda, Allison —reiteró a lo antes dicho—: de mí no depende que te permitan participar en el juicio. Hablaré con el Augur, pero si él desconfía de ti, entonces se acabó. ¿Entendido?

Asentí con solemnidad.

La vida de Noah pendía de un hilo.

Capítulo 20

Los ancianos aguardaban en sus respectivos puestos, con sus togas blancas y conversando entre ellos, mientras esperaban por el Augur y el acusado.

Donovan se hallaba solo en el lugar reservado para la Tríada; esta vez, era él quién se mantenía alejado sin permitirse participar en las murmuraciones que imperaban en la Cámara de Portadores. A ambos nos suministraron togas para no desentonar con el resto de los presentes, del que la mía me quedaba unas tallas más grandes, pese a que la propietaria de dicha prenda era del mismo tamaño.

Mis nervios estaban a flor de piel, esa parte no la había tomado en cuenta: *los hermanos* rodeándome, pendientes de lo que percibiera. Faltaba un minuto para las diez de la noche, el Augur nunca aparecía antes o después de una hora acordada, era puntual como si estuviese esperando detrás de la puerta a que el minutero de algún reloj marcara el tiempo exacto. Mientras tanto, la silla de Oron permanecía vacía, su presencia se excusaba por el coma profundo que padecía; no mejoraba, pero tampoco se debilitaba. Sus signos vitales no daban indicios de algún cambio, pese a los milagrosos ungüentos e infusiones de rápida sanación que le suministraban.

Miré hacia la gran letra griega dorada que se alzaba detrás del trono del Augur. El símbolo de la Hermandad que representa la mente, el cuerpo y el espíritu, nos recordaba a todos que descendíamos de una misma raíz, aunque no nos gustase.

Las puertas por donde siempre aparecía Nuriel se abrieron por sí solas.

El Augur avanzó con sus cofrades a paso lento y el silencio imperó al instante.

Los Portadores se levantaron, saludándolo con un leve asentamiento de cabeza, y luego volvieron a sus asientos ante la petición de este; fui la única que permanecía en pie, estaba allí para indagar en el pasado de Noah, no para estar cómodamente sentada.

—Queridos, hermanos —procedió a hablar el Augur desde su puesto—. Esta noche han sido convocados para esclarecer la supuesta traición del joven Portador. Allison Owens, miembro de la Tríada, pondrá su mano sobre la cabeza del muchacho y nos dirá, si estamos o no, equivocados. De lo que ella «vea», tomaremos una decisión: perdonaremos o castigaremos la imprudencia de sus actos. La Hermandad de Fuego debe ser impoluta, libre de mancha y de toda culpa. Los secretos que guardamos son vitales para la protección de nuestros descendientes; compartirlo con *los malditos*, es asegurarnos nuestra extinción.

Rodó los ojos hacia los cofrades a su izquierda y les ordenó:

—Háganlo pasar…

Mi corazón latió con fuerza cuando dos soldados emergieron con Noah –sin la toga reglamentaria– desde una de las puertas laterales. Se sostenía las costillas con una mano y cojeaba un poco de su pierna izquierda. Al parecer, los insumos y las cremas regenerativas no hicieron efecto en él con rapidez. Los ancianos debieron creer prudente en dejar de suministrarle la dosis necesaria para que se recuperara por completo. Aun así y pese a su semblante demacrado, los moretones en su rostro desaparecieron.

Frunció el ceño tan pronto nuestras miradas se cruzaron, lo hicieron sentar en la silla ubicada al centro del recinto. A ninguno este miró, pero si lo hizo de refilón hacia el asiento vacío de Oron. Sus manos se empuñaron y los cofrades se alistaron por si le daba por pelear.

No lo hizo.

Si deseaba escapar, sus poderes se lo permitirían; no obstante, seguía allí, dando la cara con aplomo.

Nuriel mantenía una actitud insondable, ver a través de ese anciano barbón, era como ver a través de un muro; percibir si estaba triste o predispuesto a darle fin *al favorito de los Portadores*, era imposible.

—Proceda, joven. Pero, recuerde —me advirtió—: si nos miente, la condenaremos a usted también.

Donovan se removió en su asiento, preocupado, y yo respiré profundo, asintiendo con solemnidad para acatar la orden.

Me ubiqué entre las piernas abiertas de Noah, encontrándome por segunda vez con sus ojos grises. Noah lucía cambiado; las circunstancias le agriaron su socarrona sonrisa, del cual se destacó por lograr salirse con la suya por esa suerte que siempre lo abrazaba. Ahora todo se convirtió en un torbellino de malestares y decepciones.

Quería expresarle lo contenta que me sentía de verlo con vida, pero temí que mis palabras fuesen malinterpretadas por los presentes y por ello desestimaran lo que yo encontrara en sus recuerdos para salvarlo. Así que, levanté la mano, deseando que Dios me ayudara en esa empresa. Deslicé la manga de mi toga hasta el codo y coloqué mi palma sobre la cima de su cabeza, para luego cerrar los ojos y ver en sus recuerdos.

Entonces, todo llegó de golpe y en primera persona, hallándome dentro del cuerpo de Noah.

—*No te muevas o sufrirás otra descarga* —advirtió un hombre frente a mí. No podía verlo, solo observaba las perneras de su pantalón y de forma borrosa.

Pero, al escuchar esa voz…, mis ojos se agrandaron y se elevaron hacia este aprensivos.

Jadeé.

—¿Qué captó? —Homero D´León inquirió ante mi reacción, levemente inclinado hacia nosotros en un aparente deseo de levantarse de su asiento.

—Es… —carraspeé, esforzándome por controlar mis lágrimas de emoción, pues me pareció que por ese ínfimo segundo los zafiros de mi ángel se posaron severos sobre los míos—. Es que me abrumó estar en la mente de otra persona.

El anciano esbozó un mohín desdeñoso. Sus ojos verdes, iguales a los de su nieta, se oscurecieron.

—¿Acaso Oron no la adiestró en la retrocognición? ¡No actúe como una novata y concéntrese!

Los demás Portadores murmuraron entre ellos, en asentamientos que daban a entender que el señor D´León tenía razón. Mi colaboración era lamentable.

Volví a posar mi mano en la coronilla de Noah, temblándome los dedos por la impresión. ¿Vi bien o fueron imaginaciones mías?

Abrí de nuevo los ojos en aquel sitio.

Dejé de respirar.

No eran imaginaciones…

Tuve que apretar mis dientes para evitar que los ancianos se dieran cuenta de lo que me sucedía, estaba por llorar y reír histérica como la chica frente a la Unidad Médica que desbocó sus sentimientos por enterarse de que uno de los que se declararon muertos en servicio, retornó con magulladuras. David estaba vivo. ¡Vivo! ¡VIVO! ¡¡Estaba vivo!! Quería gritarlo a todo pulmón y saltar de alegría por este hecho, ya que en unos años cuando completase mi formación, volvería a él, así le diera una trombosis a más de un Portador.

Lo nuestro no debió terminar de aquella manera…

Parpadeé o tal vez fue Noah el que lo hizo, quien en realidad era el que miraba a David, y, del cual noté que lo tenían encadenado con sus brazos en alto y en una celda de paredes de ladrillos. Lo escuchaba jadear de dolor y tiritar de frío, sentado en un piso mugroso de cemento, donde una cucaracha cruzaba su campo visual, afanada por esconderse en algún orificio para no morir aplastada por el que allí se hallaba en plan de captor.

—*¿Karniel?* —Noah preguntó, tratando de aclarar su vista y agradecí que lo hiciera, puesto que la imagen del otro se tornó más nítida.

—*No* —contestó David, sin dejar «de mirarme» con severidad, más bien a Noah que era su prisionero.

—*¿Quién eres? ¿Dónde está D´León y Archer?* —exigía respuestas, ignorando que el primero logró ponerse a salvo en el Zigurat y el segundo se convirtió en la cena de los vampiros—. *¡Suélteme!*

—*¿Cómo te llamas, muchacho?*

—*Yo pregunté primero* —replicó enojado, con su vista clavada hacia arriba donde David aguardaba respuestas.

—*Y yo te tengo prisionero* —le hizo ver que no estaba para demandas.

Noah lo midió con la mirada, entendiendo su posición: él era un Portador en manos de un Grigori que no tendría reparos en sacarle las tripas si no obedecía. Estaba en problemas.

—*Noah Evans* —respondió derrotado.

David sonrió complacido, ataviado él en un sobrio traje que contrastaba de manera intimidante con aquel lugar destinado para los que consideraba sus enemigos.

—*Muy bien, «Noah Evans», ahora nos estamos entendiendo* —dijo con seriedad—. *¿Cuánto tiempo tienes en la Hermandad?*

—*¿Qué ganas con saber?* —eludió la respuesta, aprensivo de lo que este intentaba averiguar.

—*Mucho.*

—*Jódete.* —Tenía agallas para irrespetar a un Grigori. Oron se sentiría complacido por la valentía de su protegido.

David rio entre dientes, divertido por el carácter indómito de su prisionero, quizás recordándole a Donovan.

—*No sabes con quién hablas, mocoso.*

—*¿Ah sí? Y ¿con quién?* —inquirió sin que su advertencia lo atemorizara—. *Solo veo a un* chupasangre inglés *que se engrandece porque me tiene encadenado. ¡Suéltame y verás cómo te reviento la* jeta*!*

—*No podrás contra mí. Ni tus amigos pudieron...*

Noah alineó los ojos para lanzarle una onda expansiva y aplastarlo contra la pared como a una vil cucaracha; por desgracia para él, nada ocurrió. Se llenó de frustración y trató de liberarse, pero las cadenas zumbaron y descargaron una dosis de electricidad sobre sus carnes que lo hicieron gritar de dolor.

Por otro lado, yo no sentía nada pese a estar en su cuerpo; esto se debía a que no era una «posesión» de mi parte propiamente dicha. Eran recuerdos de él, nada más.

—*Me di el gusto al beber de sus sangres* —David mintió valiéndose de que su prisionero desconocía la versión completa de los hechos: algunos murieron y otros lograron escapar.

—*Maldito…* —Intentó moverse y enseguida se contuvo. Las descargas eléctricas volverían a lastimarlo si lo hacía.

—*Estás aprendiendo, te felicito. Ahora podemos hablar.*

Noah miró hacia su mano izquierda y se tensó.

La sensación que sentí de él fue de mortificación y no lo comprendí hasta que David sacó un anillo del bolsillo lateral de su pantalón y se lo mostró. Era uno del mismo diseño que usaban los Portadores.

—*Ustedes son unos mártires…* —satirizó en un tono bastante amargo, sin que ninguno de sus hombres permaneciera con él allí dentro para protegerlo por si el clarividente lograba liberarse.

Me impactó al observar como David retiraba la gema que tenía en la cúspide del anillo de Noah, derramando a continuación un polvillo en el piso.

Jadeé.

¡¿Qué era eso?!

—*Morimos por una noble causa* —Noah expresó solemne, indicándome con sus lúgubres palabras lo que era el contenido.

Veneno.

De haber tenido la oportunidad, se habría envenenado. El condenado anillo era una salida eficaz para evitar quedar bajo el dominio de un vampiro enardecido. Al terminar sus años de entrenamiento Noah fue merecedor de tal privilegio, tenía la madurez suficiente para ostentarlo.

O, tal vez, *los hermanos* se lo entregaron como medida preventiva en caso de ser atrapado en su viaje de llevar el cadáver de Wilmer Palmer a sus tíos.

—*¿Cómo cuál?* —David inquirió ante el comentario—. ¿Ser la mano izquierda de Dios? Ustedes también quieren dominar a los humanos: la soberanía…

—*¡MENTIRA!* —gritó en voz alta. Las cadenas lo golpearon con una nueva descarga eléctrica—. ¡Aaaarrggggghh!

Con ademanes elegantes, David desabotonó su chaqueta y luego se acuclilló en el piso, de modo que pudiera estar a la altura de los ojos de Noah y observar este la ferocidad de su mirada.

Hasta a mí me intimidó.

—*La Hermandad tiene algo que es mío. ¡Devuélvanmelo!* —demandó enojado como si los ancianos le hubieran robado un objeto valioso.

—*No sé a qué te refieres, maricón.*

David gruñó. Sus ojos se tornaron amarillos como los de un felino.

—*Yo cuidaría esa boca sucia si fuera tú.*

—*¿Quién eres para ordenarme cómo hablar?*

—*Soy David Colbert: Grigori y Señor de los Vampiros de Occidente.*

Noah agrandó los ojos, estupefacto.

—¡¿D-Dav… *David?! ¡¿Eres…?!* —amordazó la pregunta sin querer comprobar lo que en efecto ya sabía de antemano—. *Pero eres…* —procesaba en su mente lo que yo fui incapaz de contarle—. *Eres un vampiro…*

Me sentí tan mal de que lo haya descubierto de esa manera, que casi lloro al Noah que se hallaba sentado frente a mí. Debí decirle la verdad, aun así, temí que me reprocharan, la Hermandad cuestionaría nuestra relación amorosa. Hasta Nuriel, Kitzia y Oron guardaron silencio para protegerme.

En cambio, le había revelado a este irreverente amigo sobre el famoso pintor con tendencia a lo macabro, al perseguido por la prensa, al mujeriego que me rompió el corazón…

—*¿Eres el novio de…?*

—*Allison Owens.*

—*Creí que eras humano.*

—*Te mintió, ¿no?*

El otro resopló.

—*No del todo* —discrepó—. *Dijo que eras un arrogante que la sofocaba. Si mintió con respecto a lo que eres, es porque tal vez se avergonzaba: ligarse con un* chupasangre, *debió estar loca…*

Cuestionar mi amor por él le agrió el día a David.

—*Pero cómo la hice gemir en la cama...* —comentó perdiendo toda traza de caballerosidad y yo quedé ahí, en medio de la Cámara, viendo hacia la nada, con la boca abierta, los ojos exorbitados y unas imperiosas ganas de soltar una palabrota.

¡Ese hijo de…!

¡¿Cómo pudo decir eso?!

Noah cerró los ojos, respirando profundo para contenerse. Como buen Portador adiestrado aprendió a no dejarse llevar por los impulsos, las cadenas electrificadas esa vez no lo torturaron.

Se tomó un segundo y luego dirigió su ceñuda mirada hacia su captor.

—*Por lo visto, somos dos los que la hicieron sentir así…* —expresó con ojeriza, devolviéndole la «indolora» bofetada.

Ojo por ojo.

David le dio un puñetazo.

Diente por diente…

—*¡NO ES CIERTO, ELLA NUNCA ME ENGAÑARÍA!* —gritó encolerizado, levantándose en el acto como un demonio que fue traicionado por la que consideró pura hasta el momento.

Noah aguantaba las descargas eléctricas, sus risas perniciosas reverberaban en la celda, envenenando de rabia al vampiro.

—*Sí que es buena en la cama* —dijo—. *¿Cómo es que me lo pedía…? ¡Ah, sí! «¡Más, quiero más, más!».*

¡¿Qué?!

Elevé mi mano unos milímetros de su cabeza y lo miré con ganas de abofetearlo. Esto no se lo perdonaría. ¡Lo mataría! ¡¡Yo lo mataría!! Noah me describía como una mujer inmoral, carente de pudor. Le aseguraba al Grigori que yo le había sido infiel.

Planté la mano, controlando las ganas de no arrancarle las greñas por las furiosas jaloneadas que le quería dar hasta dejarlo calvo, pero enseguida el rugido de David casi me ensordece en cuanto volví a conectarme.

—*¡CALLA!* —descargó su indignación sobre él y lo mordió en el cuello para desgarrarle hasta el alma.

Pero las cadenas obraron en su contra, la sobrecarga de electricidad lo reprendió y arrojó al piso.

Esto causó que yo volviera a la Cámara de Portadores, miré a mi rededor y enseguida cerré los ojos antes de que el Augur o el señor D´León me abordaran con preguntas. Estaba urgida por averiguar más de lo que allá habría sucedido.

Tuve la sensación de que los minutos transcurrieron. Ambos quedaron debilitados y jadeantes en el piso. David fue el primero en recuperarse, elevando un poco el torso con la ayuda de sus manos. Sacudió la cabeza para despabilarse, parecía más humano por la lentitud de sus movimientos. Sus hombres no entraron a la celda, quizás por órdenes de él mismo de no interferir con el interrogatorio, o los muros de ladrillo y la puerta que presumía era de titanio ahogaban hasta los gritos adoloridos de su amo.

—*No sé qué te vio ella…* —Noah expresó con saña, su camisa comenzaba a tornarse roja por la herida en su cuello—, *eres un asqueroso* chupasangre.

David tuvo que sostenerse de la pared para levantarse y no desplomarse por el aturdimiento. Sus propias armas le jugaron en contra.

—*Los Portadores se destacan más por su afilada lengua, que por sus poderes. No le creo nada de lo que dijo, Allison no es de esas mujeres…*

—*Ella tiene un trío de pecas en la ingle, ¿no es así?* —Noah reveló con seguridad; demasiado conocimiento tenía de mi intimidad.

—*Traje de baño* —replicó David con frialdad, pues él era el único que tenía el gusto de saber lo que había cerca de mi vagina sin usar un diminuto traje para nadar en la playa o en una piscina.

Noah frunció el ceño por no tener más argumentos satisfactorios para rebajarme frente al otro como a una vulgar mujerzuela.

—*El pezón izquierdo es levemente más oscuro que el otro* —encontró más pruebas—. *Es muy sensible y se excita apenas la tocan. Se muerde los labios cuando gi…*

—*¡BASTA!* —David lo pateó con tanta fuerza en la pierna izquierda que crujió y Noah chilló a causa de la fractura.

Duró un rato retorciéndose entre el dolor de la pierna y la electrocución que recibía a través de las cadenas. Lloraba y profería mil maldiciones a la vez en que invocaba sus ondas expansivas para golpear a David. Por desgracia, nada ocurrió.

—*¿Esa mierda que me puso en la frente es lo que me contine? ¡Quítamela y veremos si eres tan valiente!* —desafió a pesar de la desventaja en la que se hallaba.

Puse la otra mano en el hombro del Noah en la Cámara y se la oprimí con suavidad para manifestarle mi apoyo. Nunca tuvo oportunidad de escapar, David le había implantado una diadema igual a la que me puso para anular mis poderes. Aunque en esta, la programó para que Noah padeciera de las descargas eléctricas al moverse.

—*¡Quiero que me devuelvan a Allison!*

—*¡TU NOVIA YA NO TE AMA! ¡¡DÉJALA EN PAZ!!* —gritó a todo pulmón, mientras soportaba el martirio de sus huesos rotos.

David se contuvo de patearlo de nuevo, estrellando a cambio su puño varias veces contra la pared donde Noah se hallaba encadenado. Su rostro desencajado reflejaba las ganas de pulverizarlo y arrancarle cada uno de los huesos que formaba su cuerpo. Le había escupido una gran verdad: yo tuve sexo con otro hombre.

Pese a esto, no hizo nada.

—*Es mía…* —siseó con los dientes apretados y los ojos cristalinos—. *Jamás la dejaré en paz. Ella me juró…* —guardó silencio e hizo algo que no me esperaba.

Le escupió la mordida en el cuello.

Noah se asqueó, soltándole un par de palabrotas, pero dejó de quejarse tan pronto la herida comenzó a cicatrizar. La saliva de un Grigori era un eficaz cauterizador, cerrándole las perforaciones al instante. Si las hubiese dejado abiertas por más tiempo, Noah habría muerto desangrado.

David abrió la puerta de la celda y llamó a uno de sus hombres.

—*Tráiganlos.*

Los pensamientos de Noah se agitaron. ¿Traer a quiénes? ¿Torturadores? Que lo hicieran picadillo, pero no iba a hablar.

No obstante, sus peores temores se materializaron.

—*¡Maldito, hijo de puta!* —Sus abuelos se hallaban en manos de los vampiros—. *¡NO!* —le horrorizaba verlos allí. Estaban con la mirada perdida, sin ofrecer resistencia en un aparente dominio hipnótico—. *¡¿Cómo diste con ellos?!*

—*Me tomé la libertad de investigar antes de que despertaras.*

Fue como si a Noah le dijeran «mira hacia tus manos», que él enseguida levantó la vista y observó que las yemas de sus dedos las tenía manchadas de tinta negra. Le habían tomado las huellas dactilares mientras estuvo inconsciente.

El gran error que tuvieron los Portadores fue la de abandonar a los parientes sin sangre aural y subestimar a un vampiro bastante astuto.

Al obtener los datos personales de Noah, este accedía a nombres, número telefónico y antigua dirección habitacional. A partir de ahí, tuvo que haber movido influencias para rastrear a los abuelos maternos y secuestrarlos en su intención de coaccionar al que había atrapado a la salida del portal del metro de Nueva York.

—*¿Qué quieres saber?* —El afán inesperado de vomitarlo todo, delató al joven clarividente. La Hermandad ya no era trascendental, el secreto por lo que tanto juramos, adquirió otro significado. Su lealtad se puso en tela de juicio ante la ventaja de su captor. ¿Qué evocaba su miedo?

Salvar a su familia.

David sonrió pérfido, lo tenía donde quería.

Luego, pidió a sus hombres dos sillas para los ancianos y los sentó frente a su prisionero.

—*¿Cada cuánto abre el portal?*

—*No sé* —Noah desvió la mirada hacia sus abuelos. No colaboraba, ni por que la vida de los suyos dependiera de él.

—*¿No sabes? Hum…* —David puso las manos sobre los hombros de la octogenaria y le mordió el cuello.

—*¡DETENGASE!* —Noah se removía mientras soportaba las descargas eléctricas. Sus abuelos no eran conscientes del daño que sufría su nieto, las miradas apagadas se postraban sobre sus pies, sin percatarse de lo que sucedía a su rededor.

David lo ignoró y siguió bebiendo de la mujer. Esta se quejó, pero no recobró su estado de consciencia absoluta.

—*¡DOS MESES! ¡EL PORTAL ABRE CADA DOS MESES!* —reveló entre lágrimas amargas, logrando que David dejara de beber y sanara a la anciana al lamerle la herida.

—*¿Por qué no podemos cruzar?* —continuó con el interrogatorio, a la vez en que se limpiaba las comisuras de sus labios, levemente curvadas en una sonrisa satisfactoria.

—*Por magia, solo los humanos tienen permitido cruzar. Los vampiros se desintegran al intentar traspasarlo.*

—*¿Sabes cómo deshacerlo?*

—*No… ¡Lo juro!* —Se apuró por si volvía a morder a su abuela—. *¡El Augur es el único capaz de anular el hechizo!*

—*¿Hay más portales?* —El otro negó con la cabeza—. *Eso es malo para ustedes* —David olía la mentira—, *porque permanecerán prisioneros hasta que abra el portal, y, durante ese tiempo, los torturaremos para no aburrirnos. A tus abuelos los morderé a diario…*

—*Libérelos* —Noah imploró por ellos—, *le diré lo que quiera saber.*

—*Entonces, hay más portales… ¡Cuántos!*

Noah cerró los ojos, contrayendo su rostro, estando muy consciente de que los ancianos lo declararían traidor. Para estos sería imperdonable que haya puesto en riesgo las demás puertas dimensionales que daban acceso al mundo alterno.

—*Solo sé la ubicación de otro* —reveló a medias, teniendo perfecto conocimiento que existían cinco en total, pero lo omitió.

—*¿Dónde queda y cuándo vuelve abrir?*

—*En Alemania y dentro de tres días.*

—*¿En qué parte exactamente?*

—*No lo sé. Los más jóvenes tenemos prohibido conocer el sitio exacto.*

—*Tú lo encontrarás* —David puntualizó, sin yo estar segura de, si lo decía por ser Noah clarividente o que, según él, los Portadores éramos los mejores videntes.

—*¡No somos brújulas!* —protestó angustiado. Pese a que su don le mostraría lo que se mantiene oculto a simple vista, no podría hallarlo, debía tener en su poder un objeto que lo conectara con aquel lugar. Por extensión, estaba «ciego».

Ese hecho puso a pensar al vampiro que me costaba reconocer como mi ángel caído por su perversa actitud hacia los indefensos.

—*¿Un hechizo lo localizaría?*

Noah tardó en responder por estar observando a sus abuelos. Lucían como dos maniquíes de cabellos canosos.

—*Sí. Pero solo los brujos son capaces de hacerlo.*

David sonrió.

—*Bien, porque precisamente conozco a uno.*

Y batió mi carta en el aire.

Capítulo 21

No sé cómo permanecía en los recuerdos de Noah ante la abrupta revelación que me dio la carta que sostenía David.

Tía y el señor Burns también estaban en su poder, y todo por mi culpa.

Respiré profundo, controlando el temor de lo que les sucedería, de mi ángel no lograr su cometido. Me aferré a la mente de Noah, aún no era tiempo de encarar a los viejos Portadores, tenía que averiguar más, saber con precisión hasta dónde David había llegado para darme alcance.

Así que navegué una vez más.

En esta ocasión no estábamos en la celda, sino en un lugar diferente.

—*No puedo creerlo… ¡Estás aquí! ¡Volviste!* —escuchaba que sollozaba una mujer cerca de mí. Bueno, de Noah…

Él abrió los ojos con lentitud; al parecer, estuvo inconsciente, sin determinar si pasaron unos minutos u horas, pero lo suficiente para estar aturdido. Miraba a la extraña que se hallaba a su lado y la observó con dificultad. Su imagen no era nítida, tan solo una mancha borrosa que impedía saber cómo era ella, la mujer lloraba y reía al mismo tiempo como si hubiese visto a un ser querido volver de la muerte; invadía su espacio físico, tocándolo, repartiendo pequeños besos en su rostro.

Intentó apartarla, pero no pudo.

Rápido noté que su inmovilidad se debía a la diadema que suponía aún tenía pegada en su frente, puesto que, *por lo que alcanzaba a ver*, sus muñecas no estaban encadenadas.

Noah miraba todo desde un ángulo que podría decirse estaba acostado. Frunció el ceño, percibiendo que aquello era anormal.

La imagen de la mujer poco a poco aclaraba, Noah parpadeaba para acelerar la visión, comenzaba en esta a dilucidarse sus rasgos: rubia, de ojos azules, de facciones hermosas y en extremo blanca...

—*¡Apártate!* —la gritó asqueado por las muestras de cariño que le brindaba.

—*No te haré daño* —dijo ella en voz baja para tranquilizarlo y luego obedeció, alejándose hacia una chimenea cercana. La vampira se entristeció, dejando su mirada perdida en los troncos que crepitaban bajo el fuego abrasador.

Noah reparó en que se hallaba sobre una cama y su cabeza reposaba sobre mullidas almohadas. También notó que su pierna fracturada la tenía entablillada y sus costillas vendadas bajo una camisa que no era la suya. Había recibido ayuda médica y, al parecer, le suministraron sedantes que aplacaban el dolor.

Abismado, miró su entorno sin poder girar la cabeza, pero sus ojos rodaban de un extremo a otro, captando todo con precisión.

La habitación rebosaba de lujo: láminas de oro en el techo y las paredes, lámparas de Tiffany, chimenea de mármol rosa, muebles Luis XV y un precioso minibar de madera finamente tallado. Era una decoración en extremo femenina, y, por lo que notaba, lo llevaron al dormitorio de esa mujer.

Un ligero movimiento cerca de una ventana captó su atención. Las cortinas blancas y transparentes se ondeaban suave por la brisa que provenía del exterior, las telas ligeras apenas ocultaban al sujeto que allí estaba parado, mirando hacia la calle, pensativo.

—*Maldito...* —espetó tan pronto lo reconoció.

David.

Este se volvió hacia él con su mirada altiva y una sonrisa de suficiencia. Se había cambiado de ropas a otro juego de pantalón y chaqueta de corte perfecto. En su mano sostenía una copa repleta de sangre de la que posiblemente disfrutaba sin mucha prisa y en la otra su móvil del cual tuvo que haber realizado alguna llamada.

Noah intentó lanzar una onda expansiva hacia él y enseguida comprendió que era imposible hacerlo.

El dichoso artefacto le anulaba sus poderes.

Quería saltar de la cama y molerlo a los golpes, odiaba a los Nocturnos con todas sus fuerzas, estar cerca de ellos le envenenaba el alma. Parecía una estatua. ¡Lo tenían paralizado!

—*Mis abuelos…* —inquirió preocupado a David. El dolor y el temor por los seres que más amaba, quebrantaron su espíritu. Solo le restaba obedecer para garantizarles la vida.

—*Están al cuidado de mis hombres* —respondió mientras la vampira hizo amague de acercarse hasta Noah que se hallaba acostado en la amplia cama, pero David no se lo permitió, daba la impresión de esta pretender continuar con los besos tímidos que le dio al humano que le trajeron.

—*¿Dónde estoy?* —Noah exigió saber, lanzando la pregunta al que quisiera responderle.

—*En Alemania* —David reveló y la vampira gruñó frente a la chimenea por no haberla dejado hablar. A pesar de su costoso vestido de Chanel, lucía cansada y sin una gota de maquillaje en un aparente desvelo quizás por la espera de «la magullada ofrenda» que David le trajo en compensación a lo que harían en ese país.

—*No pierdes tiempo, ¿eh?* —rio mordaz—. *Te mueres por cruzar el portal.*

—*El tiempo es oro.*

—*Más bien «vida», porque tienes a mi familia.*

—*Lamento que ellos estén involucrados…* —la rubia se metió en la conversación entre esos dos, en un marcado acento alemán, apenada que su coterráneo haya recurrido al secuestro de inocentes para sacar información y manipularlo a su antojo.

Se aventuró en sentarse a los pies de la cama y aguardó un instante a que Noah la gritara por no mantener las distancias. Sin embargo, él la observaba en silencio con una extraña sensación de haberla visto en alguna parte; le sonaba conocida sin determinar dónde o cuándo se cruzó con esta, aparentaba tener unos treinta años, aunque Noah suponía que era mucho más vieja por ser amiga de un Grigori. Lo que sin duda no le creería ni la sonrisa, los de antiquísimo linaje se destacaban por ser expertos en la mentira.

Paseó la mirada por su figura y se detuvo un instante en la protuberancia de sus senos.

—*¿Eres Amara?* —preguntó después de un minucioso examen visual, del cual le inquietó que su pecho se oprimiera. La vampira le ocasionaba más inquietud que temor, reprendiéndose en su fuero interno por imaginarla desnuda.

Ella sonrió, iluminándose sus ojos lapislázuli.

—*¡¿Me reconoces?!*

—*No. Pero he oído de ti.*

—*¿Sí? ¿De quién?*

—*De la Hermandad.*

—*¡Ah!* —su sonrisa se ensanchó—, *y ¿qué dicen los Portadores de mí?* —preguntó henchida de orgullo, ansiosa por escuchar cuánto la alababan o temían por sus hazañas guerreras.

—*Que eres una perra* —escupió sin importarle si la hería.

A Amara se le borró la sonrisa del rostro, sin haberse esperado que la insultaran de esa manera.

No sé por qué sentí empatía por ella, se alimentaba de humanos y aniquilaba a los que no servían para sus propósitos de conquista, pues esta era una de los diez Grigoris que estuvieron presentes en el castillo de Raveh para presidir el enfrentamiento entre David y Hasan. En ese entonces, Amara se mostró altiva, sentada en el trono que le correspondía bajo la imagen del blasón del Fénix. Pero, ahora… ella lucía tan minimizada y rota…

Era extraño que no le arrancó la cabeza a Noah. ¡Un profesado enemigo la denigró en su cara y delante de un *colega* de la realeza! Por ofensas menores decapitaban a los que no controlaban la lengua, y a este que mantenían inmovilizado con tecnología físico-neural prácticamente le apuñaló el corazón.

Sus ojos se humedecieron y se levantó rápido de la cama, para caminar de nuevo hacia la chimenea y no demostrarle a él que la lastimó con sus duras palabras.

—*Solo me acuesto con los que amo* —dijo en un fútil intento de excusar su promiscuidad.

Noah resopló.

—*Deben ser muchos…*

—*¡Basta!* —David tronó desde la ventana a la vez en que guardaba su móvil en el bolsillo interno de su elegante chaqueta sastre—. *Delante de mí no se ofende a una dama.*

Para el Portador, tal comentario le hizo gracia.

—*¿También folló contigo?* —preguntó con ojeriza, teniendo presente la jactancia expresada del Grigori de la relación que tuvo conmigo hacía meses.

El caballero andante tenía doble moral.

—*¡NO TE ATREVAS!* —Amara bloqueó el paso en cuanto David cruzó la habitación con rapidez para golpearlo.

Este gruñó por impedirle darle su merecido y direccionó su furia hacia la mesa que estaba en su camino, la golpeó dejándola inservible.

—*¡Uf!, ella es la que manda…* —Noah espetó sin dejarse amedrentar. Disfrutaba sacarle de las casillas.

—*Es su casa, idiota* —replicó con voz contenida.

—*Bueno, en ese caso…* —miró a Amara—, *¿podrías quitarme lo que tengo pegado en la frente y darme de comer? Tengo hambre.*

—*Y de paso te da unos masajes* —David agregó sarcástico. La copa de la cual bebía yacía quebrada en el piso y su líquido rojo esparcido por la furia que lo embargó a causa del prisionero. La casa no era de su propiedad y hacía desastres.

—*No me vendrían mal, pero prefiero que me los dé Allí…* —enmudeció. Su mirada quedó clavada en lo que se hallaba colgado en la pared al fondo de la habitación y, del cual, también me sorprendí—. *¡¿Por qué mi retrato está allí?!* —inquirió perplejo a los dos vampiros.

Amara y David intercambiaron miradas silenciosas.

—*¡Respondan, no se queden callados!*

—*Te corresponde a ti, Amara* —David concedió, dándole la espalda para dirigirse de nuevo hacia la ventana. Algo del paisaje nocturno de allá afuera le llamaba la atención o su melancolía necesitaba un escape.

Noah rodó los ojos hacia la rubia y esperó a que le respondiera. La aludida había palidecido, acentuando más su piel de alabastro.

—*El retrato no es tuyo* —reveló en voz baja sin tener el atrevimiento de acercarse para que no le gritara, prefiriendo en cambio, mover con su pie y de forma delicada parte del mueble destrozado. El precioso jarrón floral y la mesa donde este reposaba tendrían como destino final el contenedor de la basura; ni el artesano ni el carpintero más hábil lograrían restaurar semejante daño.

Noah se odió porque la mujer tenía la habilidad de hacer que él se distrajera con sus movimientos, que enseguida entornó su mirada hacia la pintura y, desde su sitio, la estudió con detenimiento. Se estremeció y yo experimenté una especie de «subrecuerdo» o lo que sería «una retrocognición dentro de otra», a través de él, percibí la energía que absorbió su retrato. Allí observé a David lanzando pinceladas como si yo estuviese pintando dicha obra; el rostro masculino era la viva imagen de Noah: los mismos ojos gris platinados, el mismo cabello negro intenso, la misma tonalidad de piel clara, la misma sonrisa socarrona...

Si no era Noah, ¿quién? ¿El «exitoso doble» que vivía del otro lado del portal?

—*La pintó él* —miró de reojo a David, quien por obvias razones notó su parecido con *el del lienzo,* y, del cual, debido a esto no lo mató cuando lo atrapó—. *¿Por qué?* —conjeturó sin la necesidad de sus dones, este pudo haber realizado mediante «retrato hablado» en una de sus visitas a la alcoba de la vampira, en la que ella habría descrito *al que estaba del otro lado* del portal; sin embargo, el retrato distaba a lo que el Grigori inglés por lo general pintaba, era muy comentado entre los residentes del Zigurat, su sombrío arte era tema de estudio: una manzana, un perro, una niña, una mujer... Todo lo plasmaba desde un punto de vista del que a muchos les causaría aprensión: los tonos mortecinos reflejaban lo putrefacto, la decadencia, el caos y mil impresiones más que hacían meditar si David Colbert estaba loco. Tenía un gusto peculiar por los estragos de la muerte.

Pero, al igual que mi lienzo...

Este reflejaba añoranza. Era muy realista.

—*Porque se lo pedí* —respondió Amara al elevar sus ojos de vuelta hacia él. El decorado de su exquisita habitación peligraba si recibía otro insulto.

Noah los estudiaba a ambos como queriendo leer sus mentes, en David apenas se detuvo un instante; en cambio, en la Grigori alemana trabó su mirada.

—*¿Quién es ese tipo?* —Se le hacía que no era su «gemelo».

Amara se llevó la mano al pecho y expulsó el aire de los pulmones, relajando la tensión en sus hombros y en su rostro. Al parecer, lo más duro había acabado de pasar al identificarse ante él.

—*Era mi esposo. Mi… primer esposo.*

—*Parece mi gemelo.* —¿Acaso era una segunda versión de él de alguna otra dimensión alterna?

No.

La segunda, no.

Su corazón palpitó.

Al igual que la Ninfa Marina, David no plasmó esa pintura en lo macabro, sino que capturó la esencia de la persona lo más real posible.

El afamado pintor se sintió incómodo de hallarse allí en medio de una conversación que quizás se tornaría más íntima, y salió de la habitación, dejándolos a solas. Lo que ellos tendrían que hablar no le concernía.

Gesto que Amara agradeció al esbozarle una sutil sonrisa por otorgarle privacidad sin que ella se lo pidiera.

Arrastró sin rudeza uno de los finos sillones y lo ubicó a un escaso metro a los pies de la cama, para que el Portador no se molestara por su cercanía, y se sentó sin cruzar sus largas piernas. Con esa posición le indicaba al otro que ella estaba dispuesta a responder a todas sus preguntas.

—*¿Cuál era su nombre?* —la curiosidad de Noah lo impulsó a iniciar el peculiar interrogatorio.

—*Eliam.*

—*¿Caíste por él?*

—*Sí.*

—*¿Lo convertiste?*

—*No. Otro como yo, te… Lo mordió.*

Sentí un estremecimiento ante ese hecho. Cada humano que fue amado por un Eterno murió porque la maldición los perjudicó a ellos también. Desafiaron y perdieron, amar no era su destino.

Al saber que la Grigori cayó por un mortal, hizo que yo pensara en la mujer por la cual David perdió su Divinidad.

No fue Sophie, por obvias razones, ya que él la conoció hacía más de quinientos años. Si calculamos los milenios, fue una mujer que lo tentó y sacó de cabeza del Reino Celestial al principio de los tiempos.

Y esta fue…

—*Amara…* —Noah la llamó—, *para ser Portador hay que morir a manos de un Grigori. Ese tipo…*

—*Eras tú* —reveló un tanto aprensiva de su reacción. Sería un tonto si él no comprendía lo que eso significaba.

—*Demonios…* —lo comprendió a la perfección. El del retrato no era un «otro yo» de una dimensión alterna, ni un clon ni un hermano gemelo. Era su reencarnación.

Descubrir este hecho, me impactó. ¡Nos parecíamos más de lo que pensábamos! Ambos nos reencontramos con amores de nuestras vidas pasadas y sufrimos a causa de ello.

Amara y Noah guardaron silencio sin dejar de verse. Cada uno en su puesto, buscando algo en los ojos del otro para averiguar si había resentimiento o mentiras de por medio; sea lo que fuere, la angustia y la sorpresa los abrumaba. Estaban frente a frente después de dos mil quinientos años.

—*Eliam…*

—*Te actualizo,* vampirita, *que mi nombre es Noah* —la corrigió en un tono desdeñoso que resultó bastante antipático. Pese a todo, ella seguía siendo su enemiga.

Amara asintió y una lágrima rodó por su mejilla.

La intimidad acabó.

—*Lo sé, disculpa, es la costumbre.*

—*Ya que fuimos algo en el pasado: quítame esto* —sus ojos se movieron hacia arriba en referencia a la diadema pegada en su frente. Si bien, no lo tenían inmovilizado con cadenas electrificadas, sus brazos y piernas seguían inertes.

—*Eliam…*

—*Noah* —graznó. Se estaba cansando de la confusión de nombres. Pero ¿quién la culpaba?, suspiraba por él desde que el mundo estaba en pañales.

—*«Noah»* —repitió—. *Tú amas a otra chica, ¿verdad?* —Él no respondió y Amara esbozó una amarga sonrisa—. *El silencio otorga* —agregó para su desdicha.

—*Se dice «el que calla: otorga».*

—*¿La amas?*

—*Sí, ¡y no vas a tocarla! ¡¡Te mato si lo haces!!* —la dejó en el tintero.

—*Eliam…*

—*¡NOAH! ¡MALDICIÓN, GRABATELO! ¡¡MI NOMBRE ES…!!* ¡Arrrghh! —chilló ante el esfuerzo de haber gritado. Al parecer, los sedantes que le dieron para aplacar el dolor en las costillas fracturadas y en la pierna ya no le surtían efecto.

Desconsolada, Amara se marchó de la habitación.

Los gritos proferidos por el Portador y el hecho de que la reina de los vampiros alemanes no aguantó más sus ofensas, provocó que David entrara como un huracán y lo agarrara del cuello para estrangularlo.

—¡Argh!

—*¡Te dije que no la ofendieras!*

—¡Arrrgh! —Noah luchaba por aire sin que sus extremidades se libraran del aletargamiento, David lo aplastaba en la almohada en su clara intención de matarlo.

—*¡Solo tengo que apretar un poco más para que exhales tu último aliento, maldito Portador!*

—¡Arrrrrrrgghh! —Ni para gritar tenía fuerzas, su visión comenzaba a nublarse, su corazón golpeando fuerte su pecho por los segundos que le quedaban de vida.

Aun aí, David lo soltó y retrocedió unos pasos, tomándose una respiración profunda para calmarse.

—*Tienes suerte de que no te mate* —siseó con los dientes apretados, temblando de furia y enterrando las garras en las palmas de sus manos para no hacerlo contra el cuello del otro.

—*¿Y por qué… no… lo haces?* —desafió entre toses estentóreas. La adrenalina hablaba por él y el dolor en su cuerpo lo martirizaba.

—*Porque tendrás que servir de mensajero.*

—*Búscate a otro, yo ya cumplí con mi parte.*

David negó con la cabeza.

—*Quiero que le digas a Allison que abandone la Hermandad y cruce sola el portal. Si no obedece, mataré a todos los que ella ama. Incluyendo a sus amigos.*

—*Primero me matas, no diré nada.*

—*Le contarás, porque si no, tu padre adoptivo y tus tiernos abuelitos nos calmaran la sed. Haremos un festín con todos los que tenemos en los calabozos: la sangre de los Portadores y la de los ancianos humanos son muy apetecidas.*

Noah se paralizó.

¡También tenían a Oron!

—*Maldito…* —lloró con rabia, porque nada lo libraría de salvar a los suyos si no colaboraba.

Debido al ataque que su comitiva sufrió en el túnel del metro, su padre tuvo que haber cruzado el portal alemán para rescatarlo; solo su hijo estaba desaparecido en la dimensión original. Ahora, la situación cambiaba y era su turno de hacer lo que estuviese en sus manos para ayudarlos. A parte de la captura de Oron, era evidente que los abuelos de Noah fueron trasladados hasta ese país germano para obligarlo a cumplir con sus demandas.

—*La quiero de vuelta.*

—*Ella te odia.*

—*No me interesa, cruzará el portal.*

—*¡No la dejarán!*

—*¡¡Los convencerás!!*

—*Y ¿si no puedo?, ¿si ella no quiere?* —se preocupó porque recordó que las cosas entre él y yo no estaban bien. La apuesta en el Antro vino a su mente, el licor, los besos, las caricias que subieron de nivel…

—*Despídete de tu familia.*

Noah respiraba agitado, nervioso por el bienestar de sus abuelos maternos. Era una posibilidad muy grande de que los Portadores no me permitieran dejar la Hermandad para seguirle los pasos a un vampiro despiadado.

—*Llegará el momento, Grigori, en que a todos ustedes los mataremos* —espetó rencoroso.

—*No creo que puedan* —Amara contestó en lugar de David, en una repentina entraba a la habitación.

Miró a su coterráneo con severidad y sin reprocharle nada por intentar estrangular a su «primer esposo»; si se devolvió para detenerlo por el abrupto ataque, quedó en el olvido. La amenaza de su antiguo amor parecía dolerle en lo más profundo de su ser, tal vez recordándole que este formaba parte de un escuadrón que juró aniquilarlos casi en el instante en que ellos cayeron sobre la faz de la Tierra.

Caminó hasta el retrato, desmontándolo de la pared, y lo arrojó al fuego de la chimenea.

Sentí pena por ella, tantos años esperando a que su alma gemela despertara del sueño de la muerte, y, al final, no era el mismo sujeto.

No la amaba, la detestaba. El óleo era como sus anhelos: se quemaba inmisericorde.

Noah no se burló, sino que dicha reacción lo tomó por sorpresa. La miraba detenidamente mientras que ella observaba al fuego destruir lo que más valoraba.

Con lágrimas contenidas lo miró.

—*¿Existe la posibilidad de que algún día me puedas amar?*

—*Lo siento, ya estoy enamorado* —contestó sin que le pasara por alto el hecho de no increparle por tener cautivos a su padre adoptivo y a sus abuelos maternos.

David gruñó por el amor que hacia otra mujer este profesaba. Sabía de a quién se refería.

De mí.

—*Estoy dispuesta a compartir…* —Amara a pesar de lo que hizo se aferraba a una vana esperanza.

—*No me gustan las* chupasangre —espetó avinagrado a la vez en que cerraba los ojos, incapaz de ver el sufrimiento de la Grigori. Faltaría a su juramento más sagrado de no amar a un ser de la noche.

—*Eso es porque aún no te has acostado con una* —ronroneó, quizás acostumbrada a conquistar a los hombres de esa manera.

Este resopló.

—*¡Me vale un carajo las habilidades sexuales que tengas!* —la atravesó con la mirada—. *¡TIENES A MI FAMILIA ENCERRADA EN UN CALABOZO! ¡¡SON TUS PRISIONEROS!! Nunca te miraría con deseo, sucia vampira, eres fría y paliducha. En cambio, me gustan las mujeres cálidas y rozagantes, no las bazofias como tú.*

Amara lloró y yo consideré que Noah fue un idiota por perder la oportunidad de pedirle a esta que liberase a todos los que estaban en su poder. No obstante, lo manifestado por él con tanta rabia le aseguraba a la Grigori que su Eliam reencarnado jamás la amaría.

—*Te deseo felicidad, Noah* —expresó resignada a la vez en que se limpiaba las lágrimas con el pañuelo que David le había acabado de entregar—. *Ya hemos obtenido de ti lo que deseábamos, te dejaremos marchar en cuanto localicemos el siguiente portal.*

—¿Y mis abuelos? ¿Mi padre? —se angustió.

A través de los ojos afligidos de la vampira era fácil de adivinar que pensaba que los ancianos aurales hicieron muy bien su trabajo al inculcarle a Noah su doctrina de odiar a muerte a los vampiros.

—*Tus abuelos no son mis rehenes* —comentó—, *eso dependerá del soberano de la Casa del León: él los cazó. Pero tu padre… Te garantizo que a él y sus hombres podrás llevártelos después que te liberemos.*

Noah suponía que Oron nada les reveló, porque, de otro modo, no habrían recurrido con los servicios coaccionados de un brujo para hallar el próximo portal que abriría, ya que el de Alemania y el de Nueva York se activarían de nuevo para dentro de dos meses.

David tenía prisas por atraparme.

Luego Amara a este lo miró. La tristeza pasó a ser una máscara de frialdad. Si el amor a ella le fue negado, quedaba un camino…

—*Haz el hechizo* —le dijo—, *tienes mi permiso.*

Capítulo 22

Retiré la mano y abrí los ojos.

No quería ver más.

Había dos traidores: Noah y el señor Burns.

El primero por soltar la lengua pese a los rehenes que dependían de él y el segundo por realizar hechizos de localización.

No fue por cobardía o ambición, al igual que Noah, el señor Burns tenía en sus manos la vida de tía Matilde. Al obtener datos del portal oculto en Alemania y el de Chile, solo le restó conjurar para dar con el sitio exacto de ambos; de ese modo, Amara –siendo anteriormente avisada por su coterráneo– atrapó a Oron y a un puñado de sus hombres Descendientes, en cuanto se activó el que se hallaba en sus propias tierras.

David fue astuto al secuestrar a los abuelos de Noah y a mi tía. ¡Claro que fue capaz de hacerlo! Lo supe en cuanto sacó mi carta de su chaqueta. Tener a Noah prisionero, le garantizó más de lo que se hubiese imaginado, logró enterarse de la dirección de San Francisco escrita en el sobre; un error astronómico que cometió mi amigo, tal vez para recordarlo con más facilidad o porque debió ceder el favor a uno de sus compañeros por alguna circunstancia. Eso lo explicaría.

La Hermandad no iba a permitir que David se saliera con la suya, pues él me transformaría y acabaría con la Tríada. Intercambiar un Portento por humanos comunes, que de los cuales, uno de ellos colaboró para hallar dos portales..., no lo verían con buenos ojos. El señor Burns no formaba parte de la Hermandad de Fuego, aun así, era un aliado que les ayudó durante años con brujerías y conjuros. Y el hecho de ceder –porque eso era más que factible– a los deseos de los Grigoris, lo condenaban.

—Díganos, joven Allison, ¿qué vio en los recuerdos del acusado? —inquirió Nuriel, espabilándome de inmediato.

Me tomé un minuto para ordenar mis pensamientos y así idear un plan del cual no comprometiera a Noah, tampoco que me pillaran en la mentira, Nuriel era de los que ponían trampas en el camino para atrapar a los que infringían las leyes, se manejaba con palabras suaves y aparente quebranto de salud, pero esto solo era una fachada que indicaba a un sujeto que no dudaría mandarnos a fusilar.

Deseé tener mi reloj de pulsera para saber cuánto tiempo había pasado en mi retrocognición. El Augur y el resto de los Portadores me miraban expectantes a que les ratificara lo que ellos dictaminaron con anterioridad. Lo deducía muy bien, no hubiesen esperado a que yo posara la mano sobre la cabeza de mi amigo y contara todo por las que pasó; solo querían escuchar que corroborara lo que este dijo para luego implementar el castigo sin que esto ocasionara protestas. Noah no hubiese callado por mí, ¡él habría advertido de la vigilancia del siguiente portal por activarse!

Noah –aplastado en su silla contra su voluntad– levantó su rostro y me atrapó con el centelleo azorado de sus grisáceos ojos, y movió casi imperceptible su cabeza para que no dijera nada; debía de callar, si yo hablaba, los cinco portales quedarían sellados para nosotros y traspasarlos sería siempre un riesgo latente de querer buscar a nuestras familias. David no los mataría, pero los mantendría en cautiverio, estarían atrapados hasta que la Hermandad decidiera negociar. Noah entendía muy bien eso, si yo no cruzaba, él no volvería a ver a sus abuelos, poco dispuesto a que sucediera, y, a decir verdad…, tampoco yo.

—Eh… —mi corazón explotó de los nervios, tenía que mentir y no era muy buena haciéndolo—. Una Grigori… Amara. Ella… *f-fue* la que planeó atacarlos...

Mejor una mentira a medias, que una mentira descarada.

—¡NO ES CIERTO! —gritó Homero D´León—. ¡FUE COLBERT! ¡ÉL ESTUVO EN EL SUBTERRÁNEO, NO ELLA!

Cielos… No contaba con ese sujeto.

—¡David fue seducido, la vampira quería un Portador para experimentos! —repliqué tratando de acomodar la mentira.

—¡¿Lo tuteas?! —me cuestionó—. ¿Acaso lo conociste?

¡Ups! Di un vistazo hacia el Augur que mantenía la mirada dura bajo sus anteojos. Donovan arqueó las cejas, preocupado, me había expuesto como una tonta. A juzgar por la forma en cómo los demás se sobresaltaron, solo cuatro personas sabían lo que tuve con David: Donovan por ser mi amigo, Oron por ser testigo, Nuriel por su extraordinaria precognición antes de conocerme y Noah por haber sido su prisionero.

¡Ah! Y Kitzia. Me olvidaba de ella…

De esto sabía por la íntima amistad que sostenía con Oron.

—¡No! —exclamé—. Lo que pasa es que esa mujer lo tuteaba mucho. Se me pegó el nombre, lo siento.

Noah escupió un improperio por lo bajo, habiendo vivido en carne propia los celos de un vampiro.

Las murmuraciones –molestas e incrédulas– invadieron la Cámara. El Augur golpeó su *cayado* contra el piso para que el silencio volviera a imperar; su envejecida voz se alzó por encima de los Portadores, tronó con la contundencia de un jefe supremo, el caos no iba a echar a perder la investigación. La verdad no se confirmaría si el desorden comandaba sus reacciones.

Yo estaba por sufrir un infarto si no lograba dominar los latidos de mi corazón. Era imperativo que me calmara y pensara con frialdad, Noah dependía de mi destreza para engañar a los *hermanos.*

—¿Qué razones tuvo el acusado para revelar lo que *no tenía* que revelar? —Nuriel inquirió con aplomo, lo que confirmó que Noah les había dicho lo que le pasó. Solo que imploraba en mi fuero interno que no haya alertado de la exigencia de David. A estos, unos ancianos sin dones aurales les tendría sin cuidado.

Tenía los nervios contenidos, las cartas echadas sobre la mesa.

—Por amor —dije.

El parloteo incesante de no dar crédito a mi explicación hizo que Nuriel golpeara con más fuerza su *cayado* contra el rutilante piso de mármol. Los Portadores se removieron sobre sus asientos y negaban con la cabeza. El señor Bristol vociferó una sarta de ofensivas consignas hacia el clarividente, pero el anciano a su lado y del mismo don de Noah, se levantó de su asiento y casi le encasqueta un puñetazo en pleno rostro. Los dos hombres se envalentaron debido al estrés que implicaba tener que juzgar a un traidor.

El Augur dio tres golpes más al *cayado*, y, a causa de esto, una onda expansiva recorrió cada perímetro del salón.

Nos golpeó a todos, tirándonos al piso. La onda se llevó por delante a Portadores Portentos y Básicos. Los cofrades se salvaron por no estar en el camino de su poder mental. Noah cayó de su silla, patas arriba, lastimándose su pierna y sus costillas, y yo quedé sin aliento y viendo estrellitas bailoteando alrededor de mi cabeza. Donovan fue el único de los hermanos aurales que no sufrió una embestida, quedó petrificado en su silla, con los ojos explayados. Se levantó y corrió hacia mí para levantarme de inmediato y revisarme por si tenía alguna herida.

Los ancianos comenzaron por recobrar sus fuerzas y levantarse atontados del piso; se sobaban adoloridos la cabeza y las nalgas, los cofrades no hicieron nada por ayudarlos, sus servicios eran exclusivos para el Augur, no para viejos volátiles que no sabían escuchar. Donovan volvió a su puesto y el señor Octavio –Portador Básico– ayudó a Noah a sentarse en la silla del acusado; este intentó hacerlo solo, pero trastabilló por su debilidad.

El Augur alineó los ojos hacia los presentes, en apariencia dispuesto a tomar medidas extremas si no nos comportábamos con dignidad.

Luego de que en la Cámara el orden volviera a instaurarse, me permitió que siguiera hablando.

—Cómo dije: Noah se vio obligado a revelar la ubicación del portal en Alemania, por amor. —Esperé a que me interrumpieran y como nadie protestó, proseguí—. David… Perdón, el Grigori inglés, tomó por prisioneros a sus abuelos.

—¡Un momento: ese vampiro está muerto! —exclamó el señor D´León, levantándose de su asiento.

Sacudí la cabeza.

—Fue uno de alto rango, pero no él...

—¡¿Cuestionas lo que digo?! —siseó enrojecido, dando dos pasos hacia mí de manera intimidante, no le gustaba que dudaran de su palabra. Todo un patán.

—No, señor, yo sé lo que vi: el Grigori está vivo. Él fue quien chantajeó a…

—¡CALLA! —Noah me gritó, su expresión de frialdad cambió a una mortificada. Por su actitud, presumía que contó la verdad a medias: lo atraparon, lo torturaron hasta que lo hicieron hablar. De sus abuelos, lo más probable es que no dijo nada, por eso su nerviosismo. Si es que así fue como ocurrió el primer interrogatorio o quizás lo drogaron para que cantara como pajarito. Eso viejos eran mañosos…

Gracias a Dios no había un telépata en la Cámara para desmentirnos.

—El acusado está en la obligación de permanecer en silencio —Nuriel le recordó con severidad.

—Lo siento, debo hablar… —me disculpé ante Noah. Ninguno de los presentes le perdonaría haberse dejado atrapar, para eso le entregaron el veneno oculto en el anillo: su deber fue la de morir, no abrir la boca para perjudicar a los habitantes del Zigurat.

Para lograr convencer a los *hermanos mayores* de que su revelación forzada fue motivada por algo más angustiante, tenía que explicarles que el «verdadero motivo» de David Colbert era sitiarlos a ellos hasta lograr cruzar los portales que descubrieron. Yo les expresaría que no deseaba volver a él y que lucharía junto con ellos en caso de invasión, pero calladita esperaría a que bajaran la guardia y me escabulliría por el portal cuando se activara. Por tía, por el señor Burns, por los abuelos de Noah, me sacrificaría.

—Allison…

—El Grigori amenazó con matarlos si no decía dónde se hallaba el próximo portal en abrir —continué con el relato, ignorando que Noah me martillaba con la mirada—. Los torturó y…

—¡Allison, no! —suplicó, sus ojos se llenaron de lágrimas. Era un riesgo lo que hacía, aun así, era la única vía que me quedaba. Ese Nuriel nos ponía a prueba.

—¡SILENCIO! —tronó—. El acusado no tiene derecho a hablar con libertad, dejó pasar su oportunidad cuando pudo; ahora es nuestro turno juzgarlo —se dirigió a él sin tutearlo. Un privilegio que solo tuvo la Tríada. Luego me miró—. ¿Cómo harán los Nocturnos para cruzar el portal si el hechizo no les permite el paso? —preguntó ante la notoriedad de ese suceso, asumiendo que la intención de David era la invasión.

Aun así, uno de aquellos seres murió por tratar de seguir al señor D´León cuando huyó por el portal en Nueva York; el umbral dimensional era una trampa mortal para un ser que vivía en la oscuridad, la magia lo hizo trizas y su alma al infierno fue a parar.

—Dudo que puedan —respondí sin delatar al señor Burns. Mi tía moriría si a él algo malo le pasaba.

—Así es —Nuriel esbozó una sonrisa taimada—. Aunque me cuesta comprender cómo es que el joven Evans logró escapar. Los Nocturnos no son confiables, son mentirosos.

Tragué saliva.

—Ellos llegaron a un acuerdo —mentí—. El Grigori le entregaba su familia a cambio de la ubicación del portal alemán. Por eso le perdonaron la vida y a los otros los liberaron.

El Augur se carcajeó, y, con él, la audiencia completa.

—¿Y qué ubicación dio si a ningún Portador joven se le da tal información? Y el joven Noah supo de dos portales…

—*P-por* supuesto —concedí nerviosa—. Pero sabía de esos países. ¿Cómo se hizo de ese conocimiento si no fue por uno de ustedes? —repliqué como abogada defensora.

Los ojos recelosos del Augur se posaron sobre el acusado.

—¿Por quién lo supiste? —le preguntó y este me lanzó una mirada asesina por bocona.

—Contesta —le pedí en voz baja para que me siguiera la corriente. ¡Lástima que yo no era telépata! Le habría contado mis planes.

Él sacudió la cabeza.

¡Uf! Si no deseaba ayudarse, lo empujaría.

—Fue Oron Powell —revelé a los presentes.

—¡CÁLLATE, SAPA! —exclamó con odio, sin dar su brazo a torcer. No delataría a su protector.

Me dolió su ofensa, pero me la aguanté. A Oron nada le harían. ¿Qué castigo le aplicarían de llegar a sobrevivir? ¿Un par de latigazos? ¡Era uno de los Portadores con más alto rango dentro de la Hermandad! A él se le confería ciertas concesiones, y Noah era como su hijo; si le dijo todo aquello, fue para un determinado fin que solo él sabía.

—¡Eso lo hace más grave! —increpó el señor Bristol, dándole brasa al asunto.

—¡No lo es! —repliqué azorada—. El señor Powell no es estúpido.

Los Portadores se sobresaltaron. Mi juventud me prohibía ser irrespetuosa con los ancianos, las jerarquías debían respetarse y el trato ceremonial ser la pauta del día.

No me disculpé, ya había metido la pata hasta el cuello y no podía hacer nada al respecto. Indiferencia total para no demostrar que me pasé de la raya.

Miré de refilón a Nuriel y este con ojos entornados bajo el cristal de sus anteojos me escrutaba detenidamente.

—El señor Powell es un hombre muy sensato que piensa muy bien las cosas antes de ejecutarlas —continué—. Si él confió en Noah, por algo será.

—¡Y mira con lo que salió: traicionó a la Hermandad! —increpó el señor Bristol por segunda vez.

—¡¡Es un bocazas!! —la inquina fue secundada por un grupo que se dejó llevar por sus arranques de rabia.

Noah empuñó las manos y rodó los ojos con severidad hacia los que le endilgaban semejante afrenta. De tenerlos cerca, los mandaba a la lona de un puñetazo.

—Si alguno de ustedes estuviera en sus zapatos, ¿qué hubieran hecho? —pregunté a la enojada audiencia—. Sus hijos, sus padres o abuelos… ¿Los habrían dejado a su suerte?

Nadie respondió, pues yo tenía razón. Cualquiera de ellos hubiese hecho lo mismo con tal de salvar a sus seres queridos. Sin embargo, no hubo el que se levantara para apoyarme en mi retórica, eran un montón de miedosos que no se atrevían a exponer sus opiniones en público.

—No cuestionaremos la lealtad del que está y no está —Nuriel cortó el silencio abrumador—. Percibo que mientes, el *Agathodaemon* no desea atrapar a la Hermandad, cruzando el portal. Él quiere que le devuelvan algo que le quitaron. La quiere a usted: a su mujer.

Me paralicé.

El Augur ventiló el secreto a los cuatro vientos.

Las voces se alzaron airadas por la magnitud de sus palabras. Me insultaban, indignados de que una Portadora hubiese tenido la osadía de relacionarse con un vampiro.

—¡Zorra traidora! —Un atmoquinético me dio un puñetazo que casi me deja inconsciente en el piso.

—¡Hijo de puta! —Donovan enfureció y le lanzó un psiball de fuego, encendiéndole la toga como una antorcha.

La señora Garko y Octavio Galarraga –sentados al lado del sujeto– se quitaron rápido las de ellos y las aventaron con fuerza contra la humanidad de este que chillaba desesperado de no morir quemado. Nuriel le lanzó un psiball a Donovan en represalia por lo que hizo y este voló por los aires, golpeándose contra las puestas laterales que se hallaban a su espalda.

Cayó al piso, inconsciente.

—¡Qué lío has causado! —Noah se arrojó sobre mí para protegerme con su cuerpo como si fuese un escudo de carne y hueso, y, del cual, desaparecimos en el acto para luego reaparecer al lado de Donovan.

Jadeé mareada.

¡¿Qué había acabado de suceder?!

Todo me daba vueltas. ¡¿Acaso también era un teleportador?! Noah era capaz de arrastrar con su teletransportación a quién estuviese envolviendo con sus brazos, llevándolo consigo y materializándose en otro parte.

—¡No los dejen escapar! —gritó el Augur a los Portadores, quienes se levantaron de sus sillas, para atraparnos.

La lluvia de psiballs volaba hacia nosotros. Noah se agachó, y, sin soltarme la mano, tocó a Donovan para desaparecer de la Cámara de Portadores.

Capítulo 23

Vomité tan pronto me hallé en el exterior.

Descargué en el suelo lo ingerido en el almuerzo, mareada por ese salto abrupto que hicimos desde la Cámara de los Portadores hasta más allá de las puertas de las murallas. Fue una huida que no se tuvo prevista al causar revuelo de esa manera, el condenado de Noah era un teleportador.

Tras varias espantosas arcadas y limpiarme con la manga de mi toga, reparé *en el que seguía* inconsciente.

—Cielos, ¡Donovan! —chillé preocupada de que haya sufrido una fractura de cráneo.

Las alarmas se dispararon y las luces de las torres de vigilancia se encendieron al instante. Noah había depositado a Donovan sobre la grama, los arbustos nos cubrían de ser descubiertos. Comenzó a abofetearlo para que se reanimara, le daba, incluso, más fuerte que a Wilmer Palmer. Pese a su debilidad, no dejaba de ser bruto. Le llamé la atención por su brusquedad, pero no teníamos tiempo para delicadezas, necesitábamos de todas nuestras habilidades si queríamos salir ilesos del universo paralelo. Carecíamos de un segundo plan, las cosas se dieron espontáneas y muy rápidas debido a que los Portadores se ofendieron por lo que Nuriel les reveló: que yo amara a un vampiro y que mintiera con descaro para proteger a un traidor. Era para darse cuenta de cuál sería el desenlace: Noah hubiese sido condenado a muerte, y, lo más probable, es que yo corriera la misma suerte.

Donovan comenzó a dar señales de recobrar el sentido, sus ojos se blanqueaban aturdidos por el golpe. Le ayudé a sentarse, estaba mareado, sobándose las mejillas. Las tenía rojas de tantas bofetadas.

—¡Párate que tenemos que largarnos de aquí! —Noah le zarandeó el hombro con impaciencia para que despabilara.

Donovan graznó un improperio en italiano, levantándose con mi ayuda, y cayó en la cuenta de que estábamos al aire libre.

—¿Estás bien? —me preguntó en cuanto fue consciente de lo que sucedía.

—Sí —sonreí a medias. Él era el adolorido y preguntaba por mi bienestar.

—Demonios —Noah miraba hacia el Zigurat. Donovan y yo nos volvimos; los portones de las murallas se abrieron a sus anchas—. ¡Vámonos! —ordenó apremiante, su respiración agitada como si fuese un gran esfuerzo conseguir oxígeno.

Lo miré avergonzada de mis actos.

—Noah…, lo siento. Lo que pasó allá dentro…

—Olvídalo —interrumpió de mala gana—. Entiendo lo que hiciste.

—Pero… —El haz de luz que barría el perímetro por poco y nos ilumina. Los tres nos agachamos de inmediato.

—Nos van a atrapar —vaticinó preocupado.

—¡Teletranspórtanos! —pedí angustiada, de ese modo escaparíamos con facilidad.

—No conozco este mundo —respondió—. Podríamos terminar en medio de un muro o dentro de una montaña.

Donovan se asombró y luego la desconfianza lo abordó, al enterarse de la habilidad «saltadora» de su rival.

—¡¿Este, hijo de puta, es…?!

—Pero ¿puedes ver a lo lejos y cortar distancias? —interrumpí la increpación de este al sugerir al otro una alternativa más acorde, ya que ninguno de esos dos estaba en condiciones de correr.

Noah asintió, sonriente.

Tomó a Donovan y a mí del brazo, y desaparecimos.

Nos materializamos en medio de una vía a una milla del último punto.

—¡Mierda! —Donovan exclamó abrumado sin darle oportunidad de vaciar su estómago, pues varios autos que volaban a centímetros del pavimento venían en nuestro sentido y a una velocidad que nos dejó a los tres paralizados.

Los pitidos de dichos «autos voladores» sonaban para alertarnos de su proximidad, nos hicimos rápido a un lado, pasaban como torpedos perdidos en carretera, el polvo y el aire que levantaban por poco nos hacen caer de culo.

—¡Ten cuidado, idiota! —insultó a Noah por habernos puesto en peligro. Por fortuna, la vía no era muy transitada, quedamos a oscuras, admirando el cielo estrellado y en solitario.

Noah cerró los ojos y se concentró quizás para tomar un nuevo «desplazamiento».

Tardaba en hacernos desaparecer. Donovan me lanzó una mirada interrogante de «¿qué estamos esperando?», por lo que no le supe explicar, apenas me limité a encogerme de hombros y esperar a que el teleportador nos pusiera al tanto de sus pensamientos.

De pronto, y, para nuestra zozobra, comenzamos a ser iluminados por un nuevo auto.

Las luces de unos faros nos alumbraron a cierta distancia. Me inquieté, porque estas se acercaban por el canal que nos encontrábamos. El vehículo no flotaba como los que acabamos de ver, este rodaba como cualquier otro sobre sus cuatro neumáticos; esquivarnos, sería difícil, venía a máxima velocidad. La imprudencia del conductor sobre las carreteras poco iluminadas no tenía límites. Se creía el amo y señor de los caminos; animal o persona que se le atravesara, se lo llevaría por delante sin contemplación.

Llamé a Noah, preocupada, no respondía, seguía concentrado con los ojos cerrados, usando quizás su clarividencia para buscar la mejor vía que nos librara de la percepción extrasensorial de la Hermandad.

Intenté empujarlo hacia la orilla de la autopista, pero parecía una estatua bien cimentada.

—¡Donovan! —No fue necesario en pedirle ayuda. Este le dio un fuerte empujón para que se moviera.

No pudo.

Estaba rígido.

—¡Muévete, pendejo! —gruñó asustado. Las luces se agrandaban y nosotros cada vez más iluminados.

Para colmo de males, el camión era de enormes proporciones; si no nos movíamos, quedaríamos como una mancha en el pavimento.

—¡Noah, despierta! —le imploré llorosa. El camión no daba indicio de querer aminorar la velocidad.

La bocina tronó cuando ya lo teníamos encima. Donovan me agarró del brazo para sacarme de la autopista, pero yo me aferré de Noah en un desesperado intento por salvarle la vida.

—¡NOAH! —grité a todo pulmón en su oído.

Gracias a Dios, este abrió los ojos y se sorprendió de lo que observaba, reaccionó rápido y nos teletransportó.

Primero vomité.

Luego Donovan.

Noah rio de nuestro predicamento. El cambio de escenario fue duro para los dos, del cual caímos de rodillas al suelo, agotados por el esfuerzo de querer mover a nuestro compañero.

—Hijo de la grandísima… —Donovan empleaba todos los sinónimos en su vulgar léxico, arrastrando las palabras con inquina, del que, si no fuese por los temblores en sus extremidades, a Noah le hubiera caído a patadas—. Para la próxima que decidas hacer un «viajecito»: ¡no lo hagas en plena autopista! Casi morimos atropellados por tu culpa.

Tardamos unos minutos en recuperar el aliento. Donovan me extendió la mano para ayudarme a levantar, tras él ponerse en pie. Los charcos de vómito quedaron detrás de nosotros como evidencia vergonzosa de nuestra precaria fortaleza en nuestro sistema digestivo. Las mangas de las togas dejaron de ser blancas.

—Noah, ¡¿hiciste una proyección astral?! —Al proyectarme en Siberia, las voces de Donovan y Oron las tuve pegadas a mi oreja. Entonces no entendía a qué se debía su «sordera».

Este se encogió de hombros sin disculparse.

—Inspeccionaba.

—¡¿Y por qué demonios nos ignoraste?! —lo recriminé aún sin superar que nos hubiese visto la cara de tontos por no comentarnos que también era un teleportador. Fue un secreto que hasta los malditos ancianos le ayudaron a guardar, porque, si dependiera del resto de la población… hacía rato que nos habríamos enterado.

O puede que aún no tuviera el permiso de estos de revelarlo o tal vez por motivos de estrategia. La cuestión y es lo que más me molestaba, ya habíamos sido advertidos de sus habilidades.

—Lo siento, me separé mucho de mi cuerpo. —Y, tras decir esto, procedió a bajar la colina, a la vez en que rengueaba de su pierna izquierda.

Reparé en mi entorno. Aparecimos en lo alto de una meseta.

Bajé la vista hacia el fondo. Había un único punto iluminado en medio de la nada. La ciudad piramidal se veía pequeñita entre la negrura de la naturaleza.

Aprensiva, miré a Noah.

—¿Qué tanto? —lo seguí. Para que él no nos hubiese escuchado, es porque tuvo que haberse ido muy lejos.

Me sujeté de Donovan para no resbalar por la colina. La oscuridad hacía peligroso el descenso.

—Fui a Venezuela —respondió, llevándonos la delantera a pesar de sus dolencias. Su destreza al caminar por terrenos abruptos saltaba a la vista.

Fruncí las cejas. Eso no se hallaba tan lejos, Siberia le triplicaba la distancia y yo los escuché a la perfección.

—Te pusiste rígido —dije—. No pudimos moverte... —Ni Donovan ni Oron hicieron un comentario al respecto cuando mi alma retornó a mi cuerpo aquella vez en el túnel del metro. De haberme puesto así de rígida, Donovan se hubiera preocupado. Tal vez, los años de experiencia que nos aventajaba el *tercer Portador*, era la causante de su desconexión. En cierta medida no sabíamos nada sobre ese don aural.

Noah se detuvo para regalarme una sonrisa ganadora a lo que Donovan la repelió con una de sus malas caras. La incipiente luna creciente apenas me permitía apreciar sus expresiones.

—Estaba protegido.

—¿«Protegido»? —Donovan y yo preguntamos al mismo tiempo. Tenía como defecto ser muy hablador, pero, cuando de cuestiones importantes se trataba, era reservado. Ni huyendo de los *hermanos mayores* revelaba información, teníamos que sacársela a cucharadas.

—¿Conjuro?

Asintió ante mi indagatoria. La magia siempre del lado de los Portadores.

—No puedo ser movido, ni mordido, pero sí besado… —sonrió, moviendo sugerente las cejas.

Esto me incomodó por lo que hubo entre los dos, trayendo a mi mente el frenesí de un grupo de chicos que optaron por olvidarse de las presiones universitarias y familiares, divirtiéndose como si esa fuese la última noche loca de sus vidas.

Tenía una conversación pendiente con él.

Y una fuerte bofetada...

—Pero, Colbert te golpeó y mordió…

Dejó de esbozar su socarrona sonrisa.

—El señor Burns me conjuró antes de marcharnos del palacio de la vampira, por si aquellos les daban por matarnos. Ninguno se dio cuenta, es muy bueno ese brujo. Aunque, el conjuro es temporal, durará poco…

—¿Y por qué no te proyectaste y nos avisaste del chantaje? —Donovan reprochó, con la sospecha instalada en sus oceánicos ojos azules, *de lo que ocurría* entre Noah y yo.

—Porque no podía —se tornó serio—. El alma no puede cruzar un portal. Además, el Grigori me inhabilitó con *una cosa* que me pegó en la frente.

Recordé el dispositivo electrónico que David también me puso. Fue imposible moverme o defenderme.

—Te entiendo —convine—. Dav… *Co-Colbert* tiene herramientas eficaces para bloquear nuestros poderes.

Esbozó una sonrisa displicente.

—«Colbert» —los celos en Noah se manifestaron—. ¿Ya no lo tuteas?

El arrepentimiento me golpeó en cuanto noté que la hosca mirada de Donovan empeoró.

—Trato de crear distancias —dije—, es lo mejor. —Ni yo misma lo creía, ya que para nada quería ese tipo de alejamiento con aquel volátil vampiro. Pero éramos enemigos y no deseaba crear más fricción entre la Hermandad y yo, siendo para eso muy tarde.

Noah continuó con la marcha, no muy convencido con lo que le había dicho. Ya no cojeaba de su pierna izquierda, ni sentía molestias en sus costillas, las infusiones milagrosas –o el conjuro– por fin debieron surtirle efecto. Por otro lado, Donovan miraba constante hacia atrás por si nos seguían. Para él, mientras el Zigurat estuviese visible, estábamos al alcance de los Portadores.

Sin embargo, la mala suerte me atizó una vez más…

Mi tobillo se dobló por una piedra que rodó cuesta abajo por la colina.

Caí inmisericorde.

—¡Allison! —Donovan alcanzó a sujetarme el brazo, pero la abrupta caída provocó que lo arrastrara conmigo y me aplastara con el peso de su cuerpo.

Mi toga se rasgó y las piedrecillas lastimaron mis manos, codos y rodillas, sintiendo un dolor como si me estuvieran apuñalando. Mi cabeza se golpeó en varias ocasiones, mientras que los dos dábamos vueltas sin parar. Noah gritó mi nombre a la vez en que el mundo se me vino encima sin ser él capaz de protegerme. Traté de enterrar las uñas en la tierra para frenar la caída, por desgracia, la velocidad con la que rodábamos Donovan y yo, me lo impedía.

Un golpe seco se escuchó… y una oscuridad más negra que la noche misma me atrapó enseguida.

Capítulo 24

—¡¿Por qué no la sujetaste bien?!

—¡Qué quería que hiciera, si me arrastró con ella! —Donovan replicó a Noah, quien lo reprochaba enojado.

Desperté estando bocarriba y sostenida por cuatro solícitas manos masculinas que limpiaban la tierra de mi rostro y cabello. Mi cabeza reposaba sobre algo mullido, sin tener el dominio sobre mis extremidades. Los escuchaba quejarse, pero me costaba hacer algo al respecto para que se calmaran; si nos desuníamos, sería facilitarles a los hermanos que nos atraparan con rapidez.

Abrí los ojos sin que estos se dieran cuenta.

—¡Eres un marica debilucho! —Noah escupió. Sus ojos caldeados amenazaban con propinarle un puñetazo.

—¡¡Más marica serás tú!! —Donovan gruñó devuelta, dispuesto a caerle a los golpes.

Si yo no reaccionaba enseguida, los dos machos «alfa» afilarían sus cornamentas para iniciar una contundente pelea.

—*¡Aaaayyyyy!* —encontré mi voz desde el fondo de mi ser. Me ardía toda la piel como si me hubiesen lanzado a la hoguera.

Los reproches y las protestas cesaron.

Ambos contendientes se enfocaron sobre mí.

—¿Allison, estás bien? —Noah suavizó el tono de voz.

—Qué pregunta tan estúpida, hombre: ¡por supuesto que no!

—Ya dejen de discutir… —respondí debilitada—. Fue mi culpa por no tener cuidado…

Donovan negó con la cabeza sin aceptar mi explicación.

—Debí sostenerte con más fuerza.

—Debilucho… —escupió el otro por lo bajo.

Intenté levantarme, pero el dolor en mis articulaciones hizo que me quejara.

—*¡Ayyyyy!*, ¡cómo me duele! —Genial, lo que nos faltaba: que uno de nosotros estuviese malherido. Era perdido echarme un vistazo, la poca luz natural no me permitía ver la gravedad de mis heridas. Donovan fue muy caballeroso en quitarse su toga y doblarla para que yo estuviese cómoda mientras recobraba la conciencia. La recogió y sacudió, del cual le agradecí sonriente, a lo que Noah frunció el ceño por no ser él quien tuviese una consigo para hacer lo mismo. Al ser enjuiciado por los Portadores perdió el derecho de usarla.

Aun así, Donovan era consciente en lo imprudente de dejar la suya abandonada, pues sería como rastros que los videntes detectarían. A regañadientes, la enrolló en su cintura, mientras se me dificultaba despojarme de la mía; el mínimo movimiento en mis brazos tironeaba de la piel lacerada de mis codos. Noah se percató de mi predicamento y se le adelantó a Donovan para ayudarme a quitarla y a anudarla con delicadeza alrededor de mi cintura. Estaba toda rota.

Bajamos con más cuidado hasta las faldas de la meseta. Ambos chicos me brindaban sus manos a cada paso que yo daba, la naturaleza no era benevolente conmigo, siempre sucedía algo que hacía que la desgracia me sonriera perversa.

Caminamos por espacio de media hora y nos encontramos con una pequeña aldea. Era un caserío que apenas superaba las tres manzanas. Las calles estaban solitarias, los pobladores descansaban en sus hogares después de una jornada de trabajo. Nadie se asomaba por el resquicio de las puertas o las ventanas, sin preocuparse por los ladridos de sus mascotas.

Al estar iluminados por las luces mortecinas de las bombillas de los porches, reparé en Donovan. Sus manos raspadas y las uñas negras por la tierra humedecida, indicaba que estaba igual de herido que yo. También intentó aferrarse a lo que sea para no seguir rodando como tronco derribado cuesta abajo. El lodo lo cubría de la cabeza a los pies, el pantalón lo tenía rasgado a la altura de la rodilla izquierda, donde una fea herida se asomaba para desagradarnos a los tres. Cojeaba sin quejarse, aunque se sintió extrañamente reanimado al pasar por una planta eléctrica. Las luces de las casas titilaban ante su presencia piroquinética.

Temí que dejara sin querer un rastro de incendios a su paso. Los Portadores nos encontrarían sin la necesidad del uso de sus dones aurales.

—No es que me guste quejarme —dijo él sin dejar de ver sobre su hombro—. Pero ¿hacia dónde vamos?

—Lo más lejos posible —Noah respondió con parquedad.

Lo observé. Pese a que fue esquivo, no necesitaba ser adivina para saber que nuestra próxima parada sería un portal que nos llevara a nuestro mundo. David esperaba mi regreso, y nuestras familias aguardaban en una celda en Alemania o Inglaterra.

Noah nos llevó hasta un grifo que repartía agua a los caballos, la aldea era tan rudimentaria, que parecía de décadas atrás y al margen de la tecnología actual. Donovan y yo nos lavamos los brazos y el rostro. El lodo seco se negaba a escurrirse de nuestra piel, provocando que, al pretender removerlo, las heridas ardieran como el demonio.

De pronto, la puerta de la casa que se hallaba a nuestras espaldas se abrió de forma abrupta. El cañón de una escopeta fue lo primero que se asomó por el umbral, seguido de un anciano que lo empuñaba para volarnos los sesos. Donovan se tensó y Noah echó un vistazo más allá de la montaña que la circundaba para calcular la distancia que debía acortar.

Antes de que el anciano explayara los ojos y nos amenazara con su escopeta, Noah nos tomó de los brazos y desaparecimos en cuestiones de segundos. Debió llevarse un gran susto el pobre sujeto al pensar quizás que éramos fantasmas.

Hicimos varios «saltos».

Fue una secuencia en la que nuestros cuerpos se desplazaban por el país. Noah no quería arriesgarse en hacer un viaje largo a causa de su debilidad. Decidió que era prudente cruzar por algunos estados hasta buscar un sitio seguro para descansar.

Mi estómago estaba revuelto y mi cabeza amenazaba con explotar si Noah no detenía la continua teletransportación. Saltamos por varias ciudades sin que la gente advirtiera de nuestra presencia. Él tenía la precaución de hacernos visibles en lugares poco frecuentes; su vista de águila oteaba a lo lejos, y, al punto donde sus ojos enfocaban..., allá íbamos a parar.

En el último «salto» vomité la bilis. Fue inevitable contenerme, las arcadas eran fuertes que casi no me dejaban respirar. Donovan, tan grandote y resistente a los deportes extremos, cayó vencido con su «vómito solidario». Noah me dio varios golpecitos en la espalda para que todo lo que me enfermaba saliera de una vez de mi sistema.

—Debemos buscar dónde pasar la noche —anunció—. No están en condiciones para realizar otro viaje, y la verdad es que hasta yo estoy cansado.

Asentí, agradecida, y otro vómito se me vino por delante.

Pasaríamos la noche en un hotel de mediana categoría. Carecíamos de identificación para registrarnos ni dinero para pagar una habitación. El recepcionista alzó una ceja, extrañado por nuestras fachas. Lucíamos como si hubiésemos sufrido un atentado terrorista. Noah sonrió y dijo algo chistoso a lo que no le entendí, mientras que Donovan evaluaba los peligros latentes por el entorno para que no nos sorprendieran.

El sujeto de una espantosa apariencia nos estudió a los tres como si tuviéramos planes para una noche desenfrenada. Entorné los ojos con ganas de estrellarlo contra el mundo, Donovan frunció las cejas con el mismo propósito; en cambio, Noah, sonrió socarrón dejando pasar las sospechosas de este y lo envolvió en una mirada hipnótica, de la que consiguió la única habitación disponible sin que la falta de dinero nos complicara descansar.

Subimos al tercer piso. Donovan me miró interrogante por lo sucedido en la recepción y yo meditaba del porqué de dicho «ensimismamiento».

Noah abrió la puerta, y, con una reverencia, me indicó que pasara adelante.

En cuanto entré y me percaté de la cama, me ruboricé. Ni sofá tenía la habitación. Si debíamos descansar, tendríamos que compartir. Ya me parecía escuchar el eslogan para esa ocasión: «la Tríada en un trío».

Donovan notó mi incomodidad y me aseguró en voz baja que él dormiría en el piso y que ni muerto permitiría que Noah durmiera conmigo.

Le sonreí relajada y fui directo al baño para ducharme.

Luego de asearme, me vestí mientras soportaba los dolores de mis heridas, ni loca quedaría en ropa interior para dormir. Una chica en paños menores con dos chicos guapos en una misma habitación…, mala combinación. Esos trogloditas podrían alborotarse y olvidar su rivalidad.

Salí con la toalla y la toga en mis manos, la luz estaba apagada, Noah se levantó de la cama para ser el siguiente en darse una ducha, pero Donovan –que estuvo vigilando a través de la ventana– fue más rápido y se encerró en el baño.

Extendí la toalla en el respaldo de una silla y la mugrosa toga la dejé doblada sobre el asiento. Me senté en la cama, desenredándome el cabello con los dedos a falta de un peine. Noah caminó hacia la ventana para relevar la vigilancia, permaneciendo pensativo y de brazos cruzados. Me llamaba la atención que no hubiese utilizado la teletransportación para ganarle la carrera a Donovan; aunque prefirió no hacerlo y eso me cohibió.

—¿Por qué no me dijiste que tu novio era un *chupasangre*? —increpó al cabo de un rato. Las luces de neón del letrero lateral del hotel iluminaban de tonos rojizos la habitación. La bombilla del techo estaba apagada para no alertar nuestra ubicación desde el exterior, lo que también fue bueno para mí que no hacía visible mis mortificaciones.

—Tenía miedo —ni me atrevía a mirarlo, pese a la penumbra.

—¿De qué: de odiarte o delatarte? —inquirió y yo no supe qué responder—. Debilucha y mentirosa… —interpretó mi silencio como un «sí» a las dos alternativas, sin dejar él de ver hacia la calle.

Me levanté de la cama y lo tomé del hombro para que me mirara.

—¿Qué hubieras hecho en mi lugar?

—¡Te lo diría! —A través de las luces rojizas del letrero, sus ojos reflejaban un resentimiento que me traspasaba como daga ardiente.

Eludí su mirada. La vista a través de la ventana no ofrecía nada interesante, apenas restaurantes y edificios residenciales. Noah suspiró sin quitarse de mi lado y yo presentía que estábamos por pisar terrenos pantanosos, y no era el lugar apropiado para tocar ese tema.

—Perdóname —fue todo lo que dije y rogaba a Dios para diera por zanjada la conversación, o terminaríamos gritándonos. *La que le tenía pendiente* debía esperar.

—Y yo haciéndome falsas ilusiones: me besabas y *lo besabas a él…* Oh, Dios, no…

Lo miré azorada.

—Noah, por favor, no es el momento.

—¿Por qué no? —se crispó—. ¿A quién le temes: a la Hermandad o a Donovan? *¡Ja!*

—No quiero hablar de lo que pasó. Aún no… —rogué temblorosa. La mano me picaba por estampársela fuerte en la mejilla, se aprovechó de mí estando ebria.

Caminó a la cama y se sentó con brusquedad. El colchó se hundió ante su peso.

—Pero yo, sí. ¡Necesito sacarme esta espinita! —expresó con voz rota, sintiéndose defraudado por haberle mentido. Mi amor por David era inquebrantable y ese sentimiento lo mataba.

—¡Lo amo, ¿qué debo hacer?! —exclamé desesperada—. Lo nuestro fue un error —señalé hacia los dos—, esa noche no debió pasar… —sollocé sin contener la rabia por no ser prudente al beber, que me avergonzaba en gran medida haber despertado al otro día sin calzones.

Noah frunció las cejas como si no hubiese comprendido.

—Sí, lo sé: no debí besarte y tratar de seducirte.

Resoplé.

—¡¿«Tratar»?! —Mi sonrisa fue mordaz—. Amigo, hiciste *jonrón*. ¿O no recuerdas?

Él agrandó los ojos, sorprendido.

—¿Te cayó mal la cerveza esa noche? ¡Jamás lo hicimos!

La sangre me hirvió, se hacía el desentendido. Así que, me abalancé hacia él y le crucé la cara con una bofetada.

Noah, perplejo, se llevó la mano a la mejilla.

—¡¿Qué demonios te pasa?!

—Eso es *por lo que le dijiste* a David y por hacerte el loco.

—¡¿Hacerme el loco?! ¡Tú y yo nunca tuvimos sexo!

—¡¿QUÉ, *QUE*?! —Donovan estalló desde la puerta del baño—. ¡Repite lo que dijiste, bastardo! —Soltó lo que sostenía en sus manos. Estaba sin camisa y descalzo.

—Donovan… —temblé. Parecía un energúmeno con el cabello húmedo.

—¡REPÍTELO!

Noah se levantó y puso las manos hacia adelante para que se calmara.

—No es lo… *¡Coño!* —El otro ni esperó a que él respondiera. Le lanzó un psiball de fuego.

—¡NOAH! —grité mortificada, pero este se teleportó rápido antes de que la esfera encendida lo tocara. Las sábanas se encendieron al no recibir quién amortiguara el golpe. Noah reapareció detrás de Donovan y le dio una patada que lo mandó de bruces contra el piso—. ¡No! —Los dos se enredaron en golpes contundentes, mientras que el fuego aumentaba.

Tomé la toalla que dejé en el respaldo de la silla y la aventé con fuerza contra el colchón, para aplacar las llamas.

—¡DONOVAN, AYÚDAME! —Moriría de hambre como bombero, aventaba y aventaba, y empeoraba la situación—. ¡DEJEN DE PELEAR QUE NOS VAMOS A QUEMAR! —El par de idiotas me desoían, Noah lanzó hacia el otro una onda expansiva que por poco me agarra. Donovan recibió el impacto, quedando sin respiración.

Las llamaradas en la cama levantaron una humareda que oscureció más la habitación. Tosí y traté inútilmente de apagarlo. Tal vez la furia de Donovan era la que le daba impulso.

Noah saltó sobre Donovan, propinándole un par de derechazos. El otro hizo acopio de todas sus fuerzas y le respondió con una onda igual de demoledora, del que el dichoso conjuro del señor Burns ya no protegía a Noah. Este impactó contra la pared a su espalda, el golpe retumbó con una pequeña vibración.

La cama ya no era cama, sino el infierno que devoraba madera y armazón. Escuché pisadas y gritos desesperados afuera en el pasillo. Mis pulmones me dolían con el humo que consumía, las toses estentóreas me dejaban sin aliento para respirar.

Ambos se percataron de lo que sucedía y detuvieron la pelea.

Donovan levantó la mano derecha, y, como si emitiera una orden mental, el fuego se extinguió por sí solo.

Mientras tanto, el teleportador abrió la puerta y los huéspedes del hotel huían a todo galope hacia los pisos inferiores.

—¡Vamos! —nos llamó apremiante. En cuestión de minutos la noticia del incendio correría por las redes sociales y alertarían a los que nos rastreaban a que llegaran hasta el lugar en un parpadeo.

Donovan enseguida recogió su camisa del piso, aunque no le dio tiempo de tomar sus zapatos, pues Noah –en su impaciencia– nos sujetó a los dos a toda prisa para desaparecer antes de que los bomberos, la policía o la misma Hermandad les dieran por hacer acto de presencia.

*****

—¡Quítame tus sucias manos de encima! —Donovan vociferó cuando aparecimos en medio de una calle. Según lo que alcanzábamos a ver a la distancia del humo que salía de la ventana, Noah nos trasladó seis manzanas más abajo del hotel. Nos libramos de preguntas incómodas que acarrearían más problemas.

—¡Donovan! —Este dio media vuelta, dando fuertes zancadas calle arriba para alejarse de nosotros. Su enojo podría tornarlo peligroso, no solo para sí mismo, sino para todo aquel que se le cruzara por delante, dolido por lo que escuchó en la habitación: Noah y yo discutiendo por una supuesta noche de pasión—. ¡Donovan! —lo llamaba, pero este me ignoraba. *¡Caramba!* Me aguanté el dolor en mis rodillas y corrí tras él para darle alcance, mientras miraba por encima de mi hombro hacia Noah para ver si me seguía, pero no lo vi por ningún lado, había desaparecido, tal vez cansado de lidiar con dos personas temperamentales—. ¡Donovan, detente!

—¡Vete al infierno! —gritó molesto, alejándose lo más rápido posible de mí. Sus largas piernas llevaban la ventaja de casi media manzana sin que la herida en su rodilla le entorpeciera.

Dos sujetos que salían de un bar cercano observaron sus pies descalzos, por lo que se rieron y exclamaron una estupidez a todo pulmón para que Donovan, que iba como una fiera, los escuchara. El insulto fue denigrante y provocador; ignorarlo sería imposible para un volátil Portador.

Donovan se detuvo y miró con ojos asesinos a los ebrios.

Les lanzó un psiball con fuego que casi los mata. Los sujetos se arrojaron al piso, muertos de miedo.

—¡¿Qué hiciste?! —exclamé perpleja—. ¡Casi los *achicharras*!

Los sujetos se levantaron y trastabillaron con torpeza, debido a su borrachera, y huyeron como alma que lleva el diablo.

—¿Desde cuándo te revuelcas con él? —recriminó dolido. Sabía que, si lo seguía, esa pregunta me la iba a arrojar a la cara.

—Nunca nos acostamos —la voz de Noah se escuchó detrás de él, habiendo aparecido en un pestañeo de dónde le dio por desaparecer. Donovan se giró para enfrentarlo y terminar lo que quedó inconcluso. Noah lo desafió de igual manera, empuñando sus manos para reiniciar la pelea, el temor de ser descubiertos por la Hermandad pasó a segundo plano, el orgullo de macho herido era lo que adquirió importancia, la insensatez entre ellos siempre de por medio.

La respuesta de Noah me dejó paralizada. Su férrea seguridad me indicaba que no mentía. Esto ocasionó que me debatiera en mi interior, sabía las condiciones en cómo había despertado: sin blusa y sin braga.

Aunque…

Sin malestar vaginal.

De las manos del piroquinético, el fuego comenzaba a brotar para salir expulsadas peligrosamente hacia la humanidad de su rival; si permitía que esos dos pelearan, no tendría para cuándo despejar mis dudas.

—¡Alto! —ordené—. ¡No más peleas, esta noche vamos a hablar!

Donovan cerró los ojos y respiró fuerte para contenerse, el fuego en sus manos se mermó y desapareció, evaporándose con rapidez. Noah frunció las cejas, insatisfecho por no darle unos cuantos golpes. Asintió con la mandíbula apretada y los ojos grises convertidos en ácido.

Capítulo 25

Los tres caminábamos rápido sin que nuestras dolencias nos hicieran quejar.

«Los saltos» quedarían para después, por Noah no estar en condiciones de hacerlo. Procuramos alejarnos de allí por si nos perseguían, adentrándonos por calles oscuras y solitarias, cortando camino de un lado a otro como si fuesen laberintos, con la intención de perdernos de vista. Ya debíamos de haber saldado unas diez manzanas bastante largas que hasta los pies me dolían; aun así, Noah nos comentó que avanzáramos hasta una plaza que se alcanzaba a ver a unos metros de distancia y así determinar cuál sería nuestro próximo movimiento.

Me dejé caer en un murito que rodea unos arbustos, puesto que la plaza carecía de bancas. Las raspaduras en mis rodillas se resintieron y esbocé una mueca adolorida, del cual me costó ocultar; en la habitación del hotel apenas limpié mis heridas con agua, debido a que en el baño nada había –a parte del jabón de tocador– que me sirviera para desinfectarlas. Noah se sentó en el piso adoquinado y Donovan permanecía en pie como un centinela que otea desconfiado de su entorno. Sus pies descalzos estaban ennegrecidos por la suciedad de las calles que recorrimos, sudaba al igual que Noah y yo, hambrientos y sedientos por la corredera, ni un minuto tuvimos para reponer energías, los establecimientos de comida estaban cerrados y las luces de las residencias, apagadas. Invadir un hogar sería fácil, apareceríamos como por arte de magia, asaltaríamos la nevera y luego nos esfumaríamos del mismo modo sin alertar a sus propietarios; no obstante, en estos momentos no era prudente hacerlo por el bienestar del teleportador.

Nos quedaba tomar allí un respiro hasta que Noah nos ordenara seguir con la marcha.

Hacía calor; más bien, bochorno como si fuese a llover. Aún no se percibía que el clima cambiara, pero los nubarrones del cielo nocturno encapotaron las estrellas en una clara advertencia de lo que pronto pasaría. Donovan comentó este hecho y Noah alzó la mirada hacia el firmamento sin que le preocupara que nos cayera un aguacero, sus pensamientos lo mantenían retraído, quizás, buscando afanoso el medio más eficaz para desplazarnos sin usar sus dones saltadores.

Sin dejar de tomar en cuenta esto, carraspeé para capturar su atención y este rodó sus ojos grises hacia mí, consciente de lo que pretendía.

Donovan también se percató.

Ambos Portadores esperaban a que yo hablara primero.

—Dime la verdad —miré a Noah—: nosotros no… ¿nada de… *nada*?

Sonrió entristecido.

—Me hubiera gustado mucho —admitió—. Aunque, no…, no hubo nada entre los dos.

—Pero… —decir aquello era vergonzoso— yo no tenía puesta mi… —enrojecí, enfocando la vista en mis manos inquietas por la agonía de lo que este me diría. Lo que ocasionó que el gruñido de Donovan reverberaba en su garganta, listo para reventarle la cara.

—Pude *hacértelo* sin que te dieras cuenta, pero no soy de esos… Soy un caballero.

Donovan resopló sin creerle y a mí me invadió el alivio. ¡Esa noche no hubo nada!

—¡Ah! Gracias por… respetarme…

Lejos de mostrarse más relajado por la tensión que desaparecía entre los dos, él esbozó una sonrisa displicente.

—De qué me valdría tomarte, si pensabas esa noche en él —comentó amargado, dándome un repentino escalofrío en el cuerpo y tensando más de la cuenta al otro que escuchaba, pues sabía de a quien se refería.

—David Colbert —masculló este, arrastrando el nombre—, siempre entrometiéndose.

Eché memoria a lo que pasó aquella noche y no recordé nada de lo que sucedió en mi apartamento. Todo lo tenía en blanco: qué dije, soñé o suspiré, quedó en el olvido. El licor nubló mi mente, apenas chispazos de cuando bailaba en el Antro. Recordaba risas, la música sacudiendo mi cuerpo y ensordeciendo mis oídos, lo bien que me sentí después de ingerir unas cervezas y animando a Susan en participar en la condenada apuesta. La adrenalina causada por el peligro de posar los labios en alguien a quien no me inspiraba enamoramiento, me impulsó en hacerlo para probarme a mí misma de que sería capaz de fijarme en otro que no fuese David.

—Entiendo… —musité sin saber qué más decirle a Noah que lucía como si fuese a llorar. La culpa fue mía, mía y solo mía por idiota, muchas veces tía Matilde me daba el discurso de cuidar lo que bebía para mantener la lucidez de mis actos. Corrí suerte de que él no abusara de mí. Otro habría hecho conmigo lo que quisiera.

Él se levantó del piso y se sentó a mi lado, casi pegado a mi brazo, y luego se inclinó hacia adelante en una pose meditabunda. Donovan permanecía en pie, sus orejas puestas en nosotros y sus ojos en las calles del sector. Los comentarios ofensivos entre ellos se aplacaron tras mi increpación, puesto que era vital mantenernos unidos y el mejor modo de conseguirlo era aclarar los malentendidos.

—Me decepcioné porque estabas enamorada de otro —dijo en voz baja—. Pero no me di por vencido, *ese David Colbert* se hallaba lejos en otra dimensión, rodeado de mujeres por su profesión. Era un asunto de tiempo y distancia para que él te olvidara y tú sufrieras. Besarnos y tocarnos fue… —no terminó lo que iba a decir ante el gruñido del que paraba las orejotas—. Dos meses eran suficientes para traer noticias de tu «noviecito»; si era famoso, como decías, entonces lo usaría en su contra. —Negó con la cabeza, tal vez recordando desagradables recuerdos—. Creí que solo era un *escultorcito* y terminó siendo un vampiro...

—Lo siento. —Guardar secretos a los seres queridos siempre era un terrible error, porque casi siempre salían al descubierto para causar mucho daño.

—No importa —se encogió de hombros para restarle importancia—. De todos modos, lo vas a volver a ver. El Grigori tiene varias vidas sentenciadas si no regresas.

Contuve la respiración ante la cruda realidad de sus palabras, si no regresaba a David, se saciaría con la sangre de nuestros familiares.

Donovan se acercó y puso su grandota mano sobre mi hombro, mientras que el cielo detrás de él comenzaba a tronar.

—Allison, si no quieres volver a él, no tienes por qué hacerlo —expresó como el buen amigo sobreprotector que siempre estaba dispuesto a sacrificar lo que fuera por mí.

Sacudí la cabeza, sorprendida.

—Debo hacerlo, no tengo alternativa: si a tía le sucede algo o a los otros… —miré a Noah, pensando en sus abuelos y en el señor Burns—. No me lo perdonaría nunca. Además…, David no me hará daño.

Donovan resopló.

—¡¿Ah no?! —se alteró—. ¡¿Y qué demonios fue lo que te hizo cuando huimos de él?!

Noah explayó los ojos y yo me levanté del murito, cabreada.

—¡No me hizo nada! —repliqué avergonzada y molesta por haber tocado ese tema tan delicado.

—¡Te mordió y de seguro te…!

—¡NO LO HIZO! —interrumpí, enrojeciéndose mi rostro por insistir en que David me había lastimado—. Él no me… No lo hizo. ¡Punto!

Ante mis palabras, Noah pidió explicación a Donovan con la mirada, para asegurarse de estar entendiendo bien lo que nosotros no exclamábamos en voz alta.

—Allison, lo siento, yo no te dejaré ir si él te maltrata de esa manera. Veré cómo salvo a mis abuelos y a tu tía.

—No te olvides de mi padrino y no actúes de héroe que no estás solo en esto —Donovan espetó sin dejarse opacar por la valentía y caballerosidad del teleportador. Luego me miró y suspiró—. No te preocupes, rescataremos a Matilde y a los demás. A ese malnacido no volverás jamás —sentenció con aplomo.

En cambio, yo deseaba que fuese lo contrario...

Los nubarrones comenzaron a descargar las primeras gotas de lluvia, del cual puso fin a nuestro descanso.

Noah encabezó de nuevo la marcha hacia la avenida principal donde la circulación de vehículos era más concurrida. Una vez allí, nos subimos a un taxi, sin que el taxista temiera que tres jóvenes con mal aspecto y heridos lo abordaran. Eran pasadas las dos de la mañana y por ese sector no se avizoraban ni vagabundos. Noah fue el que alzó la mano, y, con su sonrisa encantadora, lo detuvo. El taxista –un sujeto moreno de aspecto extranjero– se puso a nuestra disposición a tan altas horas de la noche.

Había un pequeño inconveniente.

Teníamos los bolsillos rotos.

—No tenemos dinero —susurré a Noah ante este hecho.

—No hace falta. ¿Verdad, amigo? —Palmeó el hombro del taxista, con una sonrisa guasona—. ¡Verdad que no hace falta el dinero para hacernos un viajecito!

El taxista le devolvió la sonrisa. Tenía unos rasgos fuertes que presumía provenía de los países árabes.

—Pero, có… —estaba estupefacta.

Noah se palmeó la sien para darme una respuesta silenciosa.

Hipnosis.

Él al igual que Oron, nublaban la mente a personas comunes.

—¿Qué número calzas?

—¿Para qué quieres saber? —Donovan lo miró desconfiado en cuanto este volvió su atención sobre él, en un cambio abrupto de conversación como si estuviese chiflado.

—Amigo, ¿qué número calza usted?

—Doce —respondió el taxista mientras manejaba en sentido norte y sin que esto a él le causara aprensión por el propósito del muchacho. Los limpias-parabrisas sacudían la lluvia que ya arrecía más fuerte contra el cristal del parabrisas y las luces altas de los faroles del taxi cambiaron a las bajas en cuanto un auto venía en el carril contrario de la avenida, para no enceguecerse.

—¿Para qué le pregunta?

—¿Para qué cree? —replicó ante lo obvio y Donovan agrandó sus ojos.

—¡Soy doce y medio!

—Pues, encoges los dedos de *tus patotas* y listo.

El taxista nos llevó hasta un sector de la ciudad en donde la pobreza predominaba en cada esquina. No preguntó por qué optamos por ir hasta allá ni nos advirtió de lo que nos podría pasar si nos bajábamos en un barrio que aparentaba ser peligroso. En su expresión no hubo sospecha por cuestiones de drogadicción ni nada por el estilo; más bien, su sonrisa congelada causaba estupor. Noah lo libraría de la hipnosis en cuanto este se alejara; nada recordaría de los tres chicos que se aprovecharon de él.

Me sentí mal por no habérsele pagado y porque perdió hasta sus zapatillas deportivas. Donovan mascullaba palabras ininteligibles mientras se las calzaba dentro del taxi: apestaban y le quedaban un poco apretadas.

—Podría, *el ilustre* Portador, de decirnos ¿hacia dónde nos dirigimos esta vez? —espetó sin prever el rumbo que el otro tomaría.

Noah nos ordenó bajarnos, pese a que nos daríamos un buen baño a causa de la lluvia. Lamenté haber dejado la toga en el hotel y me arrebujé en mis propios brazos por ser friolenta. Donovan gruñó por sus *nuevos zapatos* y Noah clavó su visión hacia una bifurcación.

—Hacia allá... —señaló adelante.

Lo miré interrogante y Donovan hizo una mueca desconcertada.

—¡¿Se te fundieron las neuronas?! ¡¿Qué vamos a hacer allá?! —inquirió sin comprender por qué nos llevaba hasta una parte en la que nos recibirían a golpes y puñaladas—. ¡No es seguro!

—¿Tienes miedo? —Noah soltó con inquina. Su cabello y ropas húmedas.

—No. Pero ¿has pensado en lo mal que se sentirá Allison?

A Noah se le borró la risita burlona, ofreciéndome a cambio una mirada de disculpa.

—No podemos pasar la noche en un hotel —explicó—. Si los *hermanos* dan *en el que nos hospedamos*, nos rastrearán con más facilidad. Dejamos las togas…

—Igual nos rastrearán hasta acá, ¿no te parece? —Donovan rebatió—. Mejor teletranspórtanos a un sitio seco para que no nos atrapen. Por esta parte estaremos expuestos…

Sacudió la cabeza.

—No puedo, estoy cansado. Necesito dormir para recuperar fuerzas.

—¡¿Y ese asqueroso lugar es el más indicado para descansar?! —señaló enojado por la irracionalidad del que nos guiaba por todas esas calles y avenidas solitarias.

Noah miró hacia donde Donovan apuntaba, y asintió.

—Los vagabundos poseen un mal karma que altera las percepciones psíquicas por un tiempo. Estaremos protegidos unas horas.

—Está bien, no hay problema —convine para que no siguieran discutiendo, requiriendo de un techo que nos resguardara del aluvión que nos empapaba.

Corrimos hasta un pequeño puente de concreto que pasaba por encima de la bifurcación, preparados para un enfrentamiento con los sujetos que se refugiaban allí de la inclemente intemperie. Sin embargo, estos ni se mosquearon. Noah y Donovan sacudieron sus cabellos y yo retorcí el mío sobre mis hombros para sacarle toda la humedad, luego hice lo mismo con el ruedo de mi blusa; del que, lo más probable, pescaríamos un resfriado por no poder quitarnos las ropas para que se secaran. Pero Donovan, con su calor de piroquinético, pasó su palma a milímetros de mi cuerpo como si pretendiera manosearme, y ocasionó que mis ropas húmedas emanaran vapor al secarse de manera «instantánea».

Nos acomodamos junto a varios «vecinos» que dormían apacibles en sus improvisadas camas de cartón y bolsas de plástico, abrigándose ellos con periódico, del frío de la madrugada. El olor del lugar era nauseabundo: heces humanas y orín penetrante, mezclada con la falta de higiene personal de sus moradores. No nos molestaron ni protestaron cuando invadimos su espacio. Uno de ellos frunció el ceño al vernos pasar por su lado, se aferró a su botella de licor como si fuese un tesoro invaluable, y se arropó hasta las orejas, dándonos la espalda.

Noah procuró ubicarnos lo más cerca posible de ellos a riesgo de que nos agredieran. Aseguraba que entre más cerca de los indigentes estuviéramos, mejor.

Mis dos compañeros me acomodaron en el medio, flanqueada así por dos Portadores que parecían mis guardaespaldas. Donovan quitó algunos desechos y limpió el sitio donde nos íbamos a sentar. Me ofreció su regazo para que me recostara y descansara con más tranquilidad.

De momento, me mantuve sentada y sin observar la expresión de Noah por preferir al otro, pero muy consciente de haberse molestado. A pesar de que nada hubo entre los dos, no aceptaría por aún sentirme incómoda con él; sus sentimientos, eran incluso más lujuriosos que los de Donovan. Quién sabe qué cosas escabrosas pasarían por su cabeza si yo dormía abrazada a su cuerpo.

—La suerte está de nuestra parte —expresó triunfal ante un libro destrozado que recogió con anterioridad, hojeándolo curioso.

—¿Por qué lo dices? —Hasta el momento consideraba que no hemos corrido con la mejor de las suertes.

—El libro me mostró el camino.

Fruncí el ceño y lo miré de refilón. La escasa luz eléctrica para nada le habría permitido leer sin problemas. No obstante, caí en la cuenta de su clarividencia.

—¿Qué camino te mostró, si se puede saber? —pregunté con un bostezo que se atravesó por el sueño. Mis párpados estaban que se cerraban por lo exhausta. De los tres, yo era la que estaba por tirar la toalla.

—Duerme y al rato lo sabrás.

Noah recostó su espalda a la pared de la base del puente y echó su cabeza hacia atrás para relajarse. Cerró los ojos y respiró profundo para luego expulsarlo con lentitud. No nos dio un «buenas noches» o un «qué descansen», se quedó quieto y se entregó a los brazos de Morfeo.

Por mi parte, recosté mi cabeza en los muslos de Donovan. Las laceraciones en mis codos y rodillas tironeaban mi piel. Me acomodé bocarriba con las manos entrecruzadas sobre mi estómago para que los codos quedaran un tanto elevados y no tocaran la suciedad del suelo. Donovan daba caricias suaves a mi cabello, teniendo cuidado de no rozar la herida de mi frente. Mantenía la mirada perdida, tal vez evitando dormir por si corríamos peligro; él sería quien velara por si nos encontraba la Hermandad o porque a los sin-techo no les diera por asaltarnos con la guardia baja. Sus ojos oceánicos se alineaban sigilosos, mirando más allá de la oscuridad y con sus cinco sentidos al cien por ciento.

*****

—Allison, es hora. —El delicado zarandeo en mi hombro me despertó. Abrí los ojos y bostecé con sueño, deseando estar en mi cama, arrebujada en mi cobija y durmiendo plácidamente; no en ese mugriento lugar entre hedores y a la intemperie.

Donovan me ayudó a levantar para que mis codos no se lastimaran. Aún el amanecer no aclaraba el día, los vagabundos seguían durmiendo en sus precarias camas, y, por una fracción de segundo, sentí envidia de su despreocupación; la vida se portó mal con ellos, pero la sobrellevaban sin importarle cómo terminarían.

Noah se hallaba en pie, mirando hacia el horizonte por donde el sol aparecería. Nos daba la espalda, sin salir del círculo de indigentes que nos «protegía» con sus locuras y rebeldías. Permanecía concentrado, sosteniendo en su mano derecha el libro deteriorado, leyendo con su clarividencia, y cerciorándose de que, el camino mostrado, fuese el más indicado. Lo arrojó después a una montaña de heces que había a tres pasos de uno de los moradores. Puso el pie sobre esta y enterró el libro para que se untara por completo. Donovan hizo una mueca de asco y a mí me dieron náuseas. El olor de aquel desecho aumentó considerablemente para revolvernos el estómago.

Noah arrastró la suela de su zapato contra un ladrillo que debió desprenderse de uno de los muros que sostenía el puente, para quitarse el pupú pegado. Sonrió al vernos las caras asqueadas y se encogió de hombros.

—La mierda borra las impresiones áuricas que dejamos sobre las cosas —dijo con tranquilidad—. ¿Nos vamos? —sonrió y extendió las manos para que se las tomáramos.

—¿Ahora para dónde nos largamos? —Donovan consultó avinagrado por amanecer con la espalda molida y su rodilla izquierda resistiéndose a otro día pesado.

Sin dejar de sonreír, el otro respondió:

—A Caracas.

Su revelación me sorprendió de buena manera, tía muchas veces me comentó de esa hermosa capital venezolana, que hasta me parecía que la conocía sin haberla visitado.

Nos sujetó y nos teleportó en un abrir y cerrar de ojos. El salto fue más largo que los anteriores.

Aparecimos en la terraza de un edificio muy alto.

Donovan y yo sentimos un vértigo repentino ante la altura. Me aferré del brazo de Noah, sin pretender soltarme de él, dándome la sensación de que el viento que soplaba con fuerza me sacaría a volar con rapidez. No fue necesario acercarme al borde de la azotea para darme cuenta de que el paisaje quitaba el aliento. ¡Era abrumador! Estar desde la cima, admirando al mundo bajo mis pies, me dejaba sin palabras.

¡Wow! Cuatro pirámides que imitaban al Zigurat se alzaban al fondo de las construcciones, pequeñas e insignificantes, que debían medir la décima parte de la que se hallaba en tierras estadounidenses «alternas», y sin determinar si eran comercios, residencias u oficinas gubernamentales; contrastaban con los edificios que estaban cerca.

Di dos pasos al frente, sin dejar de soltar a Noah. Era una ciudad irreal, absorbida por la modernidad y al mismo tiempo luchando por mantener aquellas construcciones antiguas que en su tiempo fueron magnánimas. Donovan señaló unos binoculares para turistas que permitían observar el espacio geográfico. Nos acercamos hasta el muro cercado de la azotea, siendo yo la primera que admiraba el paisaje, a través de los lentes fijados en una base metálica. Lo primero que noté fue la plataforma elevada de un monorriel de cuatro vagones que surcaba la ciudad, no era tan «colorido» como el del Zigurat, pero era de un modelo tecnológico avanzado. Luego me percaté de los autos que transitaban por las avenidas y quedé maravillada, no rodaban en sus cuatro neumáticos, sino que «flotaban» casi al ras del pavimento. Existían algunos vehículos que se negaban al cambio como renegados del tránsito. Aunque sus tubos de escape no emitían monóxido de carbono, los habitantes de esa dimensión debieron encontrar la solución para eliminar los contaminantes ambientales.

—Fue lo que vi...

—¿Qué cosa? —pregunté a Noah sin comprender.

—Este edificio —sonrió, señalando la azotea que pisábamos. Al navegar por el libro se había topado con una imagen que mostraba la icónica construcción. Para él era factible teleportarse a un lugar que no tuviese alteraciones de ninguna índole. El edificio era como el *Empire State*: alto, imponente y avasallante.

A través de las barandas de la azotea, Noah recorrió con la vista el perímetro que nos rodeaba. Los anuncios de neón y las pantallas tridimensionales de las grandes vallas publicitarias competían entre sí por ser el más llamativo y el que mejor anunciaba sus productos. Sus ojos se clavaron hacia un punto indeterminado, algo observaba de lo que nosotros no alcanzábamos a apreciar, tal vez buscando el sitio exacto de hacia dónde dirigirnos.

—¡Listo! —expresó sonriente al girarse sobre sus talones.

—¿Ya nos vamos? —la inquietud me atenazó de lo que pasara en las próximas horas.

Negó con la cabeza.

—Cayetana debe estar con sus hombres, resguardando el portal.

—Entonces, qué: ¿les pateamos el culo? —Donovan inquirió de mala gana, fastidiado de la continua huida, que hasta presumía se había arrepentido de enfrentarse a los Portadores.

—Lo más probable —dijo—. Tendrán que prepararse para un enfrentamiento. Cayetana es una dura contrincante y tenemos que sorprenderla en un entorno cerrado, o el elemento que ella obtenga de los ríos o del mar Caribe, que está cerca, nos hará tragar agua. Y no es mi intención morir ahogado.

La hidroquinética era capaz de invocar un tsunami. Le sería fácil hacer que las aguas del mar se levantaran y nos envolvieran hasta que nuestros pulmones colapsaran por toda la que tragaríamos. Sería una muerte horrorosa.

—Y los guardias… Ellos están armados, ¿qué hacemos con sus armas? —Ay, mi madre. ¿Cómo me libraba de un disparo?

Noah me miró e hizo una pose de «¡los barremos!».

—Somos una fuerza letal entre los tres —expresó seguro de ese hecho—. No se preocupen, no podrán con nosotros, somos más ágiles que ellos. Cayetana es la única Portadora que custodia el portal. Los guardias no son nada en comparación con nosotros.

—Sin lastimarlos, ¿eh? Solo desarmarlos. —Me angustiaba que fuesen toscos con la señora Morgan. Ella solo cumplía con su deber.

—Uno que otro *golpecito* será necesario. Los pondremos a dormir un buen rato.

—Noah…

Tomó aire como llenándose de paciencia y luego me miró serio.

—Haremos lo que sea para sobrevivir, Allison. Ellos están allá dispuestos a matar. No nos andaremos con delicadezas.

—Si se rinden, no les haremos daño. O si los vencemos rápido…

—Está bien… —puso los ojos en blanco—. Solo en ese caso; de lo contrario, *mi amigo los achicharra*. ¿Verdad que lo vas a hacer si ellos insisten en detenernos? —le preguntó a Donovan y este asintió.

Un enfrentamiento mortal del cual oraba en mi fuero interno no sucediera.

Donovan consultó su reloj, no fue necesario que le preguntara la hora, el sol apenas brillaba, pese a que algunas nubes amenazaban con quitarle su esplendor.

Entonces, arqueé las cejas por no haberme percatado de que la capital estaba rodeada por una cadena montañosa.

—El Ávila… —la majestuosidad de aquel verdor del parque nacional era impresionante. ¡Bordeaba de un extremo a otro el valle de Caracas!, siendo su pulmón vegetal que los abastece del más puro oxígeno. Observar el paisaje causó que sonriera y agradeciera estar en la azotea para apreciarla en pleno. ¡Qué naturaleza tenían los caraqueños! Con razón a tía se le iluminaba el rostro cuando la describía, la ciudad era abrazada por esa imponente madre que cuidaba de los hijos que residían a sus faldas.

Una bandada de guacamayas de plumaje azul-amarillo capturó mi atención, emprendía vuelo desde la copa frondosa de un altísimo caobo que se hallaba por una calle aledaña, para surcar la ciudad hacia los edificios donde los residentes de los pisos superiores les daban semillas y frutas para comer.

Noah volvió a enfocar sus ojos hacia la misma dirección en donde, minutos antes, estuvo concentrado.

Sonrió y nos miró para que estuviésemos preparados, indicándonos con su actitud que ya era hora. Cuando saltábamos de forma imprevista, nos causaba severas náuseas, pero al relajar la respiración y prepararnos, era más soportable.

Otro destino teníamos por delante.

Volvió a sujetarnos, y la fuerza de gravedad o lo que sea que él empleaba para teletransportarnos, nos llevó a gran velocidad hacia ese lugar.

Capítulo 26

—Esto es terrible…

Donovan replicó agotado de tantos «saltos». Se tiró al suelo, pálido y con náuseas. Yo estaba mejor, pese a los dolores de cabeza, la continuidad de los viajes nos adaptaba rápido a los cambios repentinos.

Noah nos soltó y nosotros agrandamos los ojos.

Nos hallábamos en plena montaña.

La vegetación nos rodeaba casi tragándonos inmisericorde. La ciudad de Caracas se veía al fondo, diminuta y brumosa por la neblina de la mañana. La llovizna rociaba con suavidad los árboles y Donovan se sacudió el cabello con fuerza, molesto de darse de nuevo un baño con ropa.

Noah era el líder en nuestra marcha, guiándonos montaña arriba sin la necesidad de una brújula para orientarse. Avanzaba sin vacilaciones hacia el escondido portal. El terreno era de tener cuidado, la tierra se humedecía y se deslizaba peligrosa, haciéndonos resbalar en varias ocasiones. Donovan y Noah procuraban que mi torpeza no terminara en otra catástrofe, me sujetaban de las manos y ayudaban a subir por las pendientes. No hubo más teletransportación para hacer corto el camino, la búsqueda se hizo a la antigua, con nuestros propios pies, llevábamos horas sorteando fangos, mosquitos y toda clase de plantas silvestres que lastimaban los brazos si no teníamos cuidado.

Mi estómago gruñó y el de Donovan protestó de igual modo, la hora del desayuno se convirtió en la del almuerzo; si seguíamos así, terminaríamos desfallecidos por baja de azúcar.

Noah se detuvo y frunció el ceño.

—¿Qué pasa, nos perdimos? —pregunté aprensiva, enfocando los ojos hacia el mismo punto en que él clavaba los suyos.

—Te pateo si lo estamos —Donovan lo amenazó en una agotada expresión de querer descansar un largo rato.

El otro sacudió la cabeza; en su rostro reflejaba preocupación, mirando hacia los matorrales como buscando algo.

—¿Qué percibes, Noah? —Su repentina aprensión me contagiaba. El enfrentamiento con la Portadora estaba por desatarse.

—No sé… —dijo en voz baja—. Es raro.

—¿Qué es «raro»? —Mi corazón se aceleró—. ¿Es la señora Morgan? —Miré a mi rededor por si las aguas del Caribe se deslizaban hacia nosotros, pero el sacudió la cabeza—. ¿Animales? —Alguno nos debía estar acechando. Lo que enseguida me azotó el temor. ¡Ay, mamá! ¿Qué tipo de fauna terrestre merodeaba El Ávila?

Se encogió de hombros sin ser capaz de explicar.

—Estas montañas se han llevado a más de uno —reveló en un tono que erizó mis brazos—. Hay almas vagando con nosotros.

Donovan y yo nos miramos, ninguno de los dos percibió presencia ectoplásmica que nos alterara. Solo Noah captó los espíritus entre los matorrales, del cual estaba intranquilo y no por temor, sino porque no le hallaba lógica a su preocupación, se había enfrentado antes a seres abominables que a más de un valiente mataría del susto.

—Ignóralos —lo animé para tranquilizarlo o terminaría por provocar que Donovan me arrastrara a la ciudad. Se lo veía bastante tenso en su habitual sospecha de todo lo que se moviera por ahí; si el viento batía las hojas de un arbusto, sus manos enrojecían en una aparente disposición de lanzar llamaradas.

Caminamos media hora más, Noah no recuperó su templanza, aún nervioso de lo que sus sentidos extrasensoriales captaban. Donovan gesticulaba para que este no se diera cuenta lo que me expresaba enojado, pues a cada tramo que saldábamos un «estamos perdidos» brotaba de sus labios silenciosos. Ni había un sendero que cruzara la montaña que escalábamos para guiarnos hacia dónde se supone sería nuestro destino final en dicha travesía, la naturaleza cambiaba según el terreno que pisábamos; en unas partes era abierto, soportando los intensos rayos solares y en otras los helechos, bromelias y árboles de más de diez metros de alto, nos arropaban.

Pese a la tardanza, lo seguíamos.

—¡Por aquí! —Noah exclamó con creciente tensión en el tono de su voz, la carga que soportaba sobre sus hombros de mantenernos con vida y rescatar a los suyos era muy grande—. Prepárense —nos advirtió—. Pueden estar escondidos.

Llegamos hasta un árbol frondoso que se elevaba sobre una saliente. Sus ramas caían sobre nosotros como una mano tenebrosa que quería atraparnos.

Noah se detuvo y posó la mano en el tronco. Me adelanté para ver si se había mareado por la inanición o la insolación, pero enseguida observé que tenía los ojos cerrados, captando las energías áuricas que por ahí hubiesen pasado.

—El portal está cerca…

—¿Y la señora Morgan? —Lanzaba miradas por todas partes. El follaje se prestaba para ocultarlos de nuestra vista y así emboscarnos de forma repentina.

—No la capto. Ni a sus hombres.

—¿No están en la montaña? —Donovan preguntó sin dejar de bajar la guardia. Si un insecto le daba por cruzarse por su camino, lo fulminaba con una llamarada. Estaba muy tenso.

El otro abrió los ojos y lo miró.

—No puedo asegurarlo, hay métodos para camuflarse de las percepciones de un Portador.

—Como la mierda —Donovan replicó y Noah medio sonrió.

—De nada sirve si andan por ahí «olorosos» —comentó—. Pero no se descuiden o le hacemos compañía a *las almas* de la montaña.

Reanudamos el trayecto. La clarividencia de Noah lo guiaba para hallar *lo oculto*, su don no le permitía equivocarse y perdernos, era poca la información obtenida de su padre de crianza, los portales se hallaban esparcidos de forma secreta por países exóticos que dejaban a cualquiera con la boca abierta. Oron confió en él y le contó sobre estos: cada portal se abría con una diferencia de tres días entre sí, consecutivamente, comenzando a activarse primero el de Nueva York, que fue el pasado 10 de junio, continuando el margen de tiempo con el de Alemania, luego el de Isla de Pascua, seguido por el de Venezuela y cerrando con el de Inglaterra, en un ciclo que se repetía cada dos meses.

Ya estábamos sobre el tiempo, este mismo día se activaría el portal *venezolano*, por lo que debíamos darnos prisa para tomar el control de este.

Se detuvo y una sonrisa ancha se plasmó en sus labios.

—Hemos llegado —anunció solemne, soltando el aire de sus pulmones como si lo hubiese contenido desde que aparecimos en medio de la naturaleza.

Observé mi entorno, solo había árboles y más árboles.

—¿Se te fundieron las neuronas? ¡Aquí no hay nada, hombre! —Donovan empuñó su mano con ganas de darle un puñetazo. El cansancio obraba de manera negativa en la cordura del teleportador.

Noah rio y señaló hacia una pared de helechos a dos metros a su derecha. Las plantas silvestres camuflaban la entrada a lo que sería la puerta dimensional.

Una cueva.

—Esperen aquí —dijo y, sigiloso, se acercó para posar sus palmas sobre los helechos; permaneció así unos segundos y luego se volvió a nosotros—. No hay nadie. ¡Vamos!

—¿Y si es una trampa? —Donovan cuestionó.

—Nos arriesgamos, allí está el portal y a punto de activarse. Si nos caen por sorpresa, luchamos. Prepárense.

Donovan me tomó de la mano para protegerme de alguna caída y Noah frunció las cejas, porque sin querer rechacé la suya. Nos hallábamos en medio de lo desconocido y ellos seguían con su rivalidad. Así que, removió los helechos como si fuesen cortinas, las hizo a un lado, permitiéndonos pasar. Donovan activó su piroquinésis tan pronto entramos a la cueva, sus manos se prendieron para iluminar el oscuro lugar, y Noah recogió allí unas ramas secas, del cual se quitó la camiseta para que su compañero tridente la secara con su energía calórica y así improvisar una antorcha.

Enrojecí, la colección de músculos en su abdomen inspiraba malos pensamientos.

Desvié la mirada, provocando que el otro se enojara y direccionara su piroquinesis hacia la antorcha.

—¡Ten cuidado! —El fuego que se inició a continuación, casi le quema las pestañas a Noah. La prenda se envolvió en llamas más de lo que él hubiese querido.

Luego Donovan apagó sus manos y se cruzó de brazos.

—¿Ahora qué hacemos? —permanecía a la expectativa.

—Esperar a que el portal se active —respondí con rapidez ante de que Noah dijera una estupidez y terminaran dándose de golpes.

Siendo precavido, Noah recorrió la zona, cerciorándose que no hubiese peligro; a pesar de haber encontrado el lugar del portal y asegurarnos de estar despejado, seguía preocupado. Y, no es para menos, aún se percibían los rastros áuricos de la señora Morgan y de los hombres que la acompañaban, como si hasta hacía unos minutos se hubieran marchado. No estaban allí, pero igual echaba un vistazo.

Sin perder tiempo, Donovan encendió una pequeña fogata con las ramas esparcidas que recogió por ahí, no me dejó ayudarlo, se encargó de la tarea con rapidez. El fuego nos proporcionaría calor y luz suficiente para iluminarnos. La entrada de la cueva era estrecha y cubierta de vegetación que impedía el paso de luz a su interior, por lo que él arrancó las cortinas de helechos para no morir sofocados por el humo.

Me senté y recosté la espalda en la pared rocosa más cercana, observando el lugar. La cueva no era ni muy alta, ni muy ancha. Pero sí tan larga que, lo más probable, atravesaba la montaña. Olía a humedad, con troncos y ramas dispersas por todos lados. Dentro, un pequeño charco se formó producto del goteo incesante que caía desde el techo, la lluvia absorbida por la tierra se colaba varios metros en la profundidad hasta llegar a nosotros.

Estornudé por las ropas mojadas y esto hizo que Donovan acudiera a mí para ejercer una vez más de *secador ambulante*. Palmeó mis ropas, evaporando la humedad como si una plancha al vapor me estuviese pasando. Luego él hizo lo mismo, con las suyas, con la diferencia de que se *autoevaporaba* de forma instantánea.

Hay que ver cómo el destino me ponía la vida de cuadritos.

Donovan también se quitó la camisa.

Cielos…

Era fiel, decente y muy centrada. Pero eso no impedía que le echara una miradita: pectorales que parecían almohadas y que invitaban a posarse sobre ellas, brazos de acero y abdominales de infarto. ¿Qué diría en mi defensa? «Los ojos se hicieron para ver». La anatomía de esos chicos era perfecta.

Me pareció que no era necesario que él se despojara de su camisa para hacer otra antorcha. Era como una excusa para competir con su rival; como observó que a mí casi se me salen los ojos de las cuencas, decidió que dirigiría mi atención hacia su cuerpo.

Donovan me miró con intensidad y yo me aferré a mi blusa.

—No pienso quitármela para que sirva de antorcha —le hice saber con voz temblorosa, prefiriendo pasar frío que estar allí desnuda de la cintura para arriba.

Sacudió la cabeza.

—Con dos son suficientes —dijo en una sonrisa contenida—. Pero, si necesitamos de otra…, no dudaré en pedírtela.

Y ahí se carcajeó.

—*¡Ssshhhhit!* —Noah lo hizo callar, habiéndose separado unos diez metros hacia lo profundo de la cueva. Su antorcha en alto buscaba, quizás, murciélagos o algún animal que nos pudiera atacar. No se quedaba quieto, su vista se paseaba sigilosa tratando de ver más allá de la oscuridad. Dejó las bromas de lado y los comentarios fuera de lugar, su concentración era absoluta, no descansaría hasta que cruzáramos el portal.

Entonces…

Un psiball emergió de la profundidad, contundente y mortífero, para golpearlo con fuerza.

—¡Noah! —exclamé azorada. Su presentimiento al desastre pronto le dio la razón, cayó al piso, inconsciente.

El psiball lo tomó por sorpresa, robándole la energía y negándole la oportunidad de teleportarse para esquivarla.

Donovan arrojó la antorcha que en nada le serviría a dicho ataque y enseguida activó su piroquinesis a la vez en que empuñaba las manos. Las apuntó hacia el sitio por donde provino el psiball y disparó tres esferas de fuego, sin esperar a que apareciera el culpable, la oscuridad se las tragó sin escuchar el estruendo de sus impactos contra las paredes rocosas o contra quién sea.

Me preparé para defendernos, perpleja de que la señora Morgan eludiera la clarividencia de Noah y nuestras percepciones. No podíamos verlos, ella y sus hombres se mantenían ocultos en aquella lobreguez interna que los protegía de sus enemigos.

Al parecer, se untaron de mierda para no ser captados.

—¡Ríndanse, traidores! —reverberó una voz masculina. La de un sujeto, cuya lengua era la más afilada de la Hermandad.

Homero D´León emergió de las sombras, caminando hacia nosotros como un ente maligno que nos estuvo esperando escondido. Sus ojos entornados reflejaban que nos detestaba; la envidia de que unos jóvenes acumularan poderes, lo carcomía. Era uno de los más antiguos y de los que pertenecía al grupo de los «básicos». Se caracterizaba por ser cizañero, levantando inquina a su paso con su estricta moralidad.

Donovan le disparó dos psiballs, pero traspasaron al anciano sin causarle daño. Su proyección lo protegía.

Las paredes rocosas de la cueva se estremecieron y la tierra del techo nos ensució un poco las cabelleras. La señora Morgan no estaba con él, ni los hombres armados, se hallaba solo en actitud soberbia y sin temer enfrentarse a nosotros sin apoyo militar ni de la hermandad, sonreía con suficiencia como si su presencia fuese suficiente para vencernos.

Enseguida me fijé que el fuego en la fogata casi se apaga, la luz era primordial para ver al atacante, insegura de qué tan conveniente fuese la oscuridad para cualquiera de nosotros en ese lugar, era mejor tener en la mira al enemigo sin importar si nos exponíamos.

—Impresionante lo rápido que aprendes, muchacho —expresó con despreció—. Aunque no te servirá de mucho, están rodeados.

Notamos que desde la entrada de la cueva ingresaron ocho soldados con sus armas apuntando directo a nuestras cabezas. La señora Morgan se hallaba detrás de ellos y les ordenó que dispararan.

—¡No! —grité ante la lluvia de balas que volaba hacia nosotros. Por fortuna, Noah volvió en sí y reaccionó con rapidez, teleportándose para salvarnos el pellejo.

Reaparecimos en una galería más amplia de la cueva.

—¡Serás idiota, ¡¿por qué no nos sacaste de aquí?! —Donovan lo increpó, conocía muchos lugares y le dio por saltar unos cuantos metros de los sujetos que nos pretendían capturar vivos o muertos—. ¿No es que «no había nadie»? Qué pésimo clarividente eres…

Antes de que este le contestara, una de las paredes rocosas comenzó a iluminarse.

Noah sonrió.

—¡Justo a tiempo! —su anuncio socarrón presagiaba que tendríamos esperanzas. El viento soplaba y silbaba fuerte desde un agujero que se expandía de forma rápida. Donovan y yo caímos al suelo, incapaces de aferrarnos a lo que sea para no ser arrastrados con violencia. Nos succionaba inmisericordes mientras que Noah permanecía en pie, mirando con suficiencia hacia ese punto.

La hora llegó, el portal se abrió.

—¡Allison, sujeta mi mano! —Donovan la extendió para que la tomara; por ser la más menuda, mi peso corporal apenas me permitía mantenerme en el sitio. De un momento a otro sería tragada por el agujero.

Traté inútilmente.

—¡No puedo! —Mi cabello se batía enmarañado hacia la materia gelatinosa que brillaba incandescente. Estaba asustada, pronto vería a David y a tía Matilde, pero no sabía en qué condiciones.

Noah nos ayudó a levantar y eso ocasionó que él no previera lo que sucedería...

—¡No irán a ninguna parte, traidores! —D´León se interpuso en el camino, habiéndose materializado justo delante del portal.

Los tres nos tensamos y en el acto nos preparamos para el combate. El Portador bloqueaba el paso, impidiéndonos cruzar.

Intentó barrernos con una onda expansiva, del cual reaccionamos y la detuvimos con otra igual de contundente.

Para nuestro predicamento, él demostró que la experiencia dominaba por encima de cualquier habilidad aural: desapareció y reapareció en un parpadeo, para luego lanzarnos varios psiballs sin que pudiésemos detenerlos por estar ejerciendo las ondas, pues estas no detenían un psiball; como un psiball no contrarrestaba una onda expansiva. Debían ser del mismo tipo para repelerse.

En este caso, más de uno salió lastimado.

El primero golpeó a Donovan en el rostro como un puñetazo, el segundo me dio en el estómago, sacándome el aire, y el tercero le dio a Noah en el hombro izquierdo. Caímos derrotados.

Para empeorar la situación, los guardias nos rodearon y el portal perdía su potencia.

—Novatos… —el anciano masculló mientras que nosotros yacíamos en el suelo a sus pies—, no pudieron conmigo.

Pero las palabras se las tuvo que tragar; como siempre que las situaciones eran extremas, Donovan nos sorprendía.

Se había proyectado.

Una bola de fuego surcó el aire y lanzó contra la puerta dimensional al señor D´León, quién con ojos aterrados, comprendió que la muerte pronto lo abrazaría.

Su alma se desvaneció en el acto.

Al estar desencarnado, no debía cruzar el portal, solo permaneciendo dentro de un cuerpo humano le brindaba la protección de viajar por los mundos paralelos.

Casi al segundo, Noah disparó varios psiballs hacia los guardias, mientras que yo los barría por el suelo con una onda expansiva. Todos quedaron desarmados e inconscientes, a excepción de la señora Morgan, quien hasta el momento no hacía acto de presencia para enfrentarnos. Pero no me detuve a analizar su falta de intervención o lo que estaría «invocando» desde el exterior, puesto que rodé los ojos hacia Donovan, maravillada por él haber sido capaz de proyectarse sin enseñanzas previas. Erguido, etéreo y enojado, con los brazos extendidos hacia adelante y los puños prestos a dar una paliza.

Jadeamos, sobrecogidos de habernos librado de milagro. Hacíamos un buen equipo y era una lástima que nuestros lazos de amistad no fuesen más estrechos. Donovan volvió a su cuerpo y Noah me ayudó a levantar. Nos preparamos para cruzar el portal.

Noah me tomó de la mano con fuerza, tal vez, previniendo alguna torpeza de mi parte.

¡Ah, las cosas nunca serían fáciles!

Dos psiballs –que provenían del fondo de la cueva por donde habíamos llegado– pasaron por encima de nuestras cabezas y se perdieron, absorbidos por la puerta dimensional.

Kytzia Garko y Cayetana Morgan, proyectaron sus almas para impedirnos cruzar.

Nos encogimos, siendo esto una señal de advertencia: de haber querido, ellas nos hubiesen detenido.

—¡Toma a Allison y váyanse! —Donovan ordenó a Noah sin dejar de mirar a las *hermanas mayores* que se mantenían allí, envaradas, listas para el combate aural—. De aquí no salimos vivos.

Iba a protestar, pero un ruido inquietante nos puso en alerta.

—¡¿Qué es eso?! —me angustié. La señora Morgan sonreía desdeñosa.

—¡Rápido! —Donovan nos gritó. El sonido del agua, chocando con las paredes rocosas, nos alertaba de que la Portadora hidroquinética invocó las aguas de algún riachuelo cercano o del mar Caribe a unos kilómetros de allí, para ahogarnos.

—¡No! —exclamé con el poco aliento que me quedaba. Se iba a sacrificar por nosotros.

—¡Váyanse, trataré de detenerlas! —Levantó una pared de fuego que dividió la cueva en dos, de modo que los guardias vencidos y las dos ancianas quedaran del otro lado.

—¡No te dejaremos solo! —Noah gritó, sobrecogido. La lealtad de este era para ser admirada.

Pero Donovan nos hizo ver que no quedaba otra alternativa.

—¡No hay tiempo! ¡¡Crucen!!

—Donovan… —abandonarlo era lo peor que le haríamos. El fuego no era nada en comparación a las masas de agua que lo golpearían, extinguiéndole hasta la vida.

—Te amo —sus ojos marinos se cristalizaron. Hasta ahí el destino quiso que permaneciéramos juntos; en adelante, él quedaría atrás y yo continuaría mi camino.

—Adiós, amigo —Noah apreciaba el valor del muchacho a la vez en que tiraba de mi brazo para llevarme hacia el portal.

Antes de marcharme, miré por encima de mi hombro para verlo por última vez y agradecerle, aunque fuese con una sonrisa triste, por todo lo que hizo por mí. No obstante, las aguas furiosas inundaron la galería de la cueva, llevándose por delante a los guardias que yacían inconscientes, a las llamaradas y a Donovan, mientras que las dos mujeres permanecían incólumes en sus sitios, sin ser afectadas por estar proyectadas.

Mi grito quedó ahogado en el espacio-tiempo. Las aguas nos alcanzaron y, parte de estas lograron cruzar el portal antes de cerrase.

Capítulo 27

Al pasar al *otro lado*, no fue por la parte del cual ingresamos, sino que emergimos de una gran roca que se hallaba en el exterior.

Emergimos mojados, pero con los pulmones intactos. El agua que logró colarse durante el viaje dimensional, no fue mortal.

—¿Y la cueva? —Noah se preguntó, buscando la cortina de helechos que cubría el lugar cavernoso. Por alguna extraña circunstancia las puertas dimensionales no coincidían en su ubicación; si entrabas por una pared, salías de entre los árboles. Al ser otro mundo tenía sus variantes. En esta dimensión «Original» no existía la cueva.

No me importó, lloraba desconsolada por dejar a su suerte a Donovan.

—No debimos…

—¿Y qué hubiésemos podido hacer? —cuestionó—. El portal estaba por cerrarse y enfrentarnos a las Portadoras nos hubiese dejado allá atrapados. Fue nuestra última oportunidad, porque no sé la ubicación del que está en Inglaterra, y, aunque lo supiese, tendríamos que escondernos por dos meses en una dimensión que es dominada por la Hermandad de Fuego. Allison —sobó mis brazos para reconfortarme—, Donovan hizo bien en bloquearles el paso para darnos tiempo de escapar. ¡*Los hermanos* nos habrían hallado rápido! El Augur es un buen precognitivo.

—Pero lo dejamos solo…

—Sé lo que sientes, algún día lo vengaré. Pero ahora toca emprender la marcha para que su muerte haya valido la pena.

Caminamos por unas horas a través de la montaña. Noah requirió un descanso a las teletransportaciones que hizo muchas veces; saltar en ese momento a dónde sea sería peligroso.

Me ayudó a bajar con cuidado, nunca soltó mi mano, se fijaba por dónde pisaba y me advertía cuando había algún obstáculo en el camino que representara una posible caída. No llovía, la vegetación estaba seca y con claras señales de padecer las inclemencias de un clima severo, el calor era sofocante y yo estaba desfallecida por el hambre, el cansancio y el corazón roto. Donovan entregó su vida para que pudiésemos escapar y liberar a nuestros familiares. El señor Burns se sentiría orgulloso de su gallardía, pero también sufriría por su muerte. Dudaba que sobreviviera a esa inundación.

Atravesamos el Ávila, de forma horizontal, el sol de la tarde pegaba más fuerte que el de la mañana, y nuestras ropas se secaron rápido. Tuve que pedirle a Noah que me permitiera orinar entre los matorrales o me haría en los pantalones. Él también aprovechó en descargar su vejiga a unos pasos de donde yo estaba acurrucada con los calzones abajo, su espalda desnuda estaba roja por los rayos que caían directo sobre su piel, que, lo más seguro, sufriría de insolación. Ni un comentario dijo del modo en cómo nos hallábamos para tomarme el pelo, apuntaba sus orines hacia unas palmeras mientras me daba la espalda. Luego divisó a lo lejos unos funiculares que se deslizaban por encima de los árboles. A partir de ahí caminamos un corto trayecto y llegamos sin problemas a una especie de «aldea comercial», donde vendían flores, artesanía y comida.

Siendo muy amable, Noah pidió en una choza de paredes de bambú y techo de paja, unas empanadas rellenas de carne mechada y un par de gaseosas, para aplacar el hambre y la sed. Allí, las personas que comían y admiraban la naturaleza repararon en nuestras fachas. Tratamos de mejorar el aspecto, alisándonos el cabello y sacudiéndonos la tierra de las ropas. Nos preguntaban con gestos qué nos pasó, y Noah –con su fornido pecho– respondía en un pésimo español: «decidir dar paseo y perder». La gente sonreía y negaban con la cabeza como si fuésemos dos *gringos* idiotas que se perdieron en la montaña por querer darse «cariñitos», juzgando la falta de camisa de mi compañero de aventuras y mis greñas alborotadas.

Ignoramos sus miraditas de sospecha y terminamos de comer las empanadas, estas nos devolvieron las energías, aunque no nos saciaron como hubiésemos querido, puesto que Noah prefirió darnos prisa para que la noche no nos cayera encima.

Avanzamos unos metros más hasta llegar a una estación turística. En ese lugar nos percatarnos que, a poca distancia y en la cima de un cerro, se alzaba solitario e imponente, un hotel que se parecía al Capitol Records Building, aunque este que observábamos era un poco más alto y estilizado.

El Humboldt.

Noah tiró de mí y caminamos hacia allá.

A cierta distancia del hotel había restaurantes de comida rápida y «carritos» que vendían café o un *waffle* delicioso. Se me hizo agua a la boca y deseé atragantarme con estos, pero el tiempo apremiaba por lo que me prometí que me daría un atracón de comida en cuanto tuviera la oportunidad. Aun así, reparé en el paisaje que se hallaba frente a nosotros y muy al fondo. La vista de la ciudad de Caracas y el mar Caribe era apoteósica.

Un nudo en la garganta anunciaba un nuevo llanto, me hacía falta Donovan.

Entramos al hotel, el encargado de la recepción –un hombre de unos treinta años– nos escrutó con la mirada; en su rostro bronceado se leía que censuraba la semidesnudez del recién llegado y la suciedad que teníamos hasta las orejas.

—*Benos dias* —Noah saludó. Su español daba pena, pero yo no era quién para corregirlo.

—«Buenos días» —el sujeto pronunció la forma correcta del saludo, sus cejas las mantenía alzadas y sus labios levemente estirados como si hubiésemos sido asaltados por los lugareños.

—Usted… —Noah se hizo un enredo para hablar con fluidez el idioma nativo. Me apenaba no poder ayudarlo; con una madre y una tía latina, y nada aprendí—. Teléfono. *Ring, ring* —expresaba con mímicas para darse a entender.

—Seguro. Pero solo hacemos llamadas locales —respondió el otro con una sonrisa, demostrándonos así que dominaba el inglés.

Sonreímos aliviados.

—*No problema* —mintió él.

El sujeto levantó el auricular, sin muchas prisas. En otro hotel del mundo, el encargado –desconfiado– hubiese hecho que nos sacaran a patadas; en este caso, fue lo contrario.

—Dígame el número.

Noah trató de no reflejar en su rostro que estaba en un aprieto. Enseguida se recompuso con una sonrisa siniestra. Sus ojos grises brillaron y adquirieron ese matiz cuando hipnotizaba a la gente.

El sujeto cabeceó y sus ojos se abrieron como platos. Marcó el número que Noah le dictaba y le acercó el inalámbrico.

Noah me miró con una azorada expresión, y eso hizo que me invadiera la curiosidad de inmediato.

—¿A quién llamas?

Alzó una ceja, como queriendo decir: «¿Acaso no es obvio?».

Entonces, comprendí.

A David.

Mi corazón palpitó azorado. Luché para no exteriorizar la ansiedad contenida desde hacía tiempo. Aunque Noah no esperó mucho, cuando, desde el otro lado de la línea, le respondieron.

—La tengo —su rostro y su voz eran severos. David debía estar dándole instrucciones, porque Noah no hacía otra cosa que asentir con la cabeza. Permanecía callado, atento a lo que aquel le decía—. Sí, no tengo problemas —oprimía con fuerza el auricular en unas aparentes ganas de despedazarlo—. Conozco el lugar, ¡no soy idiota!, estaremos allá al anochecer.

Suspiré, todo se desenvolvía con rapidez.

Oprimió el botón de «colgar» y entregó el auricular al recepcionista. A continuación, salimos del hotel, dejando al pobre sujeto «idiotizado». Nos dirigimos para tomar uno de los funiculares que nos bajaría hasta la ciudad. Noah no permitió que alguien más se subiera, usó la hipnosis sobre el encargado y le ordenó que los dos viajáramos a solas. Sabía cómo sacarle ventaja a su habilidad hipnótica, y me abrumaba determinar hasta qué punto se aprovecharía de ello.

Bajamos ensimismados y admirando el valle de Caracas. La ciudad crecía conforme nos acercábamos. Era diferente, la modernidad que antes vimos, en *esta* para nada resaltaba, no existían las imitaciones piramidales ni los monorrieles la surcaban. Las edificaciones se erigían dentro de los parámetros arquitectónicos actuales, algunas de bonitos diseños y muchas requiriendo mantenimiento en sus fachadas; los autos rodaban normales y expulsando monóxido de carbono por las vías, y las casas humildes invadiendo las laderas del Ávila.

Lo cierto es que, al ver que la pobreza rodeaba a los venezolanos, me di cuenta de que *la otra Caracas* fue una utopía.

Noah miraba entristecido por su ventanilla. Su mano izquierda reposaba sobre su pierna, apretada en un puño, quizás fraguando el modo más eficaz para rescatar a los suyos y de liberarme de mi tormento.

De estar Donovan presente, estarían los dos planificando una emboscada. Se sentiría más apoyado y poderoso, la combinación de dones aurales se tornaría apabullante.

Pero solo, no.

Solo...

¡Sí, solo!

Porque yo no haría nada que pusiera en riesgo la vida de mi tía, del señor Burns y sus abuelos. Así que por mí estaba bien que se diera el intercambio.

—¿Qué pasará contigo? —preguntó él, sacándome de mis pensamientos. Sus ojos se enfocaban sobre mí aprensivos.

—Estaré bien —contesté con una sonrisa tímida e insegura de ese hecho. No me quitaba de la cabeza lo que él le escupió a David en la celda: que yo fui suya. Aquel debía estar furioso por incumplir con mi palabra.

Una lágrima se deslizó de su mejilla.

—Perdóname; si no fuera por mis abuelos, yo no…

Puse mi mano sobre su puño y le sonreí.

—Tranquilo, no pasa nada. Yo hubiera hecho lo mismo.

Noah bajó la mirada hacia nuestras manos. Relajó su puño y extendió los dedos para aferrase a la mía.

—No dejo de sentirme culpable.

—¿Qué será de ti? —pregunté entristecida, pues a la Hermandad no podría volver. Las puertas del Zigurat estarían cerradas por siempre para él por revelar información y llevarnos fuera de las murallas.

Se encogió de hombros.

—Esconderme. ¿Qué más puedo hacer?

Suspiré.

—Noah… Así no debieron ocurrir las cosas, eres un maravilloso Portador con un futuro por delante.

—Yo veré que haré —comentó en una sonrisa pesarosa.

Mis lágrimas se resbalaron por mis mejillas, parecía mentira cómo las cosas cambiaron. Tan solo hacía unos meses atrás estábamos tranquilos, desarrollando nuestras habilidades: Donovan lidiando con sus rivales y Noah, desafiándolo, siendo ellos los más queridos, los más deseados e idolatrados en la ciudad piramidal. Los Portadores tuvieron grandes planes para nosotros y, por mi culpa, aquello acabó, el éxito se disipó y los sueños se frustraron. Ahora Donovan estaba muerto, yo considerada una mujerzuela y Noah un traidor.

Si bien, era indigno, el trasfondo de todo esto era el amor por la familia. Les dimos la espalda a la Hermandad para rescatar a nuestros seres queridos.

Noah cerró los ojos y respiró profundo como si un impulso de energía le hubiesen inyectado. Frunció el ceño, sintiéndose de repente revitalizado. Me miró consciente de que no esperaríamos hasta que el funicular tocase tierra, desapareceríamos de allí sin levantar griteríos al exponernos a las personas que esperaban por dicho transporte turístico en la estación principal.

—Se nos acabó el tiempo. Es hora —anunció sin una muestra de su vivacidad y yo asentí apesadumbrada.

Pronto nos encontraríamos con nuestros seres queridos.

*****

—¡Dónde está ese *chupasangre*, tenemos rato esperándolo! —Noah se impacientó, sentado a mi lado a las faldas de un árbol.

El lugar acordado fue en el zoológico de Londres.

David le había preguntado si podía teleportarse hasta Europa, a lo que este le dijo que sí. Ya sabía de su don «saltador» cuando logró atraparlo en el túnel del Metro de Nueva York. Conocía sus armas y sus limitaciones, por lo que tomarlo por sorpresa sería imposible. En esa parte del mundo el Uso Horario tenía una diferencia de cinco horas; pese a esto, acordaron vernos al anochecer, cuando el sol fuese sustituido por *la dama de blanco* que nos deslumbraría con su esplendorosa silueta desde lo alto del firmamento.

—¿Estás seguro de que es aquí? —consulté preocupada. Noah tuvo que hacer unas cuantas «escalas» para completar el largo viaje, del cual nos tomó más tiempo de lo planificado.

—Para ser inglés, es bastante impuntual —masculló avinagrado de aguardar a que hiciera acto de presencia. Usaba una camisa azul que tomó «prestada» de una boutique para caballeros cuando le sugerí en *nuestro último salto,* se cubriera su torso, puesto que, por *deslenguado*, David estaba cabreado. Si me entregaba, estando medio desnudo, no correría con la suerte de cuando estuvo prisionero.

Lo mataría a golpes o lo destrozaría…

—Tenemos que esperar —dije—, no nos queda otra alternativa.

Escupió dos vulgaridades para desahogarse.

Mi primera sensación –debido a la espera– era que David nos vigilaba, como hizo conmigo en el muelle cuando lo cité para averiguar sobre la muerte de Vincent Foster, del cual llegó quince minutos antes, habiéndose mantenido escondido para estudiarme en silencio. Ahora el tiempo pasaba y Noah no percibía ni un vampiro. Yo lo llamaba mediante nuestra telepatía por si él nos aguardaba cerca, pero el silencio era lo que tenía de vuelta.

No entendía para qué nos citó en ese lugar si desconfiaba de su entorno. El zoológico permanecía solitario y a oscuras, del cual tuvimos que escondernos de las cámaras de vigilancia. Noah se mantenía concentrado con su clarividencia al cien por ciento, aguardando la proximidad del *Eterno* que habría de separarnos.

Me abrazó al descender la temperatura, así permanecimos un rato, estando ambos meditabundos, yo ya no lloraba por Donovan ni por la pronta despedida que tendríamos, sino que la aflicción me hacía pensar en los días en que mi única preocupación era lidiar con una madrastra entrometida.

Me arrebujé entre los brazos de Noah, observando en silencio a la manada de leones postrados al aire libre. La «jaula» era grande como la del zoológico de San Diego. Al león alfa lo rodeaban un grupo de leonas que se debatían por la que tenía el derecho a estar acostada a su lado; en cierto modo me recordó a David, majestuoso y mujeriego, rompiendo corazones e imponiéndose como un rey. El mundo animal no se diferenciaba del vampírico ni mucho menos del humano que era peor.

De pronto, un hormigueo recorrió mi espina dorsal y Noah sintió lo mismo.

David se aproximaba.

Nos levantamos como dos resortes, eran varios vampiros por la fuerza estremecedora que hizo sacudir nuestros sentidos. Noah miró hacia su derecha y mantuvo la vista clavada en la oscuridad. Las luces de los postes que alumbraban las *caminerías* del zoológico no eran suficientes para determinar cuántos de estos eran, siendo evidente que David no se hallaba solo, no era tonto, tomó medidas pertinentes para asegurar que el intercambio fuera exitoso.

Ambos respiramos agitados y nerviosos por lo que iba acontecer: tía y los demás pronto serían liberados.

«¿David?» —la necesidad de llamarlo fue apremiante.

No me contestó.

Pero *los nocturnos* y los rehenes se hicieron visibles bajo el foco de luz del poste más cercano. Mi corazón se estrujó al no divisar entre ellos a David y a mi tía.

«¿Qué pasa, David?, ¿qué significa esto?» —lo increpé en mi mente. El condenado delegó el intercambio a terceras personas. Y lo haría por partes.

Una vez más, él me mantenía en la ignorancia.

Respiré y tragué la rabia.

Uno de ellos dio unos pasos al frente y se detuvo a medio camino. Era rubio, hermoso y con unos ojos azules que traspasaban hasta el alma. Me sorprendí al reconocerlo, ¡era el mismo que entró a mi habitación cuando David enloqueció! Me estudiaba con detenimiento como si no creyera lo que observaba.

—¿Y David? —le pregunté, pero optó por sellar sus labios, escaneándome de un modo que comenzaba a incomodarme.

Di un paso hacia atrás, procurando mantener distancia, preparada para un enfrentamiento si les daba por mostrarnos los colmillos. Las comisuras de sus labios estaban levemente curvadas hacia arriba y yo enseguida recordé cómo este me llamó en aquel caótico momento: «Sophie».

Caramba…

¿Acaso me conocía de mi otra vida?

Por eso me miraba de esa manera.

Aun así, nada dijo del *zafarrancho* causado por mi ángel, sino que estaba ahí para mediar el intercambio.

Detrás de él se hallaban el señor Burns y el abuelo de Noah. Al parecer, David se aseguraba de tener un As bajo la manga para que las sorpresitas inesperadas no los tomaran con la guardia baja. Los rehenes no tenían ataduras ni mordazas, solo estaban hipnotizados para evitar que gritaran o causaran molestias.

—¿Dónde está mi abuela? —Noah inquirió con ganas de lanzar unos cuantos psiballs sobre ellos.

—Custodiada —respondió el vampiro rubio, sin dejar de mirarme, tal vez preguntándose en su fuero interno qué demonios David querría conmigo. No era una modelo de pasarela del cual los hombres se agarraban a trompadas para disputársela.

—¡ESE NO FUE EL ACUERDO! —gritó enardecido. Era incuestionable que el intercambio se efectuaría en dos fases.

—¿Tía…? —pregunté temiendo lo peor.

—Con la anciana —respondió el otro ante lo obvio. Las dos mujeres seguirían en cautiverio—. Vendrás con nosotros.

Noah se mosqueó.

—Espere un momento —replicó enseguida—. ¿Quién me garantiza que la señora Brown y mi abuela quedarán libres?

—Solo a tu parienta, y lo estará en cuanto yo te llame.

—¡¿Qué?! —chillé. Por lo visto, tía Matilde permanecería un tiempo más con ellos hasta que la *novia renegada* del rey estuviese en su poder.

—¡No tengo móvil! —se molestó, sus únicas posesiones era lo que vestía.

El rubio metió la mano al bolsillo interno de su elegantísima chaqueta de uniforme negro que lucía como del siglo pasado.

—Toma… —se lo lanzó—. No lo pierdas, espera mi llamada y no contactes a los tuyos, o tu abuela muere. ¿Entendido?

Noah masculló y yo le tomé el brazo para que se calmara. Si el otro supiera que la Hermandad dejó de estar de nuestra parte, no estarían con tantas medidas absurdas.

—Hasta ahora han cumplido —le hice ver—. Por favor, ten paciencia.

Asintió y bajó la mirada a sus pies.

—De acuerdo —concedió reticente, de nada le servía ser teleportador, esos seres se cuidaban las espaldas.

El rubio chasqueó los dedos para que soltaran a los ancianos. Miré con profundo dolor a Noah, el intercambio comenzó a efectuarse.

—Fue un placer conocerte… —mi voz se quebró al sollozar, ni un minuto nos quedaba para darnos las gracias y aconsejarnos de hacer lo posible por mantener nuestra humanidad a salvo.

—Allison, te amo desde la primera vez que te vi —Noah expresó entristecido—. Jamás te olvidaré. —Su *cliché* me hizo llorar, pese a que se negaba a despedirse.

Lo abracé y besé su mejilla ensombrecida por su incipiente barba. Las lágrimas rodaron en ambos sin ser capaces de contenerla, esto causó que el líder del grupo armado frunciera las cejas ante las muestras de afecto que nos dábamos. Era como si nos estuviese censurando con la mirada.

—Adiós, *debilucha* —susurró a mi oído—. Te llevas mi corazón.

Me soltó y enseguida el maldito vampiro no me dejó despedir del señor Burns.

Me alzó a cuestas y, junto con sus hombres, corrieron conmigo a la velocidad de la luz hasta las afueras del zoológico, donde un Land Rover negro y de vidrios polarizados nos aguardaba.

Capítulo 28

La inquietud me abordó luego de que el líder de cabellos claros me depositara sobre mis propios pies.

Miré hacia el vehículo, esperando a que David se bajara, pero otro sujeto lo hizo sin mediar palabra, para acomodarme en el asiento trasero. *El rey del inframundo* no se hallaba presente, la rabia se instaló y la tristeza me lastimó en lo más hondo de mi ser al comprender que a él, yo no le importaba.

Dentro del rústico tres hombres fornidos entornaron sus ojos asesinos sobre mí, estando en una situación bastante alarmante en la que no tendría oportunidad de defenderme si a ellos les daba por morderme.

El rubio instaló en mi frente un dispositivo electrónico para anular mis dones. Su velocidad para moverse me dejó desarmada; los Eternos pensaban en todo y David no era de los que cometían errores, yo no sería capaz de crear ni una onda expansiva para repelerlos, pues al estar inerme ante ellos me derrotaban.

El rubio se subió, echando un último vistazo por su entorno, y se sentó en el asiento del copiloto, ordenándole al chofer que arrancara. El motor del Land Rover rugió y los faros encendidos atravesaron la oscuridad del camino. Pese a mi inmovilidad, rodé los ojos hacia la ventanilla a mi izquierda. El parque era hermoso y extenso, con fuentes y edificios arquitectónicos bastantes esplendorosos. Era obvio que ellos estuvieron a cierta distancia del zoológico, refugiados entre la naturaleza y cobijados por las sombras, preparados para atacar sin ser vistos, matar y destripar sin que nadie fuese testigo. La penalización por descubrirse ante los humanos, no los pondría en peligro con los demás Grigoris.

—Disculpe que le pregunte, pero… ¿me recuerdas? —el rubio interrumpió el mutismo, torciendo su torso hacia atrás para mirarme por sobre el respaldo de su asiento, sin la necesidad de encender la luz interna del rústico. Era francés, a juzgar por su hermoso acento y de cierta educación que hacía suponer era superior por su modo tan sobrio al hablar.

—Por supuesto, *si no fuese por usted*, yo estaría sedienta de sangre —espeté, encausando los ojos hacia él y recordando cuando me salvó de un David enloquecido. Me parecía que las presentaciones sobraban debido a las personas que aún mantenían en cautiverio.

Negó con la cabeza y sonrió.

—No de *esa vez* —aclaró.

Fruncí las cejas sin comprender a qué otra ocasión se refería. La cantidad de súbditos al servicio de David casi siempre pasaban desapercibidos.

—¿Fue en Nueva York? —Quizás haya sido en el *penthouse* donde lo conocí y no lo recordaba. Muchos allí lucharon contra los hombres de Hasan para protegernos.

—No —respondió con cierto matiz de decepción en su voz, y, al instante, recordé el nombre por el que me llamó en mi habitación.

—Conociste a Sophie: *mi anterior vida* —consulté, echando un vistazo a los sujetos que tenía a mi lado para observar sus reacciones. Estos permanecían incólumes como si estuviesen informados de antemano.

Se emocionó.

—¿Ahora me recuerdas?

—No.

Su sonrisa se languideció. Los que nos custodiaban permanecían en silencio como parando la oreja.

—Cambiaste poco —dijo melancólico—. Tu pelo y tus ojos…

—Diferentes, lo sé —agregué—. Mi piel también se oscureció un poco…

—Te queda bien.

—Gracias —respondí tímida. En apariencia, parecía un coqueteo, pero no lo vi de esa manera, percibiendo en él algo más profundo.

El Land Rover cruzó por la derecha, y un oscuro y mágico lago se extendía frente a nosotros.

—Mi nombre es Sven Dragomir —se presentó muy formal y esto provocó que un estremecimiento recorriera mi columna vertebral, sin saber por qué su nombre me inquietó.

—Allison Owens y disculpe que no le estreche la mano, la diadema que tengo pegada en la frente me tiene paralizada. —Desgraciado cómplice que se prestó para los actos criminales de su amo.

Asintió apenado.

—Perdona que te llevemos de esta forma. Es por tu seguridad.

Y la de ustedes…

Me hubiera gustado levantar los hombros de mala gana. Lo hacía por mi tía. Por nadie más.

Solo atiné a decir:

—Está bien. —Si me hubiesen raptado sin el chantaje previo, estaría luchando con todo mi ser. Por desgracia, me ataron bajo la amenaza de muerte y el control de un dispositivo que anulaba mis dones aurales.

—David no habla mucho de ti —agregó él—. No después de lo de Soph… —calló dándose cuenta de que era prudente no decir más, pese a que yo sabía lo sucedido con aquella mujer. David me había dado un resumen de su existencia: el dolor de haberla… *haberme* perdido de la forma más cruel, lo trastornó. Así que comprendía que se reservara ciertos aspectos amargos de su vida pasada.

—¿Él cómo está? —pregunté con una opresión en el corazón, tenía que prepararme para lo que fuera.

Sven endureció la mirada. Mala señal.

—Enojado.

Mierda.

—Lamento oír eso —dije abrumada por el reproche que tendría que soportar en cuanto estuviera frente a aquel.

Se giró para darme la espalda y enfocarse más allá del parabrisas. Se quedó así un rato en el punto lejano de lo que afuera del vehículo observaba y luego retornó sus ojos para analizarme.

Me detallaba de la misma forma en cómo David lo hizo en el anticuario. Mi nueva apariencia le llamaba la atención, aunque no lo hacía con avidez, era algo más, como si quisiera desahogarse y ponerme al tanto de las circunstancias.

—¿No le han dicho que mirar fijo a la gente es de mala educación? —gruñí para cortar con su persistente mirada.

Sven se carcajeó y el chofer sonrió.

—Sí, una vez: mi hermana.

Tras decir esto, mi mundo se estremeció con una explosión que retumbó cerca.

El Land Rover se sacudió con violencia, evitando que colisionáramos contra un árbol en una hábil maniobra del chofer.

Sven y sus hombres rugieron amedrentadores, haciéndome temblar. Sus colmillos se alargaron, tan filosos y mortíferos, que brillaban ansiosos por devorar sangre. Pero ellos no saltaron fuera del todoterreno, sino que permanecían conmigo en su empeño de completar la misión. El chofer seguía manejando veloz por las vías de la ciudad para que *el bien* que custodiaban no fuese arrebatado por otros.

Y, como si hubiesen caído del cielo, una veintena de vampiros aparecieron de pronto.

Gruñían y corrían igual de veloces a nuestro lado; no nos atacaban, parecían guardaespaldas, alarmados y amenazantes, olfateando el aire para rastrear posibles enemigos. Quién haya sido el que atacó con explosivos tenía los minutos contados.

O tal vez era al revés.

El fuego que nos embistió no fue producido por una mina ubicada en el camino, había volado hasta nosotros como una ráfaga emitida por un lanzallamas o un piroquinético.

Donovan…

Esperanzada, giré los ojos de un extremo a otro para divisarlo, si por alguna suerte del destino, él sobrevivió y cruzó algún otro portal, aunque fuese improbable…, estaba allí para rescatarme.

Sin embargo, no veía nada.

Las llamaradas reaparecían para calcinarnos, siendo factible que quién las producía –él o el señor Bristol– no le preocupaba mi seguridad.

Los neumáticos del Land Rover derrapaban sobre el pavimento; el chofer era muy diestro, esquivando las lenguas de fuego que surcaba los aires para darnos muerte. Sven me miró con la evidente preocupación plasmada en sus ojos de gato, temiendo por mi vida.

—¡No te detengas! —ordenó al chofer cuando este aminoró la velocidad al caer a una calle donde había mayor circulación de autos.

Los vampiros que me protegían empuñaron sus armas; *al que se hiciera visible*, le volarían los sesos de un balazo. El velocímetro punteaba la máxima velocidad y mi cuerpo se bamboleaba sin ser capaz de sostenerse en el asiento trasero. Me sentía amputada, sin brazos ni piernas, limitada a mis propios pensamientos. Si la Hermandad era la que nos atacaba, nada bueno nos deparaba.

Medité: ¿Qué portal cruzaron para emboscarnos?

El de Inglaterra era el último de los cinco portales que conecta ambas dimensiones, que faltaba por activarse. Y este estaría programado para dentro de tres días.

Entonces, ¿cómo cruzaron?

¿Serían otros Portadores que permanecían fijos en la dimensión Original?

Como si ellos hubiesen sido invocados, un repentino tornado arrancó dos árboles plantados en las aceras, a nuestra izquierda y derecha de la vía, y volaron hacia nosotros.

—¡CUIDADO! —gritamos Sven y yo al mismo tiempo.

El chofer esquivó un tronco, rozando las ramas por el costado izquierdo. Aunque no pudo esquivar al que venía de segundo, que aplastó el parabrisas, levantando parte del techo del rústico.

Quedó como una lata abierta de sardinas. Las ramas del árbol le cortaron la cabeza al chofer, pero Sven se salvó de milagro.

A causa de esto, «mis guardaespaldas» patearon sus puertas y salieron de inmediato. El miedo me atenazó cuando el cuerpo del chofer comenzó a desintegrarse y el fuego elevarse por sobre los asientos delanteros, quemando el tronco que aprisionaba a Sven.

—¡Auxilio! —les grité a los que lograron escapar. Uno de los que apareció para ayudarnos, se volvió hacia mí, descuidando así que un enemigo se aproximaba a su espalda.

El vampiro ni cuenta se dio qué lo mató.

—¡Sven! ¡Sven! —lo llamaba aterrorizada. No quería morir quemada—. ¡Sven! Oh, Dios… ¡Sven! ¡SVEN! *¡¡SVEEEEEEENNNN!!*

¡Demonios! El asiento trasero se incendiaba. Tosía y la visión se me nublaba, sintiéndome sofocada, el calor dentro era abrasador y los pulmones me ardían por el humo que tragaba.

Miré hacia afuera para que alguien nos ayudara. La contienda de un momento a otro se desató. Vampiros y Portadores se debatían en un duelo a muerte, y yo ahí «atada».

—¡SVEN! —lo llamaba angustiada, no reaccionaba, el golpe fue tan contundente que debió partirle el cráneo. Sangraba mucho, la rubia cabellera quedó teñida de rojo, y su cabeza permanecía ladeada hacia su ventanilla destrozada.

Grité sin poderme mover. El fuego alcanzaba la parte superior de mis piernas, y el aparato en mi frente no se desactivaba por el aumento de temperatura.

Era un hecho, moriría como Sophie: quemada viva.

—¡NO! —recibí los primeros indicios de dolor, en cuanto una de las ramas prendidas en llamas alcanzó la parte lateral de mis vaqueros. ¡Qué ganas tenía de correr!, pero no podía, estaba paralizada, observando mi cuerpo comenzar a consumirse.

Recurrí a un último intento para salvar mi vida.

«¡David, me quemo! ¡¡Ayúdame, me quemo!!».

Él no respondió.

Lloré. ¿Acaso quería castigarme?

«¡DAVIIIIID!».

«¡Allison!» —exclamó preocupado, tras oír mis ruegos.

«¡Me quemo!» —sollocé ante la posibilidad de que, por más veloz que fuese él, no llegaría a tiempo para salvarme.

—*¡Aaaggrrhhh!* —grité adolorida, utilizando las cuerdas vocales. El fuego penetraba la primera capa de piel en mis piernas y amenazaba con lastimar mi brazo izquierdo.

El corazón me bombeaba como loco y el humo hacía que respirar doliera. Gritaba, queriendo morir rápido, no perdía la consciencia, el dolor me mantenía alerta, martirizándome hasta el último minuto que me quedaba de vida.

«David…» —No había nada que hacer. Estaba perdida.

«Allison, no te rindas, ¡aguanta! Ya estoy llegando» —su angustia se escuchó en mi mente como si él estuviese a punto de llorar.

«Adiós, amor» —lo bloqueé para que su telepatía no entrara en mi mente. El lamento de su pérdida no sería lo último que escuchara.

Pero ¡oh, suerte bendita!

¡Sven recobró la consciencia!

Al reaccionar, reparó en que estaba siendo devorado por las llamas. Se estremeció y gritó de dolor, e intentó quitarse el tronco que lo aplastaba; lo malo es que el golpe en la cabeza y la pérdida de sangre, lo debilitaba. Se consumía igual que yo, nuestros gritos se elevaban uno por encima del otro hasta confundirse en uno solo.

—¡SVEN, QUÍTAME ESTO! —sabía que era mucho pedir, pero solo él podía ayudarme; si me quitaba la condenada *diadema*, mis poderes nos liberaba de la muerte.

En un máximo esfuerzo, Sven me miró y estiró el brazo hacia atrás sin alcanzarme.

—No pue...do —jadeó. En la posición en la que se hallaba era imposible que lo hiciera.

—¡Inténtalo! —*La diadema* se calentaba en mi frente. El fuego haría que se soldara a mi piel—. ¡Por favor!

Sven hizo acopio de sus fuerzas y movió un poco el tronco del árbol. Eso le permitió girar su torso para que su brazo izquierdo se extendiera por completo y me diera alcance.

Aun así, no pudo.

Sus dedos quedaron a centímetros de mi rostro.

—¡SVEN! —lloré sintiendo que la vida se me escapaba.

Este estiró su cuerpo y gritó de dolor, el fuego también hacía estragos en él. Sus dedos se acercaban, poco a poco, apremiantes por alcanzar el artefacto inhibidor. Me rozaba apenas con las uñas, gimiendo por el esfuerzo que hacía; yo deseaba inclinar mi cabeza hacia adelante para facilitárselo, pero estaba paralizada por su culpa. Le tocaba a él hacer el trabajo.

Y así lo hizo.

Sus uñas se alargaron y se volvieron garras, logrando quitármelo.

A continuación, lancé una contundente onda expansiva que expulsó el árbol fuera del jeep, y, con este, salió disparado Sven hacia la calle.

Intenté escapar; por desgracia, mi debilidad impedía salir del vehículo. Aun así, fui sacada por dos fuertes brazos que me depositaron en el suelo con delicadeza.

Giré mis ojos para ver quién me había salvado, pero este desapareció al instante.

Así que, con mucha dificultad, me levanté del suelo. La piel de mi costado izquierdo me dolía; mis vaqueros se quemaron en buena parte y la camiseta la tenía ennegrecida. Me aguantaba el dolor para huir de allí si no quería ser atrapada por los *hermanos*. Sin mí, David no haría ningún intercambio; por extensión, tía y la abuela de Noah sufrirían las consecuencias.

No me costó decidir en qué bando luchar, era extraño hacerlo, debido a que mi sangre estaba programada para aniquilar a los vampiros.

Sven se levantó un poco del pavimento donde había caído y sacudió su cabeza sangrante para salir de su aturdimiento; de un momento a otro, recuperó sus fuerzas y se puso en pie, rugiendo feroz. Su piel seguía quemada y sus ojos de gato se posaban feroces sobre un Portador Básico.

Se lanzó sobre este y le desgarró el cuello para beber de su sangre.

—¡TE MATARÉ! —gritó el señor Bristol que intentó golpearlo con sus psiballs de fuego; al que le habían acabado de arrebatar la vida fue uno de sus mejores amigos.

Lo que este no previó fue que su sentencia hizo que otros Nocturnos se posaran sobre él. Lo atacaron antes de que reaccionaran. Sin embargo, ahí fue cuando, los años de entrenamiento del anciano piroquinético, lo sacaron del atolladero.

Se prendió fuego por completo.

Los vampiros murieron incinerados en el acto.

A la vez en que todo esto sucedía, pensaba que el portal ubicado en alguna parte de este país debió activarse antes de tiempo. El señor Bristol custodiaba la entrada de dicho portal desde *el otro lado*; verlo allí, en carne y hueso, junto con otros, comprobaba mis conjeturas.

Sven soltó al inerte Portador Básico y recogió la espada que soltó uno de sus hombres. Lo que, a continuación, el señor Bristol –aún en su fuego– se volvió hacia él y empuñó las manos, amenazante.

—¡NO! —grité azorada, no iba a permitir que a Sven lo quemara.

Le lancé un psiball.

El golpe hizo que trastabillara y Sven lo decapitara.

Por Dios…

Impactada, miré el cuerpo del anciano. ¡¿Qué fue lo que hice?!

Pude haberlo detenido sin quitarle la vida, pero escogí ser cómplice en su muerte para salvar a un vampiro.

—¡Gabriel! —Cayetana Morgan gritó apabullada de su compañero de combate, lanzando una onda que barrió lejos a Sven, y luego me miró con severidad.

Me preparé para un enfrentamiento. La mayoría de los súbditos de David se incineraron en el campo de batalla y él sin aparecer mientras que sus hombres perecían.

Me concentré en la mujer y su próximo paso. Las ondas expansivas emergieron y repelieron las que esta me lanzaba con contundencia.

Cielos... El dolor en mi piel no aminoraba la fuerza de mis poderes. Si ella moría, sería en defensa propia.

Para mi horror, Karniel se acercó para darle apoyo a la anciana.

—Señor Winter... —No quería enfrentarme a él, le tenía cariño.

—Lo siento, Allison, debes mo...

La espada de un vampiro de pelo castaño, lo partió en dos.

—¡NO! —grité desgarrada, y, al encausar mis ojos hacia el que lo mató, la señora Morgan me arrojó al piso con las ondas aplastantes.

Mi descuido me salió caro, era la siguiente en morir. La anciana recogió una espada y avanzó en mi dirección con una mortífera intensión que se leía a leguas en sus ojos furiosos. Mientras tanto, yo no podía moverme, teniéndome dominada con sus ondas aplastantes; de habernos enfrentado en las inmediaciones del lago que pasamos, esta habría convocado las aguas para que se alzaran y me ahogaran. Por fortuna, la señora Morgan ignoraba la cercanía o no le daba tiempo de percibir ese elemento, por estar rodeada de enemigos. La veía acercarse sin que, los que se supone eran los «villanos», notaran este hecho. Sollozaba, logré líbrame de morir quemada, pero no de que me cortaran la cabeza. Trataba de proyectarme para atacarla como hizo Donovan con el señor D´León, al lanzarle un potente psiball y dejarla noqueada; no obstante, mi nerviosismo ocasionó que fuese imposible expulsar mi alma fuera de mi cuerpo.

Oré en mi fuero interno por ayuda. El sonido de las sirenas de la policía se escuchaba lejos, se acercaban anunciando que pronto harían acto de presencia y se involucrarían en la contienda. Pero estos tardaban...

—Eres una rata traicionera, y, como rata… debes morir.

Alzó la espada y la dejó caer para liquidarme.

Sentí un tirón en mi pie derecho que me alejó rápido de la furia de la Portadora.

La espada golpeó el pavimento.

—Gra… —quedé con el agradecimiento en la boca. Por segunda vez ignoraba quién me salvaba. Los Nocturnos no perdían el tiempo en nimiedades: salvaban a uno y enseguida mataban a otro.

Pude moverme al quedar fuera del dominio aplastante de la Portadora.

Me levanté debilitada, a punto de desfallecer, la caída lastimó mis heridas. Una camilla en la Unidad de Quemados Intensivos era lo que necesitaba en esos momentos. El dolor se tornó insoportable.

Me sacudí el polvo y rodé los ojos hacia la señora Morgan, quién, para mi sorpresa, yacía muerta.

Había muchas extremidades mutiladas por todos lados, cúmulos de cenizas a lo largo de la calle, árboles, autos destruidos en el perímetro... Una guerra se libraba, de la que pronto las autoridades humanas entrarían a participar. Kytzia Garko fue la única entre los Portadores que se mantenía en pie. Me lamenté que estuviese entre los contendientes, siempre fue simpática y justa como consejera; ahora, teniéndola como enemiga me dolía hasta el alma; no quería que muriera como el señor Winter: cercenado en dos y con los intestinos desparramados en el pavimento.

La menuda Portadora se giró hacia mí, emitiendo una onda expansiva. Caí de espaldas, dándome todo vueltas. El mundo giraba y giraba, sintiendo muchas náuseas. Ella levantaba rocas y árboles para aplastar al que fuese incapaz de esquivarlas. Su telequinesis era arrasador dispuesta a matarme.

Algo surcó el aire y un gruñido espantoso me ensordeció. Apareció en mi campo visual, dándome la espalda. Quedé paralizada, era una silueta maligna que se posicionó delante de mí, protector y amenazante, rugiendo a los ancianos como una bestia hambrienta.

Entrecerré los ojos. La vista me fallaba o el golpe en mi cabeza me provocaba alucinaciones.

No era humano, no era vampiro, no era animal…

Nada de lo creado por el Supremo caminaba por el mundo a sus anchas. Este era un monstruo salido de las profundidades del infierno. Una criatura diabólica de lo más horrorosa.

Entonces, lo vi y mi corazón se estrujó de desasosiego.

A quien tenía frente a mí.

Maldito.

Oscuro.

Diabólico…

Era al hombre que yo amaba y que tantos dolores de cabeza me causaba.

David.

Epílogo

(Extracto libro 3)

—¿Qué piensas hacer conmigo? —Ahora nadie lo detendría, ni siquiera los Portadores que sobrevivieron a la emboscada que ellos mismos efectuaron para evitar que yo cayera en su poder. Se me estrujaba el corazón de pensar que Donovan murió por protegerme y Noah permanecería en adelante por su propia cuenta y huyendo por siempre, al ser un traidor de la Hermandad de Fuego.

—Eso depende de ti… —dijo como una amenaza.

Caminó, bordeando la cama, sin apartar sus intensos ojos de mí. Deslizó con deliberada lentitud las yemas de los dedos por el colchón, como queriéndome decir silenciosamente: «estás en mis dominios». No era necesario usar la telepatía para expresarlo; con su actitud autoritaria me lo decía todo.

Lo seguí con la mirada, girando mi torso como las agujas del reloj, en dirección a él, sin darle la espalda, evitando así que me tomara desprevenida. Yo también podía ser muy digna y no dejarme intimidar, me enojaba sobremanera que hubiese guardado ese «pequeño detalle» de lo que en realidad era él. ¡Se transformaba en algo perverso! Tan siniestro que me estremecía de miedo. Compararlo con criaturas mitológicas de películas o cuentos de ficción, sería quedarme corta, carecía de alguna referencia que me indicara que se asemejaba a un hombre lobo o un extraterrestre. Eso era peor, mucho peor…

Era un demonio.

No deje de leer

El Señor de los Malditos

Libro 3

Glosario según el libro

Agathodaemon: Según los Portadores, vampiro bueno.

Amnepatía: Borra los recuerdos de las personas temporalmente.

Atmoquinesis: Capacidad de manipular el clima con la mente.

Augur: Cabeza de los Portadores.

Casa Real: Son los terrenos y posesiones que tiene un Grigori, incluyendo a los humanos y vampiros a su servicio. Existen once Casas Reales en total y cada una tiene mil años de haber sido creadas.

Clariaudiencia: Es la capacidad que desarrolla el Portador cuando su alma se desdobla. Puede oír todo alrededor del cuerpo «abandonado» mientras esté proyectado en otros lugares.

Clarividencia: Capacidad para ver el presente oculto.

Cofrades: Custodios del Augur.

Conjuro Solar: La capacidad que tiene un vampiro de caminar durante el día. Una estrella roja, entre el dedo pulgar y el índice de la mano derecha, indica la presencia de dicho conjuro. En este caso, en David Colbert.

Egregios: Humanos reencarnados que, en la antigüedad, causaron la caída de 144 ángeles del Cielo.

Grigoris: Segunda hueste de ángeles caídos, considerados la realeza de los vampiros. Son antiguos, superando los dos mil quinientos años. Originalmente fueron 144, pero el número se redujo con los siglos, debido a las guerras entre ellos y los Portadores.

Hermandad de Fuego: El conjunto de todos los Portadores residentes bajo un mismo techo. Son poderosos y pueden enfrentar sin problemas la fuerza y velocidad de un vampiro.

Hidroquinesis: Habilidad de manipular con la mente las aguas de los ríos, lagos, mares y océanos.

Infusiones: Té de hierbas o raíces para aliviar dolores, heridas y hasta fracturas de huesos en corto tiempo.

Neonato: Vampiro recién convertido.

Piroquinesis: Habilidad para crear y manipular fuego con la mente.

Portadores: Humanos que en sus vidas pasadas fueron mordidos por vampiros y reencarnados en seres con dones especiales. Tienen la virtud de envejecer hasta los trescientos años.

Existes dos tipos de Portadores:

Los Básicos: son aquellos que únicamente tiene la facultad de crear psiballs, ondas expansivas y proyección astral.

Los Portentos: aparte de los poderes básicos, son los que poseen uno o varios poderes extras. Entre ellos están la telequinesis, piroquinesis, atmoquinesis, precognición, retrocognición, entre otros.

Portal: Puerta dimensional que conecta dos mundos paralelos.

Precognición: Capacidad para ver el futuro.

Proyección Astral: La capacidad que tiene un Portador de desdoblar su alma y aparecer como una «entidad» en cualquier parte del mundo por tiempo limitado.

Retrocognición: Habilidad que tiene un Portador específico para ver el pasado, mediante el toque en la cima de la cabeza de la persona a quien desea *leer*.

Telepatía: Capacidad de leer las mentes.

Telequinesis: Habilidad para mover y levitar los objetos con la mente.

Teletransportación: Habilidad para transportar el cuerpo de un lugar a otro con la mente.

Tríada: Los últimos tres Portadores descubiertos por la Hermandad de Fuego. En este caso: Allison, Donovan y Noah.

Zigurat: Hogar de la Hermandad de Fuego y todos sus descendientes. Edificio futurista en forma de pirámide a gran escala que alberga hasta cinco mil personas. Su nombre se debe al parecido que tiene con los «Zigurats», templos escalonados que fueron construidos en ladrillos de adobe en la antigua Mesopotamia, como morada para los dioses. No se realizaban sacrificios ni ceremonias, era considerado un puente cósmico entre el Cielo y la Tierra, y entre la Tierra y el mundo subterráneo.

Sobre la autora

Síguela a través de sus redes sociales:

Instagram: @marthamolina07

Facebook personal: Martha Molina (Autora)

Grupo Facebook: Novelas de Martha Molina

Pinterest: @marthamolina0711

Índice

Made in the USA
Middletown, DE
07 November 2023